Nach geschlagenen zehn Minuten brachte ich meinen alten, knallroten Volvo endlich zum Stehen. Der Parkplatz vor dem Quick Markt war wie jeden Samstag total überfüllt. Wäre mir das Waschmittel nicht ausgerechnet an meinem Waschtag ausgegangen, hätte ich ihn heute bestimmt gemieden. Ausserdem schüttete es wie aus Kübeln und das Quietschen meiner Scheibenwischer hallte unangenehm in meinen Ohren wider. „Die muss ich auch unbedingt richten lassen", sagte ich zu mir selbst. Ich griff nach meiner Tasche und zwängte mich konzentriert aus meinem Wagen, darauf bedacht, den schwarzen Range Rover nebenan nicht zu streifen. Nachdem mir dies tatsächlich erfolgreich gelungen war (das war bei meinem Glück nicht selbstverständlich) bewegte ich mich eilig auf den Eingang des Einkaufszentrums zu, während ich meine Schlüssel gedankenverloren in meine Tasche schleuderte. Ich trug meine neuen High Heels, die mir meine Schwester bei ihrem letzten Besuch aus Irland mitgebracht hatte. Zu meinen legeren, verwaschenen Jeans und dem eng anliegenden, schwarzen Top kamen die silberfarbenen, eher zierlichen Treter zwar nicht optimal zur Geltung (und ausserdem gab es wohl keine ungeeigneteren Schuhe für dieses scheussliche Wetter), aber ich wollte sie unbedingt endlich einmal einlaufen. Ohne meinen Blick zu heben, rannte ich weiter auf das trockene Ziel zu, bis ich plötzlich ein dumpfes Geräusch vernahm und Sekunden später mit einem Schrecken feststellte, dass der Absatz meines rechten Schuhs wohl gebrochen sein musste. Noch bevor ich mein Tempo verlangsamen und reagieren konnte, verlor ich das Gleichgewicht und stürzte unaufhaltsam auf den harten, nassen Boden. „Verdammt!" – Leise fluchend lag ich am Boden und hielt meine Hand schützend auf mein schmerzendes Knie, während der Regen erbarmungslos auf mich herunter prasselte und mich innert kürzester Zeit völlig durchnässte.

Während sich mein Puls langsam wieder normalisierte, schaute ich mich hastig um und hoffte dabei inständig, dass dieser peinliche Auftritt keine Aufmerksamkeit erregt hatte. Betreten drehte ich meinen Kopf zur Seite, um die Lage abzuchecken, als mein Blick schliesslich an zwei grünen Augen haften blieb. Sie strahlten dunkel, intensiv und glitzerten wie zwei wertvolle Smaragde in der Sonne. Perfekt geformte Augenbrauen rahmten sie und verliehen ihnen einen aussergewöhnlich sanften Ausdruck. „Kann ich dir helfen?", fragte der Mann besorgt, während er schützend seinen Regenschirm über uns hielt. Ich war so fasziniert von diesen sinnlichen Augen, dass ich seine Worte zuerst gar nicht registrierte und ihm erst antwortete, als er mich freundlich anlächelte. „Alles klar?" – „Äh … ich … ich glaube schon", stotterte ich verlegen, nachdem meine Stimme endlich wieder zurückkehrte. Ich spürte, wie mir die Röte in den Kopf stieg und ein kalter Schauer meinen Rücken hinunterkletterte. Die Situation war mir so peinlich, dass ich am liebsten im Erdboden versunken wäre. „Komm, ich helfe dir …" Noch bevor ich antworten konnte, schlangen sich zwei kräftige Arme um meine Taille und hoben mich mit einer Leichtigkeit hoch, als wäre ich ein Blatt Papier. „Kannst du stehen?" Er zog mich dicht an sich, um mich zu stützen. „Das geht schon, vielen Dank", antwortete ich verlegen, doch als ich versuchte den Fuss auf den Asphalt abzustellen, zuckte ich zusammen. Mein Bein schmerzte höllisch und als ich an mir heruntersah, stellte ich beängstigt fest, dass meine Jeans am linken Knie total zerrissen und das Fleisch darunter rot gefärbt war. Ich erschrak fürchterlich, denn mir war bisher nicht bewusst gewesen, wie heftig ich tatsächlich gestürzt war. Während ich die stark blutende Wunde betrachtete, zog sich mein Magen sofort zusammen, mir wurde schwindlig und ich hatte ein Gefühl, als ob ich gleich ohnmächtig werden würde. Mein Gesicht färbte sich augenblicklich kreideweiss und musste meine Gedanken verraten haben, denn der Unbekannte verstärkte plötzlich den Druck um meine Taille. Ich krallte meine Finger in seine starken Unterarme und schmiegte meinen Kopf an seine harte Brust. Normalerweise war ich eher zurückhaltend, doch der Gedanke an meine blutende Wunde schien jeglichen Scham auszublenden. „Komm mit mir. Ich habe einen Notfallkoffer im Auto und schau mir die Wunde an", sagte er mitfühlend und strich mir dabei zärtlich über meinen Arm. Ich nickte resigniert und schloss instinktiv die Augen, während er mich langsam zu seinem Wagen führte. Zu meiner Überraschung öffnete er den Kofferraum des Range Rovers neben meinem Volvo. Beinahe mühelos hievte er mich auf die Deckplane, griff nach seiner Jacke auf den hinteren Sitzen und hüllte meinen zitternden Körper darin ein. Schliesslich trat er einen Schritt zurück und hielt seinen Zeigefinger und den Daumen nachdenklich an sein Kinn. Offenbar versuchte er sich einen Überblick zu verschaffen. Zwischen seinen Augen entstanden Sorgenfalten, als er sich mir schliesslich wieder zuwandte. „Deine Jeans ist ja sowieso am Arsch; wäre es dir recht, wenn ich sie aufschneiden würde, damit ich mir die Wunde ansehen kann? Ich würde dich hier draussen nur sehr ungern dazu auffordern die Hosen runterzulassen", sagte er und grinste dabei frech.

Naja, wo er recht hatte, hatte er recht. Die Hosen konnte ich wirklich entsorgen, zusammen mit meinen neuen, wunderbaren High Heels. Also nickte ich wortlos und drehte meinen Kopf dann gleich zur Seite, damit ich die Wunde nicht sehen konnte. Ich hörte, wie er den Notfallkoffer öffnete und sah aus den Augenwinkeln einen metallenen Gegenstand aufblitzen, von dem ich annahm, dass es sich um eine Schere handelte. Überraschenderweise vertraute ich ihm blind, während er meine Hosen aufschnitt. Als er am Knie angelangt war und die Wunde freigelegt hatte, atmete er hörbar aus. „Hör zu ...", er sprach nicht weiter und sah mich stattdessen fragend an, „Isabella ...", ergänzte ich seinen Satz, „Ich heisse Isabella." Ich lächelte, was mir in

Anbetracht der Situation allerdings ziemlich schwerfiel, denn eigentlich war mir mehr zum Heulen zumute. Er nickte und lächelte ebenfalls. „Hör zu, Isabella. Die Wunde ist recht gross und tief, ich werde sie jetzt desinfizieren und danach werde ich dich ins Krankenhaus fahren, damit sich das ein Arzt genau ansehen kann", sagte er. „Nein, danke!", schoss es entschlossen aus mir heraus, während ich rege meinen Kopf schüttelte. „Das ist nicht nötig, ich werde jetzt nach Hause fahren und das Knie hochlagern. Morgen geht es mir dann bestimmt wieder besser. Ich danke dir wirklich sehr für deine Hilfe, aber ins Krankenhaus geh ich deswegen ganz bestimmt nicht!" Ich lächelte aufgesetzt und versuchte meine Angst erfolgreich zu überspielen. Ich bemühte mich einen lässigen Abgang zu machen und schob mich von seinem Kofferraum, doch kaum hatte mein Fuss den Boden berührt, sank ich wieder in mir zusammen. Verdammt! Mein Bein wollte mich einfach nicht mehr tragen. Er konnte mich gerade noch auffangen, bevor ich erneut zu Boden fiel. „Scheisse …", fluchte ich leise. „Ja, Scheisse! Und jetzt fahr ich dich ins Krankenhaus!" Er wartete meine Antwort gar nicht erst ab, hob mich auf seine muskulösen

Arme und beförderte mich geradewegs auf seinen Beifahrersitz. Während er selbst ebenfalls einstieg, schossen mir die Tränen in die Augen und mein beklommenes Gefühl steigerte sich ins Unermessliche. Wenn er mich in das nächstgelegene Krankenhaus bringen würde, von dem ich auch ausging, dann handelte es sich nicht um irgendein Krankenhaus, sondern um DAS Krankenhaus, mit dem ich ein schlimmes Erlebnis meiner Vergangenheit in Verbindung brachte ... „Hey … das wird schon wieder …", sagte er mitfühlend. „Ich bin übrigens Noah … Noah Montinari."

Noah bemerkte wohl meine gemischten Gefühle, denn er betrachtete mich sorgenvoll, doch ich erwiderte nichts. Ich war wütend! Wütend auf mich selbst, wütend auf Gott und die Welt und wütend auf ihn, weil er mich jetzt ins Krankenhaus fuhr. Ich befürchtete, nein, ich war mir ganz sicher, dass alles wieder hochkommen würde, was mich in den letzten Monaten schwer geprägt hatte, sobald ich dieses Gebäude betreten würde. Ich schloss meine Augen und versuchte mich zu konzentrieren, um die Tränen zurückzuhalten, die in meinen Augen brannten. Ich drehte mich zur Seite und blickte aus dem Fenster auf die offene Strasse hinaus, denn ich wollte nicht, dass er mich weinen sah. Erst nachdem ich mir sicher war, dass ich den Kloss, der mir die Kehle zuschnürte, unter Kontrolle hatte, wandte ich mich an ihn. „Hör zu, Noah. Es tut mir wirklich sehr leid. Ich hoffe, dass ich dich nicht von etwas Wichtigem abhalte. Das Ganze ist mir wirklich sehr peinlich ...“ Noah schwieg und konzentrierte sich weiter auf die Strasse. Beschämt wandte ich meinen Blick wieder ab und befürchtete schon, ihn unbewusst an seine eigentlichen Pläne erinnert zu haben, als er schliesslich doch noch antwortete. „Kein Problem, Isabella. Ich habe Zeit“, lächelte er. Ich war erleichtert und wollte mir ein Taschentuch aus meiner Tasche kramen, da fiel mir erst auf, dass ich diese gar nicht bei mir hatte. „Oh Scheisse!“, entfuhr es mir. „Was ist?“ Noah schaute erschrocken zu mir herüber und trat reflexartig auf die Bremse. „Ich habe meine Tasche auf dem Parkplatz liegen lassen!“, schrie ich entsetzt. „Meine Papiere, mein Geld, meine Schlüssel ...“ – „Isabella, beruhige dich! Deine Tasche liegt in meinem Kofferraum. Ich habe sie aufgehoben und mitgenommen“, erwiderte er gelassen. Erleichtert atmete ich auf und konnte mir ein Lachen nicht mehr verkneifen. „Was bist du, ein Engel?“ Noah lachte ebenfalls. „Nein, bestimmt nicht, aber ich schalte in solchen Situationen nicht gleich mein Gehirn aus", konterte er amüsiert. Wow, das sass! Jetzt wusste ich, was für einen Eindruck ich auf ihn machen musste. Verlegen senkte ich meinen Blick und betrachtete meine Hände, die ich in meinen Schoss gelegt hatte und nun nervös knetete. Oh Gott, er musste mich wirklich für einen kompletten Vollidioten halten.

„Wir sind da", stellte er zufrieden fest, während er schliesslich in die Krankenhauseinfahrt einbog. Ich versteifte mich ruckartig, als die goldenen Buchstaben des Hopefull Grace Hospitals in greller Schrift vor mir aufleuchteten. Traurigkeit überkam mich und von meinem Lachen war nichts mehr zu sehen. „Isabella, es wird schon nicht so schlimm werden. Warte hier, ich gehe und hole einen Rollstuhl." Er stieg aus und liess mich allein in seinem Auto zurück. Am liebsten wäre ich ausgestiegen und davongerannt, aber die Peinlichkeit aus seinem Wagen zu plumpsen, wollte ich mir nun definitiv ersparen und an rennen, war leider erst recht nicht zu denken.

Es verging keine Minute, bis Noah mit einem Rollstuhl wieder zurückkehrte, ihn neben meiner Tür abstellte und sie schliesslich öffnete.

Vorsichtig hob er mich aus dem riesigen Auto und setzte mich sanft auf den Stuhl mit den zwei grossen Rädern. Ich war noch immer damit beschäftigt meine Gefühle in Schach zu halten, während Noah meine Tasche aus dem Kofferraum holte und den fahrenden Stuhl kurz darauf auf den Eingang zusteuerte. Während wir die Tür passierten, spürte ich die Enge, die sich unverzüglich in meiner Brust bemerkbar machte und mir schier den Atem stahl. Ich schloss meine Augen, atmete nochmals tief durch und versuchte mich soweit zu beruhigen, dass ich nicht anfing zu schreien. „Hallo Noah", riss mich eine sanfte Frauenstimme aus meiner stillen Verzweiflung, „wen bringst du uns denn da mit? Du hast doch heute frei …" Neugierig öffnete ich meine Augen und erblickte eine Krankenschwester, die sich vor uns postiert hatte. Sie hatte lange, blonde Haare, die sie streng nach hinten gekämmt und zu einem Pferdeschwanz zusammengebunden hatte. Ihre Augen waren strahlend blau, ihre pfirsichfarbene Haut makellos und ihre Lippen voll. Sie trug eine türkisfarbene, luftige Krankenschwester-Uniform, die ihrem wohlgeformten Körper in keinster Weise schmeichelte. Sie war durchaus sehr attraktiv und ich musste mir eingestehen, dass ich Neid empfand, während ich sie von oben bis unten musterte. Ich selbst hatte schwarze Haare, die mir in wilden und widerspenstigen Wellen bis fast zum Steissbein reichten. Meine Augen waren braun, ich war knapp einen Meter fünfundsechzig gross und trug Grösse sechsunddreissig. Mein Busen war verhältnismässig eher üppig und passte nicht ganz zu meinem gesamten Erscheinungsbild. Im Gegensatz zu der Schwester war ich eher unscheinbar und nichts Besonderes. Mir fehlte das Charisma, welches sie zur Genüge ausstrahlte. „Hey Missy", antwortete Noah ihr höflich, „ja schon, aber wie du siehst, verfolgt mich meine Arbeit auch in meiner Freizeit. Ist Dr. Roods noch hier?" Er lächelte sie warmherzig an und erst jetzt wurde mir richtig bewusst, wie unglaublich attraktiv dieser Mann war. Ich schätzte ihn etwa auf einen Meter achtzig. Seine dunklen, braunen Haare waren kurz geschnitten und mit Gel leicht zerzaust, aber dennoch sehr gepflegt frisiert worden. Seine Jeans sass perfekt um seine schmalen Hüften und das schwarze, enganliegende T-Shirt betonte seinen muskulösen Oberkörper. Seine Haut war leicht gebräunt und bildete einen bildschönen Kontrast zu seinen aussergewöhnlichen, dunkelgrünen

Augen, die dadurch umso mehr hervorgehoben wurden. „Ja, er ist noch hier, ich rufe ihn sofort an. Es ist sehr ruhig heute, er müsste sofort Zeit für euch haben." Nun drehte sich die Krankenschwester in meine Richtung und legte mir ein Klemmbrett mit einem Personalblatt auf meinen Schoss. „Würden sie mir das bitte ausfüllen?", fragte sie freundlich. „Äh ... ja, natürlich", stotterte ich, immer noch überrascht darüber, dass sich die beiden offensichtlich sehr gut kannten. Noah deutete mein irritiertes Gesicht und lachte. „Isabella, ich arbeite hier. Ich bin Rettungssanitäter." „Ach so", entgegnete ich gelassen, als ob mich das nicht weiter interessieren würde und begann damit, meine Personalien, mit leicht zitternden Händen, auszufüllen. Nachdem ich fertig war, nahm Noah mir das Klemmbrett wieder ab und legte es auf die Empfangstheke zurück. Von der Krankenschwester war nichts mehr zu sehen. Noah schob mich in einen Nebenraum und setzte sich neben mich auf einen Stuhl. „Tut es noch sehr weh?", fragte er mich schliesslich ernst. Erst jetzt bemerkte ich, dass ich die Schmerzen in meinem Knie tatsächlich total ausgeblendet hatte. „Nein, es geht schon, danke", antwortete ich aufrichtig. „Noah, hör zu. Du musst nicht hier warten, ich möchte nicht, dass du deinen freien Tag hier verbringst, geh nach Hause! Ich werde mir nach der Untersuchung ein Taxi nehmen", sagte ich. „Ach, das ist schon in Ordnung. Ich warte hier. Soll ich eigentlich jemanden für dich anrufen? Vielleicht deinen Freund?" Ich verkrampfte mich sofort und senkte traurig meinen Blick. Seine Frage, in Verbindung mit diesem Ort, schmerzte zu sehr und augenblicklich traten wieder Erinnerungen vor mein inneres Auge. „Nein. Ich habe keinen Freund", flüsterte ich schliesslich nach einer kurzen Pause, mehr zu mir selbst, als an ihn gerichtet. „Okay, wie du meinst. Möchtest du etwas trinken? Vielleicht einen Kaffee? Ich könnte dir einen aus dem Automaten holen." Noch bevor ich antworten konnte, hörte ich auch schon meinen Namen. „Miss Isabella Joeline Miller? Ich bin Dr. Wicker. Der Dienst von Dr. Roods endet in fünf Minuten, deswegen ..." Er unterbrach den Satz abrupt, als sich unsere Blicke trafen. Er erkannte mich also auch ... Mir wurde speiübel, ich musste hier raus! Ruckartig erhob ich mich, doch sofort durchzuckte mich wieder dieser höllische Schmerz in meinem Knie. Ich ignorierte ihn und klammerte mich an der Wand fest. Augenblicklich wurde mir heiss und kalt und alles begann sich zu drehen. Das Letzte was ich hörte, bevor mir schwarz vor Augen wurde, war Noah, der völlig perplex und besorgt meinen Namen rief.

2

Als ich wieder zu mir kam, lag ich auf einem schmalen Krankenbett in einem kleinen Zimmer. Sofort erinnerte ich mich wieder an das, was geschehen war und der Drang zu verschwinden, kehrte augenblicklich zurück. Ich wollte mich aufsetzen, als plötzlich Noah vor mir stand und mich sanft zurück in das Kissen drückte. „Schschsch …", flüsterte er. „Isabella, du kannst jetzt nicht aufstehen. Wir haben dir ein leichtes Beruhigungs- und Schlafmittel gespritzt." „Noah, du verstehst das nicht! Ich muss hier raus, sofort! Ich kann hier nicht bleiben!" Ich zitterte am ganzen Leib und meine Worte waren nur noch ein leises Flüstern. „Isabella, ich weiss ES. Ich habe deine Krankenakte gelesen und ich verstehe wirklich, weshalb du hier raus willst, aber wir müssen dein Knie zuerst verarzten. So wie es aussieht, bist du wirklich sehr ungünstig gefallen. Die Wunde muss genäht werden und wir brauchen ein Röntgenbild. Wir müssen sichergehen, dass innerlich nichts verletzt ist." Hilflos und verzweifelt drehte ich meinen Kopf zur Seite. Ich wusste, dass er recht hatte, aber ich konnte meine Gefühle einfach nicht unterdrücken. Noah setzte sich an den Bettrand, griff nach meiner Hand und streichelte sie liebevoll. Instinktiv schloss ich meine Augen und genoss seine zärtlichen Berührungen, die mich augenblicklich beruhigten. Ich konnte mir nicht erklären, weshalb ich ihm vertraute, denn eigentlich war er mir ja fremd, doch ich fühlte mich in seiner Nähe so geborgen, als ob wir uns schon ewig kannten. Dr. Wicker riss mich schliesslich aus meinen Gedanken, als er seinen Kopf vorsichtig zur Tür herein streckte. „Miss Miller, … ich … es tut mir sehr leid, es ist wirklich ein sehr dummer Zufall, dass ausgerechnet ich heute wieder Dienst habe. Mir ist klar, dass Sie traumatisiert sind und mein Anblick Ihnen die Sache nicht gerade erleichtert, aber es ist momentan leider kein anderer Arzt hier, der Sie behandeln könnte. Wie Sie wissen, sind wir ein sehr kleines Krankenhaus und es hat nur immer ein Arzt Dienst in der Notaufnahme ..." Ich seufzte resigniert und nickte. „Schon gut, Dr. Wicker, das ist ja nicht Ihre Schuld. Bitte untersuchen Sie mich, damit ich das Krankenhaus danach schnell wieder verlassen kann."

Die Untersuchungen schmerzten sehr, waren aber nichts im Vergleich zu jenen Schmerzen, welche ich in meinem Herzen empfand. Noah blieb bei mir und betrachtete mich immer wieder besorgt. Seine warmen, dunkelgrünen Augen glänzten unter der grellen Lampe des Untersuchungsraumes. Ich konnte meinen Blick einfach nicht von ihm abwenden und so wurde er für mich zu einem Fokus, der mich alles um mich herum ausblenden liess. Während der Arzt die Wunde nähte, schaute er ihm interessiert über die Schultern. Ich beobachtete ihn und stellte mir vor, er wäre mein fester Freund … Er verhielt sich so rücksichtsvoll und hilfsbereit. Hätte er damals an Jonahs Stelle gestanden, wäre bestimmt alles anders gekommen. Doch diese Vorstellung verscheuchte ich augenblicklich wieder aus meinen Gedanken, denn ich war mir ziemlich sicher, dass Noah schwul war! Anders konnte ich mir seine selbstlose, feinfühlige und fürsorgliche Art nicht erklären. Er kannte mich ja gar nicht und trotzdem kümmerte er sich unheimlich rührend um mich, als würde ich ihm etwas bedeuten. Eine Schönheit war ich ja nun wirklich nicht, er würde sich also wohl kaum eine entsprechende Gegenleistung erhoffen. Allerdings war er ja auch Rettungssanitäter, vielleicht musste er mir auch einfach helfen, weil es seinem Ehrenkodex entsprach. „Bist du schwul?", schoss es plötzlich aus mir heraus. Oh mein Gott! Das war jetzt nicht gerade ich, die das laut ausgesprochen hatte …? Noah starrte mich empört an und schien seinen Ohren nicht zu trauen. „Wie bitte?" Verdammt, was war nur mit mir los? Ich lief knallrot an und senkte meinen Blick beschämt. „Entschuldige bitte. Das war unpassend …" Ich zweifelte wirklich gerade an meinem gesunden Menschenverstand, wie konnte mir das nur so rausrutschen? Noah stand mir bei und ich hatte nichts Besseres zu tun, als ihn in Verlegenheit zu bringen. „Nein, Süsse, ich bin definitiv nicht schwul! Oh mein Gott, hoffentlich ist das nicht der erste Eindruck, den ich bei Frauen hinterlasse …" Er lachte verlegen und ich spürte, wie unangenehm ihm meine Frage war. „Das könnte der Grund dafür sein, weshalb du noch nicht vergeben bist …", fügte Dr. Wicker frech grinsend hinzu. Noahs Atem stockte und er schüttelte ungläubig seinen Kopf. „Glaubt mir, wenn ich schwul wäre, dann wüsste ich das! Und die einte oder andere Frau übrigens auch …" Nun wusste ich also, dass auch Noah nicht vergeben war. Angesichts seiner Zerknirschtheit musste ich lachen. Für einen kurzen Moment hatte ich meinen Kummer, der sich in den letzten Stunden erneut um mein Herz geschlungen hatte, fast vergessen. „Noah, es tut mir leid!", sagte ich und schenkte ihm mein süssestes Lächeln, welches dieses eine Mal nicht aufgesetzt war, sondern von Herzen kam. „Ich dachte nur gerade darüber nach, weshalb du dich so fürsorglich um mich kümmerst, obwohl du mich doch gar nicht kennst. Aber ich weiss, du bist Rettungssanitäter, da ist es natürlich deine Pflicht zu helfen." Noahs Gesicht färbte sich rötlich, er sagte nichts. Dr. Wicker war überrascht über meine Worte. „Ihr kennt euch gar nicht?", fragte er erstaunt. „Erst seit ein paar Stunden …", antwortete ich und überlegte krampfhaft, wie ich das Thema wechseln konnte, um Noah aus dieser peinlichen Situation, in die ausgerechnet ich ihn gebracht hatte, wieder zu befreien. „Interessant …", entgegnete Dr. Wicker und schmunzelte geheimnisvoll vor sich hin. Noah schwieg noch immer, liess aber zu meinem Bedauern meine Hand los.

Die restliche Behandlung liess ich schweigend über mich ergehen, ich hatte schon genug angerichtet. Es war wirklich höchste Zeit, die Klappe zu halten.

Kurze Zeit später stand ich mit Krücken wieder an der Empfangstheke der Ambulanz und unterschrieb erleichtert die Entlassungspapiere. Das Röntgenbild war unauffällig, aber ich musste in zehn Tagen wiederkommen, um die Fäden ziehen zu lassen. Noah sprach nochmals kurz mit der attraktiven Krankenschwester, während Dr. Wicker mir die Medikamenteneinnahme genau erklärte. Ebenso machte er mich auf das Infektionsrisiko aufmerksam, wenn ich den Verband nicht täglich wechseln würde. Ein ärztliches Zeugnis brauchte ich nicht, da der Kindergarten in den Sommerferien sowieso geschlossen war und ich nicht arbeiten musste.

Schliesslich verabschiedeten wir uns endlich. Ich wollte gerade mein Handy aus meiner Tasche zücken, um ein Taxi zu rufen, als Noah lässig an mir vorbei ging und mir den Beutel mit den Medikamenten aus der Hand riss. „Hey!", rief ich ihm entgeistert hinterher, doch er ignorierte mich und schlenderte gemütlich zu seinem Range Rover. „Noah!" Ich wurde wütend und versuchte, mich mit diesen doofen Krücken fortzubewegen. Allerdings stellte ich mich dabei wirklich total dämlich an und kam erst nach einer gefühlten Ewigkeit, mehr oder weniger hüpfend, bei seinem Auto an. Noah lehnte völlig unbekümmert an der Motorhaube und schien sich prächtig darüber zu amüsieren. Das war wohl die Rache für meine unpassende Frage von vorhin. „Was soll das?", schrie ich ihn an. „Ich brauche meine Medikamente!" – „Steig in den Wagen, ich fahre dich nach Hause", sagte er, ohne auf meine Frage einzugehen. Er öffnete mir die Beifahrertür und verfrachtete mich wortlos auf den Sitz. „Nein, ich … ich muss doch noch mein Auto holen!" Ich versuchte wieder auszusteigen, doch ich kam nicht an ihm vorbei. Noah kam näher und schaute mir nun tief in die Augen. Er durchbohrte mich förmlich und seine Stimme klang nun scharf und bestimmt. „Isabella! Ich kenn dich nicht wirklich, aber ich bin mir sicher, dass du nicht verrückt bist! Du glaubst doch nicht ernsthaft, dass du mit deiner Verletzung noch fahren kannst? ICH fahr dich jetzt nach Hause und dann sehen wir weiter." Sein Lächeln war verschwunden und ich verstand, dass er keine Widerrede dulden würde, also entgegnete ich nichts mehr und schnallte mich stattdessen an. Kurz und bündig nannte ich ihm meine Adresse, damit er sie in sein GPS eingeben konnte, danach schwiegen wir beide.

Während der Fahrt plagte mich ein furchtbar schlechtes Gewissen und so wandte ich mich ihm schliesslich reumütig zu. „Noah, bitte verzeih mir, dass ich dich für schwul gehalten habe. Ich

wollte dich wirklich nicht kränken. Ich dachte ...
ach, ich ... nein, ich habe eben nicht nachgedacht
... Du warst heute wirklich mein Engel und ich
danke dir von ganzem Herzen. Ohne dich hätte
ich den Aufenthalt im Krankenhaus nicht
überstanden." Sein Blick wurde weich. Plötzlich
fuhr er an den Strassenrand, hielt den Wagen an
und drehte sich dann zu mir. „Isabella, ich bin
nicht gekränkt, weil du mich für schwul gehalten
hast und ich bin bei Gott kein Engel! Ich ...", er
fuhr sich mit den Händen durch seine perfekt
gestylten Haare, bevor er weitersprach, „ich ...
ach, vergiss es einfach! Du hast recht, ich bin
Rettungssanitäter und da konnte ich dich ja nicht
gut am Boden liegen lassen und einfach
davonbrausen. Wer weiss, was du sonst noch
angestellt hättest", spottete er kühl.

Seine Worte verletzten mich tief, aber ich
versuchte, mir nichts anmerken zu lassen. „Oh.
Na gut, dann danke", sagte ich knapp und senkte
enttäuscht meinen Blick. Augenblicklich fühlte
ich mich wieder elend. Er setzte den Rover
wieder in Gang und fuhr auf die Strasse zurück.
Ich blickte aus dem Fenster, schloss meine Augen
und versuchte die Tränen zurückzuhalten, die
sich in meinen Augen sammelten. Doch diesmal
gelang es mir nicht. Sie bahnten sich den Weg

über meine Wangen, noch bevor ich sie aufhalten konnte, aber wenigstens musste ich nicht schluchzen, sodass Noah nicht bemerkte, wie ich schon wieder weinte.

„Isabella, wach auf. Wir sind da, Süsse", flüsterte er in mein Ohr. Im ersten Moment war ich verwirrt. Die Erschöpfung der neusten Ereignisse hatte ihren Tribut gefordert und so musste ich wohl während der Fahrt eingeschlafen sein. Meine Augen und meine Backen brannten immer noch von den vielen Tränen, die ich still vergossen hatte. Noah stieg aus und öffnete mir kurz darauf die Beifahrertür. Als er meine nassen Wangen bemerkte, runzelte er besorgt die Stirn. „Isabella, alles okay?" – „Natürlich!", versicherte ich ihm mit einem gekünstelten Lächeln, während ich die Krücken und meine Tasche aus dem Auto holte. Ich entwendete Noah den Beutel mit den Medikamenten, schulterte meine Tasche und hüpfte in Richtung Blockhaus. Noah folgte mir und wollte mich hochheben, um mich die Treppen hochzutragen, doch ich wies ihn ab. „Es geht schon, lass mich los!", sagte ich bissig, doch er liess nicht von mir ab. Ich wurde wütend und stiess ihn weg. „Noah! Geh einfach, okay?" Erschrocken starrte er mich an. „Isabella, ich wollte dir doch nur helfen! Ich …" – „Ja, weil du

Rettungssanitäter bist!", fiel ich ihm genervt ins Wort. „Ich habe es verstanden! Und glaub mir, du bist ein sehr guter Sanitäter und hast deinen Job mehr als nur gut gemeistert, aber jetzt bin ich zu Hause und sorge wieder für mich selbst, du kannst also gehen." Ich wurde ruhiger, weil ich mich noch in der gleichen Sekunde für meinen Ausbruch schämte. „Danke nochmal, für alles", fügte ich also lahm hinzu, weil mich augenblicklich das schlechte Gewissen packte.

Noah blieb wie angewurzelt stehen und ich spürte seinen Blick in meinem Rücken, während ich die Tür aufsperrte und kurz darauf im Treppenhaus verschwand. Als ich dann endlich, nach zwei weiteren, schier unbezwingbaren Treppen, in meiner Etage und meinem Apartment angekommen war und die Tür hinter mir geschlossen hatte, lehnte ich mich mit dem Rücken an die kalte Wand im Flur und versuchte mich zu beruhigen. Meine Atmung ging oberflächlich und schnell, mein Bein schmerzte fürchterlich. Ich fühlte mich erschöpft und niedergeschlagen, während ich meine Tasche auf den Boden stellte und versuchte meine Schuhe, beziehungsweise was davon übrig geblieben war, auszuziehen. „Oh Scheisse! Mein Auto! ..." Ich schlug die Hände über meinem Kopf zusammen, als ich mich plötzlich wieder daran erinnerte, dass mein Auto immer noch auf dem Parkplatz des Quick Marktes stand. Doch egal wie sehr ich mich auch ärgerte, Noah behielt recht. Solange ich verletzt war, konnte ich nicht fahren, also würde mein Auto so lange da stehen bleiben müssen, bis mein Knie wieder heil war.

Geknickt hüpfte ich schliesslich in mein Schlafzimmer. Meine Kleider waren zwischenzeitlich wieder vollkommen trocken, also legte ich mich, ohne mich zu entkleiden, vorsichtig auf mein Bett. Kaum hatte ich mich zusammengerollt und eine passende Position für mein Knie gefunden, kamen mir schon wieder die Tränen und ich weinte mich völlig aufgelöst in den Schlaf.

3

Noch bevor ich meine Augen öffnete, wusste ich, dass es bereits gegen Mittag war, denn ich spürte die angenehme Wärme der Mittagssonne, die durch mein Schlafzimmerfenster schien. Schlaftrunken drehte ich mich auf die Seite, hielt aber sofort inne, als ich abermals den stechenden Schmerz in meinem Knie verspürte. „Oh Verdammt, mein Knie!", fluchte ich laut … Nachdem der Schmerz langsam wieder nachgelassen hatte, zog ich mich an meinem Bettgitter hoch und hüpfte ins Badezimmer. Ich liess das Wasser in die Badewanne einlaufen und setzte mich vorsichtig auf den Wannenrand. Schliesslich gelang es mir tatsächlich in die Wanne zu steigen, OHNE dass mein Knie, mitsamt Verband, nass wurde. Ich genoss das warme Wasser auf meiner Haut und atmete entspannt den blumigen Duft meines Badeschaums ein. Nachdem ich mich gewaschen hatte, schloss ich meine Augen und war nicht überrascht darüber, dass Noahs Gesicht vor meinem inneren Auge erschien, denn ich konnte mich noch sehr gut daran erinnern, dass ich von ihm geträumt hatte. Augenblicklich verspürte ich wieder ein schlechtes Gewissen, weil ich ihn gestern so mies behandelt hatte. Das hatte er nicht verdient, schliesslich wäre ich ohne ihn total am Arsch gewesen. Doch nun war es zu spät, er war weg und ich würde ihn wohl nie wieder sehen. Seufzend schüttelte ich meinen Kopf, als würde sein Bild dadurch aus meinem Gedächtnis verschwinden und richtete mich wieder auf, zog mir meinen weissen, samtenen Bademantel über und humpelte in die Küche, wo ich mich schliesslich erschöpft auf den Stuhl am Küchentisch sinken liess.

Ich betrachtete den Verband an meinem Knie und wieder verkrampfte sich mein Magen. Ich wusste, dass ich den Verband wechseln musste, Dr. Wicker hatte mich ausdrücklich auf die Notwendigkeit hingewiesen. Schon im Badezimmer hatte ich ihn abnehmen wollen, aber ich hatte es einfach nicht über mich gebracht. Der Gedanke daran, darunter eine Wunde und Blut vorzufinden, war einfach nicht ertragbar.

Ich war noch in Gedanken versunken, als es plötzlich an der Tür klopfte. Ich erschrak, denn ich konnte mir beim besten Willen keinen Reim darauf machen, wer das hätte sein können. Ich erwartete so gut wie nie unangemeldeten Besuch und für den Zeitungsjungen war es bereits zu spät. Ich wollte das Klopfen schon ignorieren, doch dann siegte meine Neugier schliesslich doch und ich hüpfte zur Tür. Als ich sie öffnete, stockte mir der Atem und mein Herz pochte plötzlich heftig und laut in meiner Brust. „Noah! Was tust du denn hier?" Sein Anblick raubte mir erneut die Sinne. Sein enganliegendes, schwarzes Shirt betonte seine muskulösen Oberarme und die einfache, graue Jogginghose sass locker, aber wie angegossen um seine Hüften. In der Hand trug er einen kleinen Koffer. „Hey, Isabella! Dr. Wicker schickt mich, um die Naht und die Wundheilung zu überprüfen", sagte er gelassen. „Was? Seit wann machen denn Rettungssanitäter Hausbesuche?", fragte ich überrascht. „Nun ja", er fuhr sich nervös durch seine perfekt gestylten Haare, „er macht sich eben Sorgen um dich. Kann ich reinkommen?" Ich betrachtete ihn argwöhnisch und zog verlegen die Schlaufe meines Bademantels enger, ehe ich schliesslich nickte und einen Schritt auf die Seite machte, damit er eintreten konnte. Unsere Körper streiften sich leicht und ich atmete unauffällig seinen süsslich herben Duft ein. Sein Besuch irritierte mich zwar sehr, aber ich hätte mich selbst belogen, wenn ich mir nicht eingestanden hätte, dass ich mich innerlich über das Wiedersehen mit ihm freute. Nachdem ich die Tür hinter ihm geschlossen hatte, drehte ich mich um und hüpfte zurück in die Küche. Noah folgte mir unauffällig. „Sag mal, warum hüpfst du hier eigentlich herum wie ein Känguru? Du hast doch Krücken …“ Er amüsierte sich offensichtlich prächtig und ich spürte, wie mir die Röte in die Wangen stieg. „Ja schon, aber es ist mir einfach zu blöd, die für jeden einzelnen Schritt mit mir rumzutragen“, sagte ich, während ich mich verlegen auf meinen Stuhl zurücksetzte. „Wenn du etwas trinken möchtest, dann bedien dich bitte. Ich habe noch keinen Kaffee aufgesetzt, aber im Kühlschrank hat es Mineralwasser und Orangensaft, falls du durstig bist.“ „Danke, ich brauche nichts“, lehnte er höflich ab und liess sich gleich darauf lässig auf den Stuhl neben mir sinken. Seine Nähe machte mich unheimlich nervös und ich war sehr dankbar darüber, dass er seinen Blick bereits auf mein Knie gerichtet hatte und nicht bemerkte, wie ich ihn von oben bis unten musterte und sich meine Gesichtsfarbe dabei erneut veränderte. Er strich sanft über mein Knie, das unter meinem Morgenmantel hervor guckte und öffnete schliesslich behutsam den Verband. „Dann wollen wir mal sehen, was die Wunde macht." Ein kalter Schauer lief über meinen Rücken, den seine Berührung in mir ausgelöst hatte. Während er die Binde abnahm, schloss ich meine Augen. Ich hörte, wie er etwas aus seinem Koffer entnahm und fühlte plötzlich eine kalte Flüssigkeit auf meinem Knie. Ich zuckte kurz zusammen, doch nach ein paar wenigen Sekunden war alles vorbei und kurze Zeit später zierte ein frischer Verband mein Knie. Oh Gott! Ich war ihm unendlich dankbar, aber das musste er ja nicht wissen. Es war schlimm genug, dass er mich für einen Schussel hielt, er musste mich wirklich nicht auch noch für ein Weichei halten. „Isabella?", begann er schliesslich nachdenklich, während er das Desinfektionsmittel wieder in dem Koffer verstaute. „Ja?" – „Du kannst kein Blut sehen. War das schon immer so?" Ich erstarrte, aber es zu leugnen, brachte jetzt auch nichts mehr. „Nein", antwortete ich traurig, „dieses Problem habe ich erst seit ein paar Monaten, seit …" Ich stockte und spürte, wie sich meine Kehle zuschnürte. „Seit deinem Unfall", ergänzte er meinen Satz wissend. „Ja", bestätigte ich knapp und hoffte, dass er keine weiteren Fragen stellen würde. Allerdings war mir klar, dass die Chancen, dass dieses Gespräch nicht in einem Verhör enden würde, relativ schlecht standen. „Was ist damals passiert?" Ich blickte in seine Augen und verlor mich einen kurzen Moment darin, ehe mir wieder bewusst wurde, dass er meine Krankenakte gelesen hatte und einen grossen Teil der ganzen Geschichte kannte, allerdings nur den medizinischen Teil und das musste auch so bleiben. „Ach", sagte ich ruhig, als ob nichts weiter dabei wäre, „das war einfach ein dummer Unfall! Was passiert ist, ist passiert." Ich zuckte gleichgültig mit den Schultern, während ich aus dem Fenster ins Leere starrte, um seinem misstrauischen Blick auszuweichen. „Isabella!" Er kam näher und kniete sich vor mich nieder. Er nahm mein Kinn in seine Hand und hob es an, sodass ich gezwungen war, ihm in seine Augen zu sehen. „Du warst im 3. Monat schwanger und bist mit zahlreichen blauen Flecken, Quetschungen und inneren Blutungen ins Spital eingeliefert worden! Das war kein blöder Unfall! Was zum Teufel ist da passiert?" Er runzelte die Stirn und ich erkannte wieder diese aufrichtige Sorge in seinen Augen. Ich drehte meinen Kopf weg und ballte meine Hände zu Fäusten. Warum wollte er das wissen? Das ging ihn gar nichts an! Er war weder ein Freund, noch mein Freund, er war nur ein dämlicher Rettungssanitäter, dem offenbar noch ein paar gruslige Geschichten für sein Repertoire fehlten. „Noah, das geht dich nichts an! Ich will nicht darüber reden, klar?", sagte ich schroff und funkelte ihn dabei böse an. Noah seufzte resigniert und entfernte sich mit erhobenen Händen von mir. „Tut mir leid, ich wollte dir nicht zu nahe treten. Bestimmt hast du Freunde und Familie, denen du alles anvertraut hast und den Vater des Babys gibt es ja bestimmt auch noch ..."

Als er diese Worte ausgesprochen hatte, konnte ich mich nicht mehr beherrschen! Noah traf einen wunden Punkt und plötzlich war es, als ob ein Vulkan ausbrach, der schon lange in mir getobt hatte. Ich stand auf, humpelte auf ihn zu und schrie ihm mitten ins Gesicht. Meine Worte sprudelten nur so aus mir heraus. „Ich habe mit niemandem darüber gesprochen, Noah! Wieso hätte ich das tun sollen? Es hätte nichts daran geändert! Was passiert ist, ist passiert und es lässt sich nicht mehr ungeschehen machen! Der Kindsvater war ein Arschloch und ..." Plötzlich konnte ich nicht mehr sprechen. Ich schlug die Hände vor mein Gesicht und begann, haltlos zu schluchzen. Noah verfolgte meinen Ausbruch mitfühlend und wollte mich instinktiv in die Arme nehmen, um mich zu trösten. „Nein, lass mich!", schrie ich weiter. „Und meine Familie weiss nichts davon, denn meiner Mutter und meiner Schwester hätte es das Herz gebrochen und mein Vater, der hätte ihn wahrscheinlich umgebracht, nachdem ..." Ich verstummte erneut und schluchzte weiter. Kraftlos sank ich auf meinen Stuhl und blendete alles um mich herum aus. Er war wieder da, stärker als jemals zuvor, dieser Schmerz in meinem Herzen und in meiner Seele. Der Verlust meines Babys, die Erinnerung an die schreckliche Nacht und die Erkenntnis, nie wieder schwanger werden zu können, weil mein Bauch nach den schlimmen inneren Blutungen vernarbt war. Laut den Ärzten würde sich nie wieder ein Baby in meinen Uterus einnisten können. All diese Gefühle, die ich in den letzten Monaten erfolgreich verdrängt hatte, waren nun mit einem Schlag wieder zurückgekehrt und brachten meine Welt erneut zum Einsturz.

Noah legte seine Arme um meine Taille und hob mich vom Stuhl. Dieses Mal wehrte ich mich nicht. Ich legte meine Arme um seinen Nacken und vergrub mein tränenüberströmtes Gesicht in seiner Brust, während er mich in mein

Schlafzimmer trug. Die Tür stand immer offen, sodass er das Zimmer sofort erkannte, ohne lange danach suchen zu müssen. Er legte mich vorsichtig auf mein Bett und deckte mich liebevoll zu. Ich weinte immer noch bitterlich und war davon überzeugt, dass er mein Apartment nun verlassen würde, doch stattdessen legte er sich neben mich und zog mich fest in seine Arme. Wortlos streichelte er meine widerspenstigen Haare und verstärkte schliesslich seinen Druck um meine Taille. Ich genoss seine Nähe und die Wärme, die mich angenehm umhüllte. Ich fühlte mich so beschützt und geborgen, dass ich schliesslich, als meine Tränen endlich verstummten, in seinen Armen einschlief.

Als ich wieder aufwachte, war von Noah nichts mehr zu sehen. Einen Augenblick lang fragte ich mich, ob ich vielleicht alles nur geträumt hatte, doch meine brennenden Augen überzeugten mich vom Gegenteil und erinnerten mich wieder an mein blutendes Herz. Vorsichtig rollte ich aus dem Bett, legte den Bademantel ab und zog mir ein kurzes Sommerkleid über. Langsam und behutsam näherte ich mich der Küche. Diesmal nahm ich die Krücken zur Hand, denn mein Knie schmerzte höllisch. Ich musste dringend meine Medikamente einnehmen.

Ich holte mir gerade ein Glas aus dem Küchenschrank und füllte es mit Wasser, als ich die Tür ins Schloss fallen hörte. Überrascht drehte ich mich um und traute meinen Augen nicht. Noah stand, mit einer riesigen Einkaufstüte beladen, im Türrahmen und beobachtete mich besorgt. „Hey, hast du dich wieder beruhigt?" Er kam näher und strich mir mit dem Handrücken zärtlich über meine Wangen. Sofort durchlief mich ein wohliger Schauer. „Noah … was machst du denn noch hier?" Ich war irritiert und … verdammt, mein Puls wollte sich einfach nicht beruhigen und ich spürte, wie ich leicht zitterte. Es war mir sehr unangenehm, was dieser Mann für Gefühle in mir auslöste, doch ich konnte sie nicht zügeln. Er ignorierte meine Frage, als ob ich nichts gesagt hätte, stellte die Tüte auf die Küchentheke und machte sich daran, die Lebensmittel auszupacken. „Jetzt wirst du erst einmal etwas essen", sagte er. „Noah, was soll denn das?" Meine Stimme klang leise und zerbrechlich. „Ich brauche niemanden, der sich um mich kümmert und ich möchte auch niemanden, der sich um mich kümmert! Ich schaff das schon alleine!"

Augenblicklich liess er alles fallen und musterte mich eindringlich. Seine Stimme klang eisern, während er aufgebracht auf mich zusteuerte und mich an den Schultern packte. „Oh doch! Genau das brauchst du, Isabella! Und ich werde mich um dich kümmern, ob du nun willst oder nicht! Du trägst diese ganze Scheisse nun schon so lange mit dir herum und konntest bisher noch mit niemandem darüber sprechen. Verdammt, Süsse, du brauchst jemanden und ich werde derjenige sein."

Jetzt reichte es mir! Was dachte er eigentlich, wer er war? Dachte er ernsthaft, dass ein lächerlicher Tag ausreichen würde, um mein Vertrauen zu gewinnen? Nun ja, ich musste zugeben, dass er für einen Fremden, dem ich angeblich nicht vertraute, wirklich verdammt viel über mich wusste. Trotzdem verstand ich nach wie vor nicht, weshalb er sich so für mich und meine Geschichte interessierte. Er war schliesslich Rettungssanitäter und wurde tagtäglich mit schlimmen Unfällen konfrontiert. Kümmerte er sich danach um jeden Patienten auch noch privat? – „Warum? ...", sprach ich meine Gedanken schliesslich laut aus, „Warum tust du das? Du kennst mich doch gar nicht." Ich legte meine Stirn in Falten und betrachtete ihn unsicher, ich durchbohrte ihn regelrecht mit meinem Blick, als ob ich die Antwort irgendwo auf seinem fantastischen Körper finden könnte. „Weil ich es tun möchte und du jemanden brauchst! Und jetzt setz dich und lagere dein Knie hoch, sonst wirst du noch lange nicht laufen können!", befahl er kühl. Er drehte mir den Rücken zu und machte sich weiter an den Lebensmitteln zu schaffen.

Die Diskussion war für mich noch lange nicht beendet. Ich wollte Antworten, doch der Befehlston in seiner tiefen Stimme ängstigte mich, sodass ich nicht den Mut aufbrachte, noch etwas zu erwidern. Ausserdem entsprach es ja auch der Wahrheit: Ich brauchte wirklich jemanden. Ich konnte ja noch nicht einmal den Verband selbst wechseln. Allerdings war ich mir noch nicht ganz sicher, ob ER wirklich derjenige war, den ich um mich haben wollte. Zugegeben, von WOLLEN, war keine Rede, aber ich fühlte mich unwohl in seiner Nähe, weil er einiges über mich wusste und doch wusste er nichts. Seine Anwesenheit machte mich in jeder Hinsicht nervös und das passte mir überhaupt nicht. Seufzend liess ich mich schliesslich resigniert auf meinen Küchenstuhl fallen und legte mein verletztes Bein auf den anderen. „Braves

Mädchen!", scherzte er und lächelte dabei siegessicher vor sich hin. „Ich bin kein süsser Hund!", entgegnete ich gereizt und vergrub mein Gesicht in einer alten Zeitschrift, die ich noch auf dem Tisch liegen hatte. „Ein Hund? Nein! Süss? Definitiv ja!" Er schmunzelte und begann nun damit, meine Schubladen zu durchforschen. Offensichtlich suchte er nach etwas, mit dem er das Gemüse bearbeiten konnte, welches er zwischenzeitlich gewaschen hatte. Ich tat so, als ob ich ihn nicht gehört hätte und erklärte ihm stattdessen, wo er die gewünschten Kochutensilien finden konnte. Eine halbe Stunde später sassen wir gemeinsam am Tisch und assen Pasta.

Die Nudeln schmeckten mir ausgezeichnet und Noah freute sich sichtlich, als ich das Kompliment aussprach. „Wow! Die schmecken wirklich super! Wo hast du das denn gelernt?" – „Das ist ein italienisches Familienrezept. Meine Grossmutter hat es mir verraten, als ich noch ein Kind war und mich gelehrt, es zu kochen." – „Du stammst also aus Italien?" – „Ja genau, aus Palermo." Neugierig und interessiert horchte ich seiner Lebensgeschichte und freute mich insgeheim sehr darüber, als er weitererzählte. „Ich bin vor fünf Jahren mit meinem besten Freund in die

Staaten gezogen, um hier zu arbeiten. Wir teilen uns eine Wohnung in der Nähe des Krankenhauses, allerdings nicht mehr lange, denn der Junge wird bald heiraten und dann mit seiner künftigen Frau zusammenziehen. Was ist mit dir? Du bist keine Amerikanerin", fragte er. „Nein, ich komme aus Irland", erklärte ich. „Und weshalb bist du hier?", fragte er weiter. „Meiner Familie gehört ein Weingut und mein Vater vertreibt unseren Wein auf der ganzen Welt. Als er dann vor drei Jahren nach Amerika expandiert hat, sind wir vorübergehend nach Seattle gezogen, damit er seine Geschäfte von hier aus tätigen konnte. Nach einem Jahr ist meine Familie wieder nach Irland zurückgekehrt und ich bin hiergeblieben." Noah zog seine Augenbrauen hoch und betrachtete mich neugierig. „Wieso bist du nicht mit ihnen zurückgekehrt?" – „Ich bin Erzieherin und habe kurz nach unserer Ankunft eine Stelle in einem Kindergarten am Stadtrand angenommen. Eigentlich nur befristet, doch die Kinder sind mir so ans Herz gewachsen, dass ich sie nicht wieder verlassen wollte. Ausserdem habe ich damals einen Freund gehabt und wollte bei ihm bleiben, also war meine Entscheidung gefallen." – „Und deine Eltern haben das einfach so akzeptiert?", fragte er überrascht. Ich seufzte tief. „Nein. Meine Mutter hat tagelang geweint, doch nachdem ich ihr schliesslich versprochen habe, dass ich weiter in unserer Wohnung wohnen bleiben würde, hier im sicheren Stadtteil, hat sie mir schliesslich ihren Segen gegeben. Zu diesem Zeitpunkt war ich ja auch schon einundzwanzig und sie haben gedacht, ich wäre in guten Händen ..." Noah runzelte die Stirn. „Und das warst du nicht?" „Nein, offenbar nicht, aber darüber will ich nicht sprechen, Noah", sagte ich knapp. Er senkte betrübt seinen Blick und nickte schliesslich resigniert. „Es ist schon spät, Isabella. Ich werde mich jetzt vom Acker machen." Überrascht blickte ich auf meine Küchenuhr. „Spät? Es ist erst zehn Uhr!" Ich war noch nicht bereit, ihn gehen zu lassen ... „Süsse, ich bin dreissig Jahre alt. In diesem Alter ist zehn Uhr definitiv schon spät. Ausserdem muss ich morgen wieder früh raus." Er erhob sich von seinem Stuhl und stellte das Geschirr in die Abwaschmaschine, ehe er sich zu mir hinunter beugte und mich anschliessend flüchtig auf meine Wange küsste. „Gute Nacht, Isabella! Ich werde morgen wiederkommen, um nach dir zu sehen." Schweigend beobachtete ich, wie er meine Wohnung verliess. Ich legte meine Hand auf die Wange, auf der ich immer noch seine zarten Lippen spüren konnte und versuchte zu verstehen, weshalb meine Gefühle plötzlich Purzelbäume schlugen.

4

Noah hielt sein Wort und kam auch an den
folgenden Tagen bei mir vorbei, um sich um mich
zu kümmern. Ich fühlte mich nicht mehr so
unsicher wie am Anfang und genoss seine
Gesellschaft mittlerweile sehr. Er kochte jeden
Abend für uns und liess sich sogar von seinem
Freund zum Einkaufszentrum fahren, damit er
mir mein Auto zurückbringen konnte. Ich war
unglaublich erleichtert darüber, es nun endlich
wieder bei mir zu haben. In dieser Stadt grenzte
es wahrlich an ein Wunder, dass es überhaupt
noch da gestanden hatte und zwischenzeitlich
nicht geklaut worden war. Noah wurde mir
immer wichtiger und ich gewöhnte mich daran,
ihn regelmässig um mich zu haben. Wir
entdeckten Gemeinsamkeiten, verteidigten aber
auch unsere unterschiedlichen Ansichten. So
kam es manchmal vor, wenn Noah am nächsten
Tag nicht arbeiten musste, dass unsere
lebendigen Gespräche bis spät in die Nacht
dauerten. Noah boxte in seiner Freizeit im
Fitnessstudio und ich berichtete ihm mit
glänzenden Augen von meiner Leidenschaft für
Musicals. Es entstand eine Nähe zwischen uns,

die ich einerseits willkommen hiess, die mir anderseits aber auch fürchterliche Angst einjagte. Ich wusste immer noch nicht, weshalb sich Noah unbedingt um mich kümmern wollte. Ich hatte Angst, ihn zu verlieren und davor, dass er wieder aus meinem Leben verschwinden würde, wenn mein Knie wieder verheilt war. Doch diesen Gedanken verdrängte ich nach bester Möglichkeit.

Am neunten Tag nach meinem Unfall war die Wunde an meinem Knie schon fast verheilt. Ich konnte den Fuss bereits wieder belasten und brauchte keine Schmerztabletten mehr. Heute wollte ich Noah überraschen und ihn davon überzeugen, dass auch ich kochen konnte. Ich wollte ihn verwöhnen und mich für alles bedanken, was er in den letzten Tagen für mich getan hatte. Fröhlich verliess ich das Haus und kaufte die Zutaten für das geplante Menu ein, um mich wenig später in der Küche auszutoben und den Fisch, die Kartoffeln und den Salat zuzubereiten. Ich schaltete das Radio ein, wirbelte ausgelassen durch die Küche und sang fröhlich vor mich hin. Nach vier ganzen Monaten fühlte ich mich endlich wieder glücklich und froh. Lächelnd stieg ich auf meinen Küchenstuhl, um die Salatschüssel aus dem oberen Schrank zu holen, als ich mein Gewicht versehentlich zu sehr auf eine Seite verlagerte und der Stuhl schliesslich umkippte. Ich schrie auf, doch zu meiner eigenen Überraschung landete ich nicht auf dem harten Boden, sondern in Noahs Arme, der mich nun erschrocken und wütend zugleich ansah. „Verdammt nochmal, Isabella!", schrie er mich an, während er mich wieder auf die Beine stellte, „kannst du nicht besser auf dich aufpassen? Dich kann man wirklich keinen Tag lang alleine lassen!" Er hielt mich an meinen Armen fest und drückte zu. Als ich in seine zornig funkelnden Augen blickte, erstarrte ich. Es dauerte einen kurzen Moment, bis ich mich wieder gefasst hatte, doch dann riss ich mich hastig von ihm los und stürmte wütend in mein Schlafzimmer. „Fahr zur Hölle!", rief ich, bevor ich die Tür hinter mir zuknallte. Kaum hatte ich mich beleidigt auf mein Bett gesetzt, hörte ich ihn auch schon vor meiner Tür. „Isabella, es tut mir leid! Principessa, bitte verzeih mir, ich war ein Vollidiot!" Ich spürte sein schlechtes Gewissen und seine reumütige, fast weinerliche Stimme versetzte mir einen Stich in mein Herz. Er verdiente es nicht von mir abgewiesen zu werden, nach allem, was er für mich getan hatte, aber im Moment war ich furchtbar wütend auf ihn und verletzt. „Verschwinde!", schrie ich gekränkt. Seine Stimme war nur noch ein leises Flüstern. „Isabella, bitte verzeih mir. Mein Tag war total beschissen! Wir haben heute ein Kind verloren, was mir sehr nahe geht und als ich zur Tür hineingeschlichen bin, um dich zu überraschen und dich fallen sah, da bin ich ausgetickt! Der Gedanke daran, dass dir etwas zustossen könnte, ist für mich unerträglich!" Ich schlich zur Tür und lauschte gerührt seinen Worten. Jetzt tat er mir wirklich leid … „Süsse", fuhr er geknickt fort, „ich möchte einfach nicht, dass dir was passiert! Du bedeutest mir so viel!"

Jetzt öffnete ich die Tür und trat irritiert hinaus in mein Wohnzimmer. Noah kauerte neben meiner Tür am Boden und lehnte an der Wand. Seine muskulösen Arme hatte er schützend um seine Beine geschlungen. Nachdem er mich bemerkt hatte, sah er mich erleichtert an, erhob sich sofort und näherte sich mir verkrampft. Erst jetzt bemerkte ich die Traurigkeit, die sich in seinen Augen widerspiegelte und die dunklen Schatten darunter. Es ging ihm wirklich miserabel. Als er schliesslich vor mir stehen blieb, hielt er einen kurzen Augenblick lang inne. Erst als er sich sicher war, dass ich ihn nicht wieder abweisen würde, zog er mich in seine

Arme. „Ich bedeute dir etwas?", fragte ich schliesslich erstaunt und hoffte gleichzeitig, dass ich mir seine Worte nicht nur eingebildet hatte. Noah liess mich verblüfft los, nahm meinen Kopf zwischen seine Hände und zwang mich, ihm in die Augen zu sehen. „Principessa, hast du das denn nicht bemerkt? Denkst du etwa, ich mache bei jedem meiner Patienten Hausbesuche und verbringe anschliessend Zeit mit ihnen?" – „Also war es doch nicht Dr. Wicker, der dich zu mir geschickt hat?" Insgeheim wusste ich die Antwort schon. Ich hatte es immer schon gewusst. „Nein, Isabella! Natürlich nicht, das war eine Ausrede …" Er sah verlegen zu Boden. „Ich war dir bereits verfallen, als ich dir das erste Mal in deine honigbraunen, warmen Augen geblickt habe. Deine wunderbaren Haare, die vollen Lippen, deine zarte Haut und deine Zerbrechlichkeit, dein Lachen … Principessa, ich könnte mir ein Leben ohne dein Lachen nicht mehr vorstellen! Als ich im Krankenhaus deine Akte gelesen habe, war ich so wütend, weil du das …", er schwieg kurz und machte eine Bewegung mit der Hand, als suche er nach den passenden Worten, „alles mitmachen musstest, da hätte ich am liebsten alles kurz und klein geschlagen!" Er schwieg einen kurzen Moment lang, ehe er verletzt auflachte, „und dann hast du geglaubt, ich wäre … schwul … Ich war enttäuscht, weil ich es offensichtlich nicht geschafft hatte, dich von meinen Gefühlen für dich zu überzeugen und mir wurde klar, dass du sie niemals erwidern würdest. Verdammt, Isabella, ich habe bis anhin selbst nicht an Liebe auf den ersten Blick, oder was auch immer das hier sein mag, geglaubt, aber du bist mir nicht mehr aus dem Kopf gegangen, ich musste dich einfach wiedersehen!" Er blickte traurig zu Boden, nachdem er diesen Satz beendet hatte.

Ich konnte es nicht glauben. Sein Geständnis erleichterte, erfreute und ängstigte mich zugleich. „Noah, ich habe dich danach gefragt, weil ich nach einer Erklärung gesucht habe. Dafür, dass du dich so warmherzig, liebevoll und bedingungslos um mich gekümmert hast … um mich … einen fremden, unachtsamen Schussel! Ich hätte niemals zu träumen gewagt, dass du wirklich an mir interessiert sein könntest. Im Krankenhaus warst du mein Engel und die letzten Tage waren unvorstellbar schön!" Tränen sammelten sich in meinen Augen, als ich mir endlich eingestand, was ich für ihn empfand.

Einen Moment lang betrachteten wir uns schweigend. In seinen Augen las ich ebenfalls Erleichterung, Sehnsucht und … war das etwa Liebe, die ich darin erkennen konnte? Dann, endlich, beugte er sich zu mir hinunter und küsste mich behutsam. Seine Lippen fühlten sich unglaublich warm und zart an. Er begann damit an meinen Lippen zu knabbern, ehe wir miteinander verschmolzen und unsere Zungen leidenschaftlich miteinander tanzten. Er löste seine Hand von meiner Taille und strich mit seinen langen Fingern zärtlich über meine schweren Brüste. Sofort wurden meine Nippel hart und richteten sich gegen den dünnen Baumwollstoff meines Sommerkleides. Mich durchfuhr ein wohliger Schauer und mein Verlangen nach ihm wuchs ins Unermessliche. Er streichelte meinen Oberschenkel und schob das Kleid nach oben, bevor er es mir ganz auszog und ich nur noch in meinem Slip vor ihm stand. „Principessa, du bist so wunderschön …", hauchte er mir ins Ohr, während er mich ruckartig auf seine Arme hob und mich behutsam auf mein Bett legte. Dort angekommen, küsste er meinen Hals und bahnte sich den Weg zu meinen Brüsten. Er knabberte verführerisch an meinen empfindlichen

Brustwarzen, bis ich vor Lust leise aufschrie und mich ihm entgegen bäumte. Nun konnte mich nichts mehr halten. Während er meine Brüste weiter liebkoste, machte ich mich zitternd an seinem Gürtel zu schaffen. Während ich die Schnalle öffnete, spürte ich, wie hart er bereits war. Hastig befreiten wir ihn gemeinsam aus seinen Hosen und den Shorts, ehe er auch mir mein Höschen auszog und es auf den Boden neben meinem Bett fallen liess. Noah liess mich keine Sekunde aus den Augen. Er zückte ein Kondom aus seiner Hosentasche, öffnete es beinahe routiniert und rollte es über seine beachtliche Erektion. Er küsste mich begierig, bevor er langsam in mich eindrang. Leise stöhnend bewegte er sich sacht, bis er schliesslich seinen Rhythmus fand.

Völlig unvorbereitet spürte ich ein Ziehen in meinem Bauch, ein drückender Schmerz, der immer stärker wurde. Plötzlich hatte ich das Gefühl, als würde es mich innerlich zerreissen. Ich schrie gequält auf und krallte meine Nägel in Noahs Arme. Sofort glitt er aus mir hinaus und betrachtete mich besorgt. „Alles in Ordnung?" Nein, nichts war in Ordnung! Ich hatte Angst. Angst, weil ich nicht wusste, was die Schmerzen zu bedeuten hatten. Waren das Nachwirkungen der Operation? Würde Sex für mich nun immer mit marternden Schmerzen verbunden sein? Noah konnte die Angst in meinen Augen erkennen und wollte sich auf die Seite rollen, doch ich hielt ihn davon ab und griff mit beiden Händen an seinen Hintern, um ihn wieder in die Richtung meiner feuchten Mitte zu dirigieren. Ich wollte ihn, auch wenn es schmerzte. Ich wollte ihn unbedingt weiter in mir spüren. „Bist du dir ganz sicher?" Er flüsterte und strich mir beunruhigt eine Haarsträhne aus meinem Gesicht. Ich nickte schnell und drängte ihn, endlich wieder in mich einzudringen und weiterzumachen. Der Schmerz war sofort wieder da, doch diesmal war ich darauf gefasst. Ich versuchte mich zu entspannen und kam seinen Stössen mit meinen Hüften entgegen. Noah stöhnte lustvoll auf und bald hatten wir unseren Rhythmus wiedergefunden. Der Schmerz liess nach und ich merkte, wie ich mich allmählich entspannte und geradewegs auf den Höhepunkt zusteuerte. Auch Noahs Atem wurde immer flacher und beschleunigte sich, ehe er sich heftig in mir ergoss. Sein Penis zuckte in mir zusammen, dies reichte aus, um auch mich ins Nirwana zu katapultieren.

Noah küsste mich liebevoll, während er sich nach einer kurzen Verschnaufpause aus mir zurückzog. Vorsichtig strich er das Kondom ab und verknotete es sorgsam. Er legte es auf die Seite und drehte sich wieder zu mir. Zärtlich streichelte er mein Haar und küsste mich immer wieder sanft auf meine geschwollenen Lippen. „Principessa, ist wirklich alles in Ordnung? Hast du immer noch Schmerzen?" Seine Sorge rührte mich. Ich lächelte ihn an und schüttelte meinen Kopf, sodass meine zerzausten Haare wild umher wirbelten. „Alles okay, es war wunderschön." Das war nicht gelogen, ich fühlte mich wirklich wie im Himmel. Es war nicht mein erstes Mal gewesen, aber noch nie zuvor hatte ich das Gefühl, als ob mein Körper für jemanden geschaffen wurde. Bei Noah fühlte es sich an, als gehörten wir zusammen wie zwei Puzzleteile. Glücklich schmiegte ich meinen Kopf an seine Brust und lauschte seinem Herzschlag. Sofort zog er mich näher zu sich und strich mir gedankenverloren über den Rücken. Meine Antwort schien ihn nicht zu beruhigen, aber er schwieg.

„Oh Shit! Der Fisch! Ich muss den Fisch weiterverarbeiten." Mir war bewusst, dass ich die romantische Stimmung zwischen uns abrupt killte, aber der Fisch hatte ein halbes Vermögen gekostet und ich wollte ihn nicht verderben lassen. Ich befreite mich aus seiner Umarmung und kletterte vom Bett, doch Noah packte mich an den Hüften und beförderte mich ruckartig zurück in seine Arme. „Principessa, ich habe so lange auf diesen Moment gewartet. Dich endlich in meinen Armen zu halten, ist ein unbeschreibliches Gefühl und ich bin noch nicht bereit, dich gehen zu lassen!" Er vergrub sein Gesicht in meinen Haaren und sog ihren Duft tief ein. Gott sei Dank hatte ich sie heute Morgen frisch gewaschen. Ich lächelte gerührt und schmiegte mich abermals an ihn. Ich genoss seine Nähe, seine warme Haut und den süsslich herben Duft seines Rasierwassers, der sich überall in meinem Zimmer verbreitet hatte.

Nachdem wir eine gefühlte Ewigkeit eng umschlungen dagelegen hatten, brach Noah schliesslich das Schweigen. „Hör zu, morgen habe ich meinen freien Tag. Wenn du möchtest, hole ich dich ab und gehe mit dir ins Krankenhaus, um die Fäden ziehen zu lassen." Schlagartig erstarrte ich in seinen Armen. Scheisse! Morgen war der zehnte Tag nach dem Unfall, an dem Dr. Wicker mir die Fäden ziehen wollte. Das hatte ich total vergessen. Ich seufzte laut auf und drehte mich zu Noah, damit ich ihm in die Augen sehen konnte. „Kannst DU das denn nicht machen?" Ich setzte meinen Hundeblick ein, allerdings erwartete ich keinen Erfolg. „Guter Versuch, Süsse!", lachte er laut und küsste mich dabei flüchtig auf meinen Mund. „Natürlich KÖNNTE ich es, aber trotz meiner medizinischen Ausbildung bin ich kein Arzt und ich möchte, dass Dr. Wicker sich die Wunde nochmals ansieht! Ausserdem würde ich vorschlagen, dass wir uns testen lassen", er liess seinen Blick ehrfürchtig über meinen Körper wandern, „so könnten wir in Zukunft nämlich auf diese Dinger verzichten", er deutete abschätzig auf das gebrauchte Kondom auf dem Nachtkästchen, „sofern du die Pille nimmst?", fragte er mich erwartungsvoll. Einen kurzen Moment lang war ich verunsichert. Ich war davon ausgegangen, dass er meine ganze Krankenakte gelesen hatte und wusste, dass ich seit dem Unfall unfruchtbar war, doch da ich ihm keine Gelegenheit bieten wollte, das Thema erneut aufzugreifen, antwortete ich kurz entschlossen mit Ja. Ich konnte ja sowieso nicht schwanger werden, daher hatte ich nicht das Gefühl, ihn zu belügen. Noah wollte keine Kinder, das hatte er mir zumindest letzte Woche gesagt, nachdem wir zufällig auf das Thema gestossen waren. Somit hatte ich auch keine Angst, ihn eines Tages vor den Kopf zu stossen. Noah freute sich über meine Zustimmung, doch mein Puls beschleunigte sich prompt bei dem Gedanken an das Krankenhaus und die bevorstehende Blutentnahme, aber mit Noah an meiner Seite würde ich es schaffen, davon war ich überzeugt.

Als wir uns wenig später endlich voneinander lösen konnten, konnte ich endlich das Essen fertig zubereiteten. Nachdem wir gegessen und anschliessend die Küche aufgeräumt hatten, verabschiedete Noah sich kurze Zeit später. Ich war enttäuscht, denn ich hatte gehofft, er würde hier übernachten, aber da er nichts angedeutet hatte, liess ich es ebenfalls sein. Ich wollte ihm nicht das Gefühl geben, ihn für mich allein beanspruchen zu wollen.

Die Nacht verbrachte ich ruhelos. Ich konnte lange nicht einschlafen, wälzte mich aufgewühlt hin und her und liess meine Gedanken kreisen, bis ich schliesslich wieder aufstand und die Wohnung putzte. Dies hatte mir schon immer geholfen, meine Gedanken zu ordnen. Ich war glücklich, aber trotzdem nagten immer wieder

Selbstzweifel an mir, die mich schier um den Verstand brachten. Um drei Uhr morgens war ich dann endlich so erschöpft, dass ich den Weg ins Land der Träume fand.

5

Ich öffnete meine Augen und griff verschlafen nach meinem Handy. Mein Herz machte einen Sprung, als ich darauf eine Nachricht von Noah erkannte.

Principessa,

Ein Arbeitskollege fällt heute aus

und ich muss seinen Dienst übernehmen.

Ich hole dich danach ab.

Ich denk an dich, Süsse.

Noah

Während ich seine Worte las, wurde mir ganz warm um mein Herz. Ja, ich hatte mich hoffnungslos in Noah verliebt, doch das behielt ich vorerst für mich. Schliesslich kannten wir uns erst seit zehn Tagen und ich wollte nichts überstürzen. Ich konnte immer noch nicht nachvollziehen, weshalb Noah sich zu mir hingezogen fühlte.

Nachdem ich mich angezogen und anschliessend ausgiebig gefrühstückt hatte, beschloss ich spontan, mich alleine auf den Weg ins Krankenhaus zu machen. Ich wollte die Chance nutzen, um Noah zu beweisen, dass ich auch stark sein konnte. Zu oft hatte er mich in der kurzen Zeit, die wir miteinander verbracht hatten, weinen sehen und nun wollte ich ihm zeigen, dass ich nicht unbeholfen war und ich mich auch ohne seine Hilfe meiner Vergangenheit stellen konnte. Ausserdem nahm ich mir vor, Dr. Wicker bei dieser Gelegenheit nach den Schmerzen zu fragen, die ich gestern beim Sex mit Noah verspürt hatte. Ich packte also meine Tasche, machte mich auf den Weg und erreichte kurz darauf das Krankenhaus. Die ganze Fahrt über versuchte ich, mich selbst zu beruhigen. Ich sprach mir immer wieder Mut zu und unterdrückte mit aller Kraft meine Gefühle, die in meinem Innern brodelten. Selbst nachdem ich meinen Wagen bereits geparkt hatte, verharrte ich noch einen kurzen Moment lang darin, bevor ich dann schliesslich beklommen ausstieg und mit pochendem Herzen auf die Notaufnahme zusteuerte.

Als ich vor der Tür angekommen war, zögerte ich, holte dann aber tief Luft und ging schliesslich durch. Ich schaute mich kurz um und blieb dann abrupt stehen. Das durfte nicht wahr sein! Was ich sah, schnürte mir augenblicklich die Kehle zu. Vor mir am Empfang stand Noah und beugte sich lässig über die Theke. Auf der anderen Seite erkannte ich die hübsche Krankenschwester wieder, die auch schon vor zehn Tagen Dienst hatte. Ihre blonden, langen Haare fielen verführerisch über ihre Schultern, als sie ihren Kopf in den Nacken legte und laut lachte. Noah lächelte ebenfalls, während er ihre Hand zärtlich streichelte. In seiner vornehmen Uniform sah er unglaublich gut aus. Seine Haare waren wie immer perfekt gestylt und ich konnte für einen Moment lang nicht fassen, dass ich gestern mit diesem attraktiven Mann mein Bett geteilt hatte. Sofort wurde ich wütend und rasend vor Eifersucht. Was sollte das eigentlich? Was war ich für dieses Arschloch, eine von vielen? Eine weitere Trophäe in seiner Betthäschen-Sammlung? War er gestern Abend deshalb nicht bei mir geblieben, weil er danach noch zu ihr musste? „Nicht mit mir! Zum Teufel mit diesen verfluchten Fäden!", dachte ich schäumend vor Wut, drehte mich um und verliess gekränkt die Notaufnahme. Noah musste mich zwischenzeitlich bemerkt haben, denn er rief nun laut meinen Namen. Ich ignorierte ihn und stapfte aufgebracht zu meinem Auto. Er holte mich ein und packte meinen Arm, um zu verhindern, dass ich weglief. „Jetzt warte doch, Isabella!", flehte er. Ich funkelte ihn böse an. „Was glaubst du eigentlich, wer du bist? Du riesiges Arschloch! Geh zurück zu deiner Krankenschwester-Schlampe und lass mich gefälligst in Ruhe!" Ich war ausser mir vor Wut! Tränen schossen mir augenblicklich in die Augen, ohne dass ich es zulassen wollte. Aufgebracht versuchte ich mich aus seinem Griff zu befreien, doch nun packte mich Noah noch fester an beiden Armen und zwang mich, ihn anzusehen. In seinen Augen las ich Verzweiflung, Empörung und Angst. Seine Stimme klang jedoch kühl und bestimmt. „Isabella, das hast du total falsch verstanden. Die Krankenschwester ist Marcos Verlobte! Die beiden heiraten in Kürze und ich bin ihr Trauzeuge! Missy hat mich darum gebeten, mir ihr Treuegelübte anzuhören. Wir haben uns vorgestellt, dass ich Marco wäre und ich habe mir einen Spass daraus gemacht … Isabella, Principessa!", jetzt wurde sein Blick weich und seine Stimme beruhigte sich allmählich, „Ich würde dich nie betrügen! Niemals, hörst du?"

Jetzt rannen mir die Tränen wie Bäche über meine Wangen. Ich wollte stark sein, aber ich war so erleichtert über sein Geständnis, dass ich mich nicht mehr weiter zusammenreissen konnte. „Es tut mir leid", schluchzte ich verzweifelt und legte meinen Kopf an seine Brust. Noah hielt mich fest und küsste mich auf die Stirn. „Oh Principessa, wer hat dich nur so verletzt, dass du so sehr an mir zweifelst." Er tröstete mich und strich mir zärtlich über den Rücken. „Was machst du denn überhaupt hier? Ich habe dir doch geschrieben, dass ich dich nach meiner Schicht abholen werde", sagte er vorwurfsvoll. „Ja, aber ich wollte dir beweisen, dass ich es auch ohne dich schaffe! Du sollst mich doch nicht für eine Heulsuse und einen Schwächling halten!", entgegnete ich leise schluchzend. Ich konnte spüren, wie sich Noahs Körper versteifte, er wandte seinen Kopf ab und schüttelte ihn ungläubig. „Isabella! Tränen sind kein Zeichen von Schwäche, sondern ein Zeichen dafür, dass du zu lange versucht hast, stark zu sein. Versteh das doch, Süsse! Weine wann immer dir danach ist, lass alles raus! Es gibt nichts Schlimmeres, als alles in sich hineinzufressen. Ich werde immer für dich da sein, wann immer du mich brauchst, aber lauf bitte nicht mehr vor mir weg! Rede mit mir! Versprich es mir, Isabella!" – „Ja, ich verspreche es", flüsterte ich, nachdem ich mich endlich wieder gefangen hatte. „Komm, wir gehen hinein und befreien dich von den Fäden", sagte er schliesslich, während er seinen Arm um meine Schultern legte und mich wieder in die Notaufnahme zurückführte.

Als wir wieder eintraten, stand Missy schon da und betrachtete mich besorgt. „Isabella, das ist Missy, Marcos Verlobte", stellte er sie vor, „und das ist meine Isabella", sagte er und lächelte mich dabei verliebt an. „Hi! Ich freu mich, dich kennenzulernen. Noah hat mir schon viel von dir erzählt und ich hoffe, er hat dir erklärt, dass das vorhin nicht so war, wie es für dich ausgesehen haben muss." Sie blickte verlegen auf den Boden. „Es freut mich auch, Missy! Ja, er hat es mir erklärt, alles gut", versicherte ich ihr und schenkte ihr ein aufrichtiges Lächeln, welches sie sichtlich erleichtert erwiderte.

Als das Telefon klingelte und sie sich entschuldigte, nahm Noah meine Hand und zog mich in ein kleines Zimmer, welches an der Tür mit BLUTENTNAHME beschriftet war. Er schob mich hinein und schloss die Tür hinter uns ab. Er nahm meinen Kopf zwischen seine Hände und küsste mich leidenschaftlich. Mein Unterleib zog sich wohlig zusammen, Wärme durchflutete meinen gesamten Körper. „Eifersüchtige Principessa! Am liebsten würde ich dich auf der Stelle nehmen", flüsterte er mir ins Ohr, während er meinen Hals küsste. „Dann tu es!", stöhnte ich, fast wahnsinnig vor Verlangen. Er sah mich verblüfft an und grinste schliesslich. „Süsse, ich bin noch im Dienst und ausserdem kann ich es kaum erwarten, dich endlich richtig zu spüren, ohne Gummihäutchen dazwischen." Noch während er mich abermals stürmisch küsste, dirigierte er mich in den grossen, gepolsterten Sessel vor uns und setzte sich auf den kleinen Hocker daneben. Ich beobachtete ihn interessiert dabei, wie er verschiedenfarbige Röhrchen und die Kanüle für die Blutentnahme vorbereitete. „Missy hat mir heute Morgen schon Blut abgenommen, meine Ergebnisse sind alle in Ordnung und deine werden wir in kürzester Zeit auch wissen." Er bereitete meinen Arm vor und streichelte sanft meine empfindliche Armbeuge, bevor er vorsichtig zustach. Ich vertraute ihm und schloss meine Augen, damit ich nicht sehen konnte, wie das Blut aus mir herausströmte. Wenige Sekunden später drückte er einen weissen Tupfer auf die Einstichstelle und klebte ein Pflaster darauf. „So, alles vorbei." Er küsste mich flüchtig auf meinen Mund und liess das Blut schnell in ein weisses Säckchen verschwinden. „Damit lauf ich jetzt schnell ins Labor. Missy hat Dr. Wicker bestimmt schon darüber informiert, dass du da bist. Er wird in wenigen Minuten bei dir sein. Du kannst sitzen bleiben, er wird dir die Fäden gleich hier ziehen. Bis dahin bin ich aber bestimmt wieder zurück. Ich beeil mich", rief er mir noch zu, ehe er auch schon aus dem Zimmer verschwunden war.

Mein Herz rutschte mir augenblicklich in die Hose. Mit Noah an meiner Seite war alles so einfach, ohne ihn fühlte ich mich augenblicklich beschissen. Ich lehnte mich zurück und schloss meine Augen. „Du schaffst das, Isabella!", ermutigte ich mich selbst.

Kurze Zeit später klopfte es an der Tür. Mein Herz machte einen Sprung, denn ich dachte, Noah wäre bereits wieder zurück, allerdings war es Dr. Wicker, der den Raum betrat. „Guten Tag, Miss Miller, wie geht es Ihnen?", fragte er freundlich. Mit seinen grauen Haaren und der schwarzen Brille mit den dicken Gläsern erinnerte er mich an den verrückten Professor und ich musste unwillkürlich schmunzeln. „Es geht mir gut, danke." Ich wusste, dass Noah jeden Augenblick wieder hier sein würde, deshalb beeilte ich mich damit, ihm die Frage zu stellen, die ich unbedingt ohne Noahs Anwesenheit ansprechen wollte. „Dr. Wicker, ich hätte da eine Frage", begann ich zögerlich und sah verlegen zu Boden, „ich … äh … ich hatte gestern das erste Mal seit dem … naja, seit dem Unfall und der Notoperation Geschlechtsverkehr", Dr. Wicker schenkte mir seine volle Aufmerksamkeit, während ich ihm schilderte, was passiert war, „und da … also ich … ich hatte Schmerzen im Bauchbereich und frage mich nun, ob das mit den Narben zusammenhängen könnte." Er räusperte sich, ehe er antwortete. „Miss Miller, wie Sie bereits wissen, musste man bei dieser Notoperation einen kleinen Teil Ihrer Gebärmutter entfernen. Wären Sie nicht noch so jung gewesen, hätte man Ihnen die ganze Gebärmutter entfernt. Es ist also so, dass Ihr Uterus anatomisch nicht mehr die ursprünglich natürliche Form hat. Deswegen ist es auch durchaus möglich, dass eine Penetration Schmerzen verursachen kann. Ausserdem wird das Narbengewebe gereizt, was Sie wiederum als unangenehm empfinden könnten. Ich möchte aber gerne einen Ultraschall machen, um sicherzugehen, dass das Narbengewebe gut verheilt ist, wenn …" Jetzt klopfte es erneut an der Tür und Noah trat mit einem breiten Grinsen ein. Schnell deutete ich dem Arzt an, dass ich nicht weitersprechen wollte. Er verstand und nickte mir verständnisvoll zu. Überrascht betrachtete er nun Noah, der sich neben mich gesellte und meine Hand in seine legte. Als er den Zusammenhang endlich begriffen hatte, schmunzelte er. „Sie konnten sich zwischenzeitlich also davon überzeugen, dass unser Noah nicht vom anderen Ufer ist?", fragte er mich grinsend. Verlegen sah ich zu Boden und lief knallrot an. „Ich denke, ich habe sie überzeugen können, " sagte Noah locker und grinste dabei ebenfalls bis über beide Backen. Oh Gott, nun war ich diejenige, die am liebsten im Erdboden versunken wäre. Nervös rutschte ich auf meinem Stuhl hin und her, ehe Dr. Wicker endlich das Thema wechselte. „Nun gut, dann nehmen wir die Dinger mal raus." Er wandte sich an meinen Verband und öffnete ihn. Ich blieb erstaunlich ruhig und schaffte es sogar, kurz dabei zuzusehen, ohne dass mir schlecht, oder schwindlig wurde. Trotzdem war ich sehr froh, als schliesslich alles vorüber war und wir uns verabschieden konnten. Während Noah uns kurz den Rücken zukehrte, flüsterte Dr. Wicker mir zu, ich solle mich bezüglich dem Ultraschall bei ihm melden. Ich nickte kurz, bevor ich mich eilig abwandte, denn ich wollte auf keinen Fall, dass Noah etwas davon mitbekam.

Wir verliessen die Notaufnahme Hand in Hand. Noah hatte seinen Dienst beendet und seine anbetungswürdige Uniform, zu meinem Bedauern, gegen ein weisses Poloshirt und eine helle Jeans eingetauscht. „Gut gemacht, Principessa!", lobte er mich, schloss mich fest in seine Arme, hob mich an und wirbelte mich im Kreis herum. Ich spürte seine harten Bauchmuskeln unter seinem Shirt und sehnte mich bereits nach seinen zärtlichen Berührungen. „Ich bin stolz auf dich, Süsse! Du hast das echt super gemeistert. Nun komm, lass uns etwas essen gehen. Um die Ecke ist ein guter Italiener." Ich legte meinen Kopf schief und lächelte ihn verführerisch an. „Ich kenne auch einen guten Italiener", säuselte ich, während ich meine Hände über seinen harten Bauch gleiten liess. Noah legte seinen Kopf in den Nacken und lachte laut. In seinen Augen loderte Leidenschaft auf und ich spürte, dass auch er sich nach mir sehnte. Er beugte sich vor und wollte mich gerade küssen, als jemand laut seinen Namen rief. Wir drehten uns in die Richtung, aus der die Stimme kam und ich entdeckte einen Mann in der gleichen Uniform, wie Noah sie jeweils trug. Er hatte dunkelblonde, halblange Locken und strahlend blaue Augen. Er war etwas korpulenter als Noah, aber auch ihm sah man an, dass er trainierte. „Hey, Bro!", rief Noah ihm fröhlich zu, während der Mann näher kam. „Isabella, das ist Marco", stellte er ihn schliesslich stolz vor. Ich streckte ihm die Hand entgegen und lächelte. „Hallo Marco, ich bin Isabella …" Marco starrte mich fassungslos an. Er musterte mich von oben bis unten. Sein Blick wanderte immer wieder zwischen mir und Noah hin und her. Ich wollte meine Hand bereits schon wieder zurückziehen, als er schliesslich doch noch nach ihr griff und sie kurz schüttelte. „Hey", sagte er knapp, „also äh, war schön euch zu treffen. Meine Schicht beginnt gleich, ich muss los." Er liess uns stehen und eilte davon.

Enttäuscht sah ich ihm nach und verstand nicht, weshalb er mir so kühl begegnet war. Noah hatte ihn so beschrieben, als wäre er warmherzig und lustig, doch davon bemerkte ich nichts. Ich war noch in Gedanken, als er seine Arme um meine

Taille schlang und mich auf den Hals küsste. „Lass uns gehen, Principessa, ich bin am verhungern."

Verliebt schlenderten wir die Strasse entlang, bis wir schliesslich im Restaurant angekommen waren. So herzlich wie der Kellner uns begrüsste, ging ich davon aus, dass Noah kein seltener Gast war. Er bestellte für uns Lasagne und einen grünen Salat. Beides wurde uns Minuten später serviert. Ich hatte keinen Hunger, wollte ihn aber nicht enttäuschen, also ass ich, was er bestellt hatte. „Warum mag mich Marco nicht?", fragte ich schliesslich, denn es liess mir einfach keine Ruhe. Er betrachtete mich fragend und runzelte die Stirn. „Marco? Wieso sollte er dich nicht mögen?" – „Naja, er kam mir so reserviert vor", erklärte ich. „Ach, er ist nervös wegen der Hochzeit und schiebt im Moment Doppelschichten, damit er die Flitterwochen bezahlen kann. Die kirchliche Trauung wird in Italien stattfinden und danach steht ein Europa-Trip auf dem Programm. Missy wollte schon immer mal nach Europa und er möchte ihr diesen Wunsch unbedingt erfüllen. Er hat Stress. Das hat nichts mit dir zu tun, Süsse." Seine Antwort erleichterte mich, obwohl ich mir nicht sicher war, ob sie wirklich Marcos distanziertes Verhalten begründete.

Das Klingeln von Noahs Handy riss mich schliesslich aus meinen Gedanken. Er zog es aus seiner Hosentasche und nahm das Gespräch an. „Theo, was gibt's? ... Das ist toll! Danke, Bro! Machs gut!" Noah grinste wie ein Honigkuchenpferd, während er den Anruf beendete und sein Handy wieder verstaute. „Iss auf, Baby! Wir haben grünes Licht." Im ersten Moment kapierte ich nicht, was er meinte, doch als er damit begann, zärtlich meinen Unterarm zu streicheln, wurde mir klar, dass die Ergebnisse vorlagen und offensichtlich in Ordnung zu sein schienen. Das wusste ich zwar schon zuvor, da ich nach Jonahs Drogeneskapaden gezwungen war, mich testen zu lassen, doch das hatte ich Noah nicht erzählt, weil ich ihm keine Gelegenheit bieten wollte, das alte Thema aufzugreifen. Also tat ich so, als ob ich ebenfalls erleichtert darüber wäre und machte mich bereit um aufzubrechen. Noah bezahlte die Rechnung und begleitete mich zu meinem Auto. Er wollte noch kurz in seine Wohnung und danach mit seinem eigenen Wagen zu meinem Apartment nachkommen, weshalb wir uns kurz und flüchtig voneinander verabschiedeten, in der Vorfreude schwelgend, bald wieder vereint zu sein. Auf dem Heimweg konnte ich die Schmetterlinge in meinem Bauch kaum zähmen, so sehr sehnte ich mich danach, Noah in mir zu spüren.

Als ich in meinem Apartment angekommen war, rannte ich in mein Schlafzimmer und suchte mir meine schwarze Spitzenunterwäsche aus meiner Kommode heraus, eilte unter die Dusche und putzte mir hastig die Zähne. Nur wenige Minuten später war ich fertig, gerade rechtzeitig, um die Tür zu öffnen, an der Noah schon ungeduldig klopfte. Er starrte mich mit offenem Mund an, während er meinen Körper anerkennend musterte. Ungehalten stürmte er hinein und drückte mich gegen die kalte Wand im Flur. Er küsste mich leidenschaftlich und stürmisch. Seine Hände wanderten über meine schweren Brüste. Meine Brustwarzen reckten sich ihm entgegen, während er sie von meinem BH befreite und begann, daran zu saugen. Ich stöhnte laut auf und drückte seinen Kopf gegen meinen Busen. Nun wanderte seine Hand meinen Schenkel hinauf. Als er bei meiner Scham angekommen war, schob er mein Spitzenhöschen zur Seite und liess seinen Finger mühelos in meine feuchte Öffnung gleiten. Ich warf meinen Kopf in den Nacken und schrie leise auf, als er zärtlich über meine Liebesperle strich und sie mit den Fingern liebkoste. Ich zog ihm sein Shirt aus, und strich mit meinen Händen über seine angespannten Bauchmuskeln, dieses Gefühl erregte mich unglaublich. Hastig öffnete ich seine Gürtelschnalle und riss ihm die Hosen samt Shorts regelrecht hinunter. Noah grinste. „Du kannst es wohl kaum erwarten ...", raunte er mir ins Ohr. „Noah, bitte, ich will dich spüren!", seufzte ich und drückte ihn fest an mich. Das liess sich Noah nicht zweimal sagen, er hob meinen Hintern hoch und drückte mich zurück an die Wand, ehe er sanft in mich hinein glitt. Nachdem er seinen Penis tief in mir vergraben hatte, hielt er inne und blickte mir besorgt in die Augen. „Es ist okay, ich habe keine Schmerzen", versicherte ich ihm. Ich war nicht ganz ehrlich, aber ich wollte ihn so sehr, dass ich den Druck in meinem Bauch ignorierte. Noah fing an, sich in mir zu bewegen. Er liess mein Gesicht keine Sekunde aus den Augen, als wüsste er genau, dass ich nicht ganz aufrichtig war. Als er sich jedoch sicher war, dass meine Gesichtszüge sich nicht vor Schmerzen veränderten, steigerte er vorsichtig sein Tempo. Er stiess immer wieder in mich hinein, bis wir schliesslich gemeinsam den Höhepunkt erreichten.

Ich rang noch nach Atem, als Noah mich auf seine Arme hob, mich ins Schlafzimmer trug und sich mit mir gemeinsam in mein Bett legte. Er umarmte mich und strich mir zärtlich über meine Haare. „Na, Principessa, zufrieden mit dem Dessert?", schmunzelte er, nachdem wir lange geschwiegen hatten. „Sehr zufrieden!", entgegnete ich, „obwohl … naja, also gegen die Lasagne … hmmm." Noah packte meine Hüften und drehte mich in einem Ruck, bis ich unter ihm lag. Er stütze seine Hände neben meinem Kopf ab und strahlte mich an. „Freche, kleine Principessa", flüsterte er, ehe er mich erneut leidenschaftlich küsste. In dieser Nacht liebten wir uns noch einmal, bevor wir eng aneinander gekuschelt einschliefen.

Am nächsten Morgen war die Seite, auf der Noah geschlafen hatte, leer. Er musste zur Arbeit, das hatte ich gewusst, dennoch war ich in der ersten Sekunde enttäuscht. Wie gerne hätte ich mich noch ein wenig an ihn gekuschelt und mich von ihm wärmen lassen. Ich seufzte wehmütig, als ich mich endlich dazu motivieren konnte das Bett zu verlassen, um mich ins Badezimmer zu begeben.

Wenig später schlenderte ich in die Küche und entdeckte einen Zettel auf dem Küchentisch.

Principessa,

Du fehlst mir jetzt schon.

Wir sehen uns heute Abend.

Noah.

Lächelnd brühte ich mir einen frischen Kaffee auf und schrieb ihm eine Kurzmitteilung.

Noah,

Ich vermisse dich auch.

Ich freue mich auf dich.

Isabella

Nun machte ich mich an die Arbeit. Am Montag begann der Kindergarten wieder und ich musste noch ein paar Sachen vorbereiten. Es fiel mir schwer, mich darauf zu konzentrieren. Immer wieder ertappte ich mich dabei, wie ich mir Noah und mich, in inniger Zweisamkeit, vor meinem inneren Auge vorstellte.

Am späten Nachmittag traf eine weitere Nachricht von ihm auf meinem Handy ein.

Isabella,

Komme später,

muss noch etwas klären.

Noah.

Enttäuschung machte sich in mir breit, doch ich wusste, dass ich Geduld haben musste, also schlug ich die Zeit tot, in dem ich das Essen zubereitete.

Als Noah abends endlich eintraf, wirkte er sehr niedergeschlagen. Er küsste mich nur flüchtig und liess sich dann mit einem tiefen Seufzer in den Stuhl am Küchentisch sinken. „Was ist los?", fragte ich besorgt. „Ach nichts, Süsse." Er zog mich auf seinen Schoss und schloss mich in seine Arme. „Ich hatte eine Auseinandersetzung mit Marco, nichts weiter." Er winkte ab und gab mir damit zu verstehen, dass es nicht der Rede wert war. „Oh …", sagte ich beiläufig und fragte mich, ob der Konflikt wohl was mit mir zu tun hatte, brachte aber nicht den Mut auf, ihn danach zu fragen. Stattdessen küsste ich ihn sanft auf die Lippen und versuchte ihn aufzumuntern. „Das wird schon wieder, du sagst ja selbst, dass er Stress hat." Er lächelte und strich zärtlich über meine Wangen. „Du sagst es! Und jetzt bin ich ja hier bei dir. Lass uns diese Woche noch geniessen, nächste Woche bin ich für die Nachtschicht eingeteilt, da werden wir uns nicht sehr oft sehen können", bedauerte er. Ich schmollte ebenfalls. Allerdings musste ich nächste Woche ja auch wieder arbeiten, somit waren wir beide beschäftigt und abgelenkt.

6

Das Wochenende verbrachten wir wie zwei
Kletten. Samstags gingen wir gemeinsam ins
Kino. Noah hätte sich natürlich lieber einen
Actionfilm reingezogen, doch ich konnte ihn
schliesslich dazu überreden, sich mit mir einen
Liebesfilm anzusehen. Die Geschichte handelte
von einem Soldaten und einer Studentin, die sich
in den Ferien kennen und lieben gelernt hatten,
sich dann aber für lange Zeit trennen mussten.
Sie schrieben sich zwar Briefe, doch die Distanz
zwischen ihnen wurde ihnen schlussendlich doch
zum Verhängnis und die Beziehung scheiterte.
Ich konnte meine Tränen nicht zurückhalten und
bereute es augenblicklich, dass ich Noah diesen
Film vorgeschlagen hatte. Er legte seinen Arm
tröstend um meine Schultern und streichelte
zärtlich meinen Oberarm. „Süsse, das ist doch
nur ein Film", flüsterte er mir immer wieder ins
Ohr. Natürlich wusste ich das, aber wenn ich mir
einen Film ansah, dann lebte ich die Szenen
wortwörtlich mit und die Tatsache, dass ich
selbst bis über beide Ohren verliebt war, machte
es für mich nur noch schlimmer.

Als der Film zu Ende war, verliess ich den Saal total aufgelöst. Noah versuchte mich aufzuheitern und lud mich anschliessend spontan auf ein Eis ein. Als ich schliesslich vor einem überdimensionalen Eisbecher sass und das Eis schniefend in mich hineinlöffelte, strich er mir lächelnd über meine geröteten und verquollenen Augen. „Das nächste Mal sehen wir uns einen Actionfilm an", sagte er mitfühlend. „Es tut mir leid, du musst mich wirklich für eine Heulsuse halten! Es ist nur … ich …" Eigentlich wollte ich ihm gestehen, dass ich mich unwiderruflich in ihn verliebt hatte und mir ein Leben ohne ihn bereits nicht mehr vorstellen konnte, brachte es aber nicht über meine Lippen. Mein Herz war schwer geschädigt worden und ich war noch nicht bereit, es wieder dem Risiko auszusetzen, erneut verletzt zu werden. „Ich könnte mir einfach nicht vorstellen, so lange Zeit ohne dich zu sein", sagte ich stattdessen beiläufig. „Principessa, ich wüsste nichts, was mich von dir trennen könnte." Er schenkte mir ein charmantes und liebevolles Lächeln und streichelte zärtlich meinen Handrücken, während er mich mit seinen tiefgründigen Augen fixierte. Gerade war ich dabei, mich mal wieder in seinen Augen zu verlieren, als mich plötzlich eine bekannte Stimme aus meiner Verträumtheit riss. „Isabella? Bist du es wirklich?" Neugierig drehte ich mich zur Seite und entdeckte Derek. Derek war der Bruder meiner Mitarbeiterin Laura. Er war mir immer ein guter Freund und ein wichtiger Bestandteil unserer damaligen Clique gewesen. Damals, bevor Jonah in den Drogensumpf geraten war, waren wir oft gemeinsam aus und feierten bis in die frühen Morgenstunden. Nach dem Unfall wollte er sich um mich kümmern, doch da ich niemandem die wahre Geschichte über den Unfallhergang und seine Folgen erzählen wollte, bevorzugte ich den einfachen Weg und zog mich zurück. Anfangs hatte er das nur schwer akzeptiert, doch Laura konnte ihn dann schlussendlich davon überzeugen, dass ich meine Ruhe wollte und auch brauchte. Seither hatte ich ihn nicht mehr gesehen. „Derek!" Ich erhob mich überschwänglich und fiel ihm überglücklich in die Arme. Er drückte mich sanft gegen seinen Brustkorb und ich spürte, wie er angesichts meiner stürmischen Begrüssung leicht ins Wanken geriet. Er erwiderte meine Umarmung, doch plötzlich schob er mich von sich weg und musterte mich von oben bis unten. „Was ist los?", fragte er besorgt, als er meine verquollenen Augen bemerkte. Sofort fiel sein Blick auf Noah und verfinsterte sich innerhalb von Sekunden. Schützend stellte er sich vor mich und bäumte sich vor Noah auf. Dereks Rücken versperrte mir die Sicht auf Noah, weshalb ich seine Reaktion nicht erkennen konnte, doch innerlich musste ich schmunzeln. Derek hatte schon früher das Bedürfnis gehabt, mich vor allem und jedem zu beschützen. Selbst Jonah war das damals nicht entgangen, deswegen hatte er sich in seiner Gegenwart auch immer sehr zusammengenommen, denn ihm war klar gewesen, dass er, hätte er sich tatsächlich mit ihm angelegt, den Kürzeren gezogen hätte. „Ach nichts", lachte ich verlegen, um die Situation zu entschärfen, „wir waren im Kino und haben uns einen Liebesfilm reingezogen", erklärte ich ihm zerknirscht. Derek verstand sofort und sein Gesicht erhellte sich schlagartig. Sein Blick, mit dem er Noah eben noch vernichten wollte, wurde nun weich und mitfühlend und auch seine angespannte Körperhaltung entspannte sich umgehend. „Armer Kerl!", sagte er zu Noah, während er ihm schliesslich seine Hand reichte. „Ich bin Derek! Spendier ihr ein paar Drinks, dann steigt ihr Launen-Barometer wieder", lachte er. „Hey!", protestierte ich lautstark und verpasste ihm einen leichten Seitenhieb, „stell mich vor meinem Freund nicht so hin, als wäre ich eine Alkoholikerin!"

Noah verfolgte die Situation argwöhnisch. Zwar nahm er Dereks Hand und schüttelte sie, während auch er ihm kurz und bündig seinen Vornamen nannte, doch ich spürte, dass er ihm nicht traute. Er lächelte nur knapp und entschuldigte sich dann, um die Toilette aufzusuchen. Derek runzelte die Stirn und sah ihm kurz nach, widmete seine Aufmerksamkeit dann aber sofort wieder mir. „Wie geht es dir? Mann, ich hab dich echt vermisst, Kleine!", sagte er wehmütig. „Es geht mir gut, Derek. Und ich freue mich auch sehr darüber, dich wiederzusehen. Ich wollte mich schon längst bei dir melden, aber ich … ich konnte einfach nicht, bitte verzeih mir!" Ich schämte mich und liess meinen Kopf hängen, weil ich es nicht länger ertrug, ihm in seine strahlend blauen, aufrichtigen Augen zu blicken. „Kleine, ich weiss doch, dass du eine schwere Zeit durchgemacht hast. Zuerst Jonahs Absturz in die Drogenszene und dann der Unfall … Hey, es ist echt okay! Denk nicht mehr dran, ja? Die Hauptsache ist doch, dass es dir gut geht und wie ich sehe, tut es das ja auch, oder?" Er war sich offensichtlich nicht ganz sicher. Die Erinnerungen an die schöne Zeit mit Derek flammten vor meinem inneren Auge auf und brachten mich zum Lächeln. Er war Lauras Bruder, doch seit meine Familie das Land wieder verlassen hatte, hatte er diese Stelle unaufgefordert für mich übernommen. Ich war die letzten Monate so mit mir selbst beschäftigt gewesen, dass ich vergessen hatte, wie sehr ich ihn liebte. Nicht wie eine Frau einen Mann liebt, nicht wie ich Noah liebte, aber mindestens genauso, wie ich meine Schwester Savannah liebte. „Ich bin wirklich glücklich, Derek!", versicherte ich ihm aufrichtig. „Das ist schön, Kleine, wirklich! Ich freu mich so für dich!" Er zog mich zurück in seine starken Arme und küsste mich liebevoll auf die Stirn. Ich legte meine Wange an seinen Brustkorb, schloss meine Augen und genoss den vertrauten Moment zwischen uns. Erst Noahs barsche Stimme brachte mich rasch wieder in die Wirklichkeit zurück. „Wollen wir, Isabella?", fragte er kühl und streckte mir seine Hand entgegen. Ich befreite mich aus Dereks Armen und küsste ihn zum Abschied flüchtig auf die Wange. „Machs gut, Derek! Ich melde mich bald bei dir, versprochen!" Noah nahm meine Hand und drückte fest zu, während er mich eilig zum

Ausgang führte. „Das wäre sehr schön", rief Derek mir hinterher. „Hat mich gefreut, Noah!" Noah hob sein Kinn und nickte ihm reserviert zu.

Kaum hatten wir die Eisdiele verlassen, schlang Noah seine Arme um meine Schultern und zog mich näher zu sich. „Wer war das?", fragte er schliesslich gespielt gelassen. „Derek! Ein alter Kumpel." Abrupt blieb er stehen und betrachtete mich verblüfft. „Ein alter Kumpel? Sag mal, umarmst du JEDEN Kumpel von dir so?" Ich musste schmunzeln. „Nein, nur ihn … Er ist wirklich ein toller Kumpel! Mein Bester, sozusagen!" Noah zog die Luft scharf ein. „Hör zu, Süsse! Ich will jetzt hier nicht den eifersüchtigen Macker markieren, aber ganz ehrlich, der Typ will was von dir und das passt mir überhaupt nicht." Einerseits rührten mich seine Worte, anderseits spürte ich Zorn in mir aufwallen. „Noah! Er ist für mich wie ein Bruder und ich bin für ihn wie eine Schwester, okay? Das war schon immer so, seit wir uns kennen und das wird sich auch nicht ändern." Meine Stimme klang etwas kühler, als ich es eigentlich beabsichtigt hatte. Noah senkte seinen Blick und führte mich ohne ein weiteres Wort zu seinem Wagen. Ich stieg ein und wandte mein Gesicht von ihm ab. Ich schloss meine Augen und war gerade dabei einzunicken, als ich plötzlich seine Hand auf meinem Schoss spürte. „Es tut mir leid, Principessa! Ich wollte dir wirklich nichts unterstellen. Ich trau ihm einfach nicht, ich kann es nicht ändern. Verzeih mir …" – „Dann trau einfach mir, okay?" Ich lächelte ihm liebevoll zu und legte meine Hand auf seine Wange. Er küsste sie flüchtig und nickte schliesslich resigniert.

Zu Hause angekommen fiel er über mich her, wie ein Raubtier über seine Beute. Er riss mir die Kleider regelrecht vom Leib und markierte jede einzelne Stelle meines Körpers mit seinen Küssen. Ich wurde den Gedanken nicht los, dass seine animalische Begierde etwas mit Dereks Begegnung heute Abend zu tun hatte. Es fühlte sich so an, als wolle er seinen Besitz verteidigen. Sanfter wurde er erst, als er nach einer gefühlten Ewigkeit endlich in mich eindrang. Ich war so erregt, dass ihm meine Nässe ungehinderten Einlass gewährte. Er liebte mich stürmisch, bis ich in einem gewaltigen Orgasmus Erlösung fand. Noah folgte mir kurz darauf und ergoss sich heftig in mir.

Als ich meine Augen wieder öffnete, spürte ich Noahs harten Brustkorb unter meinem Gesicht.

Ich spürte seinen warmen und regelmässigen Atem in meinem Haar und hörte seinen kräftigen Herzschlag in meinem Ohr widerhallen. Das weisse Zimmer war in zartes, rosafarbenes Licht getaucht, was mir verriet, dass es bereits schon dämmerte. Ich schloss meine Augen und versuchte wieder einzuschlafen, doch es gelang mir nicht. Ich war zu aufgewühlt. Noah, das Widersehen mit Derek, der bevorstehende Start im Kindergarten … All diese Gedanken kreisten in meinem Kopf und brachten mich um den Schlaf. Schliesslich beschloss ich, meine Schwester anzurufen. In Irland war es bereits schon später Vormittag und um diese Zeit war Savannah immer gut erreichbar. Seit sie in das Geschäft unseres Vaters eingestiegen war, war sie oft unterwegs, um unseren Familienwein zu vermarkten, doch vormittags achtete sie stets darauf, das Büro zu erledigen, denn wenn Savannah eines hasste, dann war es unerledigter Papierkram. Vorsichtig befreite ich mich aus Noahs Umarmung und schlich auf Zehenspitzen hinaus ins Wohnzimmer. Leise schloss ich die Tür hinter mir und wählte Savannahs Nummer. „Schwesterchen! Na, alles klar bei dir?", begrüsste sie mich herzlich. „Hey, kleine Schwester! Alles klar bei mir und bei dir?" „Oh

Mann … Isabella", seufzte sie tief, „es läuft
wirklich super. Mom und Dad geht es auch gut,
aber ich sag dir, kaum ist Dad mal ein paar Tage
im Büro tätig, sieht es hier aus wie im
Bürgerkrieg!", schimpfte sie verzweifelt. Ich
kicherte leise in den Hörer und flüsterte ihr Mut
zu. „Na, du hast gut reden, du bist weit weg von
diesem Chaos! Und warum flüsterst du
eigentlich?" – „Weil ich meinen Freund nicht
wecken möchte", erwiderte ich keck und konnte
mir ein breites Grinsen nicht verkneifen. Ich
konnte mir ihr überraschtes Gesicht nur allzu gut
vorstellen. „Du hast einen Freund? Los, erzähl
mir alles!", befahl sie, nachdem sie ihre Worte
nach einer kurzen Pause wiedergefunden hatte.
„Nun ja, er ist gross, dunkelhaarig und im Besitz
der wunderbarsten, dunkelgrünsten Augen der
Welt. Er kommt aus Italien und ist
Rettungssanitäter im nächstgelegenen
Krankenhaus. Ich bin gestürzt und habe mich am
Knie verletzt. Er hat mir geholfen und mich zum
Arzt gebracht. Danach ist er jeden Tag zu mir
gekommen und hat sich rührend um mich
gekümmert. Daraus ist dann mehr geworden …"
Ich strahlte bis über beide Backen, während ich
überglücklich meinen eigenen Worten lauschte.
„Isabella Joeline Miller! Du bist ein

hoffnungsloser Fall, was deine Ungeschicktheit betrifft und ein Riesenglückspilz in der Liebe! Liebes, ich freu mich ja so für dich! Ich wünschte, ich wäre bei dir und könnte ihn kennenlernen." Ihre Stimme wurde leise und ich spürte, wie sie mit den Tränen rang. „Savannah, ich vermisse dich doch auch unheimlich! Komm mich bald wieder besuchen, ja?" – „Das mache ich auf jeden Fall! Hör zu, der Lieferant ist gerade eingetroffen, ich muss die Bestellung annehmen. Ich melde mich bald wieder bei dir, pass auf dich auf!" – „Ja, du auch! Grüss Mom und Dad von mir!"

Nachdem wir den Anruf beendet hatten, kuschelte ich mich in den Sessel und deckte mich mit der leichten Sommerdecke zu. Ich liess das Gespräch mit meiner Schwester Revue passieren und plötzlich wurde mir schwer um mein Herz. Meine Schwester war nur zwei Jahre jünger als ich und meine beste Freundin. Sie wusste alles über mich. Nur die eine Geschichte, die hatte ich auch ihr verschwiegen, weil ich wusste, dass sie es nicht verkraftet hätte. Ich spürte die Tränen, die sich den Weg über meine Wangen bahnten. Ich rollte mich zusammen und drückte mein Gesicht in das Kissen, um meine Schluchzer zu dämpfen. Es dauerte lange, bis ich mich wieder beruhigt hatte und den Schlaf endlich wiederfand.

„Süsse! Wach auf ...“ Ich öffnete meine Augen und blickte verschlafen in Noahs besorgtes Gesicht. Er streichelte meine Wangen und betrachtete mich argwöhnisch. „Was ist denn passiert, Principessa? Was machst du denn hier draussen? Warum bist du nicht im Bett?“ Ich streckte mich und rieb meine brennenden Augen. „Ich konnte nicht schlafen, da habe ich meine Schwester in Irland angerufen“, erklärte ich ihm verschlafen. „Du hast geweint ...“ Das war keine Frage, sondern eine Feststellung. „Ich vermisse sie einfach sehr, weisst du. Das ist alles.“ Ich zuckte mit den Schultern und senkte verlegen meinen Blick, doch Noah legte seine Finger an mein Kinn, hob es an und fixierte meine Augen. „Süsse, ich verstehe dich sehr gut! Ich vermisse meine Familie auch, aber bitte, Principessa, ich kann den Gedanken nicht ertragen, dass du dir hier draussen die Augen ausheulst, während ich in deinem Bett friedlich schlafe! Du hättest mich wecken sollen!“, sagte er vorwurfsvoll. „Noah! Wenn du von mir erwartest, dass ich dich jedes Mal rufe, wenn ich heulen muss, dann wirst du deinen Job kündigen müssen“, scherzte ich. Doch der Versuch die

Stimmung aufzuheitern, scheiterte: Er betrachtete mich immer noch mit gerunzelter Stirn, ohne etwas darauf zu erwidern. „Es ist alles okay! Wirklich!" Ich zwang mich zu einem glaubhaften Lächeln, doch er nahm mich dennoch tröstend in seine Arme und wiegte mich sanft darin. Ich spürte, wie mir die Tränen erneut in die Augen schossen, weswegen ich mich schnell von ihm löste, denn ich wollte nicht schon wieder weinen. Ich schob ihn behutsam von mir weg und sprintete ins Badezimmer, wo ich mich schliesslich erleichtert unter die Dusche stellte. Wenig später öffnete sich die Tür und Noah folgte mir unauffällig. Er stellte sich hinter mich und streichelte sanft meine Brüste. Ich schloss meine Augen und lehnte meinen Kopf an seine Schulter. Ich genoss seine sanften Berührungen auf meinem Körper und erschrak, als er unerwartet einen Finger in meine Öffnung schob. Vorsichtig bewegte er ihn vor und zurück und bereitete mir damit grösste Lust. Ich war dermassen erregt, dass ich mich gegen seine Hand presste und ihn damit schweigend aufforderte, weiterzumachen. Kurz vor meinem Höhepunkt zog er ihn heraus und drehte mich zu ihm um. Er hob mich an, schlang meine Beine um seine Hüften, drückte mich sanft gegen die kalte

Fliesenwand, ehe er vorsichtig in mich hinein glitt. Während er sich langsam bewegte, küsste er meine Brüste. Er sog, leckte und knabberte an meinen Brustwarzen, bis ich mich vor Erregung nicht mehr beherrschen konnte und in tausend Stücke zerberstete. Noah steigerte sein Tempo und stöhnte lustvoll, bis er sich schliesslich atemlos in mir ergoss.

„Du verstehst es wirklich, mich abzulenken", schmunzelte ich kurze Zeit später, während wir uns erschöpft auf mein Bett plumpsen liessen. „Hättest du mich geweckt, hättest du das schon viel früher haben können!", säuselte er vorwurfsvoll. „Ich werde mich daran erinnern", lachte ich und schlug ihm mein Kissen in sein verdutztes Gesicht.

Nachmittags spazierten wir durch den Park und gönnten uns einen fettigen Hot Dog mit einer Coke. Die Sonne schien und wärmte unsere Leiber und Seelen. Es war einfach perfekt. Ich fühlte mich unglaublich glücklich und zufrieden und genoss jede einzelne gemeinsame Minute, als wäre es die letzte. Erst als die Sonne langsam hinter dem Horizont verschwand, brachte Noah mich bis vor die Tür meines Häuserblocks. Unser Abschiedskuss war leidenschaftlich und dauerte eine halbe Ewigkeit. Wir konnten uns kaum voneinander lösen, doch als wir es dann schliesslich trotzdem schafften, sah ich ihm noch lange hinterher, selbst nachdem der Rover schon längst aus meinem Blickfeld verschwunden war. Ich wünschte mir, er wäre geblieben, doch er hatte sich für heute Abend mit Marco, Missy und deren Trauzeuginnen verabredet und musste sich morgen vor seinem Dienst um einige Dinge für die Hochzeit kümmern, die er in den letzten Wochen – meinetwegen – vernachlässigt hatte.

7

Montags war ich schon früh wach. Ich war aufgeregt und dieses eine Mal war ausnahmsweise nicht Noah der Grund dafür. Nach fünf langen Wochen Sommerferien öffneten wir heute endlich wieder den Kindergarten. Ich freute mich so sehr auf meine Schützlinge. Meine Mitarbeiterin Laura war bereits schon da, als ich ankam. Kaum hörte sie die Tür, sprang sie mir schon entgegen und fiel mir stürmisch um den Hals. „Izzzzyyyyy, ich habe dich so vermisst!", schrie sie mir ins Ohr. „Laura", lachte ich, „ich hab dich auch vermisst, du verrücktes Huhn! Wie war es auf den Bahamas?" Ihre Augen leuchteten auf. „Oh Izzy, es war einfach unglaublich und stell dir vor, Andy hat mir einen Heiratsantrag gemacht!" Sie hüpfte aufgeregt auf und ab und streckte mir ihre rechte Hand entgegen, an deren Ringfinger ein wunderschöner Ring glänzte. „Laura, das ist grossartig! Ich freu mich ja so für dich." Ich umarmte sie herzlich und liess mich von ihrer Freude regelrecht anstecken. „Nicht wahr …?" Sie drehte ihre Hand und begutachtete den Ring verliebt. „Oh Izzy, ich bin so glücklich." Sie war total aus dem Häuschen und plapperte munter weiter, während ich mich umzog.

Laura war ein Schatz. Sie war klein, hatte kurze, rötliche Haare und ebenfalls grüne Augen. Jedoch waren sie sehr hell, nicht zu vergleichen mit den dunklen, wunderbaren Augen von meinem Noah. Sie kam ganz nach ihrer Mutter, im Gegensatz zu ihrem Bruder Derek, der eher auf die Seite des Vaters schlug. Doch das war nicht das Einzige, was die beiden Geschwister voneinander unterschied. Im Gegensatz zu Derek konnte Laura nichts für sich behalten. Fast täglich kam sie mit dem neusten Tratsch und Klatsch im Kindergarten an und unterrichtete mich darüber, ohne Rücksicht darauf zu nehmen, dass ich es gar nicht hören wollte. Ich persönlich war eher zurückhaltend, wenn es um anderer Leute Angelegenheiten ging, und im Gegensatz zu Laura fiel es mir sehr leicht, Geheimnisse für mich zu behalten.

Nachdem wir mit den Vorbereitungen fertig waren, trudelten auch schon die Kinder nach und nach ein. Unter ihnen auch mein allerliebster Goldschatz, Emily. Ems war erst drei Jahre alt und lebte im Waisenhaus. Sie war die einzige Überlebende bei einem schrecklichen Autounfall, der ihre ganze Familie innerhalb von Sekunden ausgelöscht hatte. Ihre Tante lebte irgendwo in Alaska, aber die war schon alt und konnte sich kaum um sich selbst kümmern. Da Emily noch kein Wort sprach und ihre rechte Gesichtshälfte von dem schweren Unfall mit Brandnarben übersät war, war es dem Waisenhaus bisher nicht gelungen, sie in einer Pflegefamilie unterzubringen. Ich ärgerte mich immer wieder sehr über die Oberflächlichkeit, die manche Menschen an den Tag legten. Ich liebte sie über alles: Mit ihren blonden Löckchen, den grossen, braunen Augen und dem Schnuller, den sie stets bei sich trug, war sie das süsseste Wesen auf Erden. Ich unternahm auch privat viel mit ihr, doch im Sommer fuhr Jane, die Heimleiterin des Waisenhauses, mit den Kindern immer in die Wälder und an den See, damit die Kleinen auch ein wenig Ferien geniessen konnten, deshalb hatte ich Emily nun schon seit über einem Monat nicht mehr gesehen und freute mich nun tierisch darüber, sie endlich wieder in meine Arme schliessen zu können. Nachdem sie mich entdeckt hatte, rannte sie sofort auf mich zu. Ich hob sie hoch und drückte sie liebevoll. „Hey, meine Süsse! Na, wie war es in den Ferien? Hat es dir gefallen?" Emily nickte und strahlte bis über beide Backen. Fröhlich winkte sie ihrer Betreuerin Elisabeth zum Abschied zu und verdrückte sich gleich darauf mit ihren Freunden in der Spielecke.

Nachdem sich schliesslich auch alle anderen von ihren Liebsten verabschiedet hatten, versuchten wir erfolglos unsere Rasselbande zu bändigen. Die Kinder steckten noch voller Energie von den Sommerferien und es dauerte eine ganze Weile, bis wir endlich mit unserem Morgenprogramm beginnen konnten.

Der Tag verging wie im Flug und ich war heilfroh, als ich abends endlich zu Hause ankam. Erschöpft, aber glücklich schloss ich die Tür hinter mir und liess mich plump auf mein Sofa fallen. Ich zückte mein Handy und entdeckte zu meiner Freude eine Nachricht von Noah.

Principessa,

Wie war dein erster Tag?

Ich vermisse dich so sehr!

Noah.

Ich war unglaublich gerührt und antwortete ihm sofort.

Noah,

Ich vermisse dich auch sehr.

P.S. Die Kinder haben uns ganz

schön auf Trab gehalten.

Bin unglaublich müde.

Isabella

Nach wenigen Minuten leuchtete eine weitere Nachricht von ihm auf dem Display auf.

Principessa,

Ich wünschte, ich wäre bei dir.

Ich würde dich massieren und

dich verwöhnen.

Schlaf gut, Süsse.

Noah

Ich lächelte und errötete allein schon bei dem Gedanken daran, wie er mich berührte.

Darauf komme ich zurück.

Ich freue mich darauf, dich

wiederzusehen!

Isabella

Am nächsten Tag kam ich völlig übermüdet im Kindergarten an. Ich hatte sehr schlecht und nur sehr kurz geschlafen. Ich hatte Noah so sehr vermisst, dass er stets vor meinem inneren Auge aufgetaucht war, wenn ich meine Lider geschlossen hatte. Ich sehnte mich nach seiner Wärme und nach seinem Duft … Ich liebte ihn, daran hegte ich keinen Zweifel.

Kaum waren die Kinder alle eingetroffen, hatte ich keine Zeit mehr, um über meine Müdigkeit nachzudenken. Heute war Lauras freier Tag und somit war ich mit den Kids alleine. Ich genoss diese Tage sehr, denn dann musizierte ich meistens mit den Kindern. Wir bastelten Instrumente und spielten darauf oder sangen Lieder. Laura las den Kindern lieber etwas vor, oder erkundete mit ihnen die Natur. So ergänzten wir uns prima und unsere Kinder genossen stets ein breites Spektrum an Kreativität und Bildung. Als die Kinder kurz vor Unterrichtsende mit Malen beschäftigt waren, kümmerte ich mich um Emily. Es war sehr wichtig für sie, dass man sich zwischendurch Zeit für sie alleine nahm, um mit ihr ihre Defizite aufzuarbeiten. Ich sass also gemeinsam mit ihr auf dem Boden und stapelte gerade farbige Klötzchen aufeinander, als sie plötzlich erschrak und verängstigt unter meinen Tisch kroch. „Emily, was ist denn los?" Verwirrt kroch ich zu ihr unter den Tisch, um sie wieder hervorzuholen, da streckte sie ihren kleinen Finger aus und zeigte auf etwas. Als ich ihrem Blick folgte, entdeckte ich Noah in voller Arbeitsmontur, der lässig an der Tür lehnte und mich grinsend beobachtete. Ich nahm Emily auf meinen Arm und rannte ihm aufgeregt entgegen. Ich konnte kaum glauben, dass er wirklich hier war. Ich freute mich unheimlich darüber, ihn zu sehen und ich musste mich wirklich sehr zusammenreissen, denn am liebsten wäre ich ihm jauchzend um den Hals gefallen. Ich wollte mich vor den Kindern aber nicht so gehen lassen, deswegen verhielt ich mich eher distanziert und cool. „Noah, was tust du denn hier?", fragte ich verblüfft. „Ich musste den Rettungswagen vor meiner Schicht in die Werkstatt bringen, die ist grad um die Ecke und da dachte ich, ich schau mal vorbei." Er strahlte mich an, sein Blick war voller Sehnsucht und Liebe und ich spürte, dass auch er sich schwer zusammenreissen musste, um nicht hier und jetzt über mich herzufallen. Nun schenkte er auch Emily seine Aufmerksamkeit. „Und wer ist diese hübsche Lady?" Noah lächelte sie so liebevoll an, dass es mir augenblicklich warm ums Herz wurde. Emily musterte ihn mit grossen Augen und vergrub ihr Köpfchen dann schüchtern in meinen Haaren. „Das ist meine süsse Emily", sagte ich lächelnd. „Hey Emily", begrüsste er sie und strich ihr zärtlich über ihre blonden Locken, „schön, dich kennenzulernen." Nun bemerkten ihn auch die anderen Kinder und traten neugierig näher, um den Fremden genau zu inspizieren. Vor allem die Jungs himmelten Noah ehrfürchtig an. Sie wussten natürlich genau, dass von dem Mann mit der bekannten Uniform auch ein Krankenwagen nicht weit weg sein konnte. Als sie jedoch aus dem Fenster blickten und nichts dergleichen erkennen konnten, gingen sie schliesslich enttäuscht zu ihren Plätzen zurück und malten weiter. „Isabella, Missys Stammdisco wurde renoviert und feiert dieses Wochenende Eröffnung. Sie möchte dich unbedingt besser kennenlernen und lässt fragen, ob wir sie und Marco in den Club begleiten würden." Ich war nicht gerade begeistert von dem Gedanken, mit

Marco und Missy zusammen auszugehen. Marco hatte sich mir gegenüber komisch verhalten, was mich nach wie vor kränkte, aber sie waren nun mal Noahs Freunde und ich wollte nicht, dass er sich zwischen uns entscheiden musste, also willigte ich ein. Noah freute sich und küsste mich flüchtig auf den Mund, ehe wir uns schliesslich widerwillig voneinander verabschieden mussten.

8

Die restliche Woche verlief ohne Zwischenfälle, Überraschungsbesuche und ohne Noah in meinem Bett. Ich vermisste ihn so sehr, dass ich total kribbelig war, als ich mich am Samstag für unsere Verabredung zurechtmachte. Ich steckte mir meine Haare hoch und zog mir ein schwarzes, enganliegendes Kleid an. Es war schlicht und ärmellos und reichte mir bis knapp über die Knie. Dazu wählte ich passende High Heels, die mich um stolze acht Zentimeter grösser machten. Ich puderte mein Gesicht leicht ab, umrandete meine Augen mit einem schwarzen Lidstrich und legte rosafarbenen Lipgloss auf. Ich schminkte mich nicht sehr oft, daher waren meine Utensilien eher spärlich und mein Make-up entsprechend dezent.

Als es dann endlich an der Tür klopfte und ich sie aufgeregt öffnete, stürzte ich mich direkt in Noahs Arme. Er drückte mich so fest, dass ich kaum mehr Luft bekam. „Principessa, endlich habe ich dich wieder. Ich habe dich so vermisst", raunte er, während er meinen Hals küsste. „Ich habe dich auch vermisst", stöhnte ich leise. Es erregte mich stets, wenn er meinen Hals küsste. Augenblicklich fühlte ich wieder das Prickeln und die wohlige Wärme in meinem Unterleib. „Du siehst atemberaubend schön aus! Am liebsten würde ich dich gleich hier und jetzt vernaschen, aber wir müssen leider los." Ich seufzte, wohl bedacht darauf, mir meine Enttäuschung nicht anmerken zu lassen. Eigentlich wäre ich viel lieber zu Hause geblieben und hätte mich Noah mit Leib und Seele hingegeben. Aber es nützte nichts, ich musste mich noch weitere Stunden gedulden und so sassen wir wenige Minuten später in seinem schwarzen Range Rover und machten uns auf den Weg in den Club.

Während wir auf den überfüllten Parkplatz zusteuerten, erkannte ich Marco und Missy bereits von Weitem. Sie hatten uns einen Parkplatz freigehalten und winkten uns nun energisch zu. Als ich die Tür öffnete und ausstieg, stand Missy auch schon neben mir. Sie hatte ihre langen, blonden Haare ebenfalls hochgesteckt. Ihre Lippen leuchteten knallrot, während ihre Augen nur dezent geschminkt waren. Ihr hellblaues, kurzes Sommerkleid betonte ihre schmalen Hüften und ihren üppigen Busen. Sie sah wirklich zum Anbeissen aus. „Da seid ihr ja!", sagte sie fröhlich, während sie mich herzlich umarmte. „Isabella, du siehst toll aus! Ich freu mich so, dass du hier bist!" – „Ich freu mich auch. DU siehst toll aus." Verlegen senkte ich meinen Blick. Mit Komplimenten konnte ich noch nie gut umgehen. Marco war gerade dabei, Noah per Handschlag zu begrüssen. Danach nickte er mir kurz zu. Diesmal lächelte er, aber es kam mir dennoch ziemlich aufgesetzt vor. Ich beschloss, mir nicht weiter den Kopf darüber zu zerbrechen und den Abend zu geniessen.

Als wir den Club betraten, war die Party schon voll im Gange. Da alle Tische bereits besetzt waren, stellten wir uns an die Bar. Die Musik war laut, entsprach aber meinem Geschmack. „Was möchtest du trinken?", schrie Noah mir zu, um die Musik zu übertönen. „Tequila, bitte!", antwortete ich postwendend. Noah hob zweifelnd seine Brauen. Er war wohl ziemlich überrascht darüber, dass ich gleich etwas Härteres bestellte. Er hatte wohl eher mit einem Weisswein, oder etwas Gespritztem gerechnet. „Da bin ich dabei!", stimmte Missy mit ein. Sie zwinkerte mir verschwörerisch zu und lächelte dabei verführerisch. Ich sah wieder zu Noah und zuckte entschuldigend mit den Schultern. Er schüttelte lachend den Kopf und bestellte schliesslich für uns. Für Marco und ihn orderte er Bier.

Missy und ich unterhielten uns über Schuhe, während die Männer in ihrer Muttersprache heftig miteinander diskutierten. Ab und an konnte ich aus dem Augenwinkel erkennen, wie sie zu mir herübersahen, daher ahnte ich, dass sich die Diskussion um mich drehte. Augenblicklich wurde ich wütend. Was hatte dieser Typ denn für Probleme mit mir? Er kannte mich doch gar nicht ... Frustriert trank ich mein Glas auf Ex und bestellte umgehend zwei weitere Shots für Missy und mich. Ich wurde aus meinen Gedanken gerissen, als plötzlich die Musik verstummte und ein kleiner, pummeliger Mann mit Brille und Anzug auf die Bühne stieg. Er war sichtlich aufgeregt und klopfte ungeduldig an das Mikrofon, um es zu testen. Als er sich davon überzeugt hatte, dass alle ihn hören konnten, begann er mit seiner Rede. Er bedankte sich eine gefühlte Ewigkeit bei mehreren Sponsoren und Beteiligten. Missy und ich waren mittlerweile bei unserem dritten Drink angekommen und langsam spürte ich die Wirkung des Alkohols. In meinem Kopf drehte sich alles, deswegen lehnte ich mich an die Bar. „Alles okay?" Noah bemerkte meinen veränderten Zustand und bestellte mir umgehend eine Cola. „Alles in Ordnung", versicherte ich ihm lächelnd und wandte mich wieder der langweiligen Rede des Managers zu.

Als er schliesslich endlich auf das Ende zusteuerte, eröffnete er zu meiner Überraschung einen Karaoke-Wettbewerb. Meine Augen begannen augenblicklich zu leuchten und plötzlich war ich wieder vollkommen klar im Kopf. Ich liebte Karaoke. In Irland gab es viele Kneipen, die regelmässig solche Abende veranstalteten und ich hatte früher an so vielen teilgenommen, wie es mir nur möglich gewesen war. Plötzlich kam mir eine Idee. Ich bestellte noch zwei Shots für mich und Missy. Noah, der sich noch immer angeregt mit Marco unterhielt, hielt überrascht inne und runzelte die Stirn. „Noch einen Tequila? Süsse, bist du dir sicher?" Er war unentschlossen, ob er lachen, oder sich Sorgen machen sollte. „Keine Angst, ich vertrage das!", lachte ich und schüttete den Tequila in einem Zug hinunter, aus Angst, der Mut könnte mich in letzter Sekunde doch noch verlassen. „Bin gleich wieder da", flüsterte ich Missy ins Ohr, ehe ich mich aufgeregt in Richtung Bühne verdrückte. Als ich kurz zurückblickte, bemerkte ich, wie Noah Missy zu sich winkte. Er wollte sie wohl fragen, was ich vor hatte. Ich lächelte zufrieden vor mich hin, als ich endlich bei dem DJ ankam und ihm meine Musikwahl zuflüsterte. Er nickte, und kurz darauf stand ich auf der Bühne mit dem Mikrofon in der Hand. Ich fixierte Noah, der sich gerade von seinem Platz erhoben hatte und seinen Augen nicht zu trauen schien. Die Scheinwerfer waren alle auf mich gerichtet, als die Melodie von „WITHOUT YOU", dem Welthit von Mariah Carey, leise ertönte. Ich konnte den Text in- und auswendig und musste somit kein einziges Mal auf das Display schielen, um den Text abzulesen. Ich schloss die Augen und blendete alles um mich herum aus. Ich sang den Song aus tiefstem Herzen, ganz allein für meinen Noah. Wenn ich meine Augen zwischendurch öffnete, sah ich nur ihn. Er fixierte mich ebenfalls mit seinem Blick und ich spürte die Vertrautheit und die Verbindung zwischen uns, wie ich sie noch nie zuvor bei einem anderen Menschen gespürt hatte. Mariah Carey ist eine Ikone, ein unverwechselbares Unikat, trotzdem gelang es mir, den Song perfekt zu interpretieren und als die letzten Töne des Liedes erklangen und der Scheinwerfer sanft erlosch, applaudierten die Leute laut. Sie pfiffen und riefen mir begeistert zu. Noah war nicht mehr an seinem Platz, sondern versuchte nun zu mir zu gelangen. Ich übergab das Mikrofon hastig dem nächsten Anwärter, stieg auf schnellstem Wege von der Bühne und drängte mich durch die Menschenmenge, bis ich endlich vor ihm stand und mich in seine Arme werfen konnte. „Ich liebe dich!", schluchzte ich, während ich ihm tief in die Augen blickte und mir Freudetränen über die Wangen rollten. „Ich liebe dich auch!", sagte er leise, sichtlich überwältigt über meine besondere Liebeserklärung. Wir küssten uns innig und die Leute um uns herum begannen erneut zu klatschen und zu jubeln.

Nachdem sich alle wieder beruhigt hatten und gespannt der nächsten Anwärterin lauschten, die sich leider vergebens bemühte die Töne zu treffen, gingen wir Arm in Arm zurück zu unseren Plätzen an der Bar. Missy stand da und hielt sich ungläubig die Hände vor den Mund, ihr Make-up war völlig verschmiert. Offenbar hatte meine Stimme sie so berührt, dass sie ihre Tränen nicht mehr zurückhalten konnte. „Isabella, du MUSST auf unserer Hochzeit singen! Bitte, Isabella! Du musst einfach! Ich habe noch niemals zuvor jemanden so singen gehört", schluchzte sie herzzerreissend. Ich lächelte und strich ihr tröstend über den Rücken: „Klar, kein Problem!"

Singen war meine Leidenschaft, diesen Wunsch wollte ich ihr also nur zu gern erfüllen. Ihre Augen leuchteten hell und sie konnte sich vor Freude über meine Zustimmung kaum mehr beruhigen. Marco sah mich an und nickte mir anerkennend, aber dennoch immer noch sehr reserviert, zu. Er mochte mich offenbar wirklich nicht und ich beschloss, ihn gleich hier und jetzt nach dem Grund zu fragen. Ich näherte mich gerade seinem Ohr, als Missy, die meine Absicht gar nicht registrierte, mich ungeduldig an meinem Arm packte. Sie wollte ihr Make-up auffrischen und bat mich, sie zu begleiten. Da ich selbst unbedingt zur Toilette musste, nickte ich ihr schliesslich zu. Marco konnte warten. Ich küsste Noah flüchtig und drehte mich von ihm weg, doch er hielt mich zurück. In seinen Augen loderte Verlangen. „Beeil dich, Süsse! Wenn du wiederkommst, würde ich gerne gehen, sonst muss ich dich nämlich direkt hier auf der Tanzfläche vögeln." Ich lachte laut und warf meinen Kopf in den Nacken, während Missy meine Hand nahm und mich mit sich zog. „Wir sind gleich wieder da, Romeo!", rief sie Noah grinsend zu.

Auch nachdem ich mein Geschäft verrichtet hatte, war Missy immer noch verzweifelt damit beschäftigt, ihr Make-up wiederherzustellen. Ich beschloss, im Flur auf sie zu warten. Der Toilettenraum war überfüllt und ich wollte mich nicht länger als unbedingt nötig in diesem engen Raum aufhalten. Auf dem Flur lehnte ich mich an die kalte Wand. Die Scheinwerfer auf der Bühne hatten mich ins Schwitzen gebracht und nun erfrischte mich die kühle Betonwand angenehm. Entspannt schloss ich meine Augen und öffnete sie erst wieder, als mir jemand auf die Schulter tippte. Ich erwartete Missy, doch zu meiner Überraschung war es Jonah, der nun vor mir stand. Sofort sank mein Herz in die Hose und ich begann, unwillkürlich zu zittern. Ich krallte meine Hände in die Wand, damit ich den Halt nicht verlor. „Jonah" ‚flüsterte ich panisch. „Isabella ... Wie geht es dir?", fragte er gelassen. „Was machst du hier? Ich dachte, du wärst in der Entzugsklinik", fragte ich ihn direkt, denn ich hatte keine Lust auf Smalltalk! Nicht mit ihm ... Er sah verlegen zu Boden und kratzte sich nervös am Hinterkopf. „Ja, da war ich auch und glaub mir, ich bin clean. Hab mich wohl sehr gut geschlagen, sodass sie mich früher entlassen konnten ..." Er zuckte mit den Schultern, bevor er mir ernst und reumütig in die Augen blickte. „Isabella, was damals passiert ist, es .... es tut mir so unendlich leid! Bitte glaube mir! Ich würde alles dafür geben, um es rückgängig zu machen." Urplötzlich waren alle Bilder dieser verhängnisvollen Nacht wieder präsent und ich fühlte mich wieder so hilflos wie damals. Tränen brannten in meinen Augen, als ich ihm nach einer kurzen Pause wütend antwortete. „Jonah! Du hast mich zusammengeschlagen und dann die Treppe hinuntergestossen, wo du mich dann einfach mir selbst überlassen hast! Hätte Jace nicht den Notarzt gerufen, wäre ich gestorben! Genau wie UNSER BABY!" Letzteres betonte ich besonders laut und hart, „und DAS Jonah, werde ich dir niemals verzeihen können!" Ich schrie und meine Stimme bebte vor Zorn und Angst. Plötzlich sah ich aus den Augenwinkeln, wie jemand an mir vorbei schoss und Jonah an der Kehle packte … Noah! Er holte aus und schlug ihn zu Boden. Noch bevor Jonah überhaupt realisierte, was passiert war, blutete er auch schon aus der Nase. „Du elender Dreckskerl! Du hast ihr das angetan?" Noahs Stimme klang hasserfüllt und voller Zorn. Auf einmal stand auch Marco vor mir und hielt ihn an den Armen fest. Er versuchte ihn zu beruhigen und davon abzuhalten, erneut zuzuschlagen. „Verdammt, ich war total high, ich hab das doch nicht gewollt!", wimmerte Jonah vor sich hin und hielt sich schützend die Hände vor seine blutende Nase.

Überall war Blut … In meinem Kopf drehte sich alles und ich spürte, wie es mir den Boden unter den Füssen wegzog. Die lauten Stimmen um mich herum wurden immer leiser, bis sie schliesslich ganz verstummten und ich nur noch schwarz sah.

9

Nachdem ich wieder zu mir gekommen war, hob mich Noah kurzerhand hoch und verfrachtete mich auf dem schnellsten Wege in sein Auto. Wütend knallte er die Tür zu. Ich sah aus dem Fenster und erkannte Missy und Marco, die ebenfalls sehr bestürzt wirkten. Noah stieg ein, liess den Motor an und fuhr mit quietschenden Reifen davon. Er sah mich weder an, noch wechselte er ein einziges Wort mit mir. Seine Hände umklammerten das Lenkrad so fest, dass seine Knöchel weiss hervortraten. Als ich meine Hand auf sein Knie legte, stiess er sie heftig von sich. „Lass mich los!" Die Kälte in seiner Stimme liess mich augenblicklich zusammenzucken. „Aber ich habe doch gar nichts getan!", entgegnete ich erschrocken. „Nein, das hast du nicht und genau das ist das Problem!", schrie er. „Dieser verdammte Scheisskerl hätte dich beinahe umgebracht und du hast ihn nicht mal angezeigt! Du hast ihn einfach davonkommen lassen!" Er blickte so abschätzig zu mir herüber, dass mir das Blut in den Adern gefror. Ich konnte meine Tränen nicht mehr zurückhalten und weinte hemmungslos, mein Gesicht vergrub ich in meinen Händen. „Was hätte ich denn tun sollen? Ich war allein, ich hatte niemanden! Nach der Operation war ich so schwach, dass ich so einen Prozess nicht durchgestanden hätte!" Ich flehte um Verständnis, doch Noahs harter Gesichtsausdruck veränderte sich nicht.

„Wir sind da! Steig aus!", wies er mich schroff an, als wir zu Hause angekommen waren. Beklommen stieg ich aus dem Auto aus und hastete eilig zu der Tür meines Wohnblocks, in der Annahme, dass Noah jetzt in seine Wohnung fahren würde. Doch stattdessen parkte er das Auto und eilte mir wütend hinterher.

Als wir auf meiner Etage angekommen waren, riss er mir die Schlüssel aus meinen zitternden Händen und öffnete die Tür. Er schob mich hinein in meine Wohnung und dirigierte mich direkt auf das Sofa im Wohnzimmer. Er setzte sich mir gegenüber auf meinen gläsernen Salontisch und atmete tief durch, bevor er mich eindringlich betrachtete. „Isabella", er versuchte sich zu beruhigen, doch seine Lippen bebten vor Wut, „erzähl mir alles! Ich muss wissen, was in dieser Nacht passiert ist! Das Schwein muss dafür bezahlen!" – „Nein, Noah! Das ist Vergangenheit! Ich möchte nicht darüber reden und ich möchte nicht, dass du etwas gegen ihn unternimmst! Es ist vorbei, verstehst du?" Er startete einen neuen Versuch, um sich zu beruhigen und atmete nochmals tief durch. „Ich werde nichts ohne dein Einverständnis unternehmen, ich verspreche es! Aber bitte, Isabella, ich muss wissen, was passiert ist! Ich wollte dir Zeit lassen, wollte zuerst dein Vertrauen gewinnen, in der Hoffnung, dass du dich mir irgendwann öffnest, aber nun, nach diesem Abend, ich drehe durch, wenn du mir nicht sofort erzählst, was dieser Bastard mit dir gemacht hat!" Seine Gesichtszüge verzerrten sich schmerzlich und seine Sorge um mich schien ihm schier den Verstand zu rauben, also brach ich schliesslich mein Schweigen und erzählte ihm alles.

„Ich war noch nicht lange in den Staaten, als Jonah und ich uns ineinander verliebt hatten. Wir waren glücklich, doch kurz darauf hat er seinen Job verloren und ist danach abgestürzt. Er ist an die falschen Leute geraten, hat immer mehr Alkohol getrunken und schliesslich sogar harte Drogen konsumiert. Ich habe natürlich versucht ihn davon abzuhalten, aber gegen den Einfluss seiner Clique hatte ich keine Chance. Dann bin ich schwanger geworden. Ich habe es erst im dritten Monat bemerkt. Jonah hat mir immer versichert, dass er diese Pille für den Mann nehmen würde. Ich habe ihm vertraut, deswegen habe ich nicht damit gerechnet und das Ausbleiben meiner Periode ignoriert. Doch als mir dann plötzlich regelmässig übel geworden ist, bin ich zum Arzt gegangen, weil ich gedacht habe, ich hätte mir einen Virus eingefangen. Stattdessen hat er mir dann eröffnet, dass ich schwanger war. Natürlich war das im ersten Moment ein Schock, trotzdem habe ich mich gefreut. Ich habe gehofft, dass Jonah nun wieder auf den richtigen Weg zurückfinden würde, doch als ich ihm von der Schwangerschaft erzählt habe, ist er unheimlich wütend geworden. Er hat behauptet, das Kind sei nicht von ihm und hat von mir verlangt, es abzutreiben. Er hat mir damit gedroht, mir und dem Kind das Leben zur Hölle zu machen, wenn ich es nicht täte." Ich schluckte schwer und hob meinen Blick. Noah starrte mich finster an. Seine Hände hatte er zu Fäusten geballt. „Ich habe dann einen Abtreibungstermin vereinbart, doch je näher dieser Termin kam, desto mehr wollte ich dieses Kind. Schliesslich war es ein Teil von mir und manchmal hatte ich das Gefühl, es bereits in mir zu spüren." Ich lächelte, als ich mich an dieses unbeschreibliche Gefühl zurückerinnerte. „Ich habe also beschlossen, das Kind zu behalten und es allein grosszuziehen. An jenem Abend habe ich mich auf den Weg zu Jonahs Wohnung gemacht, denn ich war der Meinung, dass er das Recht darauf hatte, meine Entscheidung zu erfahren. Immerhin war er der Vater des Babys und insgeheim hat er das auch ganz genau gewusst. Als ich ankam, waren er und drei seiner sogenannten Freunde aus der Clique bereits total high. Nachdem er mich bemerkt und ich ihm mein Vorhaben mitgeteilt hatte, ist er aufgestanden und hat mich als Schlampe beschimpft. Er hat abermals behauptet, das Kind könne nicht von ihm sein und plötzlich hat er mir ins Gesicht geschlagen. Seine Freunde haben zwar versucht ihn aufzuhalten, waren aber viel zu zugedröhnt, als dass sie mir ernsthaft hätten helfen können. Jonah hat immer wieder auf mich eingeschlagen und aus Angst um das Baby bin ich aus der Wohnung geflüchtet. Ich stand schon im Treppenhaus am Treppengeländer, als er plötzlich hinter mir auftauchte und mich die Treppe hinunterstiess. Als ich dann unten in meinem eigenen Blut lag, habe ich ihn angefleht, mir zu helfen, doch Jonah hat sich nur wortlos umgedreht und ist wieder in seine Wohnung zurückgegangen." Noah drehte den Kopf zur Seite und fluchte leise vor sich hin. „Deshalb kannst du kein Blut sehen, jetzt ist mir alles klar." Ich nickte und senkte meinen Blick wieder. „Danach weiss ich nichts mehr. Als ich wieder aufgewacht bin, lag ich auf der Intensivstation im Krankenhaus. Neben mir auf einem Stuhl hat Jace gesessen, ein weiterer Freund aus der Clique. Er hat mir dann erzählt, dass er mich auf dem Weg in Jonahs Wohnung ohnmächtig und schwer verletzt vorgefunden und dann sofort den Notarzt verständigt hatte. Er hatte an jenem Abend noch nichts genommen und war deshalb klar genug, um die Situation abzuschätzen. Er hat den Vorfall sehr bedauert und hat mir erzählt, dass die ganze Clique beabsichtige, einen Entzug zu machen. Angeblich hätte ich ihnen die Augen geöffnet ..." Ich schnaubte verächtlich. „Bis zum heutigen Tag habe ich weder Jonah, noch einen anderen aus der Clique wiedergesehen."

Nachdem ich meine Geschichte beendet hatte, fühlte ich mich ausgelaugt, aber dennoch erleichtert. Zum ersten Mal hatte ich erzählt, was in jener Nacht wirklich passiert war. Das tat mir gut und entlastete meine Seele ungemein. Noah hingegen war ausser sich vor Wut und schlug mit der Faust gegen die Wand. „Dieses verdammte

Schwein, ich hätte ihn umbringen sollen!",
schimpfte er aufgebracht. Ich stand auf und
schlang meine Arme vorsichtig um seinen
angespannten Körper. Meinen Kopf schmiegte
ich an seinen Rücken. Meine Hände legte ich auf
seine Brust, in der ich spüren konnte, wie sein
Herz raste. „Noah", sagte ich leise, „es ist vorbei.
Natürlich werde ich es nie vergessen können,
aber jetzt bin ich glücklich! Glücklich mit dir! Ich
liebe dich und ich freue mich auf unsere
gemeinsame Zukunft." Noah entspannte sich
sofort und griff nach meinen Händen. Er atmete
wieder gleichmässig und ich spürte, wie sein Puls
sich langsam wieder normalisierte. Er drehte sich
zu mir um, schloss mich in die Arme und drückte
mich fest an sich. „Principessa, ich liebe dich so
sehr! Ich verspreche dir, ich werde dich niemals
enttäuschen." Wir schwiegen einen kurzen
Moment lang, bevor Noah schliesslich lächelte
und erneut das Wort ergriff. „Wo zum Teufel
hast du so singen gelernt?" Offenbar erinnerte er
sich wieder an meine musikalische
Liebeserklärung zurück. Ich zuckte verlegen mit
den Schultern. „Wenn man jedes einzelne
Musical auf dieser Welt in- und auswendig kennt
und tagtäglich vor sich hin trällert, dann kann
man es irgendwann." Noah antwortete mir nicht,

stattdessen küsste er mich gefühlvoll auf die Lippen. Zuerst waren seine Küsse sanft, doch dann wurde er immer leidenschaftlicher. Er riss mir die Klamotten vom Leib und ich tat es ihm mit seinen gleich. Kurz darauf lagen wir in meinem Bett, wo er jede einzelne Stelle meines Körpers mit dem Mund erforschte und liebkoste. Ich konnte nicht genug davon kriegen und mein Körper forderte nach Erlösung, als er endlich in mich eindrang und sich sanft bewegte. Plötzlich glitt er aus mir hinaus, packte mich an den Hüften und drehte mich ruckartig, sodass ich nun rittlings auf ihm sass. Langsam liess er mich auf seinen harten Penis hinuntergleiten. Als ich ihn tief in mir spürte, warf ich meinen Kopf in den Nacken und stöhnte laut auf. Ich bewegte mich vorsichtig und steigerte nach und nach mein Tempo. Nun konnte auch Noah sich nicht mehr zurückhalten. Er stöhnte lustvoll, ehe er sich mit einem animalischen Laut in mir ergoss und wir gleichzeitig die Seligkeit erreichten. Erschöpft liessen wir uns in die Kissen fallen und hielten uns fest in den Armen.

Als wir kurze Zeit später endlich wieder normal atmen konnten, liess ich meine Gedanken schweifen. „Woher hast du eigentlich gewusst, dass Jonah mich nach meinem Auftritt aufgesucht hat?" Seine Gesichtszüge verhärteten sich und er versteifte sich in meinen Armen, bevor er mir antwortete. „Missy ist zu uns gekommen und hat mir gesagt, ich solle mal nach dem Rechten sehen. Als sie den Toilettenraum verlassen hat, sah sie, wie du kreidebleich an der Wand lehntest und dich aufgebracht mit einem Mann unterhalten hast. Sie hatte nicht den Mut, um sich einzumischen, also holte sie uns. Als ich dann näher gekommen bin, habe ich gehört, was du zu ihm gesagt hast und habe eins und eins zusammengezählt." Sanft streichelte ich seine Brust, bis er sich wieder entspannte. „Danke!", flüsterte ich erlöst. Wortlos küsste er mich auf meine Stirn und folgte mir kurz darauf ins Land der Träume.

10

Noch bevor ich meine Augen am nächsten Tag öffnete, spürte ich Noahs Wärme an meinem Rücken. Vorsichtig befreite ich mich aus seiner festen Umarmung und drehte mich zu ihm. Seine Augen waren geschlossen, sein Atem ging regelmässig und seine Gesichtszüge waren entspannt. Ich lächelte und konnte es kaum glauben, dass er wahrhaftig neben mir lag. Ich liebte ihn so sehr, ich konnte mein Glück kaum fassen. Dennoch plagte mich ein furchtbar schlechtes Gewissen. Letzte Nacht war ich wach geworden und hatte gesehen, wie er nachdenklich und traurig am Fenster gestanden hatte. Ich hatte ihn gefragt, ob er nicht schlafen könne und ihm ein heisses Getränk angeboten, doch er hatte dankend abgelehnt und mir stattdessen erklärt, dass er nach einer Woche Nachtschicht immer eine Weile brauche, um wieder in den normalen Rhythmus zu finden. Ich war mir jedoch sicher, dass die jüngsten Ereignisse mit schuld an seiner Schlaflosigkeit waren und das tat mir furchtbar leid. Ich fühlte mich schuldig, hatte ihm aber nicht das Gefühl geben wollen, ihm nicht zu glauben, also hatte ich nur resigniert genickt und anschliessend weitergeschlafen.

Ich bemühte mich, ihn nicht aufzuwecken und verliess das Zimmer leise. Auf Zehenspitzen schlich ich ins Badezimmer und betrachtete mich seufzend im Spiegel. Ich war blass und meine Augen waren noch immer gerötet. Meine widerspenstigen, gewellten Haare fielen mir mittlerweile bis über das Steissbein. Ich flocht es zu einem einfachen Bauernzopf und nahm mir vor, es bei Gelegenheit schneiden zu lassen. Nachdem ich geduscht und mich für ein weisses, luftiges Sommerkleid entschieden hatte, setzte ich in der Küche frischen Kaffee auf, während ich Pläne für den heutigen Tag schmiedete. Heute war Sonntag und den wollte ich mit Emily verbringen. Die Sonne schien und es war warm, das musste ausgenutzt werden, schliesslich stand der Herbst bereits vor der Tür. Natürlich gab es im Waisenhaus auch einen Garten, aber für so viele Kinder war er verhältnismässig eher klein und ich wollte ihr so viel wie nur möglich von der Welt ausserhalb des Waisenhauses zeigen. Am liebsten mochte sie das Wasser, deswegen entschied ich mich für den See. Dort wollte ich mit ihr den Tag verbringen und gemeinsam mit ihr die letzten warmen Sonnenstrahlen des

Sommers geniessen. „Ja genau, das machen wir heute", sagte ich zu mir selbst. „Und was genau machen wir heute?" Noah stand plötzlich im Türrahmen und beobachtete mich interessiert, bevor er lächelnd auf mich zukam und mich flüchtig auf meine Stirn küsste. „Du wolltest dich doch nicht einfach aus dem Staub machen?" Er runzelte seine Stirn und betrachtete mich ängstlich. „Isabella, es tut mir leid, dass ich gestern so schroff zu dir war. Ich war nicht wütend auf dich, sondern auf deinen Ex-Freund und die ganze Situation. Das weisst du doch, oder?" Er klang verunsichert. „Noah, ich bin nicht böse auf dich. Ich wollte dich nicht wecken, das ist alles. Du hast nicht gut geschlafen und da dachte ich, ich lass dich in Ruhe", erklärte ich ihm, während ich seine Tasse mit Kaffee füllte und sie ihm anschliessend reichte. Er seufzte erleichtert auf. „Danke Süsse, das brauch ich jetzt." Er sog den Duft des Kaffees tief ein, so als ob er unmöglich ohne Koffein leben könnte. „Na, was steht denn nun auf dem Programm?" Er nahm einen Schluck und genoss ihn sichtlich. „Emily!" Ich wandte mich ihm zu und streichelte über seine harten Bauchmuskeln. „Emily?" Er betrachtete mich verständnislos, doch dann schien er sich plötzlich zu erinnern. „Ah, die süsse Kleine aus dem Kindergarten! Was ist mit ihr?", fragte er neugierig. „Ich möchte sie heute gerne aus dem Waisenhaus abholen und mit ihr einen Ausflug an den See machen", sagte ich. „Emily ist ein Waisenkind?", fragte er überrascht.

Während ich ihm ihre Geschichte erzählte, bemerkte ich die Traurigkeit in seinen Augen. Ich verspürte den Drang, ihn zu umarmen und fest an mich zu drücken. Er war so feinfühlig, eine Eigenschaft, die ich sehr an ihm schätzte und liebte. „Na dann, gehen wir Eis essen mit Emily", sagte er plötzlich, bevor er seine Tasse in einem Zug leerte und sich umdrehte, um die Küche zu verlassen. „Du kommst mit?" Ich war verblüfft, damit hatte ich nicht gerechnet. „Wenn die Ladies mich dulden, sehr gerne! Ich zieh mich nur kurz an, bin gleich wieder da." Er verschwand im Badezimmer und ich konnte es nicht glauben, dass er ernsthaft Interesse daran hatte, Emily und mich zu begleiten. Ein Lächeln huschte über mein Gesicht. Die Kleine war mir unendlich wichtig, sie war der Hauptgrund gewesen, weshalb ich meinen Job als Erzieherin nach dem schweren Unfall nicht komplett aufgegeben hatte. Nachdem ich damals erfahren hatte, dass ich keine Kinder mehr bekommen konnte, war ich tagelang am Boden zerstört gewesen und wollte meinen Job kündigen, weil ich befürchtet hatte, durch ihn ständig an dieses Schicksal erinnert zu werden. Als ich mich dann einen Monat später auf den Weg in den Kindergarten gemacht hatte, um mich von den Kindern zu verabschieden, sprang mir Emily sofort entgegen. Ihre Augen hatten geleuchtet und als sie dann ihren Schnuller aus dem Mund genommen und mich geküsst hatte, da wusste ich, dass ich darüber hinwegkommen würde. Ich wollte es zumindest versuchen, denn ich hatte es nicht über mein Herz gebracht, Emily im Stich zu lassen.

„Fertig!" Noah riss mich aus meinen Gedanken. Er lehnte lässig am Türrahmen und lächelte verführerisch. Unter seinem enganliegenden Shirt zeichneten sich seine Bauchmuskeln ab, die Jeans sass ihm locker um die Hüften. Er sah so sexy aus, dass ich mir kurz überlegte, meine Pläne zu ändern und den ganzen Tag mit ihm im Bett zu verbringen. Doch heute war Emilys Tag.

Noah bestand darauf, mit seinem Rover zu fahren, denn er fand mein Auto zu unsicher für ein Kleinkind. Beleidigt, aber ohne ihm zu widersprechen, stieg ich schliesslich ein und nannte ihm die Adresse des Waisenhauses.

Während der Fahrt schwieg ich und blickte verträumt aus dem Fenster. „Geht es dir gut, Isabella?" Noah betrachtete mich unsicher und besorgt und ich wusste genau, auf was er hinauswollte. „Ja, es geht mir gut. Es war ein Schock ihn wiederzusehen, aber auch eine Erleichterung, dass du jetzt über alles Bescheid weisst." Er drückte meine Hand und küsste sie. „Ich werde dich beschützen, Isabella. So etwas wird dir nie wieder passieren", versicherte er mir. „Das hoffe ich, denn ein zweites Mal würde ich das auch nicht überleben", seufzte ich traurig. Noah betrachtete mich mitfühlend. Er schien ihn Gedanken versunken zu sein, denn er registrierte nicht, dass sein Handy surrte. „Noah. Dein Handy ...", sagte ich. Er schüttelte den Kopf, als ob er seine Gedanken verwerfen wollte und nahm den Anruf schliesslich interesselos entgegen. Er sprach italienisch und ich ahnte bereits, dass Marco an der anderen Leitung war. Nach wenigen Worten drehte er sich zu mir. „Wäre es dir recht, wenn Missy und Marco auch mitkommen würden?", fragte er. Ich nickte zögerlich. Eigentlich hätte ich den Tag lieber mit Emily und Noah allein verbracht, aber das wollte ich ihm nicht sagen. Er beendete das Gespräch, während wir in die schmale Einfahrt ins

Waisenhaus einbogen. Noah schnallte sich ab und wollte aussteigen, doch ich hielt ihn zurück. „Noah ... ich will nicht, dass dich meine Vergangenheit belastet, hörst du? Das ist meine Geschichte und es ist vorbei. Ich will nicht, dass dieses dunkle Kapitel aus meinem Leben unsere wunderbare Beziehung belastet. Ich liebe dich und ich will dich nicht verlieren ..." Traurig senkte ich meinen Kopf, doch Noah liess nicht zu, dass ich meinen Blick abwandte. Zärtlich streichelte er meine Wangen und küsste mich sanft auf meine Lippen. „Isabella, du bist jetzt mein Leben, dazu gehört auch deine Vergangenheit. Der einzige Grund, weshalb ich dieses Scheusal davonkommen lasse, ist, weil ich deine Entscheidung, die Dinge auf sich beruhen zu lassen, respektiere. Natürlich mache ich mir Sorgen, aber das belastet unsere Beziehung nicht, sondern es macht sie stärker, verstehst du? Ich liebe dich und würde dich deswegen niemals verlassen!" Ich konnte nicht verhindern, dass mir eine Träne über die Wange kullerte. Noah küsste sie zärtlich weg und wiegte mich sanft in seinen Armen.

Nachdem ich mich wieder beruhigt hatte, stiegen wir schliesslich aus und ich führte Noah direkt in das Büro der Heimleitung. „Hey, Jane", begrüsste ich die Heimleiterin freundlich. „Isabella! Wie schön, dass du da bist!" Sie erhob sich von ihrem Stuhl und umarmte mich herzlich. Jane war schon älter, doch mit ihren künstlich blondierten, gewellten Haaren, die sie schulterlang trug und der knallroten, modernen Brille wirkte sie trotzdem attraktiv und jugendlich. „Jane, ich möchte dir Noah vorstellen, mein Freund." Sie lächelte freundlich und reichte ihm die Hand. „Noah, es freut mich sehr." – „Ganz meinerseits, Jane", entgegnete Noah und setzte sein Zehn-Millionen-Dollar-Lächeln auf, welches sowohl Jane, als auch mich beinahe umhaute. Nachdem ich meine Stimme endlich wiedergefunden hatte, wandte ich mich wieder an Jane. „Wir möchten Emily gerne zum See mitnehmen, wäre das für dich in Ordnung?", fragte ich. „Natürlich! Du weisst doch, wie sich die Kleine immer freut, wenn du sie besuchst, oder was mit ihr unternimmst. Ich bin so unglaublich froh darüber, dass du dich so rührend um sie kümmerst. Sie ist im Garten. Geht ruhig und holt sie. Ich gehe in der Zwischenzeit und packe die Sachen zusammen, die ihr benötigen werdet." Ich nickte fröhlich und umarmte sie kurz, ehe wir den Garten aufsuchten, um Emily zu finden.

Ich entdeckte sie sofort. Sie sass mit ihrem Schnuller in dem kleinen, hölzernen Kinderhäuschen und beschäftigte sich gerade mit ihrem Teddy. Mir zerriss es jedes Mal fast das Herz, wenn ich sie so allein spielen sah. Natürlich wohnten auch noch andere Kinder im Waisenhaus, doch sie war mit Abstand die Jüngste und wurde deshalb oft von den anderen Kindern ausgeschlossen. „Emily!", rief ich ihr zu und winkte sie zu uns. Als sie uns bemerkte, kletterte sie sofort aus dem Häuschen und sprang mir in die Arme, wie sie es immer tat. Sie lächelte und küsste mich, ehe sie sich an Noah wandte und ihn ängstlich beäugte. „Hey, süsse Lady", begrüsste er sie ebenfalls liebevoll. „Na, Lust, ein Eis mit uns essen zu gehen?" Jetzt lächelte sie zuckersüss und nickte so heftig, dass ihre goldenen Löckchen wild umherwirbelten. „Na dann, auf gehts!", sagte Noah und setzte die Kleine auf direktem Wege auf seine Schultern.

Nachdem er den Kindersitz ordnungsgemäss in seinem Auto installiert hatte, fuhren wir schliesslich los. Mir entfiel nicht, dass Noah langsamer und vorsichtiger fuhr als sonst. Immer wieder blickte er in den Rückspiegel, um sich zu vergewissern, dass es ihr an nichts fehlte. Gerührt legte ich meine Hand auf sein Knie und lächelte verliebt. „Ich liebe dich!" – „Ich liebe dich auch, Principessa!"

Missy und Marco standen bereits am Pier und liefen uns händchenhaltend entgegen, während ich Emily aus ihrem Sitz befreite und Noah die Tasche aus dem Kofferraum holte. „Na, über Nacht Daddy geworden?", scherzte Marco, als sie uns endlich erreicht hatten. Noah ignorierte ihn, was Marco nur noch mehr anstachelte. „Ihr übt wohl schon mal, was?", provozierte er ihn weiter. „Halt die Klappe, Mann!", tadelte Noah ihn beherrscht, denn er wollte vor Emily nicht die Kontrolle verlieren. „Schon gut, Alter! War ja nur Spass. Die Kleine ist ja wirklich total süss!" Liebevoll lächelte er sie an und schüttelte zärtlich ihr Händchen. „Hallo Mäuschen, ich bin Marco." Dann wandte er sich an mich und begrüsste mich ebenfalls lächelnd. „Isabella. Schön, dich zu sehen!" Sein herzlicher und aufrichtiger Empfang überraschte mich derart, dass ich kein Wort über die Lippen brachte. So freundlich kannte ich ihn gar nicht. Auch Missy war völlig entzückt und begrüsste Emily überschwänglich, bevor sie sich schliesslich besorgt an mich wandte. „Alles okay, Isabella?" Hilfesuchend blickte ich zu Noah, denn ich wusste nicht genau, was Missy und Marco von dem Desaster gestern Abend alles mitbekommen hatten. Marco schien meine Unsicherheit zu bemerken und legte seine Hand tröstend auf meine Schultern. „Wir wissen von dem Unfall und dass der Typ von gestern was damit zu tun hatte, mehr nicht. Du bist uns keine Rechenschaft schuldig, Isabella. Noah wird schon seine Gründe gehabt haben, ihn niederzuschlagen", sagte er freundlich. „Ich hätte ihn umbringen sollen", murmelte Noah, sodass nur ich ihn verstehen konnte. Ich griff nach seiner Hand, um ihn zu beruhigen und lächelte Marco dankbar und erleichtert an. „Es geht mir gut! Es tut mir nur wahnsinnig leid, dass ich euch den Abend verdorben habe", sagte ich beschämt. Missy lächelte mitfühlend. „Das war doch alles nicht deine Schuld, Isabella! Ausserdem habe ich von deiner Stimme geträumt und wir müssen uns unbedingt darüber unterhalten, was du auf unserer Hochzeit zum Besten geben wirst!" Sie strahlte wie ein Honigkuchenpferd. Ich nickte und war unglaublich froh darüber, dass sie das Thema wechselte und keine weiteren Fragen stellte.

Noah und ich nahmen Emily an die Hand und schlenderten in Richtung Promenade. Sie war ganz aufgeregt, als sie die Enten entdeckte, die sich auf dem See sonnten. Noah hatte Marco bereits am Telefon erzählt, was es mit Emily auf sich hatte, und ich dankte Missy und ihm still dafür, dass sie so rücksichtsvoll waren und das Thema nicht ansprachen, denn ich wollte nicht vor ihr darüber sprechen. Es war nicht gut für sie, wenn sie immer wieder an den schweren Unfall und den Verlust ihrer Eltern erinnert wurde, auch wenn sie sich selbst nicht mehr daran erinnern konnte und kein anderes Leben kannte.

Als wir wenig später auf einer Bank sassen und alle genüsslich an unserem jeweiligen Eis leckten, welches Noah uns spendiert hatte, zeigte Emily aufgeregt auf den Spielplatz nebenan. „Möchtest du schaukeln?", fragte Noah sie erwartungsvoll. Sie nickte wild, hüpfte von meinem Schoss und nahm ihn an die Hand. Sie zog ihn überschwänglich auf den Spielplatz und beruhigte sich erst, als Noah sie auf die Schaukel setzte und diese vorsichtig in Schwung brachte. Sie kicherte vergnügt, was nicht nur mich berührte, sondern auch Noah. Dies spürte ich deutlich, während ich ihn beobachtete. „Gut festhalten, Ems!", rief ich ihr lachend zu. Nun erhob sich auch Marco und folgte ihnen. „Werd mal überprüfen, ob Daddy alles richtig macht ..." Er sprach absichtlich so laut, dass Noah ihn hören konnte, doch dieser liess sich nicht von ihm aus dem Konzept bringen und kümmerte sich weiter um Emily. Missy und ich lachten laut und beobachteten die drei entzückt. Die beiden Männer kümmerten sich wirklich sehr rührend um die Kleine. Auch Marco schien richtig vernarrt in sie zu sein, was mich sehr freute. Missy seufzte verliebt. „Ach, ich kann es kaum erwarten, mit Marco eine Familie zu gründen! Er kann wunderbar mit Kindern, nicht wahr?" Ich stimmte ihr zu und versuchte mir dabei nicht anmerken zu lassen, wie sehr mich ihre Worte verletzten. Ich machte ihr keinen Vorwurf, sie konnte ja nicht wissen, dass ich nie eigene Kinder bekommen würde. Was ich allerdings nicht verstand, war, wieso Noah keine wollte. Er hätte einen wunderbaren Vater abgegeben und ich nahm mir vor, ihn bei Gelegenheit nach dem Grund zu fragen.

Missy und ich unterhielten uns über die Hochzeit und diskutierten gerade über die Liederauswahl, als Emily plötzlich laut aufschrie. Ich erhob mich sofort und eilte auf sie zu, doch als ich die Situation im Sandkasten überblickt hatte, verlangsamte ich meine Schritte. Ein anderer Junge hatte ihr die Schaufel über den Kopf gehauen. Noah war gerade dabei sie zu trösten, während Marco dem Jungen, in einem unbeobachteten Moment, einen Eimer voller Sand über den Kopf leerte. Der Junge weinte bitterlich und rannte zu seiner Mutter, die auf der gegenüberliegenden Seite auf einer Bank sass und sich in ein Buch vertieft hatte. Als der Junge ihr schluchzend sein Schicksal schilderte, sah sie zornig in die Richtung der Männer, packte schnurstracks ihre Sachen zusammen und zog ihren schreienden Jungen hinter sich her. Dabei schimpfte sie empört vor sich hin. Die Männer prusteten los und auch Emily fand es sichtlich witzig, wie Marco sich an dem Jungen gerächt hatte. „Sehr erwachsen, Jungs!", tadelte ich sie, als ich schliesslich am Sandkasten ankam. „Selbst schuld, wenn er sich mit unserer Emily anlegt!", sagte Noah lachend und küsste sie sanft auf ihre Narbe im Gesicht. Ich schüttelte den Kopf, aber auch mir entfuhr ein Lachen, als ich dem schreienden Jungen hinterher sah, der sich mit Händen und Füssen gegen den Willen seiner Mutter wehrte.

„Süsse", sagte ich schliesslich zu Emily, „wir müssen langsam nach Hause, bald gibt es Abendessen." Ich nahm sie auf den Arm und klopfte behutsam den Sand von ihren Kleidern. Sie zeigte traurig auf den Sandkasten und schüttelte dabei wild ihr kleines Köpfchen.

„Schätzchen. Morgen ist Kindergarten, da musst du fit sein. Und Jane und die anderen Kinder vermissen dich bestimmt bereits. Aber ich verspreche dir, dass ich bald wieder was mit dir unternehmen werde", sagte ich. Schliesslich nickte sie verständnisvoll und zeigte dann fragend auf Noah und Marco. „Einverstanden, deine beiden Beschützer nehmen wir auch wieder mit!" Meine Antwort schien sie zu befriedigen, denn sie strahlte vor Glück und klatschte vergnügt in ihre kleinen Händchen. Noah nahm mir die Kleine ab und setzte sie wieder auf seine Schultern. „Sei nicht traurig, mein Mäuschen. Wir holen dir noch etwas Süsses zum Mitnehmen", versprach er ihr. Ich spürte einen Stich in meinem Herzen und ich musste mich zusammenreissen, damit ich nicht losheulte wie ein Schlosshund. Noah, Emily und ich … Das fühlte sich einfach zu perfekt an.

Emily war so müde, dass sie bereits während der Fahrt einschlief. Als wir im Waisenhaus ankamen, beförderte Noah sie behutsam aus dem Kindersitz und trug sie zurück in das grosse Haus. Auch Jane blieb sein liebevoller Umgang mit der Kleinen nicht verborgen und sie war sichtlich gerührt, als er Emily schliesslich vorsichtig in ihre Arme legte und sie dann zum Abschied sanft auf die Stirn küsste. „Bye Mäuschen, bis zum nächsten Mal", flüsterte er. Und wieder musste ich mir auf die Lippen beissen, um meine aufsteigenden Freudetränen zu unterdrücken.

Auf dem Weg nach Hause legte ich meine Hand auf Noahs Knie. Er griff nach ihr und streichelte sie zärtlich. „Warum möchtest du keine Kinder?", fragte ich ihn schliesslich. Sein Gesichtsausdruck veränderte sich augenblicklich, aber ich konnte ihn nicht recht deuten. „Weil man Kinder beschützen muss", sagte er nach einer Weile, „das traue ich mir nicht zu." – „Aber Noah, du ...", er unterbrach mich schroff, „Isabella! Ich möchte keine Kinder, okay? Lass es gut sein!" Er drückte meine Hand und blickte starr auf die Strasse, um mir zu signalisieren, dass er nicht weiter darüber sprechen wollte. Eigentlich hätte ich glücklich darüber sein müssen, da ich ihm diesen Wunsch, falls er ihn gehegt hätte, gar nicht erfüllen hätte können. Doch trotzdem stimmte es mich traurig, denn er wäre ein wunderbarer und liebevoller Vater geworden.

11

Laura beendete gerade das Kapitel im
Märchenbuch, als Tommy plötzlich aufgeregt
vom Stuhl sprang. „Krankenwagen!", schrie er
und rannte, wie von der Tarantel gestochen, zum
Fenster. Natürlich taten es ihm alle anderen
gleich und während Laura ihnen ebenfalls
neugierig folgte, hörte ich auch schon eine
vertraute Stimme. „Na, Rundfahrt gefällig?"
Noah stand lässig und in voller Arbeitsmontur in
der Tür und wedelte grinsend mit dem Schlüssel
in der Hand. „Jaaaaaaa!", schrien die Kinder
einstimmig und scharrten sich wie Hühner um
ihn. „Du bist verrückt, Noah", stellte ich lachend
fest, während ich kopfschüttelnd auf ihn zuging,
ihn am Kragen packte und zu mir hinunterzog,
damit ich ihn küssen konnte. „Verrückt nach dir",
flüsterte er mir verführerisch ins Ohr, bevor er
meinen Kuss erwiderte. „Iiiiihhh, die küssen
sich!", stellte Connor angewidert fest und verzog
sein Gesicht, als müsste er sich gleich übergeben.
Noah und ich lächelten verlegen und lösten uns
nur widerwillig voneinander. „Na dann, bitte
einsteigen!", forderte er die Kids schliesslich auf.
Nun entdeckte er auch Emily, die in der

Kinderschar unterzugehen drohte. Er hob sie auf seinen Arm, bevor er den Raum verliess und alle Kinder ihm aufgeregt im Gänsemarsch nach draussen folgten.

„Izzy, schau mal", rief Tommy mir zu, „ich bin krank!" Lachend lag er auf der Barre im Wagen, wo Noah ihn gerade festschnürte. „Izzy?" Noah zog die Augenbrauen hoch und grinste amüsiert. „Für dich immer noch Isabella, Mister!", tadelte ich ihn mit gespielter Empörung. Nachdem alle Kinder eingestiegen waren, startete er den Motor und fädelte sich vorsichtig in den Verkehr ein. „Bis dann, Izzy", schrie er lachend aus dem Fenster und warf mir eine Kusshand zu. Kopfschüttelnd sah ich ihnen hinterher, solange, bis Lauras Stimme mich daran erinnerte, dass ich nicht alleine war. „Isabella Joeline Miller", sie stemmte ihre Hände in die Hüften und beäugte mich zornig, „wann wolltest du mir erzählen, dass du wieder einen Freund hast? Und noch dazu einen total attraktiven, muskulösen und kinderlieben Südländer!" Ich grinste breit, als ich an ihr vorbeiging und mit einem knappen „Nie!" antwortete. Beleidigt und vor sich hin fluchend, folgte sie mir schliesslich zurück in den Kindergarten. Mir war klar, dass sie das nicht auf sich beruhen lassen würde, doch ich wollte sie noch etwas auf die Folter spannen.

Wenige Minuten später brachte Noah die Kinder wieder zurück. Mit strahlenden Augen stiegen sie aus dem Fahrzeug aus und löcherten ihn weiter mit Fragen über das Krankenauto, die er ihnen geduldig beantwortete.

Nachdem ich Laura und Noah einander vorgestellt hatte und wir es schliesslich endlich schafften die Kinder von ihm loszureissen, küssten wir uns in einem unbeobachteten Moment nochmals innig zum Abschied. „Süsse, ich habe morgen frei und würde heute Abend gerne mit Marco auf einen Drink ausgehen. Macht es dir etwas aus, wenn wir uns heute nicht mehr sehen? Wir gehen in die Bar neben unserem Wohnhaus und ich möchte danach nicht mehr fahren." Ich war zwar enttäuscht, doch das behielt ich für mich. Marco war sein bester Freund und ich verstand, dass auch er ihm wichtig war. „Nein, natürlich nicht, ich wünsch euch viel Spass!", sagte ich lächelnd.

Laura bestand darauf, dass ich ihr alles über meine neuste Errungenschaft – wie sie es nannte – erzählte, also lud sie mich nach der Arbeit spontan ins Irish Pub um die Ecke ein. Zuerst zögerte ich, denn unter der Woche ging ich normalerweise nicht aus. Allerdings war mir klar, dass sie nicht lockerlassen würde und da Noah ebenfalls beschäftigt war, willigte ich schliesslich ein. Noch bevor wir im Pub ankamen, hatte Laura einen Anruf von Derek erhalten. Dieser schloss sich uns kurzerhand an, nachdem ihm Laura berichtet hatte, wo wir uns befanden und was wir vorhatten. Ich freute mich sehr darüber, ihn wiederzusehen. Schlussendlich sassen wir also zu dritt in unserer ehemaligen Stammkneipe. Es war genauso wie in alten Zeiten und ich fühlte mich sehr wohl. Laura schäumte vor Wut, als sie erfuhr, dass Derek bereits schon von Noah wusste und ihn sogar schon kennengelernt hatte. „Mein Bruder, den du zuvor monatelang nicht mehr gesehen hast, wusste es und mir erzählst du es nicht?" Sie verschränkte gekränkt ihre Arme vor der Brust und würdigte mich keines Blickes. „Süsse, wenn sie es dir erzählt hätte, dann wüsste es jetzt bereits ganz Amerika!", lachte Derek und blinzelte mir dabei verschwörerisch zu. Laura schmollte und warf eine Erdnuss nach ihm, worauf wir alle laut losprusteten. „Na, Isabella, wie sieht es aus? Verträgst du noch gleich viel wie früher?" Derek grinste bis über beide Ohren und wartete gespannt auf meine Antwort. Eigentlich hatte ich keine Lust auf Alkohol, doch Dereks gute Laune war dermassen ansteckend, dass ich mich schliesslich doch herausfordern liess. „Derek, mit dir halte ich auch nach einer zehnjährigen Abstinenz noch mit", bluffte ich lachend. Genau darauf hatte er gewartet. Er erhob sich lässig und begab sich grinsend zu der Bar auf der gegenüberliegenden Seite. „Das wollen wir sehen!" Eine gute Minute später kam er mit einem riesigen Brett voller Shots zurück und stellte sie in die Mitte des Tisches. Laura rieb sich vergnügt die Hände und teilte die kleinen Gläser gerecht zwischen uns auf. „Uuuuund Ex!", gab Derek das Kommando und ich leerte das erste Glas in einem Zug.

Nach dem dritten Shot spürte ich den Alkohol in meinem Blut. Ich verspürte ein leicht schwindeliges Gefühl in meinem Kopf, allerdings fühlte es sich gut an und so trank ich auch noch die letzten zwei Gläser aus. „ Wow, Kleine! Ich bin erleichtert! Ich dachte echt, wir hätten dich verloren!", spottete Derek. Ich lachte laut und mir wurde bewusst, wie sehr ich mich in den letzten Monaten zurückgezogen und die beiden vernachlässigt hatte. Das wollte ich unbedingt ändern. Noah pflegte seine Freundschaften und auch ich wollte den Kontakt zu meinen Freunden unbedingt wieder aufleben lassen.

Plötzlich vibrierte mein Handy in meiner Hosentasche. Auf dem Display erkannte ich Noahs Nummer. Ich erhob mich schwankend von meinem Stuhl und torkelte in den Toilettenraum, um der lauten Musik, die aus der Jukebox dröhnte, zu entkommen. „Halloooooo", begrüsste ich ihn fröhlich. „Isabella! Verdammt, wo bist du? Ich bin in deiner Wohnung und du bist nicht da!" Er klang sehr aufgebracht und besorgt. „Das liegt daran, dass ich hier bin, mein Schatz", scherzte ich. „Sehr witzig! Wo bist du?", fragte er schroff. „Ich bin hier im Pub, mit Laura und Derek", erklärte ich ihm und kicherte dabei wie ein albernes Schulmädchen. Noah schwieg einen kurzen Moment lang. „Hast du getrunken?", fragte er schliesslich überrascht. „Naja … ja, ich habe etwas getrunken." Wieder kicherte ich, während ich mich betrunken am Waschtisch abstützte. Noah seufzte tief. „Principessa, es ist ein Uhr morgens. In welchem Pub bist du?" Schockiert starrte ich auf die Uhr an meinem Handgelenk. „Oh, Shit! Ich habe die Zeit vergessen, ich ruf mir sofort ein Taxi, " lallte ich und hüpfte nervös von einem Fuss auf den

141

anderen. „Du bleibst, wo du bist! Ich hole dich ab! Wo bist du?" Seine Stimme klang angespannt und wütend. „Im Irish Pub in der Preston Street", antwortete ich kleinlaut, bevor Noah den Anruf, ohne ein weiteres Wort, beendete. Ich starrte ungläubig auf mein Handy. Erst nach wenigen Sekunden hatte ich seine Worte verarbeitet und begriff nun, dass er herkommen würde … Jetzt. Nervös spritze ich mir ein wenig Wasser ins Gesicht und zupfte vergebens an meinen widerspenstigen Haaren. Ich verliess den Raum eilig und wollte zu unserem Tisch zurückkehren, als mich plötzlich jemand an den Hüften packte und mich herumwirbelte. Derek bewegte sich zu einem schnellen Sound und riss meinen Körper mit. Der Alkohol hatte meine Sinne vernebelt und so legte ich meinen Kopf an seine Brust und liess mich von ihm führen. Ich hatte kein Zeitgefühl mehr und sah erst wieder auf, als ich einen grossen, kühlen Schatten neben mir spürte. Noah entriss mich wortlos und grob aus Dereks Armen. Ich konnte sein Gesicht nicht sehen, aber ich spürte, wie sich seine Muskeln anspannten. Daraus schloss ich, dass er Derek mit einem vernichtenden Blick anfunkelte. Noah hob mich auf seine Arme und beförderte mich hinaus in die dunkle Nacht. Ich spürte eine leichte Brise, die mir durchs Haar wehte. Der Nebel in meinem Kopf lichtete sich, doch es drehte sich immer noch alles. Noah legte mich auf den Rücksitz seines Autos und fuhr kurz darauf los. „Darf ich nicht mehr vorne sitzen?", fragte ich ihn amüsiert, doch seine Miene war wie versteinert und brachte mich augenblicklich zum Schweigen. Er erwiderte nichts, stattdessen starrte er grimmig auf die Strasse. Seine Kiefer mahlten und ich spürte, wie angespannt er war. Ich schloss meine Augen und hoffte inständig, dass seine Wut bald wieder verrauchen würde.

Schliesslich parkte er den Wagen vor meinem Wohnblock und beförderte mich unsanft aus seinem Auto. „Ich kann gehen, Noah! Behandel mich nicht wie eine Betrunkene", schimpfte ich, während er mich auf seine Arme hob, obwohl mir natürlich durchaus bewusst war, dass ich tatsächlich betrunken war. Noah erwiderte nichts, er ignorierte mich, doch ich spürte deutlich, dass er innerlich kochte. Nachdem er mich die zwei Stockwerke zu meiner Wohnung hochgeschleppt hatte, kramte er in meiner Tasche ungeduldig nach dem Schlüssel und öffnete schliesslich die Tür, während er mich mit dem anderen Arm stützte. Er trug mich in mein Bett und zog mich aus. Ich lächelte verführerisch und machte mich an seinem Gürtel zu schaffen, doch er stiess meine Hand grob zur Seite. „Hör auf, Isabella! Ich werde jetzt bestimmt nicht mit dir schlafen!" Er öffnete meine Schublade und fischte ein Nachthemd heraus, welches er mir anschliessend wütend zuwarf. „Ich hätte dich wirklich für reifer gehalten!", schimpfte er vorwurfsvoll. „Wie bitte?" Angetrunken hin oder her, dem musste mal jemand gehörig die Meinung geigen. Ich sprang aus meinem Bett und trat ihm wütend gegenüber. „Du hältst mich für unreif, weil ich ausnahmsweise mal einen über den Durst getrunken habe? Spinnst du? Du tust ja gerade so, als ob ich betrunken in mein Auto gestiegen wäre … Was bist du, ein Mönch? Ein Heiliger?" Ich zitterte vor Wut und zischte ihn an. „Ausserdem waren wir nicht verabredet. Ich weiss gar nicht, weshalb du nun doch gekommen bist! Schliesslich warst DU es, der ursprünglich andere Pläne hatte", schrie ich. „Ich bin gekommen, weil ich dich vermisst habe, Isabella! Doch das beruht ja offensichtlich nicht auf Gegenseitigkeit! Und es geht auch nicht darum, WAS du getan hast, sondern mit WEM und WANN. Warum betrinkst du dich unter der Woche, wenn du am nächsten Tag arbeiten musst und WARUM zum Teufel, tust du es zusammen mit diesem Arsch Derek, der dich am liebsten direkt auf der Tanzfläche gebumst hätte." Plötzlich verstand ich, was eigentlich genau sein Problem war. Es ging nicht um mich, sondern um Derek. „Was? Er ist wie ein Bruder für mich!" Noah schnaubte verächtlich. „Wirklich? Wo war denn dein toller Bruder, als dich dein Ex-Freund damals zusammengeschlagen und die Treppe hinuntergestossen hat? Er hat doch sonst immer das Gefühl, dich beschützen zu müssen, warum hat er es nicht getan, als es bitternötig war?" Seine Worte schmerzten so sehr, dass es mir schier den Atem verschlug. „Hör auf! Du gehst zu weit!", schrie ich aufgebracht. „Wage es ja nicht, ihm zu unterstellen, er hätte sich nicht um mich gekümmert! Das wollte er nämlich, aber ICH wollte es nicht, verstehst du? Er kennt die wahre Geschichte nicht! Wenn ich es ihm erzählt hätte, wäre Jonah heute nicht mehr am Leben!" Dieser Satz schien ihn noch mehr zu erzürnen. „Ja klar, diese halbe Portion hätte dich bestimmt gerächt", lachte er ironisch. Seine Worte verletzten mich so tief, dass ich schockiert nach hinten taumelte und dabei unsanft gegen die kalte Wand hinter mir knallte. Noah erschrak und für einen kurzen Moment erweichten sich seine

Gesichtszüge. „Hast du dir weh getan?", fragte er besorgt, während er einen Schritt näher kam. Mein Ellbogen brannte, doch meine Wut betäubte den Schmerz. „Du solltest jetzt besser gehen, Noah." Tränen stiegen mir in die Augen und ich spürte, wie mir die Galle aus dem Magen hochkam. Ich stürmte ins Badezimmer, liess mich vor die Toilette sinken und übergab mich mehrmals heftig. Noah trat seufzend hinter mich und hielt mir die Haare aus dem Gesicht. Mit der anderen Hand krallte er sich den Lappen vom Lavabo, machte ihn nass und hielt ihn mir schliesslich an den Nacken. „Und jetzt kotzt du dir auch noch die Seele aus dem Leib, das wird ja immer besser!", schimpfte er weiter. „Bist du fertig?", fragte ich genervt, nachdem mein Magen endgültig leer war und ich die Spülung betätigte. „Nein! Und du?", erwiderte er sarkastisch und deutete angewidert mit dem Kinn auf die Toilettenschüssel. „Es reicht!", sagte ich erschöpft, als ich mir schliesslich den Mund mit Wasser ausspülte. Gekränkt schlürfte ich in mein Bett zurück und zog die Decke bis zu meinem Kinn hoch. Er kam mir nach und bäumte sich, mit verschränkten Armen, vor meinem Bett auf. „Beantworte mir nur eine Frage, Isabella! Was wäre geschehen, wenn ich dich nicht abgeholt hätte?" Ich atmete tief durch, bevor ich ihm genervt antwortete: „Was hätte denn schon passieren sollen, Noah? Ich hätte mir ein Taxi gerufen und wäre damit nach Hause gefahren, ganz einfach!" – „Hättest du ihn … ich meine, hättest du mit ihm …?" Ich setzte mich auf und schlang meine Arme schützend um meine Knie. „Nichts wäre passiert! Gar nichts! Er ist ein Freund, okay? Einfach nur ein Freund. Ich liebe ihn nicht! Ich liebe dich und das weiss er! Warum nur weisst du es nicht? Ich hab ihn nicht mal eingeladen. Laura ist seine Schwester. Derek hat sie zufällig angerufen, nachdem wir den Kindergarten verlassen hatten und dann kam er eben spontan mit. Was hätte ich denn sagen sollen? Nein, Derek, du kannst nicht kommen, weil mein Freund die absurde Vorstellung hat, dass ich ihn betrüge und wir es gemeinsam treiben?" – „Es hätte mir schon gereicht, wenn du dich ihm nicht an den Hals geworfen hättest!", sagte er wütend, bevor er die Tür hinter sich zuknallte und meine Wohnung aufgebracht verliess.

Erschöpft und traurig liess ich mich auf mein Kissen zurückfallen und rollte mich zusammen. Es dauerte lange, bis meine Tränen endlich verstummten und mich die Müdigkeit schliesslich übermannte.

Noch bevor der Wecker am nächsten Morgen klingelte, spürte ich warme Hände, die sacht über meine Haare und meine Wangen strichen. Neugierig öffnete ich meine Augen und blickte direkt in Noahs Gesicht. Unter seinen Augen zeichneten sich dunkle Schatten ab. Er sah sehr müde aus, aber er lächelte. „Guten Morgen, Principessa! Wie fühlst du dich?", flüsterte er leise und küsste mich sanft auf die Lippen. Sofort erinnerte ich mich an unsere Auseinandersetzung von letzter Nacht. Einerseits war ich erleichtert, dass er neben mir lag und sich offensichtlich wieder beruhigt hatte, anderseits war ich zu stolz, um so zu tun, als wäre alles wieder in Ordnung. Noah war zu weit gegangen und das konnte ich ihm nicht so schnell verzeihen. Ausserdem wollte ich ihm beweisen, dass ich nicht verantwortungslos war, also erhob ich mich schwungvoll aus dem Bett. Mein Kopf brummte, doch ich liess mir nichts anmerken. Ich tat so, als fühle ich mich so fit wie nie zuvor. Ich streckte mich und fuhr mir verführerisch durch meine langen Haare, während ich mich auf den Weg ins Badezimmer machte. „Bestens, vielen Dank", sagte ich gespielt fröhlich. Ich spürte seinen Blick in meinem Rücken und hörte, wie er leise ins Kissen lachte. Er hatte das Spiel durchschaut und glaubte mir kein Wort. Nachdem ich die Tür hinter mir geschlossen hatte, musste ich mich sofort auf den Toilettendeckel setzen. Es hatte mich grösste Konzentration gekostet, auf dem Weg ins Badezimmer gerade zu gehen und nicht zu schwanken. Mir war übel und ich brachte mich in Position, um mich erneut zu übergeben. Erschöpft kauerte ich vor der Toilettenschüssel auf den Boden und legte meinen Kopf auf meinen Arm. Noah musste mir zwischenzeitlich gefolgt sein, denn nun kniete er sich hinter mich auf den Boden und zog mich wortlos auf seinen Schoss. Gemeinsam sassen wir nun auf den kalten Bodenfliesen und lehnten uns an die Wanne, während Noah mich sanft in seinen Armen wiegte. „Verzeih mir, Principessa! Vieles was ich gestern gesagt habe, bereue ich heute zutiefst", sagte er kleinlaut. „Mir tut es auch leid, Noah! Ich wollte dich nicht verletzen, aber du musst mir glauben! Ich hätte dich niemals betrogen! Das ist nicht meine Art", sagte ich. „Ich weiss, Principessa. Das weiss ich doch, aber als ich dich da gestern gesehen habe, wie du eng umschlungen mit ihm getanzt hast, sind mir die

Sicherungen durchgebrannt. Der Typ will was von dir und ich verstehe einfach nicht, dass dir das nicht klar ist." Ich drehte mich zu ihm und nahm sein schmerzverzerrtes Gesicht zwischen meine Hände. „Noah, nachdem Jonah sich dieser Drogenclique angeschlossen hat, ging es mir sehr schlecht und das blieb auch Derek nicht verborgen. Jonah ist schon vor dem Unfall ab und an handgreiflich mir gegenüber geworden und als Derek das mitbekommen hat, da machte er es sich unaufgefordert zu seiner Aufgabe, mich zu beschützen. Daraus wurde eine innige Freundschaft, aber wir hatten NIE etwas miteinander. Er hatte damals sogar eine Freundin, die er sehr geliebt hat. Und ausserdem ist er gar nicht mein Typ. Bitte glaube mir und lass uns unseren sinnlosen Streit von gestern einfach vergessen, " bettelte ich. „Nur wenn du mir versprichst, dich in Zukunft nur noch in meiner Gegenwart zu besaufen", spottete er. Ich winkte verlegen ab: „Glaub mir! Davon hab ich für lange Zeit genug!" Er küsste mich sanft auf meine Stirn und gab mir einen leichten Klaps auf mein Hinterteil. „Los, mach dich fertig, ich fahre dich zur Arbeit", sagte er, bevor er aufstand und mich hochzog.

Kurze Zeit später betrat ich den Kindergarten mit gemischten Gefühlen. Laura war schon da und erwartete mich bereits ungeduldig. „Alles klar, Süsse?", fragte sie besorgt. „Klar, wieso meinst du?" Ich wusste genau, was sie meinte, aber ich wollte nicht mit ihr darüber reden. „Naja, dein Freund war gestern ziemlich sauer ..." „Das haben wir bereits geklärt", versicherte ich ihr knapp. „Izzy...", sie verstummte und ich spürte, dass da noch mehr war, was sie bedrückte, „er ist nicht der Einzige, der sauer war ..." – „Was meinst du?" Langsam kroch die Angst in mir hoch, denn ich ahnte nichts Gutes. „Laura! Sprich! Was ist passiert?", forderte ich sie ungeduldig auf. Sie seufzte tief. „Nachdem er dich nach Hause gebracht hat, ist er nochmals zurück ins Pub gekommen. Derek und ich wollten gerade gehen und da ... also ... Noah hat Derek ziemlich angemacht. Er hat ihm zu verstehen gegeben, dass er die Finger von dir lassen soll und als Derek daraufhin gelacht hat, da ist er total ausgetickt und hat ihn zu Boden geschlagen. Er ... er hat ihm die Nase gebrochen." Ich starrte sie ungläubig an und spürte, wie die Wut in mir aufstieg. „Er hat was?", fragte ich entsetzt. „Das ist nicht wahr ..."

„Doch, Izzy. Leider … Derek ist ziemlich angepisst deswegen …"

Zitternd zog ich mein Handy aus der Tasche und wählte Noahs Nummer. Es klingelte nur zweimal, dann nahm er den Anruf fröhlich entgegen. „Hey, Süsse! Alles klar?" Er klang verschlafen und ich erinnerte mich daran, dass er heute seinen freien Tag hatte. „Was fällt dir eigentlich ein, meinen Freund zu schlagen! Du hast ihm die Nase gebrochen, du Idiot!", schrie ich aufgebracht. „Isabella, es … es tut mir leid, okay? Ich bin eben ausgetickt!", stotterte er verlegen, „Ich musste ihm doch klar machen, dass du mir gehörst!" Er klang so aufgelöst und voller Reue, dass er mir fast schon leid tat. „Ich gehöre dir nicht, Noah! Du hättest mir einfach vertrauen müssen!", zischte ich in den Hörer und legte kurz darauf auf. Die Kinder trudelten langsam ein und ich hatte nur noch die Möglichkeit, Derek eine kurze SMS zu schreiben.

Sorry, Derek!

Es tut mir so leid…

Verzeih mir!

Isabella

Der Tag zog sich endlos in die Länge. Die Rasselbande lenkte mich zwar ab, aber ich konnte meine Gedanken nicht vollständig verdrängen. Während die Kinder schliesslich malten, schaute ich heimlich auf mein Handy und entdeckte eine Antwort von Derek.

Schon okay, Kleines!

Ich hätte dasselbe getan!

Er liebt dich und das kann ich verstehen.

Werde mich zurückziehen,

bis sich die Wogen geglättet haben.

Derek

Er hatte Verständnis, darüber war ich unglaublich erleichtert, doch trotzdem nagte mein schlechtes Gewissen an mir. Es war allein meine Schuld gewesen, was da passiert war. Laura und ich sprachen nicht mehr über den Vorfall und darüber war ich auch sehr froh.

Nach der Arbeit fuhr ich erschöpft und völlig übermüdet nach Hause. Ich war überrascht, als ich Noahs Wagen vor dem Haus entdeckte, doch als ich die Tür zu meiner Wohnung öffnete, setzte meine Atmung einen kurzen Moment lang aus. Die ganze Wohnung war ein einziges Kerzenmeer und aus der Küche duftete es köstlich. Noah erhob sich von meinem Sofa und kam schliesslich langsam auf mich zu. „Es tut mir leid, Principessa", sagte er, während er mir aufrichtig in meine Augen blickte, „ich habe einen Fehler gemacht, bitte verzeih mir!"

Ich war völlig überwältigt von den vielen Lichtern, die in meinem Wohnzimmer flackerten, sodass ich Noahs Worte erst gar nicht wahrnahm. Erst als er mich in seine Arme schloss, erinnerte ich mich wieder daran, dass ich eigentlich wütend auf ihn war. Ich stiess ihn weg und betrachtete ihn ernst. „Noah, wenn du mir nicht vertraust, dann wird das nichts mit uns! Verstehst du das?", fragte ich ihn scharf, „ich halte nichts von Gewalt! Ich war selbst Opfer davon, das weisst du!", sagte ich. „Ja, das weiss ich und ich bereue zutiefst, dass ich die Fassung verloren habe, sowohl dir gegenüber, als auch bei ihm, aber er hat mich provoziert. Und wenn es um dich geht und darum, dich zu verlieren, ich ertrage den Gedanken nicht!" Ich griff nach seiner Hand und flehte ihn an: „Noah, ich liebe dich! Und nur dich! Und das wird sich auch nicht ändern. Ich bitte dich doch nur, mir zu vertrauen." Noah seufzte tief, bevor er schliesslich resigniert nickte.

Das Versöhnungsessen schmeckte köstlich und erhellte meine Stimmung. Ich hatte ein schlechtes Gewissen, weil ich mich kurz danach ins Bett verdrückte, doch nachdem ich auf dem Küchenstuhl fast eingeschlafen wäre, entliess mich Noah schliesslich mit einem zärtlichen Kuss, den ich auch noch auf den Lippen spürte, nachdem ich meine Augen geschlossen hatte.

12

Minuten, Stunden und Tage vergingen wie im
Flug. Der September brachte den Herbst ins Land
und läutete die kalte Jahreszeit ein. Tagsüber
arbeiteten wir beide und abends gaben wir uns
leidenschaftlich unseren Sehnsüchten hin, wann
immer es uns Noahs Dienstplan ermöglichte. Er
trainierte regelmässig nach der Arbeit und kam
dann später gut gelaunt und ausgeglichen bei mir
an. Ich hatte zwischenzeitlich einen Teil meines
Schrankes ausgeräumt, damit Noah ein paar
persönliche Sachen darin verstauen konnte. Ich
genoss seine Nähe und wollte, dass er sich bei
mir zu Hause fühlte.

Es war Montag und Noah war für den
Nachtdienst eingeteilt, als ich nach der Arbeit
nach Hause eilte und mich entkräftet in mein
Bett legte. Ich fühlte mich nicht sehr gut. Mir war
schwindlig und ich verspürte schon seit dem
Nachmittag ein unangenehmes Ziehen in
meinem Bauch. Ich schob es auf meine Periode,
die ich erwartete und schlief augenblicklich
erschöpft ein.

Mitten in der Nacht wurde ich von heftigen Bauchschmerzen aufgeweckt. Ich rollte mich langsam aus dem Bett und begab mich schwankend ins Badezimmer. Während ich das klatschnasse Nachthemd auszog und es gegen ein trockenes eintauschte, bemerkte ich, dass meine Blutung eingesetzt hatte. Ich kroch in mein Bett zurück und rollte mich zusammen, damit ich den Schmerz besser ertragen konnte. Solch extreme Regelschmerzen hatte ich bisher noch nie gehabt, deshalb entschloss ich mich dazu, gleich morgen den längst überfälligen Ultraschalltermin zu vereinbaren. Ich wollte sichergehen, dass in meinem vernarbten Unterleib alles in Ordnung war.

Am nächsten Tag kam ich völlig übernächtigt und mit dunklen Augenringen im Kindergarten an. Ich hatte schon zwei Schmerztabletten intus, sodass die Schmerzen nun einigermassen erträglich waren. „Alles in Ordnung?", begrüsste mich Laura besorgt, „du bist ja kreidebleich …" – „Ja, ja, alles okay! Die blöde Tante ist zu Besuch, sonst ist nichts!" Ich versuchte überzeugend zu lächeln und zuckte dabei gleichgültig mit den Schultern. Laura seufzte verständnisvoll. „Frauen! Die ärmste Spezies auf dieser Welt", sagte sie, während sie kopfschüttelnd in die

Küche ging, um den Lunch für die Kinder vorzubereiten.

Während der Unterrichtszeit musste ich mehrere Male zur Toilette eilen, um meinen Tampon zu wechseln. Ich blutete viel stärker als sonst und auch die Wirkung der Schmerzmittel liess rasch nach, sodass ich etwas später nochmals eine Tablette einnehmen musste. Laura beobachtete mich den ganzen Morgen argwöhnisch, doch nachdem ich ihr immer und immer wieder versichert hatte, dass alles in Ordnung war, liess sie mich schliesslich in Ruhe. Am Nachmittag blieb der Kindergarten geschlossen und ich nahm mir vor, nach dem Lunch direkt ins Krankenhaus zu fahren, um mich dort untersuchen zu lassen.

Nachdem wir die Kinder schliesslich verabschiedet hatten und ich mich auf den Weg in die Küche machte, um das Geschirr in die Maschine zu stellen, übermannten mich die Schmerzen erneut so heftig, dass ich mich augenblicklich krümmte. Ich zitterte am ganzen Leib und fürchtete, den Boden unter meinen Füssen zu verlieren. Gequält liess ich mich auf den Boden sinken und bemerkte schockiert, dass mein Schritt dunkelrot gefärbt war und sich das Blut weiter ausbreitete. Panik machte sich in mir breit. Laura hörte mich wimmern und stürzte sofort in die Küche. „Izzy, was ist los mit dir?" Als sie das Blut zwischen meinen Schenkeln bemerkte, schlug sie schockiert die Hände vor den Mund. „Laura, ruf den Notarzt!", stammelte ich leise. Laura schrie erschrocken auf und eilte schnellstmöglich ins Büro, um von dort aus den Notruf zu tätigen. Als sie wiederkam, war sie völlig aufgelöst und weinte bitterlich. Sie nahm meinen Kopf vorsichtig in ihre zitternden Hände und legte ihn auf ihren Schoss. „Isabella, bitte! Bleib bei mir!", schrie sie immer wieder.

Wenige Minuten später hörte ich die Sirenen des Krankenwagens und kurz darauf meinen Namen aus Noahs Mund. „Isabella!", rief er erschrocken und liess sich zu mir auf den Boden sinken, „was ist passiert?" Er versuchte ruhig und professionell zu wirken, doch es gelang ihm nicht. „Noah …", schluchzte ich, „etwas stimmt nicht mit mir." Er bemerkte das Blut zwischen meinen Beinen und augenblicklich schien ihm klar zu sein, was geschehen sein musste. Rasch wies er seinen Arbeitskollegen an, mich an den Beinen hochzuheben. Dies war das Letzte, was ich mitbekam, bevor ich das Bewusstsein endgültig verlor.

Als ich wieder zu mir kam, lag ich bereits im Krankenwagen und Noah war gerade dabei, mir etwas zu injizieren. „Noah", flüsterte ich und versuchte verzweifelt nach seiner Hand zu greifen. Ich fühlte mich benommen und schwach. „Ich bin hier, mein Schatz! Ich gebe dir etwas gegen die Schmerzen, hab keine Angst! Ich bin bei dir!" Er sprach ruhig, doch in seinen Augen konnte ich erkennen, dass er ebenfalls grosse Angst hatte. Kaum hatte uns der Fahrer darüber informiert, dass wir angekommen waren, sprangen die beiden Männer aus dem Wagen und beförderten mich ohne Umwege in die Notaufnahme. Das Pflegepersonal übernahm mich sofort und schloss mich hektisch an die Monitore an. Sekunden später stürmte auch Dr. Wicker in das Zimmer und informierte sich über meine Werte. Ich war zu schwach, um mich mitzuteilen und war deshalb sehr erleichtert darüber, dass er meine Vorgeschichte kannte und sofort einen Ultraschall machte. Noah stand neben mir und hielt zitternd meine Hand, als plötzlich sein Pager vibrierte. „Verdammt!", fluchte er, während er das Gerät bediente, „ein Unfall auf der Pricel Road, ich muss los …" Er war hin- und hergerissen und tat sich unglaublich schwer, mich loszulassen. „Noah, geh!", krächzte ich. „Wir kümmern uns um sie, versprochen!", sagte nun auch Dr. Wicker und deutete ihm damit ebenfalls an, seiner Arbeit nachzugehen. „Ich liebe dich, Principessa! Ich komme so schnell wie möglich zurück!", versprach er, bevor er schliesslich widerwillig aus dem Untersuchungszimmer rannte.

Dr. Wicker seufzte ernst, während er das Ultraschallgerät schon zum dritten Mal über meine Bauchdecke gleiten liess. „Isabella, so wie es aussieht, sind sie schwanger und eine Narbe in der Gebärmutter ist aufgeplatzt, ich muss die Blutung umgehend stillen." Er wandte sich an die Schwester und wies sie an, mir etwas zu spritzen. Schwanger … Das war mein letzter Gedanke, ehe mein Blick vor meinen Augen verschwamm und ich gezwungen war, sie zu schliessen.

Meine Lider fühlten sich an wie Blei und es fiel mir sehr schwer, meine Augen wieder zu öffnen. Ich brauchte einen kurzen Moment, um mir in Erinnerung zu rufen, was passiert war. Dr. Wickers Worte hallten in meinem Gedächtnis wider. Schwanger. Aber, das war unmöglich… Ein tiefes und hilfloses Seufzen riss mich aus meinen Gedanken. Ich hatte nicht bemerkt, dass noch jemand im Zimmer war. Ich drehte meinen Kopf zur Seite und entdeckte schliesslich Noah. Er stand mit dem Rücken zu mir, stützte die Hände an der Wand ab und vergrub sein Gesicht in seinem Arm. „Noah!" Ich wollte meine Hand nach ihm ausstrecken, doch mir fehlte die Kraft dazu. Noah drehte sich blitzartig in meine Richtung. Als ich in sein Gesicht sah, stockte mir augenblicklich der Atem und ich verspürte einen Stich in meinem Herzen. Seine Gesichtszüge waren wie versteinert. Seine Augen waren blutunterlaufen und hatten jeglichen Glanz verloren. Er starrte mich an. Die Kälte, die er plötzlich ausstrahlte, liess mich erzittern. „Du bist also schwanger." Es war keine Frage, sondern eine Feststellung. Glücklich darüber, dass ich das Kind demnach immer noch in mir trug, nickte ich schliesslich zögerlich und senkte den Blick dann sofort wieder, weil ich es nicht länger ertragen konnte, wie abschätzig er mich betrachtete. „Ich dachte, du nimmst die Pille", flüsterte er. „Noah …", meine Stimme brach und meine Lippen bebten, „nach dem Unfall sagte man mir, dass ich unfruchtbar sei, da war die Einnahme der Pille für mich überflüssig …" Er liess sich erschöpft auf den Stuhl neben meinem Bett sinken und schlug sich seufzend die Hände vor sein Gesicht. „Isabella! Weisst du denn nicht, dass Frauen nach so einer Feststellung oft trotzdem schwanger werden? Bist du wirklich so naiv, oder tust du nur so?" Sein Ton klang scharf und abschätzig. Ich hatte das Gefühl, als ob mein Herz zerbrach. „Es hat nicht jeder eine medizinische Ausbildung, Noah! Wenn mir ein ausgebildeter Arzt eröffnet, dass ich keine Kinder mehr bekommen kann, dann glaube ich ihm das!", entgegnete ich verletzt. „Ich habe dich gefragt, ob du die Pille nimmst und du hast mit Ja geantwortet! Entschuldige bitte, dass ich da nicht davon ausgegangen bin, dir die Statistiken in solchen Fällen vorlegen zu müssen!" Er war wütend und die Ironie in seinen Worten betonte sein abfälliges Verhalten noch mehr. Noch bevor ich mich weiter rechtfertigen konnte, klopfte es an der Tür und Dr. Wicker trat in das Zimmer ein. „Ah, sie sind wach, das ist sehr gut! Wie fühlen sie sich? Haben sie Schmerzen?"„Es geht schon, " sagte ich knapp. „Nun", fuhr er fort, „es ist gut, dass ich euch beide hier antreffe, um alles Weitere mit euch zu besprechen!" Er sah zuerst zu Noah und dann zu mir: „So wie es aussieht, hat sich ein Embryo in die Gebärmutter eingenistet. Laut den Blutwerten und dem Ultraschall sind sie etwa in der 5. Woche. Durch die bestehende Schwangerschaft wurde die

Gebärmutter stärker durchblutet und ist gewachsen. Eine Narbe, die in den letzten Monaten offenbar nicht richtig verheilen konnte, ist gerissen. Dies hat die Schmerzen und die Blutungen verursacht. Wir konnten den Defekt aber ohne weitere Zwischenfälle beheben und das Kind retten." Tränen schossen mir in die Augen, während ich ihm erleichtert zuhörte. „Ich muss euch aber darauf hinweisen, dass diese Schwangerschaft mit einem sehr hohen Risiko verbunden ist. Ihre Uteruswand ist stark vernarbt und die Narben sind noch frisch. Da die Gebärmutter immer weiter wachsen wird, müssen wir jeder Zeit damit rechnen, dass die Narben aufreissen und eine weitere innere Blutung verursachen. Da dies für sie lebensgefährlich werden könnte, muss ich ihnen die Alternative einer Abtreibung nahelegen." Seine Miene war sehr ernst und jagte mir eine höllische Angst ein. Was er da von mir verlangte, konnte ich unmöglich tun. Ich wollte nicht über Leben und Tod meines eigenen Kindes, diesem Wunder in mir, entscheiden. Hilfesuchend blickte ich zu Noah, doch sein Blick war nach wie vor eisern. Er sagte kein Wort, doch ich spürte, was er dachte. Für ihn war die Entscheidung bereits gefallen. „Aber es ist doch unser Kind", flüsterte ich unter Tränen, während ich Noah entschlossen in seine Augen blickte, denn auch ich hatte mich entschieden. Noah senkte seinen Blick und ballte die Hände zu Fäusten, ehe er aus dem Zimmer eilte und die Tür wütend hinter sich zuknallte. Dr. Wicker verfolgte die Situation mitfühlend und drückte schliesslich meine Schulter, als ob er mir Mut zusprechen wollte. „Schlafen sie darüber, Miss Miller, noch müssen sie sich nicht entscheiden." Er verliess das Zimmer ebenfalls und ich spürte, wie mein Herz endgültig in tausend Stücke zerbrach. Noah hatte mir versprochen, mich niemals zu enttäuschen und jetzt tat er es doch.

13

Ich fiel in eine tiefe Depression. Ein Gedanke jagte den anderen. Es glich einem Wunder, dass ich nach meiner Vorgeschichte wieder schwanger geworden war, doch Noah wollte keine Kinder. Nun trug ich sein Kind unter meinem Herzen und war allein. Ein Gefühl, an das ich mich nur zu gut erinnerte. Ich verlor jegliches Raum- und Zeitgefühl. Zwischendurch bekam ich mit, wie eine Schwester hineinkam und mir das Essen hinstellte, doch ich brachte keinen Bissen hinunter. Mir wurde übel und ich musste mich regelmässig übergeben. Ich zitterte am ganzen Leib und spürte, wie die letzte Kraft aus meinem Körper verschwand. Im Halbschlaf konnte ich hören, wie Missy und Marco sich über mich unterhielten. „Wenn sie weiterhin nichts isst, müssen wir sie zwangsernähren! Marco, du musst Noah dazu überreden, herzukommen!" „Ich versuche es ja die ganze Zeit, Schatz! Aber er blockt total ab. Gib ihm etwas Zeit", erwiderte Marco hilflos. „Die hat sie aber nicht und das weisst du! Und er müsste es eigentlich auch wissen! Das ist nicht gut für das Baby!", schimpfte sie laut. „Er hat sie geschwängert, also soll er jetzt gefälligst dazu stehen!" – „Aber er wusste es nicht, Missy! Er dachte, dass sie die Pille nimmt", erwiderte er entschuldigend. „Weisst du eigentlich, wie oft ich die Pille schon vergessen habe? Wärst du auch einfach abgehauen, wenn ich schwanger geworden wäre?" – „Nein! Natürlich nicht, Schatz! Ich liebe dich!" – „Na, siehst du! Wenn er sie wirklich lieben würde, dann wäre er jetzt hier!"

Missy hatte recht. Noah liebte mich nicht, aber das konnte ich ihm auch nicht übelnehmen, schliesslich war ich bezüglich Verhütung nicht ehrlich zu ihm gewesen. Plötzlich wurde mir die Ironie bewusst, als ich mich wieder daran erinnerte, wie enttäuscht ich damals von Jonah gewesen war, weil er mich diesbezüglich ebenfalls belogen hatte. Dieses Mal war ich der Lügner und das schlechte Gewissen, welches nun an meiner Seele nagte, brachte mich schier um den Verstand. Ich fühlte mich einsam und sehnte mich nach Noahs zärtlichen Umarmungen, doch er hatte mich seit der erschütternden Nachricht nicht mehr besucht und das konnte ich durchaus verstehen.

Missy setzte sich regelmässig an meinen Bettrand und leistete mir Gesellschaft. Wir

167

sprachen jedoch nicht miteinander. Sie wusch mich und hielt mir die Haare aus dem Gesicht, wenn ich mich wieder übergeben musste. Es tat mir unglaublich gut, dass sie sich so rührend um mich kümmerte, doch ich wünschte mir Noah an ihrer Stelle. Da es mir zunehmend schlechter ging, durfte ich keinen Besuch empfangen. Missy berichtete mir aber, dass Laura und Derek hier gewesen waren. Sogar Jane erkundigte sich regelmässig nach meinem Befinden. Auch Dr. Wicker sah immer wieder nach mir. Sein Anblick quälte mich. Ich wusste genau, dass er nach wie vor eine Entscheidung von mir erwartete. Ich wollte das Kind. Ich liebte es seit dem Moment, in dem ich erfahren hatte, dass es in mir heranwuchs. Doch wie konnte ich etwas lieben, was dem Mann meiner Träume so viel Kummer bereitete, dass er sich nicht mal mehr bei mir meldete. Ich liebte Noah und wollte ihn nicht verlieren.

Ich fiel in einen unruhigen Schlaf und träumte. Ich lag auf einer grossen Wiese und streichelte meinen dicken Bauch. Emily versuchte einen Schmetterling zu fangen und jagte ihn quer durch die Wiese. Ich lachte laut auf, doch plötzlich entdeckte ich Noah hinter einem Baum. Sein Blick war eisern und mein Lachen verstummte augenblicklich. Ich stand auf und wollte ihm entgegenrennen, doch ich konnte mich nicht bewegen. Als ich an meinem Körper herabblickte, sah ich überall Blut. An meinen Händen und an meinem kugelrunden Bauch, überall klebte die rote Flüssigkeit. Ich schrie und flehte Noah an, mir zu helfen, doch er drehte sich wortlos um und lief davon. Er entfernte sich immer weiter von mir und ich blieb allein zurück.

Ich öffnete die Augen und war schweissgebadet. Mein Atem ging schnell und mein Herz pochte laut in meiner Brust. Ich sah Noah immer noch vor meinem inneren Auge. „Nein, ich kann nicht ohne ihn sein", flüsterte ich zu mir selbst. Tränenüberströmt streichelte ich über die kleine Erhebung unter meinem Nabel. „Bitte verzeih mir … Ich liebe dich, aber ich kann dich nicht bekommen, wenn ich deinen Vater damit so sehr verletze." In halbwachem Zustand setzte ich mich an den Bettrand und riss mir alle Schläuche aus den Adern. Unter höllischen Schmerzen riss ich mir den Katheter aus meiner Harnröhre und zog mich an der Infusionsstange hoch. Meine Beine zitterten. Ich hatte tagelang nichts mehr zu mir genommen und war sehr geschwächt. Der Boden unter mir wellte sich und es drehte sich alles, während ich mich an der Wand entlang zur

Tür hinausschlich. Auf dem kahlen Flur krallte ich meine blutverschmierten Hände in das Geländer und schleppte mich langsam weiter. Ich wollte unbedingt zu Noah. Benommen hob ich meinen Kopf und entdeckte an der Empfangstheke einen grossen Mann. Die Uniform kannte ich nur zu gut ... Noah! Hilflos beobachtete ich, wie er die Krankenschwester vor ihm küsste und sofort spürte ich, wie mein Herz einen Moment lang stehen blieb. „Noah, nein! Küss sie nicht, bleib bitte bei mir!" Ich schrie, so laut, wie es mein geschwächter Körper mir erlaubte. Jetzt drehte er sich in meine Richtung und die Krankenschwester schlug plötzlich erschrocken die Hände vor den Mund. Vor meinen Augen verschwamm alles und ich hatte keine Kraft mehr, mich aufrechtzuhalten. Noah stürmte auf mich zu und hob mich auf seine Arme. „Noah, ich liebe dich! Ich werde das Kind abtreiben, aber bitte ... bleib bei mir!", flüsterte ich mit geschlossenen Augen. „Missy, ruf sofort Dr. Wicker an!" Es war nicht Noah, der da sprach, sondern Marco.

Marco legte mich behutsam auf mein Bett zurück. „Nein, du musst mich gehen lassen, Marco. Ich muss zu ihm." Ich versuchte wieder aufzustehen, doch Marco hielt mich energisch zurück und betrachtete mich besorgt. „Du musst liegen bleiben, Isabella. Denk an das Kind!" Nun stürmten auch Missy und Dr. Wicker zu mir ins Zimmer. Missy reichte ihm eine Spritze, die er mir umgehend verabreichte. „So, Isabella, alles ist gut! Jetzt schläfst du erst einmal", hörte ich ihn noch sagen, doch seine Stimme war bereits weit weg.

„Noah, beruhige dich! Es geht ihr soweit gut! Sie hat sich den Katheter herausgerissen, dabei hat sie sich leicht verletzt, aber sonst fehlt ihr nichts … Dem Baby geht es auch gut! Dr. Wicker hat gerade eben nochmals einen Ultraschall gemacht … Natürlich. Ich bleibe bei ihr, bis du da bist, versprochen. Aber jetzt beruhige dich, Mann!"

Ich wusste nicht, wie lange ich geschlafen hatte, aber draussen war es noch immer dunkel. Ich drehte meinen Kopf zur Seite und lauschte Marcos Worten. Schliesslich beendete er den Anruf und drehte sich seufzend zu mir. Als er bemerkte, dass ich wach war, setzte er sich besorgt auf den Stuhl neben meinem Bett. „Isabella. Verdammt! Was hast du dir nur dabei gedacht? Du hast dich und euer Kind gefährdet!", schimpfte er wütend. Ich wandte meinen Blick ab und starrte aus dem Fenster, hinaus in die dunkle Nacht. „Es wird kein Kind geben, Marco. Noah will es nicht und ich habe mich für ihn und gegen das Kind entschieden", flüsterte ich traurig. „Hör zu, Isabella! Es gibt da etwas, was du über Noah wissen solltest …" Augenblicklich drehte ich mich wieder zu ihm und wartete gespannt darauf, was er mir zu erzählen hatte. Er schnaubte und blies sich eine Haarsträhne aus dem Gesicht, ehe er aufstand und seinen Geldbeutel aus seiner Hosentasche fischte. Er öffnete ihn mit zitternden Händen und holte ein Foto heraus, welches er mir anschliessend zögerlich reichte. Auf dem Bild war eine junge Frau zu sehen. Sie hatte lange, dunkelbraune Locken und honigbraune Augen. Die Ähnlichkeit zwischen uns blieb mir nicht verborgen. Ich betrachtete ihn irritiert und wartete darauf, dass er mich endlich über ihre Identität aufklärte. „Das ist Rosalie. Meine Schwester", erklärte er mir schliesslich. „Rosalie war Noahs Freundin. Sie hat sich das Leben genommen, kurz bevor Noah und ich das Land verliessen …" Ich war so geschockt, dass meine Atmung einen kurzen Moment lang aussetzte. „Was ist passiert?" Er senkte traurig seinen Blick. „Rosalie war schwanger und hat das Kind in der zwölften Woche, völlig unerwartet, verloren. Das hat ihre Welt schwer erschüttert. Während Noah sich seiner Trauer gestellt und seine Wut beim Boxen abreagiert hat, zog sich Rosi immer mehr zurück. Sie wollte nie über ihren Verlust sprechen und hat stets behauptet, sie hätte alles im Griff. Sie war immer schon eine labile Persönlichkeit, doch dass sie soweit gehen würde, hätten wir niemals für möglich gehalten …" Er zitterte noch immer und rang mit den Tränen. Ich griff instinktiv nach seiner Hand und streichelte sie zärtlich mit meinen Fingern. Marco lächelte verlegen, bevor er schliesslich weitersprach. „Nach ihrem Tod hat Noah sich schwere Vorwürfe gemacht. Schliesslich hat er diese Höllenqualen nicht mehr ausgehalten und wollte einfach nur fort. Mir ging es ähnlich und so schloss ich mich ihm nur zu gern an. Wir sind also in die Staaten gekommen, um hier, weit weg von unserem Elend, ein neues Leben zu beginnen. Versteh mich bitte nicht falsch, wir haben täglich an Rosi gedacht und auch die Entfernung schaffte es nicht, unseren Schmerz zu lindern. Trotzdem wussten wir, dass es die richtige Entscheidung war, Abstand zu gewinnen. Bald darauf lernte ich Missy kennen, doch Noah hatte das Interesse an Frauen, beziehungsweise an einer Beziehung, verloren. Bis er dich kennengelernt hat. Plötzlich war er wieder ausgelassen und glücklich und ich freute mich sehr für ihn. Doch als ich dich das erste Mal gesehen und erkannt habe, wie sehr du Rosi ähnelst, befürchtete ich, dass Noah sie durch dich ersetzen wollte. Und ich wollte nicht, dass meine Schwester durch irgendjemand ersetzt wird. Ich habe Noah mehrmals darauf angesprochen. Ich wollte einfach nicht glauben, dass er dich wirklich liebt, doch er stritt alle Vorwürfe ab. Erst nach der Nacht in dem Club habe ich ihm schliesslich geglaubt. Ich konnte es erkennen, während er dich verteidigt hat. Die Wut und der Schmerz, der sich in seinen Augen widergespiegelt hat, während er deinen Ex zu Boden geschlagen hat, haben Bände gesprochen. Er liebt dich wirklich sehr, aber er hat Angst, dich zu verlieren. So, wie er damals Rosi verloren hat." Tränen rannen über sein Gesicht. „Verstehst du, Isabella? Es ist nicht nur deine Geschichte, die sich hier zu wiederholen scheint, sondern auch seine."

Ich konnte nicht glauben, was er mir da erzählte. Plötzlich fiel es mir wie Schuppen von den Augen. Deswegen wollte er sich um mich kümmern. Deswegen animierte er mich immer wieder dazu, zu reden und zu weinen, wann immer mir danach war und natürlich war auch das der Grund dafür, warum er keine Kinder wollte. Jetzt verstand ich auch, weshalb Marco mich anfangs nicht mochte. Marco lieferte mir all die Antworten, die ich bei Noah immer vergebens gesucht hatte.

Plötzlich öffnete sich die Tür und Noah stürmte ungehalten in mein Zimmer. Er sah furchtbar aus: Seine Augen waren immer noch blutunterlaufen und er hatte einen Dreitagebart, der seine, sonst so sanften, Gesichtszüge verdunkelte. Sein Anblick zerfetzte mich schier. Schockiert schlug ich meine Hände vor mein Gesicht und begann, haltlos zu schluchzen. Noah ging es schlecht und das war nur meine Schuld. Was hatte ich nur getan … „Isabella", flüsterte er mitfühlend. Marco machte ihm sofort Platz und berührte tröstend seine Schulter, während er an ihm vorbei ging und das Zimmer schliesslich lautlos verliess. Noah blieb wie angewurzelt stehen. Er musterte mich von oben bis unten: Der Schock über meinen Anblick stand ihm unverkennbar ins Gesicht geschrieben. „Es tut mir so leid, Süsse! Ich habe dich allein gelassen, bitte verzeih mir!" Ich schüttelte wild meinen Kopf. „Nein, mir tut es leid, ich habe dir die Wahrheit verschwiegen, aber ich wusste nicht …"

Ich konnte kaum sprechen, vor lauter Tränen. Endlich trat er näher und schloss mich fest in seine Arme. Das Gefühl, welches ich verspürte, als ich endlich wieder in seinen Armen lag, als ich ihn endlich wieder spüren und riechen konnte, war unbeschreiblich. „Principessa! Entschuldige dich nicht! Du hattest recht. Du hättest unmöglich ahnen können, dass das passieren würde! Ich liebe dich so sehr! Und bitte glaub nicht, dass du mir egal bist. Ich bin täglich mehrmals vor deiner Tür gestanden, doch ich habe es einfach nicht geschafft, dir beizustehen", sagte er bedrückt. „Du hattest allen Grund dazu, dich zurückzuziehen", flüsterte ich reumütig. Er schüttelte seinen Kopf und übersäte mein Gesicht mit mehreren Küssen. „Hör zu, Süsse! Ich wollte das Kind nicht und ich bin mir auch nicht sicher, ob ich es jetzt will. Aber was ich ganz sicher weiss, ist, dass ich DICH will! Ich will dich! Und wenn du das Kind wirklich bekommen möchtest, dann werden wir es versuchen. Ich habe Angst, dich zu verlieren, Isabella. Aber ich will dich auch glücklich machen! Um jeden Preis!" – „Ich möchte die Schwangerschaft nur weiterführen, wenn du es auch willst!", schluchzte ich und drückte meinen Kopf aufgewühlt an seine Brust. „Isabella! Ich will dich

UND unser Kind!", betonte er nachhaltig. Endlich lösten sich die Fesseln um mein Herz und meine Seele, sodass ich erleichtert aufatmen konnte.

14

Am nächsten Tag informierten wir Dr. Wicker
gemeinsam über unsere Entscheidung. Ihm wäre
es zwar auch lieber gewesen, wenn wir den
sicheren Weg gewählt hätten, doch er war froh,
dass wir uns wieder versöhnt hatten und sicherte
uns seine Unterstützung zu. Wir besprachen
nochmals sämtliche Risiken und planten
regelmässige Ultraschalluntersuchungen in
kurzen Abständen ein, um den Verlauf der
Narbenheilung so oft wie möglich zu
kontrollieren. Noah nahm sich ein paar Tage frei
und wich nicht mehr von meiner Seite. Mit ihm
kehrten auch meine Lebensgeister zurück und
ich erholte mich rasch.

Ich blätterte gerade in einer Zeitschrift für
werdende Eltern, die mir Noah besorgt hatte,
damit ich während seiner Abwesenheit
beschäftigt war. Angeblich hatte er noch etwas
zu erledigen. Gelangweilt legte ich die Zeitschrift
zur Seite und hievte mich vorsichtig aus dem
Bett. Obwohl es mir schon viel besser ging,
bestand Noah darauf, dass ich noch liegen blieb,
doch ich hielt es kaum mehr aus und jetzt, wo er

nicht da war, wollte ich die Gunst der Stunde nutzen, um mir etwas die Beine zu vertreten. Die Sonne schien und eine kleine Runde um den Krankenhauspark konnte mir bestimmt nicht schaden. Ich legte mir meinen Mantel um und suchte gerade verzweifelt nach meinem zweiten Schuh, als sich die Tür öffnete und ein kleines Wesen mit blonden Locken und grossen Kulleraugen herein tapste, gefolgt von Noah. „Emily, meine süsse, kleine Emily!" Ich freute mich riesig, sie zu sehen und wollte sie hochheben, doch Noah betrachtete mich mit einem tadelnden Blick und hielt mich davon ab. „Tut mir leid. Macht der Gewohnheit", lächelte ich entschuldigend. Als er bemerkte, was ich vorhatte, verschränkte er seine Arme vor seiner Brust und betrachtete mich mit hochgezogenen Brauen. „Was soll denn das werden, Miss?" Mit meinem Mantel, Barfuss und mit nur einem Schuh in der Hand, sah ich wohl ziemlich dämlich aus. Ich fühlte mich ertappt und senkte verlegen meinen Blick. „Ich wollte mir nur etwas die Beine vertreten. Ich sterbe noch in diesem Bett … Bitte, Noah! Nur eine kleine Runde um den Park. Emily möchte bestimmt auch lieber nach draussen gehen, anstatt hier drinnen zu hocken." Ich setzte meinen Hundeblick ein und zu meiner

Überraschung zeigte er tatsächlich Wirkung. Noah seufzte resigniert. „Na gut, aber du setzt dich in den Rollstuhl, klar?" Ich nickte glücklich und kniete mich dann zu Emily, während er einen fahrbaren Untersatz besorgte. „Süsse, wie geht es dir? Ich habe dich so vermisst, du glaubst gar nicht wie." Ich war so glücklich, dass ich erst gar nicht bemerkte, wie Noah wiederkam. Schliesslich setzte ich mich in den Rollstuhl und wollte Emily auf meinen Schoss nehmen, doch Noah schüttelte seinen Kopf und setzte sie stattdessen auf seine Schultern. Ich rollte mit den Augen, doch ein Lächeln konnte ich mir dennoch nicht verkneifen. Er war übertrieben fürsorglich, was mich aber sehr rührte.

Es war einfach unbeschreiblich herrlich, nach so langer Zeit wieder an der frischen Luft zu sein und die warmen Sonnenstrahlen in meinem Gesicht zu spüren. Noah setzte sich neben mich auf eine Bank, während Emily vergnügt durch die Wiese hüpfte. Ich war unheimlich froh und zufrieden, doch plötzlich, von einer Sekunde auf die andere, überkam mich die Angst. Beschützend legte ich meine Hand auf meinen Bauch, als könnte ich mein Kind so vor allem Unheil dieser Welt fernhalten und unser Schicksal positiv beeinflussen. Noah entging mein verändertes Verhalten nicht. Er griff nach meiner Hand und betrachtete mich besorgt. „Was ist los?" Ich drehte meinen Kopf zur Seite und starrte ins Leere. „Ich habe Angst, Noah. Ich habe einfach grosse Angst um unser Kind." Noah erhob sich sofort und hob mich ohne Vorwarnung aus dem Rollstuhl. Er zog mich sanft auf seinen Schoss und wiegte mich in seinen Armen, während er mir zärtlich über meinen Rücken strich. „Ich auch, Principessa, ich auch, aber unser Böhnchen wird es schon schaffen. Allerdings muss ich dir gestehen, dass ich mir Sorgen um DICH mache." Ich betrachtete ihn verständnisvoll und nahm sein Gesicht zwischen meine Hände. „Keine Sorge, mein Schatz. So schnell wird man mich nicht los", scherzte ich. „Ich wünschte, ich könnte das auch so locker sehen. Versprich mir einfach, dass du es mir sofort sagst, wenn du nur die leichtesten Schmerzen oder gar Blutungen feststellst. Das ist wirklich sehr wichtig, Isabella! Ist dir bewusst, dass es hierbei um dein Leben geht?", fragte er verzweifelt. Ich nickte zustimmend und kuschelte mich wieder in seine Arme. „Ja, das weiss ich."

Nachdem Emily alle Blümchen gepflückt hatte, die der Sommer zurückgelassen hatte, war sie müde und es wurde ihr allmählich langweilig. Als sie dann schliesslich wimmernd ihre Augen rieb, nahm Noah sie liebevoll auf seinen Arm. „So, mein Mäuschen, wir holen uns jetzt noch Gummibärchen aus dem Krankenhauskiosk und dann bringe ich dich wieder zurück nach Hause, ja? Denn Izzy", er betonte die Abkürzung meines Namens absichtlich langsam, um mich zu ärgern, „muss sich jetzt wieder ausruhen. Genau wie du." Ich widersprach nicht, denn ich war wirklich sehr erschöpft. Es war wohl wirklich noch etwas zu früh, um das Krankenbett für längere Zeit zu verlassen.

Der Abschied von Emily fiel mir noch schwerer als sonst, denn diesmal wusste ich nicht, wann ich sie wiedersehen würde. Doch ich war beruhigt, als Noah mir versprach, dass er sie bald wieder zu mir bringen würde.

Als er wenig später wieder zurückkehrte und sich zu mir ins Bett legte, drehte ich mich zu ihm und küsste ihn leidenschaftlich. „Danke, dass du sie hierher gebracht hast, Noah! Sie hat mir schrecklich gefehlt. Ich danke dir von ganzem Herzen!", sagte ich. „Schon gut", entgegnete er und streichelte dabei zärtlich meinen Bauch, „ich weiss doch, was sie dir bedeutet!" Noah verschränkte die Arme hinter seinem Kopf, während ich mich in seinen Arm kuschelte und mein Ohr auf seine Brust legte, um seinem beruhigenden Herzschlag zu lauschen. „Hast du eigentlich schon mal daran gedacht, Emily zu adoptieren?", fragte er mich plötzlich, aus heiterem Himmel. Ich schnaubte frustriert: „Schon etwa zehntausend Mal! Ich habe mich schon öfters darüber informiert und Wege gesucht, doch es ist leider nicht so einfach, ein Kind zu adoptieren. Meine Chancen sie zu bekommen, stünden zwar sehr gut, da ich ihre Erzieherin und somit eine Art Bezugsperson für sie geworden bin, doch ich bin nicht verheiratet und das stellt für die Behörden ein grosses Problem dar." Noah schwieg. Ich sah sein Gesicht nicht, aber ich wusste, dass er seine Stirn runzelte und über meine Worte nachdachte. „Dann lass uns heiraten!", sagte er entschlossen, nachdem er eine Weile geschwiegen hatte. Ich schoss hoch und betrachtete ihn verblüfft. „Du würdest mich heiraten, damit ich Emily adoptieren könnte?" Noah lachte. „Ich würde dich heiraten, weil ich dich liebe UND damit WIR Emily adoptieren könnten ... Ausserdem möchte ich nicht, dass mein Baby", er deutete mit dem Kinn auf meinen Bauch, „mit Nachnamen Miller heisst!" Ich schwieg und versank in Gedanken.

„Was stimmt denn nicht mit Miller?", fragte ich schliesslich überrascht. Noah lachte laut auf. „Hallo? Ich habe dir gerade sowas wie einen Antrag gemacht und du machst dir Sorgen darüber, was ich von deinem Nachnamen halte?"

Noahs Angebot überforderte mich. Ja, ich liebte ihn über alles, ich liebte unser Kind in meinem Bauch und bei Gott, ich liebte auch Emily von ganzem Herzen. Gemeinsam mit ihnen eine richtige Familie zu gründen, bedeutete für mich den Himmel auf Erden. Aber wir waren ja noch nicht so lange zusammen. Und das Kind … Wenn ich es nun doch verlieren würde, würde er mich dann trotzdem noch wollen? Noah riss mich aus meinen Gedanken und betrachtete mich verunsichert. „Isabella, würdest du bitte etwas dazu sagen? Ich komme mir grad ziemlich blöd vor!" Ich küsste ihn sanft auf seine vollen Lippen. „Gib uns noch etwas Zeit", sagte ich schliesslich. „Du sagst nein?" Er schmollte und seine Enttäuschung war unübersehbar. „Ich sage ja! Aber noch nicht heute und auch nicht morgen. Lass es uns langsam angehen und lass uns zuerst einmal richtig zusammenziehen! Ich möchte nämlich nie wieder ohne dich einschlafen! Es sei denn, du hast Nachtdienst!" Nach kurzer

Überlegung war er offenbar zufrieden mit meiner Antwort. „Die Idee find ich gut!"

Am Wochenende wurde ich endlich entlassen. Ich war noch etwas wacklig auf den Beinen, aber im Allgemeinen ging es mir sehr gut. Ich war schmerzfrei und musste mich auch nicht mehr übergeben, was mich besonders erleichterte. Noah brachte mich nach Hause und achtete peinlich genau darauf, dass ich ja nichts trug. Sogar meine Handtasche nahm er mir mit einem tadelnden Blick ab, als ich sie mir um die Schultern legen wollte. Schmunzelnd folgte ich ihm in die Wohnung. „Muss ich dir jetzt ein Scheinchen zustecken?" Mit dem Gepäck bepackt, sah er wirklich aus wie ein Page. „Vorsicht, Principessa. Sonst nehm ich dich gleich hier und lege dich übers Knie!" Ich klimperte verführerisch mit meinen Wimpern. „Oh ja, das wäre in der Tat ziemlich reizvoll …" Noah liess das Gepäck augenblicklich fallen und drückte mich vorsichtig gegen die Wand. In seinen Augen loderte Verlangen. Er küsste mich leidenschaftlich und ich spürte, wie meine Nippel hart wurden und nach mehr verlangten. Zu meiner Enttäuschung liess er aber von mir ab. „Das verschieben wir wohl besser!" Er liess mich los und schlenderte grinsend in die Küche, um

Kaffee für sich und Tee für mich aufzusetzen. Schmollend und immer noch erregt, folgte ich ihm schliesslich widerwillig.

„Isabella, ich möchte noch etwas mit dir besprechen", begann er, als wir wenig später gemeinsam am Küchentisch sassen und unsere Getränke schlürften, „du erinnerst dich daran, dass die Hochzeit von Marco und Missy nächstes Wochenende stattfinden wird. Ich bin ihr Trauzeuge und muss wohl oder übel anwesend sein und mich den ganzen Tag darum kümmern, dass alles nach Plan verläuft. Nun, ich möchte zwar gerne, dass du mich begleitest, aber ich möchte nicht, dass du da singst. Ich will nicht, dass du dich übernimmst und dich oder das Kind gefährdest. Ausserdem möchte ich dich gerne darum bitten, deine Stelle im Kindergarten zu kündigen. Ich verdiene genug, um unsere finanziellen Auslagen zu decken. Ich will, dass du dich die nächsten Monate schonst und danach ausschliesslich für unser Kind da bist." Ich konnte nicht anders, als ihn schockiert anzustarren. Ich fühlte mich vor den Kopf gestossen und das machte mich wütend. Es klang so, als ob er bereits alles gründlich durchdacht und geplant hätte … und zwar ohne mich! „Noah, ich bin schwanger und nicht krank! Natürlich werde ich für Missy und Marco singen. Missy wünscht es sich von Herzen. Ausserdem war sie diejenige, die sich im Krankenhaus um mich gekümmert hat, während du dich verpisst hast! Sie ist für mich zu einer guten Freundin geworden und ich werde sie bestimmt nicht enttäuschen! Und kündigen werde ich ganz sicher auch nicht! Die Kinder brauchen mich! Emily braucht mich!" Ich schäumte vor Wut und meine Stimme klang härter, als ich es eigentlich beabsichtigt hatte, aber er bestimmte gerade über mein Leben und das passte mir überhaupt nicht. Natürlich wollte ich weder mich, noch unser Kind gefährden und nach dem, was mir Marco im Krankenhaus offenbart hatte, konnte ich durchaus verstehen, weshalb Noah sich grosse Sorgen machte. Dennoch war ich nicht bereit dazu, alles aufzugeben, was mir ebenso wichtig war und Freude bereitete. „Isabella, dir ist nicht bewusst, was eine Risikoschwangerschaft bedeutet. So gesehen bist du sehr wohl krank und dass du überhaupt entlassen wurdest, hast du allein der Tatsache zu verdanken, dass ich Rettungssanitäter bin und die Situation im Notfall einschätzen kann. Andere Frauen liegen unter solchen Umständen bis zur Geburt im Krankenhaus!" Er versuchte sich zu beherrschen, doch auch er schaffte es nicht, seine Stimme nicht zu erheben. „Na, dann kann ich ja froh sein, dass mich ein Rettungssanitäter geschwängert hat!", entgegnete ich trotzig. Ohne ein weiteres Wort von ihm abzuwarten, erhob ich mich genervt von meinem Stuhl und liess Noah alleine in der Küche zurück. Ich hatte keine Kraft für einen Streit und somit war die Diskussion für mich fürs Erste beendet. Ich war müde und erschöpft und wollte erst einmal ein wenig schlafen, bevor ich mich weiter mit ihm auseinandersetzte. Im Bett kreisten meine Gedanken und ich dachte über Noahs Forderungen und Argumente nach, die mich doch etwas verunsicherten. Schliesslich nahm ich mir vor, mich bei Dr. Wicker zu melden, um mich abzusichern.

Als ich wieder aufwachte, spürte ich sofort die Wärme an meinem Rücken. Sanfte Küsse liebkosten meinen Oberarm und meinen Nacken. „Noah! Wenn du nicht die Absicht hast, mich gleich hier und jetzt zu nehmen, dann musst du damit aufhören, mich scharf zu machen!", tadelte ich ihn verschlafen, während ich mein Kissen nach ihm warf, um ihn davon abzuhalten, mich weiter zu verführen. Noah lachte laut: „Wenn du wüsstest, wie schwer mir das fällt", flüsterte er mir verführerisch ins Ohr. „Deine Haut ist so zart und duftet so gut, dass ich ständig daran knabbern möchte. Aber jetzt gibt es etwas Richtiges zu knabbern, steh auf! Ich habe uns Abendessen gekocht." – „Abendessen? Meine Güte, wie lange habe ich denn geschlafen?" Erschrocken griff ich nach dem Wecker auf meinem Nachttischchen, der mir schliesslich anzeigte, dass es bereits halb sieben war. Ich sprang aus dem Bett und bemerkte meinen Fehler sofort: Augenblicklich wurde mir schwindlig und ich musste mich am Bettgitter festhalten. „Langsam, Principessa, du bist noch schwach!", tadelte er mich liebevoll. „Ja, jetzt wo du es sagst!", bemerkte ich ironisch. Noah lachte und stieg ebenfalls aus dem Bett. Er legte seine Arme um mich und führte mich vorsichtig in die Küche, aus der mir schon ein herrlicher Duft entgegen strömte. Noah hatte uns eine Pizza gemacht und mir lief das Wasser im Mund zusammen. Ich setzte mich auf den Stuhl und ass genüsslich. „Noah, es schmeckt einfach wundervoll", schmatzte ich vergnügt und legte mir gleich noch ein Stück auf meinen Teller. Im Krankenhaus hatte ich nicht viel zu mir genommen und nun hatte ich Nachholbedarf. „Natürlich Süsse, das ist doch alles, was ich koche", säuselte er mit gespielter Arroganz. Ich rollte mit den Augen, aber er hatte recht, er war wirklich ein ausgezeichneter Koch.

Nach dem Essen fühlte ich mich kräftiger und bereit, die Diskussion von vorhin weiterzuführen. „Noah, hör mir zu. Ich weiss, dass du dir Sorgen machst! Aber du kannst nicht von mir verlangen, dass ich alles aufgebe, was mir etwas bedeutet!" Seine Gesichtszüge versteinerten sich auf der Stelle. „Und was ist mit dir und dem Baby? Isabella, an meiner Einstellung hat sich nichts geändert! Ich will, dass du dich während der Schwangerschaft schonst und danach für unser Kind da bist!" – „Lass mich dir ein Angebot machen", sagte ich nach einer kurzen Pause. „Ich gehe gleich morgen zu Dr. Wicker und frage ihn, was er dazu meint. Sollte er auch nur die geringsten Zweifel oder Bedenken äussern, lass ich es bleiben und füge mich deinen Wünschen, einverstanden?" Noah rang mit sich selbst. Er war es offenbar nicht gewohnt, zu verhandeln. Schliesslich willigte er aber ein.

Am nächsten Morgen nahm Noah mich mit ins Krankenhaus, damit Dr. Wicker vor Noahs Dienstbeginn den Ultraschall durchführen konnte. Er war zwar kein spezialisierter

Frauenarzt, doch er kannte meine Geschichte und ich vertraute ihm. Es war ein aufregendes Gefühl, als er den Ultraschall durchführte und wir den Herzschlag unseres Babys hören konnten. Während ich immer noch fasziniert auf den Monitor starrte, äusserte Noah seine Bedenken und besprach seine Sorgen mit Dr. Wicker. Ich jedoch konzentrierte mich weiter auf unser Baby und hörte ihnen gar nicht zu.

„Isabella? Hast du mich gehört?"
Überschwänglich vor lauter Glück drehte ich mich grinsend zu Noah und schüttelte entschuldigend meinen Kopf. Er seufzte lächelnd und strich mir flüchtig über meine Wange. Für meinen musikalischen Vortrag auf der Hochzeit gab Dr. Wicker mir grünes Licht, jedoch empfahl auch er mir, meine Arbeit im Kindergarten sicherheitshalber zu unterlassen. Ich war nicht begeistert davon, aber ich wollte auch nichts riskieren, so gab ich mich schliesslich geschlagen und ich war froh, dass auch Noah nun zufrieden war. Auf eine weitere Auseinandersetzung hatte ich nämlich keine Lust, davon hatten wir in letzter Zeit genug.

Nachdem mich Noah wieder zu Hause abgesetzt hatte, startete ich den Motor meines Wagens und fuhr direkt in den Kindergarten. Ich wollte

Laura persönlich mitteilen, dass ich für längere Zeit ausfallen würde, damit wir uns sofort um einen Ersatz für mich kümmern konnten. Mir war nicht wohl bei der Vorstellung, meine geliebten Kinder jemand anderem zu überlassen, aber jetzt ging es um die Sicherheit meines eigenen Kindes und das hatte Vorrang.

Die Kleinen rannten mir aufgeregt entgegen, als ich den Kindergarten wenig später mit gemischten Gefühlen betrat. Sie hüpften vergnügt auf und ab, jubelten laut und warfen sich überschwänglich in meine Arme. Hätte mein überfürsorglicher Noah diesen Ansturm auf mich miterlebt, hätte er vermutlich auf der Stelle einen Herzinfarkt erlitten. Ich war unendlich gerührt und konnte nicht verhindern, dass ein paar Tränen meine Wangen hinunter kullerten.

Mit einem mulmigen Gefühl im Bauch erzählte ich Laura schliesslich alles und zu meiner Erleichterung reagierte sie sehr verständnisvoll. „Ich schaff das schon, Izzy! Du musst dich jetzt um dich und das Baby kümmern. Das ist jetzt das Wichtigste", sagte sie, während sie mich herzlich umarmte. Ich hatte keine andere Reaktion von ihr erwartet, trotzdem beruhigte es mich sehr, dass sie mir ihre Unterstützung zusicherte. Den

Kindern erzählte ich noch nichts, denn ich wollte vermeiden, dass sich die Neuigkeit über meine Schwangerschaft wie ein Lauffeuer verbreitete; dafür war es einfach noch zu früh und die ganze Situation zu unsicher. Ausserdem wussten es ja noch nicht mal unsere eigenen Eltern und Geschwister, das war auch ein Punkt, den ich unbedingt mit Noah besprechen wollte, denn es wurde wirklich langsam Zeit, dass wir unsere Familien kennenlernten.

Es war bereits schon dunkle Nacht, als ich meine Augen wieder öffnete. Ich lag in meinem Bett und Noah tief schlafend neben mir. Ich hatte gar nicht bemerkt, wie er mich zwischenzeitlich vom Sofa, auf dem ich zuvor erschöpft eingeschlafen war, ins Schlafzimmer getragen hatte.
Verschlafen griff ich nach dem Wecker.
Zweiundzwanzig Uhr. „Scheisse! …" „Was ist denn los?", murmelte Noah im Halbschlaf. Ich richtete mich auf, schlang meine Arme um meine Knie und versenkte mein Gesicht beschämt in meinen Schoss. „Ich wollte mich nur kurz hinlegen und dann für dich kochen. Schatz, es tut mir so leid! Ich bin eine schreckliche Hausfrau …" Noah öffnete ruckartig seine Augen, drehte sich zu mir und verzog seinen Mund zu einem breiten Grinsen. „Schatz? Hausfrau? "Schatz" gefällt mir,

aber wenn ich eine Hausfrau gewollt hätte, dann würde Mrs. Doubtfire jetzt neben mir liegen. Alles in Ordnung, Süsse! Ich habe dich vorhin angerufen und als du den Anruf nicht entgegengenommen hast, habe ich mir schon gedacht, dass du schläfst. Ich habe unterwegs was gegessen und für dich ist auch noch was im Kühlschrank, falls du hungrig bist." Erleichtert schüttelte ich meinen Kopf. „Nein, danke! Ich bin zu müde, um aufzustehen." – „Dann schlaf weiter", sagte er und zog mich wieder näher zu sich. „Ich liebe dich!" Ich kuschelte mich dicht an ihn und strich ihm zärtlich über seine weichen Haare, doch das bemerkte er bereits nicht mehr.

15

Die folgenden Tage vergingen wie in Zeitlupe und
ich langweilte mich schrecklich. Meine
Risikoschwangerschaft schränkte mich stark ein,
sodass ich praktisch nichts machen durfte. Die
Arbeit mit den Kindern, aber vor allem Emily,
fehlte mir schrecklich. Noah und ich fuhren zwar
regelmässig ins Waisenhaus, um sie zu besuchen,
doch das linderte meine Sehnsucht nach ihr nur
bedingt. Schliesslich lud ich mir das Playback zu
„I WILL ALWAYS LOVE YOU" von Whitney
Houston herunter und studierte den Song für die
Hochzeit ein. Ich hatte so viel übrige Zeit, dass
ich spontan entschied, einen weiteren Titel zu
singen. „MY HEART WILL GO ON" war der Song,
bei dem Missy und Marco das erste Mal
zusammen getanzt hatten, also beschloss ich, sie
mit ihrem Lied zu überraschen. Neben meinen
eigenen Vorbereitungen erledigte ich auch ein
paar langweilige Kleinigkeiten für Noah. Ich
bügelte seinen Anzug, kaufte ihm einen
passenden Schlips und schrieb die Reden, die er
mir diktiert hatte, auf kleine Kärtchen, welche ich
dann ordentlich in seiner Jackentasche verstaute.
Noah achtete stets darauf, dass er mir nicht zu

viel aufbürdete, doch immerhin war ich ein wenig beschäftigt und so kam der Tag der Hochzeit dann doch schneller näher, als ich ursprünglich gedacht hatte.

Ich freute mich sehr auf die Feier und fieberte meinem Auftritt aufgeregt entgegen. Meine Haare, die ich mir kürzlich ein ganzes Stück hatte schneiden lassen, steckte ich mir locker hoch, bevor ich mich schliesslich meinem Gesicht widmete und es dezent schminkte. Ich war blass und meine Wangenknochen traten stark hervor. Während meines Krankenhausaufenthaltes hatte ich enorm an Gewicht verloren und das machte sich jetzt bemerkbar. Mein schulterfreies Kleid, welches ich mir erst vor ein paar Wochen gekauft hatte, war mir nun zu gross, brachte aber meinen vollen Busen immer noch perfekt zur Geltung. Es war bodenlang, aus feinstem, dunkelgrünem Stoff gefertigt, passend zu meinen honigbraunen Augen. Dazu wählte ich schwarze, schlichte Pumps. Ich packte meine Sachen zusammen und machte mich schliesslich auf den Weg zu Noah, der sich schon längst von mir verabschiedet hatte, um sich noch um die letzten Vorbereitungen zu kümmern, und jetzt im Festsaal auf mich wartete, damit wir gemeinsam zu der Trauung fahren konnten.

Als ich den Saal betrat, staunte ich nicht schlecht.
Der Raum war riesig und festlich geschmückt
worden. Überall standen hübsche kleine
Tischchen mit weissen Tischdecken, die mit
rosafarbenen Rosenblüten übersät waren. Die
Teller hatten einen goldenen Rand und passten
perfekt zu dem goldenen Besteck, welches
neben ihnen drapiert worden war. Die weissen
Servietten sahen aus wie Schwäne und rundeten
das Arrangement perfekt ab. Überall entdeckte
ich rosafarbene Rosen und Gestecke und
abgesehen von der Augenweide, erfüllten sie
den ganzen Raum mit einem herrlichen Duft. In
der Mitte befand sich eine grosse Bühne und
daneben eine pompöse Bar und kleine
Stehtischchchen. Dort entdeckte ich schliesslich
Noah, in Begleitung von drei Blondinen. Sie
prosteten sich zu und lachten dabei ausgelassen.
Eine der Damen legte gerade ihre Hand auf
Noahs Rücken und streichelte ihn ausgiebig und
zärtlich mit ihren langen Fingern, während sie
ihren Kopf verliebt an seine Schulter lehnte. Und
er, er liess es sich gefallen! Eifersucht stieg in mir
hoch und ich verspürte den starken Drang, dieser
künstlichen Blondine, mit ihren langen, geraden
Haaren und dem viel zu stark geschminkten
Gesicht, eine Szene zu machen. Ich erinnerte

mich aber daran, wie ich Noah und Missy vor einiger Zeit in einer ähnlichen Situation vorgefunden hatte, bevor sich dann herausgestellt hatte, dass Missy Marcos Verlobte war. Vielleicht war das ja jetzt seine Cousine, aber daran glaubte ich natürlich nicht wirklich.

Während ich mich ihnen aufgewühlt näherte, versuchte ich mich zwanghaft zu beruhigen. „Hallo Noah", sagte ich schliesslich gespielt gelassen und schenkte ihm ein zuckersüsses, aufgesetztes Lächeln, nachdem er mich endlich bemerkt hatte. Augenblicklich befreite er sich aus den Klauen dieser aufdringlichen Blondine und betrachtete mich verlegen. „Isabella! Wow! Du siehst unglaublich aus", stotterte er. „Guter Versuch, Arschloch", dachte ich, lächelte aber tapfer weiter und klimperte dabei verführerisch mit den Wimpern. Nun kam er endlich näher und küsste mich flüchtig auf die Lippen. Aus den Augenwinkeln konnte ich erkennen, wie der Blondine, die Noah eben noch zärtlich liebkost hatte, der Kinnladen herunterfiel. Mit offenem Mund starrte sie mich an, ehe sie sich mit einem fragenden Blick an ihre Freundinnen wandte, welche daraufhin ahnungslos mit den Schultern zuckten. Offenbar wussten sie nicht, dass Noah eine Freundin hat und was sie darüber dachten, war unübersehbar. „Möchtest du mich nicht vorstellen?", fragte ich ihn scharf, aber leise, weil ich nicht wollte, dass sie mitbekamen, wie sehr ich mich ärgerte. „Natürlich", stammelte er, „Ladies, darf ich euch Isabella vorstellen? Sie ist …" – „Ich bin seine Freundin", fiel ich ihm ins Wort und schüttelte den Damen dabei selbstbewusst die Hände. Noah nickte und fuhr sich nervös durch seine Haare. „Das sind Sarah, Ashley und Tiffany, Missys Trauzeuginnen." Nachdem er mir ihre Namen genannt hatte, lächelten sie mir gekünstelt zu und ich tat es ihnen gleich. „Nun, dann wollen wir mal zusehen, dass unser Brautpaar auch wirklich heiratet. Lasst uns gehen", sagte er schliesslich fröhlich, doch mir war klar, dass er lediglich versuchte, aus dieser unangenehmen Situation zu entkommen.

Nachdem ich mich zu Noah in das Auto gesetzt hatte, sagte ich zuerst kein Wort. Ich war stinksauer und jetzt, wo wir unter uns waren, gab ich mir auch keine Mühe mehr, meine Wut zu verbergen. „Alles klar, Süsse?", fragte er schliesslich vorsichtig. Was für eine dämliche Frage! Er wusste genau, dass ich wütend war und bestimmt auch weshalb! „Natürlich Schatz, alles klar! Es macht mir absolut gar nichts aus, dass dich diese Schlampe zärtlich liebkost und es dir offensichtlich auch noch gefallen hat!", schimpfte ich schliesslich ironisch. Seine Mundwinkel zuckten amüsiert. „Zärtlich liebkost? Übertreibst du nicht ein bisschen?" Seine gelassene Reaktion brachte mich noch mehr auf die Palme. „Weisst du, WAS übertrieben wäre? Wenn ich ihr deswegen die Nase brechen würde, so wie du es damals bei Derek getan hast, nur weil wir freundschaftlich miteinander getanzt haben! Die Drachenlady hat dich zärtlich berührt und dir Avancen gemacht, die sogar ein Blinder verstanden hätte, und du hast nichts dagegen unternommen!" – „Ihr habt nicht freundschaftlich miteinander getanzt! Ihr habt euch aneinander gerieben, wie zwei läufige Hunde! Und ich bin mir sicher, dass DEIN BRUDER danach eine kalte Dusche nötig hatte!" Bei der Erinnerung an diesen Abend wurde auch er wütend. „Ich war betrunken und habe mich lediglich an ihm abgestützt! Und ich hätte es nie zugelassen, dass er mich unsittlich berührt, so wie du es bei dieser Hexe zugelassen hast!", schrie ich. „Aber natürlich! Dass Italiener auf Blondinchen stehen, ist ja allgemein bekannt! Ich muss dich jedoch leider enttäuschen, das ist NICHT ihre natürliche Haarfarbe!" Noah betrachtete mich, als wäre ich verrückt. „Ja klar, deswegen habe ich mich ja auch in DICH verliebt, weil du so schön blond bist! Wenn das stimmen würde, dann müsste ich ja davon ausgehen, dass du einen Mann im Kilt und mit Dudelsack bevorzugst!" – „Das sind die Schotten, Noah! Die Schotten tragen solche Trachten, ich stamme aber aus Irland!", schimpfte ich empört. „Ach, das ist doch alles dasselbe!", schrie er. „Ja genau! Italien und Spanien ist ja auch dasselbe", entgegnete ich. „Was? Ganz bestimmt nicht!" Ich betrachtete ihn mit hochgezogenen Augenbrauen, um ihm die Ironie seiner eigenen Worte zu verdeutlichen. Nun erwiderte er nichts mehr und konzentrierte sich stattdessen beleidigt auf die Strasse. Plötzlich fiel meine Laune in den Keller und ich begann, haltlos zu schluchzen. Noah hatte Mitleid und tätschelte schliesslich liebevoll mein Knie. „Principessa, bitte weine nicht. Ich liebe dich doch!" – „Du sprichst von Heirat und wir bekommen ein Kind, aber du weisst noch nicht einmal, dass ich Irin bin", schniefte ich gekränkt. „Süsse, natürlich weiss ich das! Ich habe dich doch nur hochgenommen." Ich wollte lächeln, doch der Versuch endete mit einer weiteren Heulattacke. „Principessa", sagte er, nachdem meine Tränen später endlich verstummten, „sie ist wirklich nur eine Freundin. Eigentlich nicht mal das! Nach der Feier werde ich sie nie wieder sehen! Du weisst, dass ich dich liebe!" Seine Worte waren aufrichtig, das konnte ich in seinen Augen erkennen. „Das will ich dir auch geraten haben", erwiderte ich schliesslich schmollend. Noah strich mir zärtlich über den Schenkel und grinste bis über beide Ohren. „Eifersüchtig?" – „Natürlich nicht! Was bildest du dir ein?" Noah lachte laut und schüttelte dabei ungläubig seinen Kopf. Natürlich war ich eifersüchtig! Und wie! Ich sah Sarahs Blick, während Noah mich geküsst hatte, immer noch vor meinen Augen. Sogar ein Blinder hätte bemerkt, dass sie etwas von ihm wollte.

Noah parkte den Wagen, während ich verzweifelt versuchte, mein verschmiertes Make-up wiederherzustellen. Nachdem ich damit einigermassen zufrieden war und wir schliesslich ausstiegen, erblickte ich Marco und Missy vor dem Eingang des riesigen Gebäudes vor uns. Die beiden schienen nervös zu sein und konnten es wohl kaum erwarten, sich endlich das Jawort zu geben. Missy sah unglaublich aus: Sie hatte ihre langen, blonden Haare zu einem schlichten Dutt hochgesteckt, lediglich ein paar einzelne

Strähnen fielen ihr verspielt ins Gesicht. Ihr Make-up war sehr dezent und betonte ihre natürliche Schönheit, ebenso wie ihr wunderbares Kleid. Es war strahlend weiss, bis zu der Taille enganliegend, ebenfalls schulterfrei und schmiegte sich perfekt an ihre zierliche Silhouette. Der untere Teil fiel weit auseinander und war bodenlang. In der Sonne glitzerten die Pailletten, die sich überall auf ihrem Kleid verteilten und eine rosafarbene Schleife aus Satin zierte ihre schmale Taille wie ein Gürtel. Marco hatte sich ebenfalls herausgeputzt: Er trug einen schwarzen Anzug, ein weisses Hemd und einen rosafarbenen Schlips, passend zu Missys Schleife. Es schien so, als hätten sie wirklich alles perfekt aufeinander abgestimmt. Seine Locken hatte er mit Gel streng nach hinten frisiert, was seine strahlend blauen Augen hervorhob. Überwältigt wollte ich auf sie zu gehen, doch Noah hinderte mich daran. Besitzergreifend zog er mich in seine Arme. „Komm her, Schneewittchen … Ich liebe deine schwarzen Haare, deine honigbraunen Augen, deine vollen Lippen und deinen wunderbaren, grossartigen Körper. Keine andere Frau dieser Welt wird dir jemals das Wasser reichen können", säuselte er übertrieben. Verlegen senkte ich meinen Blick.

„Du elender Charmeur! Bilde dir ja nicht ein, dass alles wieder vergeben und vergessen ist!", scherzte ich und befreite mich schliesslich lachend aus seinen Armen, um meinen Weg fortzusetzen.

Zwischenzeitlich trafen auch die Trauzeuginnen ein, die unsere innige Zweisamkeit argwöhnisch beobachteten. Ich liess mich nicht provozieren und eilte stattdessen fröhlich auf das Brautpaar zu. „Oh mein Gott! Ihr seht einfach fabelhaft aus!", begrüsste ich sie herzlich, bevor ich ihnen, Noah und den Hexen, in das Gebäude folgte. Während der Zeremonie lächelte Noah mir immer wieder verliebt zu. Sarahs Gesicht verdunkelte sich zunehmend und es blieb mir nicht verborgen, dass sie vor Wut kochte.

Nachdem die standesamtliche Trauung endlich vorüber war und wir alle unsere herzlichsten Glückwünsche zur Vermählung ausgesprochen hatten, machten wir uns auf den Weg nach draussen. Vor dem Standesamt wartete eine weisse Limousine, die Noah für das Brautpaar organisiert hatte. „Kommst du, Noah?", fragte Sarah arrogant, während sie selbst in den luxuriösen Wagen einstieg. In meinen Gedanken raste ich auf sie zu und riss ihr ihre künstlich blondierten Haare aus, doch Noah winkte ab, noch bevor ich ihr einen vernichtenden Blick zuwerfen konnte. „Nein, ich fahre mit Isabella zurück, wir treffen uns dann da!" Gerührt nahm ich seinen Kopf zwischen meine Hände und küsste ihn sanft. „Noah! Geh mit ihnen, du gehörst dazu! Ich finde schon alleine zurück! Keine Sorge, Süsser! Ich werde dein Baby heil zurückbringen", versicherte ich ihm lächelnd, weil ich befürchtete, dass er mir seinen Wagen nicht anvertrauen wollte. „Das will ich auch hoffen!", flüsterte er nach kurzer Überlegung, während er zärtlich und unauffällig über meinen Bauch streichelte und ich gerührt begriff, dass wir wohl nicht vom selben Baby sprachen.

Während der Fahrt spürte ich ein leichtes Ziehen in meinem Bauch, doch es hörte bereits wieder auf, ehe ich mir ernsthaft Sorgen darüber machen konnte. Ich parkte den Rover vorsichtig ein und begab mich dann in den Saal, in dem die anderen Gäste bereits versammelt waren, um das Brautpaar, welches wenig später eintraf, zu beglückwünschen. Ich zählte etwa sechzig Personen. Missys Familie, Freunde und Bekannte des Brautpaares hatten sich zahlreich versammelt. Lediglich Marcos Familie war nicht angereist, da sie mit den Vorbereitungen für die kirchliche Trauung in Italien beschäftigt waren. Missy und Marco waren überwältigt und bedankten sich bei allen Gästen für ihr Erscheinen, während sie ihre Gläser auf sich und einen gelungenen Abend hoben. Ich war unheimlich erleichtert, als sie endlich zu Tisch baten, denn mein Magen knurrte bereits vor Hunger und ich spürte, wie mir übel wurde. Auch das Ziehen in meinem Bauch kehrte hin und wieder zurück, doch jedes Mal wenn ich mich hilfesuchend nach Noah umsah, hörte es wieder auf. Leider sass mein Liebster nicht neben mir. Da er Trauzeuge war, teilte er sich einen Tisch mit dem Brautpaar und den Trauzeuginnen. Ich hatte Verständnis dafür, lediglich die Tatsache, dass Sarah dauernd Noahs Nähe suchte, störte mich. Ich versuchte ihm einfach zu vertrauen und ignorierte sie. Ich begann ein eher langweiliges Gespräch mit dem älteren Ehepaar, welches mir gegenübersass. Sie waren beide sehr nett, doch als Herbert dann schliesslich über Golf plauderte, dankte ich Gott im Stillen dafür, dass der erste Gang serviert wurde.

Zwischen den zahlreichen Gängen veranstalteten die Trauzeugen immer mal wieder kleine Spiele, um das Brautpaar zu amüsieren und die Gäste bei Laune zu halten, und obwohl ich die drei

Blondinen nicht ausstehen konnte, musste ich zugeben, dass sie ihre Arbeit gut machten. Auch mein Auftritt rückte immer näher und so begab ich mich kurz davor auf den Weg zur Toilette. Ich schloss mich in der Kabine ein und verrichtete gerade mein Geschäft, als ich plötzlich Sarahs und Ashleys Stimmen erkannte. Sie betraten gerade den Waschraum und unterhielten sich aufgebracht. Ich begriff sofort, dass sie über mich und Noah tratschten. „Hast du sie dir mal genau angesehen? Sie spielt überhaupt nicht in seiner Liga!", sagte Sarah wütend. „Ach Sarah, mach dir keinen Kopf, er wird sie schneller in den Wind schiessen, als das arme Ding Amen sagen kann. Du kennst doch Noah, nicht umsonst nannten wir ihn immer HEART CATCHER", erwiderte Ashley gelassen. „Ja, du hast recht! Ich hoffe nur, dass er mir dann nochmals eine Chance gibt. Ich vermisse den Sex mit ihm, der war so unglaublich!", seufzte sie verliebt. „Natürlich! Sieh dich an. Der Kerl wird dir auch jetzt nicht wiederstehen können!", versicherte Ashley ihr, bevor sie den Toilettenraum dann endlich wieder verliessen.

Ich erstarrte und lehnte mich aufgelöst an die Tür. Mir wurde augenblicklich übel und ich musste mich übergeben. Ich zitterte am ganzen

Leib und das Ziehen in meinem Bauch meldete sich auch wieder. Schockiert flüsterte ich vor mich hin. „Wie war das? Sarah war einmal Noahs Freundin? Der Sex war unglaublich? HEART CATCHER? Er wird mich in den Wind schiessen und dann zu ihr zurückkehren?" Verstört setzte ich mich auf den Toilettendeckel und zog meine Beine an. Ihre Worte hallten in meinem Kopf wider und meine Gedanken überschlugen sich. Mein Verstand sagte mir, nicht auf diese dumme Puten zu hören, doch mein Herz blutete und mich durchströmte die Angst, Noah zu verlieren. War er etwa nur noch mit mir zusammen, weil ich schwanger war? Oder war ich vielleicht doch nur ein vorübergehender Ersatz für Rosalie? Tränen schossen mir in die Augen und ich weinte bitterlich. Am liebsten hätte ich die Feier auf der Stelle verlassen, doch das konnte ich Missy und Marco nicht antun, sie konnten ja auch nichts dafür. Ich riss mich also zusammen und trat schliesslich aufgelöst aus der Kabine. Während ich in den Spiegel blickte, erschrak ich. Mittlerweile hatten die vielen Tränen, die ich heute vergossen hatte, mein gesamtes Make-up komplett weggeschwemmt. Meine Augen waren verquollen und gerötet. Ich sah einfach abscheulich aus! Aber es nützte alles nichts, ich musste jetzt da raus und singen!

Nachdem ich den Toilettenraum wieder verlassen hatte, musste ich mich nochmals kurz an der Wand im Flur festhalten, um das Gleichgewicht nicht zu verlieren. In wenigen Sekunden würde ich Noah gegenüber stehen und bei diesem Gedanken musste ich schon wieder gegen den Kloss in meinem Hals ankämpfen. „Alles in Ordnung?" Ich hob meinen Blick ruckartig und sah in die warmen, braunen Augen eines Mannes, der mir zuvor nicht aufgefallen war. „Ich bin Eli, Missys Cousin. Kann ich Ihnen helfen?" Er streckte mir hilfsbereit seine Hand entgegen und betrachtete mich besorgt. „Isabella", sagte ich kurz und bündig, während ich seine Hand schüttelte, „eine Freundin des Brautpaares ..." Bestimmt würde ich mich nicht als Freundin des Trauzeugen vorstellen, wenn ich doch gar nicht wusste, wie lange ich das noch sein würde. „Nein danke, alles in Ordnung", lächelte ich schliesslich aufgesetzt, „ich singe jetzt für das Brautpaar und bin ziemlich nervös." Verlegen sah ich zu Boden und schämte mich augenblicklich für diese Lüge. „Sie packen das schon, Isabella! Da bin ich mir sicher! Bis später!" Er nahm meine Hand und küsste zärtlich meinen

Handrücken, ehe er sich wieder in den Saal bewegte und in der Menge verschwand. Ich atmete nochmals tief durch und folgte ihm ebenfalls wieder in den Saal zurück, wo ich direkt auf die Bühne zusteuerte. Noah stand da und erwartete mich bereits, um mir, wie abgemacht, das Mikrofon auszuhändigen. Er bemerkte sofort, dass etwas nicht stimmte und betrachtete mich besorgt. „Isabella, was ist passiert? Ist alles in Ordnung mit dir? Hast du geweint?" – „Frag doch mal deine Ex, HEART CATCHER!!!", antwortete ich gekränkt, während ich ihm das Mikrofon entriss und wütend die Treppe zur Bühne emporstieg. Ich würdigte ihn keines Blickes, doch aus den Augenwinkeln konnte ich erkennen, wie sich seine Gesichtszüge versteinerten und er seine Hände zu Fäusten ballte. Ich schloss meine Augen und versuchte, mich zu konzentrieren. Der DJ liess das Playback laufen und ich begann zu singen. Ich fühlte, wie der Schmerz in meiner Brust verebbte, meine Wut verrauchte und stattdessen Traurigkeit ihren Platz einnahm. Die Gäste standen auf, applaudierten und pfiffen heftig, als ich den Song schliesslich beendete und die Melodie verstummte. Missy weinte vor Freude und warf mir eine Kusshand zu und auch mein Gesicht war tränenüberströmt. Ich brauchte einen kurzen Moment, ehe ich dem DJ das Zeichen geben konnte, weiterzumachen. Die Menge verstummte augenblicklich, als sie die Melodie zu „MY HEART WILL GO ON" erkannten. Dieser zweite Song, ihr gemeinsames Lied, war mein persönliches Geschenk für das Brautpaar. Die Gäste tanzten innig miteinander und auch Marco forderte Missy auf. Sanft wie eine Feder beförderte er sie über das Parkett und augenblicklich waren sie der Mittelpunkt des Saales. Die Gäste schlossen einen Kreis um sie herum und teilten mit ihnen ihr Glück. Diese Hochzeit war einfach perfekt und für einen kurzen Moment lang vergass ich meine eigenen Sorgen. Ich sang, als ob mein Leben davon abhinge, als ich die hohen Töne anstimmte und beruhigte mich erst wieder, als sich das Lied dem Ende neigte.

Missy löste sich augenblicklich aus Marcos Umarmung und rannte auf die Bühne, direkt in meine Arme. „Danke, Isabella! Danke, danke, danke! Das war das schönste Geschenk der Welt!" Sie war so gerührt, dass sie schluchzte wie ein Schlosshund. Ich erwiderte ihre Umarmung und streichelte ihren Rücken, bis sie sich wieder beruhigt hatte und wir schliesslich Arm in Arm die Bühne verlassen konnten. Marco erwartete seine Braut bereits ungeduldig. Er küsste und umarmte mich ebenfalls herzlich, bevor er sich Missy erneut schnappte und mit ihr weiter das Parkett unsicher machte. Seufzend beobachtete ich, wie sie sich zu der schnellen Musik des DJs bewegten. Sie waren unheimlich glücklich und passten so gut zueinander, dass ich unmittelbar wieder an Noah erinnert wurde und wie aufs Stichwort durchzuckte mich ein stechender Schmerz. Ich legte meine Hand schützend auf meinen Bauch und machte mich erneut auf den Weg zur Toilette, um nachzusehen, ob alles in Ordnung war. Ich hatte ein komisches Gefühl und beschloss, die Veranstaltung danach zu verlassen. Auf meinem Weg begegnete ich Noah, der sich angeregt mit Sarah unterhielt. „Was hast du dir nur dabei gedacht?", hörte ich ihn wütend sagen. Sarah lief knallrot an und senkte ihren Blick beschämt. „Es tut mir leid, Noah! Ich dachte doch nur …" Jetzt bemerkten sie mich ebenfalls und beide verstummten sofort. Noah betrachtete mich besorgt. „Isabella! Es ist nicht so, wie du denkst!" Ich ignorierte seine Worte und zwängte mich an ihnen vorbei. „Darf ich mal kurz durch?" Noah packte mich grob am Arm. „Isabella! Bitte sprich mit mir!", flehte er mich an. „Wir reden hier über gar nichts und ihr solltet euren Flirt ebenfalls verschieben! Das hier ist Missys und Marcos Tag!" Wütend befreite ich mich aus seinem Griff und stürmte aufgebracht in die Kabine. Ich zog mein Kleid hoch und betrachtete ängstlich meinen Slip. Gott sei Dank, er war immer noch weiss. „Kein Blut", stellte ich erleichtert fest.

Nachdem ich die Toilette wieder verlassen hatte, traf ich erneut auf Noah, der im Flur auf mich wartete. Zu meiner Erleichterung war Sarah verschwunden. Er wollte mich umarmen, doch ich stiess ihn weg. „Lass mich, Noah! Ich bin müde und erschöpft, ich werde die Feier jetzt verlassen. Ich wünsche dir und Sarah weiterhin einen schönen Abend!", sagte ich zornig. „Isabella! Lass uns reden, bitte! Es ist nicht so, wie du denkst! Du wolltest doch nicht mehr vor mir davonlaufen, weisst du das nicht mehr? Du hast es versprochen!" Jetzt riss mein Geduldsfaden endgültig! Ich drehte mich um und funkelte ihn böse an. „Und DU hast mir versprochen, dass du mich niemals enttäuschen wirst, doch du tust es immer wieder! Ich möchte jetzt nicht darüber reden. Versteh doch! Geh zurück und kümmere dich um Missy und Marco!" Ich beruhigte mich, als ich seinen hilflosen Blick sah. Ich liebte ihn so sehr und es zerriss mir das Herz, ihn so zurückzulassen, doch ich war einfach zu verletzt und ich hatte keine Kraft, um die Sache jetzt gleich mit ihm zu klären. Ohne ein weiteres Wort drehte ich mich um und entfernte mich von ihm.

Ich hielt Ausschau nach Missy und Marco, um mich von ihnen zu verabschieden, doch ich konnte sie nicht finden. Stattdessen stand plötzlich Eli vor mir. „Isabella, so sieht man sich wieder", scherzte er und küsste erneut meinen Handrücken, „Sie haben absolut fantastisch gesungen. Darf ich Sie um diesen Tanz bitten?" – „Äh, ich wollte eigentlich gerade gehen", erwiderte ich entschuldigend, doch dann dachte ich wieder an Noah und diese doofe Kuh. Was die konnten, konnte ich auch und so beschloss ich spontan, Elis Angebot anzunehmen, um Noah eins auszuwischen. „Gerne", antwortete ich also und legte meine Hand in seine. Nun betrat auch Noah den Saal. Er entdeckte uns sofort und beobachtete die Situation abfällig. Sein Kopf war knallrot und ich konnte erkennen, wie er innerlich tobte. Ich schmiegte meinen Kopf absichtlich an Elis Brust und schloss meine Augen. Es dauerte nicht lange, bis Noah neben uns stand. Er war rasend vor Eifersucht, hatte sich aber unter Kontrolle. „Darf ich mal abklatschen?" Ohne Elis Antwort abzuwarten, packte er mich an den Hüften und zerrte mich von ihm weg. „Was soll das, Isabella?", flüsterte er schliesslich wütend, nachdem Eli mich irritiert freigegeben hatte. Er wiegte mich sanft hin und her, doch meine Hüften umfasste er so fest, als hätte er Angst, ich könnte fliehen. „Was soll was?", fragte ich gespielt ahnungslos. „Du gehörst mir, Isabella! Du bist meine Frau und ich dulde es nicht, wenn ein anderer Mann dich betatscht!" – „Ach?", spottete ich, „bei dir ist es also okay, aber bei mir nicht, hmm?" – „Isabella! Keine Spielchen, ich meine es ernst!" Seine Augen funkelten vor Zorn.

Völlig unerwartet durchfuhr mich ein derart heftiger Schmerz, dass ich mich augenblicklich krümmte und ich meine Nägel fest in Noahs Oberarme krallte, um nicht zusammenzusacken. Automatisch legte ich meine Hand auf meinen Bauch und versuchte meine oberflächige Atmung zu kontrollieren. Schweiss überströmte mein Gesicht, Tränen schossen mir in die Augen und verschleierten meinen Blick. „Isabella, was ist los?", fragte er besorgt und liess meine Hüften augenblicklich los, als hätte er sich daran verbrannt. „Es ist nichts, Noah! Verdammt, ich

215

habe dir doch gesagt, dass ich müde bin und nach Hause möchte. Ich habe keinen Bock mehr auf diesen Scheiss!", sagte ich frustriert, doch in Wirklichkeit war ich nicht mehr wütend, sondern hatte Angst. Ich wandte mich von ihm ab und stürmte auf den Ausgang zu. Noah wollte mir nachkommen, wurde aber just in diesem Moment von einem Gast aufgehalten. Er versuchte verzweifelt, ihn höflich abzuwimmeln, doch es gelang ihm nicht.

Als ich draussen angekommen war, stellte ich erschrocken fest, dass ich meine Schlüssel nicht hatte. Ich hatte sie zusammen mit meiner Handtasche im Rover zurückgelassen und den Schlüssel für den Wagen hatte Noah. In mein Apartment zu kommen, wäre kein Problem gewesen, denn Jonny, der Hausmeister, hatte einen Generalschlüssel für alle Wohnungen, aber wie um Himmels Willen kam ich nach Hause? Ohne Geld und Handy konnte ich mir auch kein Taxi rufen. „Verdammt!", fluchte ich verzweifelt vor mich hin. „Isabella, kann ich Ihnen helfen? Soll ich Sie nach Hause bringen?" Eli musste mir gefolgt sein und stand nun besorgt neben mir. „Nein, ich …" Wieder fühlte ich den stechenden Schmerz in meinem Bauch. Scheisse, da stimmte etwas nicht, ich wollte dringend nach Hause, um mich hinzulegen. „Ja gerne, wenn es Ihnen keine Umstände macht, nehme ich Ihr Angebot dankend an", sagte ich schliesslich resigniert. „Aber natürlich nicht! Ich wollte sowieso gerade gehen. Kommen Sie, mein Auto steht da vorne." Er nahm mich an der Hand und führte mich zu seinem Wagen.

Ich stieg gerade in seinen BMW ein und schloss die Tür, als diese ruckartig wieder aufgerissen wurde. Noah! Er war rasend vor Wut. „Isabella, steig sofort aus dem Wagen!", befahl er scharf. „Nein Noah, Eli bringt mich nach Hause!" „ELI", er betonte den Namen laut und nachhaltig, „war den ganzen Abend an der Bar und ich bin mir ziemlich sicher, dass er da nicht nur Cola getrunken hat!", sagte er und zerrte wie wild an meinem Arm. Jetzt, wo Noah mich darauf hingewiesen hatte und ich Eli genauer betrachtete, stellte ich schockiert fest, dass er wirklich etwas betrunken wirkte. Eli zuckte lediglich mit den Schultern und ich stieg sofort aus dem Wagen. Kaum hatten meine Füsse den Boden berührt, zog mich Noah ruckartig hoch und schleppte mich zu seinem Rover. „Noah, du tust mir weh!" Ich zappelte wie ein Fisch am Haken. „Steig sofort ein! ICH werde dich nach Hause fahren und niemand sonst, hörst du?" Er war immer noch stocksauer. Ich hatte augenblicklich ein schlechtes Gewissen, weil ich nicht bemerkt hatte, dass Eli betrunken war und ich fast das Leben unseres Kindes aufs Spiel gesetzt hatte. „Es tut mir leid, Noah. Ich war einfach so wütend wegen dieser Schlampe! Warum hast du mir denn nicht erzählt, dass sie deine Freundin war?" – „Weil sie es nie war!", schrie er mich an. „Aber sie hat doch gesagt …" Ich verstand die Welt nicht mehr … „Isabella. Ich habe ein einziges Mal mit ihr geschlafen! Es war ein One-Night-Stand und lange vor deiner Zeit. Weiter nichts, verstehst du? Warum hätte ich dir davon erzählen sollen? Was hätte es zwischen uns geändert? Ich liebe dich, Isabella und niemanden sonst und so wird es auch immer bleiben! Verdammte Scheisse, so ein Theater!", schrie er wütend. Ich senkte meinen Blick und kämpfte gegen die Tränen an. „Sie sagten, du würdest mich in den Wind schiessen und wieder zu ihr zurückkehren", stammelte ich. „Und das glaubst du ihnen?", fragte er entrüstet. „Du hast dich nicht gewehrt, als sie dich zärtlich berührt hat und dann habe ich erfahren, dass du mit ihr geschlafen hast! Was hätte ich denn bitte glauben sollen? Was hättest du denn geglaubt, Noah? Mich lässt das Gefühl nicht los, dass du nur noch mit mir zusammen bist, weil dein Kind in mir heranwächst. Das Kind, das du nie wolltest." Nun konnte ich meine Tränen nicht mehr länger zurückhalten und weinte bitterlich. Ich war völlig aufgelöst und mir war übel und schwindlig. „Du treibst mich in den Wahnsinn, Isabella!", schimpfte Noah laut. „Ich habe dich gebeten, mich zu heiraten! Was soll ich denn noch tun, damit du mir endlich glaubst, dass ich dich und unser Kind wirklich möchte!" Ich wollte gerade etwas darauf antworten, als sich der Schmerz wieder meldete und ich plötzlich spürte, wie etwas aus mir auslief. Zitternd griff ich unter mein Kleid und fasste in meinen Slip. Blut … Blut an meinen Händen, Blut in meinem Slip und Blut an meinen Schenkeln. „Noah!", schrie ich entsetzt. „Was?", schrie er zurück. Er war immer noch in Rage und hatte nicht bemerkt, wie ich mich selbst untersuchte. Als er mich endlich ansah und ich ihm starr vor Angst meine blutverschmierte Hand zeigte, begriff er sofort, wendete augenblicklich das Auto und fuhr in Richtung Krankenhaus. „Nein! Bitte nicht! Nein!", schrie ich hysterisch. „Isabella, Schatz, beruhige dich! Bitte, Principessa, du musst ruhig bleiben!" Seine Stimme zitterte und ich sah die Angst in seinen Augen.

Der kurze Weg kam mir unglaublich lange vor. Noah parkte vor dem Krankenhaus und trug mich schliesslich direkt in die Notaufnahme. „Lucy, ein Notfall! Zweites Trimester, Verdacht auf innere Blutung und Abort, ruf sofort den Arzt an!", schrie er der Schwester zu. Sie nickte und nahm umgehend den Hörer in die Hand. Noah brachte mich in ein Zimmer und legte mir sofort einen venösen Zugang. „Süsse, ganz ruhig! Es wird alles wieder gut", flüsterte er. „Ich habe Angst, Noah! Ich habe solche Angst!", krächzte ich verzweifelt. Noah strich mir sanft die Haare aus dem Gesicht und küsste mich auf die Stirn. „Ich weiss, mein Schatz, ich weiss. Ich bin bei dir!" Er zerriss mein blutverschmiertes Kleid und bereitete mich auf den Ultraschall vor. Die Schmerzen kamen nun in regelmässigen, kurzen Abständen und brachten mich schier um.

Als der Arzt endlich eintraf und Noah ihn nochmals kurz in Fachsprache über alles informierte, führte er sofort einen Ultraschall durch. Er untersuchte mich gründlich, doch schliesslich senkte er bedrückt seinen Blick und schüttelte seufzend seinen Kopf. „Die Narben sind alle in Ordnung, doch das Baby … Es tut mir unglaublich leid! Ich kann keine Herztöne mehr feststellen. Das Baby ist tot und ihr Körper stösst

es ab", sagte er leise. „Nein!" Ich schrie, ich
schrie so laut ich konnte, ich schrie aus tiefster
Seele, bis meine Stimme brach. Noah hielt mich
in seinen Armen und drückte mich fest an sich.
Ich spürte seine Tränen auf meiner Kopfhaut. Ich
stand unter Schock und wollte hysterisch aus
dem Zimmer flüchten, doch Noah und der Arzt
tauschten kurz einen Blick aus und hielten mich
anschliessend fest, damit die Schwester ihre
Anweisungen befolgen und mir etwas injizieren
konnte. Das Letzte was ich sah, bevor meine
Augen sich schlossen, war Noahs trauriges
Gesicht.

16

Noah kauerte auf dem Stuhl neben meinem
Krankenbett. Seinen Kopf hatte er in das
Bettlaken auf meinem Bett vergraben. Er weinte
leise und mir wurde schlagartig wieder bewusst,
was passiert war. Ich hatte unser Baby verloren.
Tränen schossen mir in die Augen, während ich
Noah sanft über sein Haar strich. Augenblicklich
hob er seinen Kopf und betrachtete mich traurig.
Seine Augen waren ganz rot und verquollen. Mir
ging es selbst nicht gut, doch Noah so zu sehen,
zerfetzte mich schier. Ich wollte stark sein und
ihn trösten. „Noah, es ist alles gut", sagte ich
liebevoll, und streichelte ihm zärtlich über die
Wangen. „Isabella, es tut mir so leid! Es ist alles
meine Schuld", quälte er sich. „Noah! Es ist gar
nichts deine Schuld, hörst du? Wir haben von
Anfang an gewusst, dass diese Schwangerschaft
ein Risiko war. " Ich umarmte ihn und er vergrub
schluchzend sein Gesicht in meinen Haaren. „Wir
haben immer noch uns", flüsterte ich ihm
tröstend ins Ohr. Noah antwortete nicht und
plötzlich schlich wieder die Angst in mir hoch, er
könnte mich verlassen. Als hätte ich mich an ihm
verbrannt, liess ich ihn los und wandte meinen

Blick verzweifelt ab. Seine Tränen verstummten sofort und er betrachtete mich mit gerunzelter Stirn. „Principessa, was ist los? Hast du Schmerzen?" Aus lauter Angst, ich könnte in seinen Augen lesen, was ich befürchtete – Ablehnung und das Ende –, sah ich ihn nicht an und schüttelte stattdessen schweigend meinen Kopf. Noah legte seinen Daumen und seinen Zeigefinger an mein Kinn und drehte mein Gesicht so, dass ich gezwungen war, ihm in die Augen zu blicken. „Was ist los?", fragte er erneut. „Noah, bitte verlass mich nicht!", schluchzte ich schliesslich ängstlich, nachdem ich meine Tränen nicht mehr zurückhalten konnte. Er starrte mich schockiert an und schüttelte ungläubig seinen Kopf. „Ich werde dich bestimmt nicht verlassen, ich liebe dich über alles!", sagte er empört. „Aber … jetzt wo ich nicht mehr schwanger bin …" Noah erkannte die Angst in meinen Augen und begriff sofort, dass ich immer noch über Sarahs Worte nachdachte. „Isabella", unterbrach er mich, „vergiss was Sarah gesagt hat, okay? Sie war nicht die Richtige für mich und das hat sie nicht verkraftet, das ist alles. Wäre mir klar gewesen, dass sie in mich verliebt ist, hätte ich mich geweigert mit ihr zusammen den Trauzeugen zu spielen. Ich weiss, dass es für dich anders ausgesehen haben muss, das verstehe ich mittlerweile, aber glaub mir, Isabella, sie bedeutet mir rein gar nichts! Du hingegen bist mein Leben!" Seine Worte waren Balsam für meine Seele und beruhigten mich schlagartig. Meine Zweifel verschwanden und ich glaubte ihm jedes Wort, denn ich spürte seine Aufrichtigkeit bis in mein Herz.

Dr. Wicker bedauerte die Fehlgeburt ebenfalls sehr, entliess mich aber noch am selben Tag, nachdem ich ihn davon überzeugt hatte, dass ich psychisch stabil war. Noah hatte Missy und Marco bereits telefonisch über unseren Verlust informiert und sie hatten ihm sofort angeboten, ihre Flitterwochen zu verschieben. Marco wollte Noahs Schichten übernehmen, damit er ein paar Tage bei mir bleiben konnte. Ich wollte nicht, dass sie das taten, doch davon wollten sie nichts hören, sie hatten die Entscheidung bereits getroffen und ihre Flüge umgebucht. Ich war unheimlich froh und dankbar darüber, solche Freunde gefunden zu haben.

Ich war sehr traurig über den Verlust unseres Babys, fühlte mich ausgelaugt und unheimlich leer. Die Wärme, die ich während der Schwangerschaft stets in mir verspürt hatte, war weg und wich eisiger Kälte, doch all diese Empfindungen schmerzten nicht so sehr, wie meinen geliebten Noah leiden zu sehen. Seitdem wir zu Hause angekommen waren, wirkte er sehr in sich gekehrt. Mir fiel auch auf, dass er nicht mehr tief schlief, es schien, als wäre er stets mit einem Ohr wach und immer in Bereitschaft. Er liess mich nie länger als einige Minuten alleine, sogar wenn ich nachts zur Toilette musste, folgte er mir wenige Sekunden später, unter einem banalen Vorwand, der ihm gerade plausibel erschien. Und das war es, was mich wirklich schmerzte. Ich erinnerte mich an das Gespräch mit Marco zurück, in dem er mir die Geschichte über Noah und Rosie offenbart hatte. Ich wusste nicht einmal, ob Noah überhaupt von diesem Gespräch wusste. Jedenfalls war mir klar, weshalb Noah sich so seltsam verhielt. Man musste kein Psychologe sein, um zu begreifen, dass er grosse Angst um mich hatte, davor, ich könnte dasselbe tun, was Rosie getan hatte, nämlich, aus lauter Trauer und Verzweiflung meinem Leben ein Ende zu setzen. Doch diese Angst war unbegründet, denn ich war stärker, als er dachte. Ich war nicht mehr alleine, wie vor einigen Monaten, ich hatte ihn an meiner Seite und das verlieh mir die Kraft, die ich benötigte, um mit diesem Verlust klarzukommen. Dasselbe wollte ich nun für ihn tun. Ich erinnerte mich wieder an Marcos Worte. Er hatte mir erzählt, dass Noah seine Trauer damals mit Boxen abreagiert hatte, also war das der Ansatz, den ich suchte, um ihm seine Angst zu nehmen und ihn in seiner Trauerverarbeitung zu unterstützen.

Noah war gerade in der Küche und trank seinen Kaffee, als ich schliesslich, mit gepackter Sporttasche, im Türrahmen darauf wartete, bis er mir seine Aufmerksamkeit schenkte. Nachdem er mich endlich bemerkt hatte, zog er erstaunt seine Augenbrauen hoch. „Willst du verreisen?" „Nein, wir gehen jetzt boxen!" Ich lächelte und streckte ihm meine Hand entgegen. Er starrte mich an, als ob ich nicht ganz bei Trost wäre. „Wie bitte? Du willst boxen gehen?", fragte er verblüfft. „Naja", erwiderte ich unsicher, „solange du mich nicht zu Boden schlägst, bin ich dabei!" Das liess er sich nicht zweimal sagen. Er liess alles stehen und liegen, küsste mich flüchtig auf meinen Mund und verschwand danach aufgeregt im Schlafzimmer, um in Windeseile seine Sachen zu packen. Es dauerte gerade mal fünf Minuten, bis wir in seinem Auto sassen und er den Motor startete.

Das Studio war – zu meiner Überraschung – sehr gross und hell. Ich hatte mir stets einen kellerähnlichen Bunker, wie in Fight Club vorgestellt, doch dieser Raum wirkte sehr freundlich. Die Decke war mit hellen Balken durchzogen, an denen unzählige Boxsäcke hingen. Noah begrüsste seinen Trainer und stellte mich schliesslich vor. Ryan lächelte und hiess mich herzlich willkommen. Er war freundlich, doch seine graublauen, stählernen Augen schienen mich zu durchbohren und ich hatte das Gefühl, als ob er mich von oben bis unten mustern würde. Er war mir irgendwie unheimlich, deswegen lehnte ich auch dankend ab, als er sich anerbot, mich zu instruieren und mir alles zu zeigen. Ich stellte mich dicht neben Noah, der meine Unsicherheit zu meiner Erleichterung sofort bemerkte und ihm daraufhin ebenfalls zu verstehen gab, dass das nicht nötig war.

Nachdem Noah mir alles gezeigt hatte und wir schliesslich vor der Umkleidekabine standen, wandte er sich belustigt an mich. „Du hast doch nicht etwa Angst vor Ryan? Der tut dir nichts. Ich weiss, mit seinen Muskeln sieht er ziemlich angsteinflössend aus, aber er ist echt ein netter Kerl." Ich drehte mein Gesicht zur Seite und runzelte misstrauisch die Stirn. Bestimmt hatte er recht und meine Fantasie ging mal wieder mit mir durch, doch ich konnte nicht ändern, dass bei dem Typen meine inneren Alarmglocken läuteten. „Ich weiss nicht, Noah, er ist mir einfach unheimlich." Ich zuckte entschuldigend mit den Schultern. Noah küsste mich flüchtig und gab mir einen leichten Klaps auf den Po. „Quatsch. Zieh dich jetzt um, ich warte hier auf dich."

„Und du bist dir ganz sicher, dass du das wirklich willst und dass es dir nicht zu viel wird?", fragte er mich sicherheitshalber noch einmal, nachdem ich wenige Minuten später umgezogen vor ihm stand. Ich antwortete ihm, indem ich ihn zärtlich küsste. Bereit war ich nicht wirklich, aber ich tat es ja für ihn und nicht für mich.

Als Noah den Boxsack selbstbewusst kickte, um sich aufzuwärmen und ich es ihm gleich tat, knallte ich auch schon unsanft auf den Boden. Noah lachte und zog mich auf. Mein Fehltritt war mir peinlich, doch wenn ich für mein lächerliches Entertainment sein Lachen ernten durfte, war es mir das Wert, mich hier zum Clown zu machen. „Weiter geht's", sagte ich und spielte die Taffe. Beim zweiten Mal traf ich jedoch perfekt und ich

228

war völlig aus dem Häuschen vor Freude über diesen unbedeutenden Erfolg. Jetzt kam ich voll in Fahrt, ich schlug und kickte auf den Boxsack ein, wie eine wildgewordene Irre. Ich stellte mir Sarahs Gesicht vor und schlug so heftig zu, dass Noah, der den Sack festhielt, ein ganzes Stück zurückweichen musste. „Wow! Was war denn das, Süsse?", fragte er erstaunt. „Das, mein Lieber, nennt sich der Drachenlady-Kick! Den hab ich speziell für deine liebe Sarah erfunden, falls ich ihr zufällig nochmals über den Weg laufen sollte!", scherzte ich. Noah lachte Tränen und mir tat es unglaublich gut, ihn so glücklich zu erleben. Mein Plan war vollends aufgegangen, aber nicht nur das, denn auch ich hatte unheimlich Spass daran, mich endlich mal so richtig auszupowern.

Nach dem mehrstündigen Training setzen wir uns schliesslich erschöpft zu Ryan an die Bar und gönnten uns einen Powerdrink. Mein Körper schäumte fast über, vor lauter Endorphine, sodass ich mir nicht mehr weiter Gedanken darüber machte, ob ich Ryan nun vertrauen konnte oder nicht. Ich war regelrecht überwältigt von dieser Sportart und entschied mich spontan dazu, einen Kurs zu besuchen. Noah war begeistert von der Idee und so notierte mich

Ryan schliesslich auf der Teilnehmerliste. Ich war so aufgedreht, dass ich das Studio schliesslich nur sehr widerwillig wieder verliess.

Abends bestellten wir Pizza beim Italiener, die wir dann genüsslich auf der Couch verzehrten, während wir uns einen Actionfilm reinzogen. Ich kuschelte mich dicht an Noah und genoss seine Wärme, die meinen Körper umhüllte. Ich war müde, aber überglücklich und so ausgeglichen, wie schon lange nicht mehr. Noah schien es ebenfalls so zu gehen, denn auch er wirkte auf mich ruhig und gelassen – so, wie ich es mir gewünscht hatte. „Danke, Principessa", sagte er plötzlich und küsste mich dabei sanft auf meine Stirn. Ich blickte zu ihm hoch und runzelte fragend die Stirn. „Wofür?" Er lächelte liebevoll. „Ich weiss genau, warum du ins Studio wolltest. Marco hat mir erzählt, dass er dir alles über mich und Rosalie erzählt hat. Du wolltest mir ermöglichen, meinen Frust abzubauen und hast mich begleitet, denn dir war klar, dass ich dich nach der Geschichte nicht alleine gelassen hätte", sagte er wissend. Ich lächelte verlegen und küsste ihn sanft auf seine Lippen.

„Noah?", fragte ich ihn kurze Zeit später, „wie hat sich Rosalie das Leben genommen?" Ich

230

bereute die Frage sofort, weil ich befürchtete, zu weit gegangen zu sein, doch zu meiner Überraschung antwortete Noah umgehend. „Sie hat eine Überdosis Tabletten geschluckt", sagte er traurig. „Ich kam gerade vom Training zurück und da lag sie reglos in unserem Bett, mitten in ihrem Erbrochenen." – „Es tut mir sehr leid, Noah! Das muss schrecklich für dich gewesen sein", sagte ich mitfühlend. Noah nickte. „Ja, das war es. Ich stand unter Schock und wusste nicht, was ich tun sollte. Es dauerte einige Minuten, bis ich fähig war, den Notarzt zu rufen, doch es war zu spät. Sie war bereits tot", sagte er traurig. „Bist du deswegen Rettungssanitäter geworden?", fragte ich. „Ja. Ich wollte mich nie mehr so hilflos fühlen, wie in diesem schrecklichen Moment. Noch im selben Monat begann ich die Ausbildung. Marco hatte sich immer schon für diesen Beruf interessiert, also zogen wir die Sache gemeinsam durch." – „War es die richtige Entscheidung?", hakte ich nach. Noah nickte und lächelte zufrieden. „Ja, das war es. Ich könnte mir keinen Beruf dieser Welt vorstellen, der mich glücklicher machen würde."

Das Training hatte mich erschöpft und so schlief ich ein, noch während ich Noahs Worten lauschte. Im Halbschlaf bekam ich mit, wie er mich vom Sofa hob und mich in unser Bett trug, wo er mich zudeckte und zärtlich küsste. „Ja, es war die richtige Entscheidung, genau wie du", flüsterte er liebevoll.

Von nun an trainierten Noah und ich täglich. Ich wurde immer besser und freute mich immer mehr auf meinen bevorstehenden Kurs. Ausserdem gingen wir gemeinsam joggen. Ich blutete nicht mehr und spürte, wie sich mein Körper und mein Geist wieder erholten. Auch Noah wirkte wieder fröhlich und ausgeglichen, doch während ich noch eine weitere Woche krankgeschrieben war, musste er am nächsten Tag wieder zur Arbeit. Ich wollte gar nicht daran denken, ihn nicht mehr den ganzen Tag um mich zu haben, also genoss ich jede Sekunde mit ihm, als wäre es die letzte.

Wir kamen gerade vom Joggen zurück und waren tief in unser Gespräch über den amtierenden Boxweltmeister vertieft. Noah regte sich darüber auf, dass ich mich darüber äusserte, obwohl ich keine Ahnung davon hatte. „Isabella, Dyson Tiger ist ein Nichts gegen Bryan Woods, und egal in welcher Zeitschrift du das Gegenteil gelesen hast, es entspricht nicht der Wahrheit! Hast du überhaupt schon mal einen Kampf gesehen?"

„Nein, aber er hat schöne Augen!", grinste ich. Noah seufzte und verdrehte seine Augen. „Die hast du auch, aber sie machen dich noch lange nicht zum besten Boxer der Welt." Ich drehte mich gerade nach hinten, um ihn erneut zu necken, machte einen unbedachten Schritt vorwärts und stolperte geradewegs über meine Sporttasche, die im Flur für das nächste Training bereit stand. Noah packte mich an der Hüfte und konnte mich in letzter Sekunde daran hindern, hinzufallen. Wir verharrten einen Augenblick in dieser Position und blickten uns tief in die Augen. Seine dunkelgrünen Augen schimmerten wie Smaragde und ich spürte sein Verlangen bis in die Tiefen meiner Eingeweide. Langsam wanderten seine Hände meiner Taille entlang nach oben und befreiten mich von meinem enganliegenden Top. Er begann sofort damit, an meinen Nippeln zu lecken und sanft daran zu ziehen. Erregt stöhnte ich auf. Wir hatten schon so lange nicht mehr miteinander geschlafen und nun spürte ich, wie sehr es mir gefehlt hatte. Die Leidenschaft packte uns und wir fielen übereinander her wie zwei ausgehungerte Tiere. Hastig rissen wir uns die restlichen Kleider vom Leib, bevor er mich mühelos umdrehte, mich sanft gegen die Wand drückte und mich von hinten nahm. Zuerst stiess er vorsichtig zu, doch als ihm mein lustvolles Stöhnen verriet, dass alles in Ordnung war, steigerte er sein Tempo umgehend. Heftig presste er seinen harten Penis immer wieder in mich hinein, bis wir schliesslich gemeinsam explodierten. „Ich habe dich so vermisst, Principessa", raunte er mir atemlos ins Ohr, während er sich an der Wand abstützen musste. „Ging mir auch so", erwiderte ich, drehte meinen Kopf und küsste ihn zärtlich auf seine warmen Lippen.

17

Missy und Marco traten ihre Reise nach Europa an und ich wollte es mir nicht nehmen lassen, mich persönlich von ihnen zu verabschieden, also fuhren Noah und ich vor seinem Dienstbeginn zu ihnen. Während die beiden besten Freunde in der Küche einen Kaffee tranken, begab ich mich zu Missy ins Schlafzimmer. Sie packte die letzten Sachen in ihren Koffer und fluchte leise vor sich hin. Besorgt legte ich meine Hand auf ihre Schulter. „Hey, was ist denn los?" Sie seufzte tief und liess sich geknickt auf ihr Bett sinken. „Ach, Isabella, ich bin einfach so nervös. Schon in wenigen Stunden werde ich Marcos Familie kennenlernen und dabei kann ich mich noch nicht mal mit ihnen verständigen." Ich setzte mich neben sie und nahm sie liebevoll in meine Arme. Ich versuchte, sie zu beruhigen, und sprach ihr Mut zu. „Missy, Marco wird stets an deiner Seite sein und dir alles übersetzen und denke daran, Italiener sind Meister darin, sich mit Händen und Füssen zu verständigen. Und im äussersten Notfall rufst du mich an, dann übersetze ich für dich." Sie starrte mich verblüfft an. „Du sprichst Italienisch?" Ich nickte verlegen.

„Ja, das tue ich. Ich habe als Kind ein Jahr lang in Italien gelebt, weil mein Vater dort geschäftlich zu tun hatte. Meine Schwester war noch zu klein, um davon zu profitieren, doch ich habe damals bereits den Kindergarten besucht und habe die Sprache dadurch recht schnell gelernt." Sie setzte sich überrascht auf ihren monströsen Koffer und versuchte das Ding mit aller Gewalt zu schliessen. Ich wollte ihr helfen und setzte mich ebenfalls darauf. „Aber Noah und du …, ich habe noch nie gehört, wie ihr miteinander Italienisch gesprochen habt." Ich lächelte zerknirscht: „Das liegt daran, dass er nicht weiss, dass ich seine Muttersprache ebenfalls beherrsche." – „Was? Du hast es ihm nicht erzählt? Aber warum?", fragte sie mit gerunzelter Stirn. „Weil ich hoffe, dass ich bald seine Familie kennenlernen darf und dann möchte ich ihn damit überraschen. Und ausserdem kann das für uns zwei Hübschen durchaus von Vorteil sein, wenn unsere beiden Männer nicht wissen, dass ich sie verstehe … Wenn du verstehst, was ich meine …" Missy lachte laut. „Oh ja, Isabella, da hast du recht! Sag es ihm ja nicht", lachte sie. „Was soll sie mir nicht sagen?", fragte Noah mit hochgezogenen Brauen, der nun urplötzlich mit verschränkten Armen im Türrahmen stand und uns interessiert beobachtete. Missy und ich tauschten verschwörerisch Blicke aus und grinsten dabei verschmitzt. „Na, dass ich dich liebe", seufzte ich verliebt und versuchte damit, die Situation zu retten. Noah lachte. „Oh ja, das ist in der Tat ein riesengrosses Geheimnis, in das ihr mich da eben eingeweiht habt. Aber ich verspreche euch, ich halte dicht", scherzte er ironisch und rollte dabei mit den Augen. Er kam näher und deutete uns, ihn an den Koffer zu lassen. Mit einer lässigen Bewegung drückte er den Deckel einmal kurz zu und schloss den Koffer mit nur einer Hand, bevor er ihn dann mit einer Leichtigkeit auf den Boden stellte, als würde er nur ein paar lächerliche Kilogramm wiegen. Missy hielt ihre Hand auf ihr Herz und seufzte theatralisch. „Oh, Isabella, er ist so stark." – „Ja und er besitzt noch viel mehr Stärken", raunte ich verführerisch. Noah lachte und schüttelte seinen Kopf: „Oh mein Gott, ich bereue es jetzt schon, dass ich euch miteinander bekannt gemacht habe. Da wird noch einiges auf Marco und mich zukommen", seufzte er. „Ja, da könntest du allerdings recht behalten; dann werden wir ja sehen, wer die dickeren Eier hat", scherzte Missy weiter. „Oh, seine Eier sind wirklich wunderbar ... dick ... ", fügte ich grinsend hinzu. Während Missy ihre Hand vor ihren Mund halten musste, um nicht lauthals zu lachen, starrte Noah mich ungläubig an. „Äh … MARCO!", schrie er schliesslich lachend. „Ja?", erwiderte dieser aus der Küche. „Ich gebe dir eintausend Dollar, wenn du sie BEIDE mitnimmst und die Therapie, die du danach benötigen wirst, bezahl ich dir auch." – „Hey, sagte ich gespielt empört und warf ein Kissen nach ihm. Noah lachte laut und verpasste mir einen leichten Klaps auf mein Hinterteil. „Süsse, wir müssen los. Ich muss zur Arbeit."

Schliesslich verabschiedeten wir uns von unseren Freunden und schlenderten anschliessend gemütlich zum Krankenhaus. Ich hatte meine Sportsachen bereits im Auto und wollte danach direkt ins Studio fahren, um zu trainieren, doch Noah und ich konnten uns kaum voneinander trennen und schmusten noch eine ganze Weile vor dem Krankenhaus, bis wir schliesslich verlegen bemerkten, dass uns Noahs Mitarbeiter bereits grinsend beobachteten. „Bis bald, Süsse. Ich werde den ganzen Tag an dich denken müssen", raunte er verliebt. Ich schmolz vor mich hin und entfernte mich nur sehr widerwillig von ihm. Auf halbem Weg drehte ich mich noch einmal um und rannte hastig in die Notaufnahme zurück. Ich schlich mich in den Umkleideraum des Personals und warf mich schliesslich überschwänglich in Noahs Arme. Er war sehr überrascht über diesen unerwarteten Übergriff und schaffte es kaum, uns beide aufrecht zu halten. „Hey, was machst du denn hier?", grinste er. „Ich wollte mir diesen Anblick nicht entgehen lassen", gestand ich ihm verlegen, während ich meinen Blick überwältigt über seinen Körper schweifen liess, „du siehst einfach unglaublich scharf aus in dieser Uniform." Noah legte seinen Kopf in seinen Nacken und lachte laut. „Ähm, ja, die meisten Menschen bekommen Panik, wenn sie uns antreffen, weil wir meistens mit etwas Schlimmem in Verbindung gebracht werden und dich macht es scharf? Oh Himmel, ich muss dich dringend hier raus schaffen, bevor du meine Mitarbeiter zu Gesicht bekommst, ich weiss nicht, ob du so viel Sexappeal widerstehen könntest und ich möchte kein Risiko eingehen." Nun war ich es, die laut losprustete. „Keine Sorge, es ist nicht nur die Uniform allein, die mich anmacht, sondern auch der Inhalt." Noah betrachtete mich verliebt und küsste mich zärtlich. „Süsse, ich muss los, ich bin sowieso schon spät dran. Geniess den Tag für mich mit, ja?" Ich nickte resigniert und steuerte tief seufzend auf die Tür zu. „Und übernimm dich nicht beim Training", rief er mir besorgt hinterher, bevor ich den Ankleideraum schliesslich mit rollenden Augen verliess.

Bis auf Ryan und ein älterer Mann, der sich kaum mehr bewegen konnte, befand sich niemand im Studio. Ich lockerte meine Muskeln zuerst auf dem Laufband auf und machte mich dann auf den Weg in den Raum mit den vielen Boxsäcken. Ich kickte gerade einen davon, als plötzlich Ryan hinter mir stand und mich eindringlich beobachtete. Sein Blick wirkte kühl und bedrohlich auf mich und liess mir augenblicklich das Blut in den Adern gefrieren. „Na, alles klar?", fragte er schliesslich, „du trainierst heute alleine?" Alarmglocken ... meine Alarmglocken leuchteten in schrillen Farben vor meinem inneren Auge auf. Ich wich seinem stählernen Blick aus und kickte weiter auf den Boxsack ein. „Noah wird gleich dazu stossen", log ich, doch anscheinend war ich nicht sehr überzeugend, denn er lachte hämisch und schüttelte dabei ungläubig seinen Kopf. Plötzlich stand er dicht hinter mir und packte meine Hüften. „Du musst gerade stehen, Isabella! Achte auf deine Körperhaltung." Seine raue Stimme, dicht an meinem Ohr, liess mich augenblicklich erstarren. Wenige Sekunden später spürte ich seine Hand auf meinem Po und seinen erregten Atem in meinem Nacken. Ich befreite mich sofort aus seinen Fängen und trat ein paar Schritte zurück. „Ryan, ich brauche deine Hilfe nicht. Ich denke, ich werde jetzt gehen." Er hob schlichtend seine Hände und grinste dabei frech. „Wie du meinst, Isabella, ich wollte dir nur helfen ..." Verängstigt senkte ich meinen Blick und stürmte an ihm vorbei in die Umkleidekabine. Dort angekommen, musste ich mich zuerst einmal setzen. „Was war das denn?" Nein, es war unmöglich, sich so etwas einzubilden, der Kerl hatte sich an mir vergriffen, daran gab es keinen Zweifel. Irritiert und unsicher entledigte ich mich meiner Trainingssachen und begab mich unter die Dusche. Nach dem kurzen Training hatte ich zwar nicht intensiv geschwitzt, aber ich roch immer noch Ryans penetrantes Eau de Cologne, das mich zu umhüllen schien und ich unbedingt loswerden wollte. Ich liess das Wasser laufen, schloss meine Augen und begann damit, Shampoo und Seife grosszügig auf meinem Körper und meinem Haar zu verteilen, als ich plötzlich zwei Hände auf meinen Brüsten spürte. Augenblicklich öffnete ich meine Augen und drehte mich geschockt um ... Ryan! Splitterfasernackt stand er vor mir und grinste selbstgerecht. In seinen Augen erkannte ich jedoch gefährliches Verlangen. Ich wollte schreien, doch er war schneller, hielt mir seine Hand vor meinen Mund und drückte mich grob an die kalte Fliesenwand. Ich war starr vor Angst und begann am ganzen Leib zu zittern, während er seine Erektion gegen meinen Venushügel drückte. „Hast wohl gedacht, du kannst dich einfach so davonschleichen, was? Komm schon, du willst mich doch auch." Adrenalin durchzuckte meinen Körper und ich biss instinktiv in seine Hand. Kaum hatte er sie fluchend weggezogen, schrie ich wie am Spiess und rammte ihm mein Knie in sein bestes Stück. Sofort liess er sich auf den Boden sinken und wimmerte vor Schmerzen. Ich stürmte aus der Dusche, griff panisch nach meiner Sporttasche und meinen Kleidern und verliess das Studio innert wenigen Sekunden. Als ob der Teufel persönlich hinter mir her wäre, rannte ich die Treppe hinunter. Ich war immer noch nackt und klitschnass, so kam es, dass ich auf dem letzten Treppenabsatz ausrutschte und mit der Schulter und dem Kopf gegen die Eingangstür im Erdgeschoss knallte. Schmerz durchzuckte meinen Körper, doch ich ignorierte ihn und streifte mir schnell mein Kleid über, ehe ich die Tür öffnete und über den Parkplatz zu meinem Volvo eilte. Ich setzte mich hinein und schloss sofort die Türen. Mein Atem ging schnell, mein Herz pochte so laut, dass ich es nicht nur fühlen, sondern auch hören konnte. Ich wollte meinen Wagen starten, doch ich zitterte so stark, dass ich den Schlüssel nicht in das Zündschloss hineinstecken konnte und zu allem Übel, glitt er mir schliesslich auch noch aus meiner Hand. Nachdem ich ihn aufgehoben hatte und in den Rückspiegel blickte, bemerkte ich, wie Ryan gerade aus dem Gebäude stürmte und sich suchend umsah. Nun schaffte ich es endlich, den Wagen zu starten. Mein Körper war immer noch voller Adrenalin und so brauste ich mit quietschenden Reifen davon. Im Rückspiegel konnte ich erkennen, wie Ryan vor sich hin fluchte, jedoch blieb er stehen und machte keine Anstalten, mich weiter zu verfolgen.

Als das Gebäude aus meinem Blickfeld verschwunden war und ich mich in Sicherheit wähnte, fuhr ich aufgelöst an den Strassenrand. Nun war es, als ob die ganze Anspannung von mir abfiel. Ich weinte bitterlich und vergrub meine Hände vor dem Gesicht. Als ich sie wieder entfernte, um mir die Tränen wegzuwischen, bemerkte ich das Blut an meinen Händen. Ich geriet in Panik und schrie, doch mir war klar, dass ich die Beherrschung jetzt keinesfalls verlieren durfte. Ich schloss meine Augen und atmete tief durch. Das wiederholte ich solange, bis ich schliesslich spürte, wie sich mein Puls wieder normalisierte und sich der Nebel in meinem Kopf lichtete. „Ich muss dieses Schwein anzeigen!", flüsterte ich zu mir selbst. Ich war bestimmt nicht die erste Frau, die er belästigt hatte und ich wollte ihn unbedingt daran hindern, weitere Frauen zu peinigen. Nicht auszudenken, was passiert wäre, wenn ich es nicht geschafft hätte, ihm zu entkommen. Entschlossen atmete ich nochmals tief durch, startete den Wagen und fuhr direkt zum nächsten Polizeiposten, der sich, zu meinem Glück, unmittelbar in meiner Nähe befand.

Erst als ich im Revier eintraf, fühlte ich mich sicher. Ich zitterte noch immer und schlang meine Arme schützend um meinen Körper. Mein Kopf und meine Schulter schmerzten wie verrückt und ich fühlte mich so schmutzig, als hätte ich mich ein Jahr lang nicht mehr gewaschen. „Miss? Ich bin Detektiv Stabler, kann ich Ihnen helfen?" Ein Mann mittleren Alters, mit schwarzen Haaren und tiefblauen Augen betrachtete mich besorgt. Ich wollte ihm antworten, doch ich brachte kein Wort über meine Lippen. Ich spürte, wie mir das Blut aus dem Kopf wich und sackte direkt in die Arme des Beamten. Sofort hob er mich auf seine Arme und beförderte mich ohne Umwege in den Verhörraum. Dort angekommen und nach einem Glas Wasser, fühlte ich mich allmählich besser. Während er meine Kopfwunde desinfizierte, klingelte mein Handy und ich konnte auf dem Display erkennen, dass es Noah war, der versuchte, mich zu erreichen. Mit zitternden Händen drückte ich ihn weg und wandte mein Gesicht wieder dem Detektiv zu, damit er die Wunde weiter verarzten konnte. „Das sieht nicht gut aus, Miss Miller. Ich werde sie später ins Krankenhaus fahren", sagte er besorgt. Ich schüttelte meinen Kopf so wild, dass ich es noch im selben Moment bereute, denn mein ganzer Kopf pochte und fühlte sich an, als stecke er in einem Schraubstock. „Mein Freund ist Rettungssanitäter, er wird sich das zu Hause ansehen", erklärte ich und überlegte mir im selben Moment krampfhaft, welche Geschichte ich Noah auftischen konnte, ohne dass er hinter die Wahrheit kam. Wenn er wüsste, was geschehen war, würde er Ryan womöglich totschlagen und dann wäre er es, der büssen müsste. Dieses Risiko konnte ich unmöglich eingehen.

Nachdem ich die Fassung einigermassen wieder erlangt hatte, schilderte ich dem Detektiven mein schreckliches Erlebnis. Er hörte mir aufmerksam zu und machte sich mehrere Notizen, während er ständig mitfühlend nickte. Ich unterschrieb einige Papiere und musste meine Personalien für Rückfragen hinterlassen. Detektiv Stabler versicherte mir, den Fall persönlich zu prüfen, und versprach mir, mich stets auf dem Laufenden zu halten.

Es kostete mich grosse Überwindung, das Präsidium alleine und schutzlos zu verlassen und anschliessend nach Hause zu fahren. Ich hatte Angst. Angst vor Ryan, davor, dass er mich in meiner Wohnung aufsuchen könnte, doch am meisten ängstigte mich die Tatsache, dass ich mich alleine durch diese Hölle kämpfen musste.

Erleichtert schloss ich die Tür meiner Wohnung und liess mich dahinter erschöpft auf den Boden sinken. „Principessa, endlich bist du da", rief Noah fröhlich aus der Küche, „ich habe versucht, dich zu erreichen, warum …" Als er aus der Küche trat und mich, am Boden kauernd, entdeckte, verstummte er augenblicklich und stürmte erschrocken auf mich zu. Er nahm meinen Kopf zwischen seine Hände und inspizierte mich eindringlich und voller Sorge. „Isabella! Um Himmels Willen, was ist passiert?" Er strich mit seinen Händen zärtlich über die Wunde oberhalb meines rechten Auges und drängte mich, ihm zu antworten. „Ach, du kennst mich doch, ich hab mal wieder nicht aufgepasst und bin gestürzt." Ich gab mir alle Mühe, meine wahren Gefühle zu verbergen. Noah verdrehte seine Augen missbilligend und begann sofort mit seiner Moralpredigt. „Scheisse, Isabella! Das muss ich kleben, sonst bekommst du eine Riesennarbe", stellte er wütend fest, während er das Pflaster entfernte. Er zog mich hoch und befahl mir, mich in der Küche hinzusetzen, während er die Hausapotheke aus dem Badezimmer holte.

Während er die Wunde professionell verarztete, schimpfte und fluchte er immer wieder vor sich hin. „Isabella, so kann das nicht weitergehen, du musst besser auf dich aufpassen!" Ich war damit beschäftigt, mich auf den Kloss in meinem Hals zu konzentrieren und darauf, nicht zusammenzubrechen und ihm alles zu erzählen. Es fiel mir unheimlich schwer, meine Fassade aufrechtzuerhalten, doch es war die einzige Möglichkeit, Noah zu schützen. Und zwar vor sich selbst. Also schloss ich meine Augen und liess seine Belehrungen wortlos über mich ergehen.

In der Dusche konnte ich meinen Tränen endlich freien Lauf lassen. Nachdem ich den Dreck von meinem geschundenen Körper und meiner Seele gewaschen hatte, mich solange geschrubbt hatte, bis meine Haut brannte und hellrot aufleuchtete, liess ich mich erschöpft auf den Boden sinken. Ich zog meine Beine an, schlang meine Arme schützend um meinen Körper und vergrub mein Gesicht in meinen Armen, während das siedend heisse Wasser weiter auf mich herunter prasselte. Ich hatte keine Ahnung, wie lange ich am Boden kauerte, doch es muss eine Ewigkeit gewesen sein, denn plötzlich öffnete Noah die Tür. „Principessa, alles klar bei dir? Du duschst nun schon über eine halbe Stunde … Das wasserfeste Pflaster auf deiner Wunde hält nicht ewig, Süsse …" Erschrocken hievte ich mich hoch und drehte den Wasserhahn zu. Noah stand schon mit einem Handtuch bereit, legte es aber erschrocken zur Seite, als er den grossen Bluterguss auf meiner Schulter entdeckte. Er betrachtete mich eindringlich und misstrauisch.

„Isabella, bist du wirklich nur gestürzt? Das sieht echt übel aus. Süsse, wenn da noch mehr passiert ist, musst du es mir sagen, dann müssen wir ins Krankenhaus fahren und dich dort gründlich untersuchen lassen." Ich hatte mir wirklich grosse Mühe gegeben, meine wahren Gefühle zu verbergen, doch jetzt platzte mir der Kragen und ich war nicht mehr in der Lage, mich im Zaum zu halten. Die ganze Anspannung und die grosse Angst in mir nahmen Besitz von meinem Körper und entluden sich wie ein Sturmgewehr. Ich ging auf ihn los und schlug auf ihn ein. „Verdammt nochmal, Noah! Sei einfach EINMAL mein Freund und nicht der bescheuerte Rettungssanitäter. Deine Belehrungen und dein absurdes Bedürfnis, mich wegen jedem Scheiss in dieses verdammte Krankenhaus zu bringen, gehen mir sowas von auf die Nerven! LASS MICH IN RUHE!" Er starrte mich schockiert an und hinderte mich nicht daran, wie eine Wilde mit meinen Fäusten auf seine Brust einzuschlagen. Er war wie erstarrt und es dauerte lange, bis er schliesslich meine Arme packte und mir mit zusammengepressten Lippen in die Augen blickte. „Hör auf, mich zu schlagen! Was ist nur in dich gefahren?" Hilflos versuchte ich das Badezimmer zu verlassen, doch Noah hielt mich so fest, dass ich befürchtete, weitere Blutergüsse davonzutragen. „Keine Ahnung, vielleicht bekomm ich ja schon wieder meine Tage, was weiss ich. Sag du es mir, Arschloch, du weisst doch sonst immer alles besser! Und jetzt LASS MICH LOS!" Ich schrie so laut, bis er mich schliesslich verstört freigab und mir hilflos zuschaute, wie ich in unser Schlafzimmer stürmte. Zitternd zog ich ein Nachthemd über meine feuchte Haut und warf mich heulend auf mein Bett. Ich hörte das Zurückschnellen des Kleiderbügels, an dem Noahs Mantel hing und kurz darauf das Klimpern seiner Schlüssel. Panisch stieg ich wieder aus dem Bett und rannte auf ihn zu. Ich warf mich in seine Arme und konnte ihn gerade noch davon abhalten, die Wohnung zu verlassen. „Bitte, geh nicht! Lass mich nicht allein, bitte", flehte ich ängstlich. „Isabella, ich wollte nur schnell was aus meinem Wagen holen. Du zitterst ja, was ist denn nur los mit dir?" Er zog mich in seine Arme und strich besorgt über meine blassen Wangen. „Ich bin so müde und ich habe Schmerzen, Noah. Ich habe nicht auf dich gehört und mich im Training heute überanstrengt. Mein Kopf tut mir weh und ich bin wütend auf mich selbst, bitte verzeih, dass ich meinen Frust an dir ausgelassen habe." Ich beruhigte mich, denn offenbar glaubte er mir meine Lüge und gab sich mit dieser spärlichen Erklärung zufrieden. „Süsse, warum sagst du das denn nicht gleich? Komm, leg dich wieder ins Bett, ich werde dir was zusammenbrauen, damit du schlafen kannst." Ich nickte und zwang mich zu einem Lächeln. „Kannst du mir verzeihen, dass ich auf dich eingeschlagen und dich beschimpft habe?", fragte ich schliesslich reumütig. Noah lächelte verschmitzt, „Süsse, nichts für ungut, aber du bist ein Mädchen. Deine Schläge stecke ich weg, keine Sorge. Und was du gesagt hast, ist ja auch nicht gänzlich falsch. Ich weiss, dass ich manchmal etwas überfürsorglich bin, aber du müsstest mittlerweile auch wissen weshalb. Du bist alles für mich und ich will, dass es dir gut geht." Nun musste ich wieder weinen, aber diesmal nicht aus Angst und Verzweiflung, sondern weil ich mein Glück, diesen wunderbaren Mann an meiner Seite zu wissen, abermals nicht fassen konnte. Und wieder rief ich mir in Erinnerung, wie wichtig es war, dass er nicht dahinterkam, weshalb ich mich wirklich so verhalten hatte.

18

Ryan drückte mich an die Wand und durchbohrte mich mit seinen stählernen Augen. Ich war starr vor Angst und konnte mich nicht bewegen. Ich versuchte zu schreien, doch ich brachte kein Wort über meine Lippen. Mein Atem stockte und ein stechender Schmerz durchfuhr mich, als er seinen dicken Penis in mich hineinpresste. Nun schrie ich vor Schmerzen auf und schlug heftig um mich, doch es gelang mir nicht, mich aus seinen Fängen zu befreien. Er hielt meine Handgelenke fest und grinste dabei arrogant. „Isabella! Wach auf! Ich bin bei dir. Wach auf, Süsse!" Ich öffnete meine Augen und erkannte Noahs besorgtes Gesicht. Er lag auf mir und hielt meine Arme fest. Ich war schweissgebadet und meine Haare klebten an meiner nassen Haut. Tränen rannen wie Bäche über meine Wangen und verschleierten meinen Blick. Allmählich wurde ich klar im Kopf und stellte erleichtert fest, dass ich geträumt hatte. „Gott, Principessa, was war denn das?" Noahs Stimme stockte vor Sorge. „Alles gut, Noah. Es war nur ein dummer Traum, lass mich bitte los." Augenblicklich gab er mich frei und rollte sich auf seine Seite des

Bettes zurück. „Isabella …, was – in Gottes Namen – hast du denn geträumt? Du bist ja völlig aufgelöst!" – „Ich kann mich nicht mehr erinnern", log ich, „bitte halt mich einfach fest." Noah starrte mich verunsichert an, erfüllte mir aber meinen Wunsch und zog mich in seine Arme. „Mein Gott, Süsse, du zitterst ja am ganzen Leib!" Er küsste mich sanft auf die Stirn und hüllte mich in die Decke ein. Zärtlich streichelte er meinen Rücken und wiegte mich sanft in den Schlaf zurück.

Noch bevor ich meine Augen am nächsten Morgen wieder öffnete, spürte ich den Schmerz in meiner Schulter und in meinem Kopf. Noah war bereits bei der Arbeit, seine Seite des Bettes war leer und die Decke war ordentlich nach hinten geschlagen. Augenblicklich stieg Angst in mir hoch. Auf dem Anmeldeformular für den Kurs hatte ich meine Adresse hinterlassen. Was, wenn Ryan mich ausfindig machte und hier aufkreuzte. Hastig stieg ich aus dem Bett und eilte zur Tür, um mich zu vergewissern, dass Noah sie auch wirklich abgeschlossen hatte. Mein Kopf brummte und so begab ich mich schliesslich schwankend in die Küche, um eine Schmerztablette einzunehmen. Ein Lächeln huschte über mein Gesicht, als ich die Packung und ein Glas Wasser auf dem Küchentisch entdeckte. Daneben lag ein Zettel von Noah.

Principessa,

Die wirst du heute brauchen.

Wovor hast du bloss solche Angst?

Bin bald wieder zurück.

Ich liebe dich!

Noah.

Er ahnte also bereits, dass irgendetwas nicht stimmte, aber ich durfte ihm keine Gelegenheit bieten, um herauszufinden, was wirklich passiert war. Noah war sehr scharfsinnig und liess sich nichts vormachen, dies bedeutete, dass ich mich noch mehr anstrengen musste, um meine Fassade aufrechtzuerhalten.

Mein Handy klingelte und riss mich aus meinen Gedanken. Die Nummer darauf war mir nicht bekannt und ich spürte, wie sich mein Herzschlag beschleunigte, während ich den Anruf schliesslich mit zitternden Händen entgegennahm. „Miss Miller! Detektiv Stabler am Apparat." Erleichtert atmete ich auf.

„Detektiv, gibt es etwas Neues?" – „Allerdings, Miss Miller, ich habe gute Neuigkeiten für Sie. Ich habe den Fall gestern nochmals gründlich überarbeitet. Dabei habe ich herausgefunden, dass Ryan Tyler bereits schon zweimal wegen sexueller Belästigung angezeigt wurde. Einmal sogar wegen Vergewaltigung!" Mein Herz rutschte augenblicklich in die Hosen und in meinem Kopf drehte sich alles. Ich musste mich setzen, ehe ich ihm weiter zuhören konnte. „Leider wurde der Fall dann aber eingestellt, weil sich die Opfer geweigert hatten, vor Gericht auszusagen. Mit ihrer Aussage, Miss Miller, könnten wir ihn jedoch ein für alle Mal hinter Gitter bringen. Wären Sie denn bereit, vor Gericht auszusagen?" Ich zitterte, Angst stieg in mir hoch und schnürte mir augenblicklich die Kehle zu, doch nach einer kurzen Pause, stimmte ich schliesslich entschlossen zu. Ich hatte schon einmal einen Verbrecher davonkommen lassen, doch nun ging es nicht mehr alleine um mich, sondern auch um die Sicherheit und das Wohl von anderen Menschen. „Sehr gut! Dann werden wir alles in die Wege leiten, um Ryan Tyler zu verhaften. Ich werde Ihnen einen Rechtsbeistand besorgen und Sie über alle weiteren Schritte informieren." Schliesslich nickte ich lautlos und beendete den Anruf. Erschöpft liess ich das Handy auf den Tisch fallen und vergrub mein Gesicht in meinen Händen. „Da musst du durch, Isabella! Du schaffst das!", ermutigte ich mich selbst.

Es war für mich eine echte Qual, den Tag durchzustehen. Dauernd ertappte ich mich dabei, wie ich ängstlich aus dem Fenster blickte, oder an die Tür ging, um mich wieder und wieder davon zu überzeugen, dass sie auch wirklich abgeschlossen war. Detektiv Stabler rief mich nachmittags nochmals an. Mein Anwalt wollte sich morgen im Präsidium mit mir treffen, um alle weiteren Schritte zu besprechen und zu planen.

Als Noah am späten Nachmittag endlich nach Hause zurückkehrte, atmete ich erleichtert auf. Endlich fühlte ich mich wieder sicher und schaffte es allmählich, mich zu entspannen. Ich war gerade dabei, den Salat zu waschen, während er mir aufgeregt von seinem Tag berichtete. „Weisst du, was komisch war? Wir sind heute zufällig am Studio vorbeigefahren und haben beobachtet, wie Ryan in Handschellen abgeführt wurde. Würde gerne wissen, was der Typ verbrochen hat. Wahrscheinlich

Steuerhinterziehung oder sowas", lachte er leise vor sich hin. Der Salat und das Messer, mit dem ich ihn säuberte, glitten mir aus der Hand und ich versteifte mich augenblicklich. Noah bemerkte meine Reaktion sofort. „Isabella? Alles in Ordnung?", fragte er besorgt. Ich antwortete ihm nicht. Tränen schossen mir in die Augen und ich begann, am ganzen Leib zu zittern. Ich versuchte, meinen Körper zu kontrollieren und mich zu beruhigen, doch es gelang mir nicht. Ich klammerte mich an das Spülbecken und drückte so fest zu, dass meine Knöchel weiss hervortraten. Noah erhob sich von seinem Stuhl und stellte sich dicht hinter mich. Er berührte meine Schultern. „Was ist los? Weisst du etwas darüber?" Seine Stimme klang nun messerscharf. Als ich ihm nicht antwortete, packte er mich grob an den Hüften und drehte mich mit einer einzigen Bewegung, sodass ich schliesslich gezwungen war, ihn anzusehen. „Nein, ich ... Ich habe Kopfschmerzen, das ist alles", stotterte ich. „Die Wahrheit, Isabella! Ich will die Wahrheit hören! Gestern habe ich dir diesen Scheiss abgenommen, nach dem Albtraum war ich skeptisch, doch nun WEISS ich, dass du mir etwas verschweigst! Also raus damit!" Noah hatte mich in die Enge gedrängt und ich sah keinen Ausweg mehr, aus der Situation zu flüchten. Resigniert senkte ich meinen Blick und brach schliesslich mein Schweigen. „Ich habe ihn angezeigt", flüsterte ich. Noah trat erschrocken zurück. „Was? Aber warum?" Ich atmete tief durch. „Er hat versucht, mich zu vergewaltigen."

Nachdem er mich ungläubig angestarrt hatte, versteinerte sich seine Miene und Zorn spiegelte sich in seinen Augen wider. „Ich bring ihn um! Ich bring ihn um!", schrie er und rannte aufgebracht zur Tür. „Noah, nein!" Ich eilte auf ihn zu und sprang ihm auf den Rücken, um ihn davon abzuhalten, die Wohnung zu verlassen. „Ich war bei der Polizei, die kümmern sich darum! Er ist jetzt in Untersuchungshaft! Ich werde dir alles erzählen, aber du musst bei mir bleiben, bitte!", flehte ich ängstlich. Er hielt inne und versuchte seine rasende Wut unter Kontrolle zu bringen. Ich liess von ihm ab und drehte ihn zu mir um, umarmte seinen angespannten Körper und vergrub meinen Kopf in seiner Brust. „Bitte, geh nicht!" Es dauerte eine Weile, bis er meine Umarmung endlich erwiderte. Er hielt mich fest und ich spürte seine Tränen auf meiner Kopfhaut.

19

Noah wollte jedes kleinste Detail wissen. Es fiel mir unglaublich schwer, ihm alles zu erzählen und gleichzeitig alles nochmals zu durchleben, aber ich war auch unheimlich erleichtert darüber, dass er nun über alles Bescheid wusste und mich unterstützen wollte. „Du wirst vor Gericht aussagen, Isabella! Morgen habe ich frei, ich werde dich aufs Revier begleiten! Wir machen das Schwein platt!", sagte er immer wieder.

In dieser Nacht taten wir beide kein Auge zu. Immer wieder stieg Noah aus dem Bett und blickte gedankenverloren aus dem Fenster. „Noah, Schatz. Komm wieder ins Bett zurück", sagte ich leise, als ich meine Arme um seinen Körper legte und mich an seinen Rücken schmiegte. Er drehte sich zu mir und blickte mir hilflos in meine Augen. „Baby, es tut mir so leid, es ist alles meine Schuld. Ich hätte dich nicht ins Studio mitnehmen dürfen! Und ich hätte auf dein Bauchgefühl hören müssen", stammelte er. „Noah, hör auf!" Ich nahm seinen Kopf zwischen meine Hände und musterte ihn eindringlich und ernst. „Als es passierte, war ich allein im Studio, ohne dich! Ich bin freiwillig dahin gegangen, niemand hat mich gezwungen. Schlussendlich habe also auch ich selbst nicht auf mein Bauchgefühl gehört. Ich danke Gott dafür, dass er sein Ziel nicht erreicht hat, aber weisst du was? Trotz allem bin ich froh, dass er sich an MIR vergangen hat, denn jetzt hat es endlich mal eine Frau getroffen, die den Mut hat, gegen ihn auszusagen! Jonah habe ich damals davonkommen lassen, das war ein Fehler. Ein Fehler, den ich nicht widerholen werde." Noah seufzte und hielt mich fest in seinen Armen. „Egal was ich tue, egal wie sehr ich mich bemühe, ich schaffe es einfach nicht, dich zu beschützen. Das macht mich fertig!" – „Noah, du tust mehr für mich, als dir bewusst ist. Nur dank dir besitze ich mittlerweile die Stärke, um so einen Prozess überhaupt anzugehen. Und mit dir an meiner Seite werde ich ihn auch überstehen, da bin ich mir sicher!" Er lächelte und strich liebevoll über meine Wange. „Isabella, du bist wirklich eine unglaublich starke Persönlichkeit, das war mir nie klar. Doch das ist nicht mein Einfluss, sondern das bist DU, Principessa! Du hattest diese Stärke die ganze Zeit in dir!" – „Und du hast sie wieder zum Leben erweckt! Und jetzt komm wieder ins Bett. Wir müssen schlafen, sonst wird eine Tasse Kaffee morgen nicht reichen", scherzte ich.

Der intensive Duft der brasilianischen Kaffeebohnen stieg mir direkt in die Nase und zauberte mir ein Lächeln in mein Gesicht, noch bevor ich meine Augen öffnete. Ich fühlte, wie die Matratze neben mir nachgab und roch gleich darauf Noahs Rasierwasser, das sich mit dem herben Kaffeeduft vermischte und in mir ein Feuerwerk der Gefühle auslöste. „James, lass mich bitte noch ein wenig schlafen", scherzte ich. „Ha, ha! Wie witzig, Principessa. Los, steh auf, sonst kommen wir zu spät", sagte er ernst. Nun öffnete ich ruckartig meine Augen und betrachtete ihn missmutig. Er war bereits schon geduscht, rasiert und angezogen. Er erhob sich und ging nun nervös im Zimmer auf und ab, wie ein hungriger Löwe in seinem Käfig, der es nicht erwarten konnte, seine Beute zu reissen. „Schatz? Alles klar?" Ich nippte an meiner Tasse und sah ihm stirnrunzelnd zu. „Beeil dich, Süsse. Wir müssen aufs Revier und dieses Arschloch hinter Gitter bringen!", entgegnete er so entschlossen, als könnte ihn nichts auf der Welt davon abhalten, Ryan in den Knast zu bringen.

Auf dem Polizeirevier ging es bereits schon zu wie im Bienenhaus. Detektiv Stabler, mein Rechtsanwalt, John Smith, und ein anerkannter Psychiater, Dr. Elliot Burns, erwarteten uns bereits ungeduldig. Sie schienen unheimlich erleichtert darüber zu sein, als Noah und ich das Präsidium schliesslich betraten. Mr. Smith erklärte uns den Ablauf der Gerichtsverhandlung und die Rechtslage, während Dr. Burns mich auf die psychischen Belastungen aufmerksam machte und testete, ob ich diesen Belastungen auch wirklich gewachsen war. „Machen Sie das Schwein fertig! Ich will ihn im Knast sehen!", sagte Noah immer wieder. „Nun, Mr. Montinari, glauben Sie uns, das liegt auch in unserem Interesse! Jedoch wird es einige Zeit dauern, bis wir einen Gerichtstermin erhalten werden." Er wollte gerade weiterfahren, als es leise an der Tür klopfte und eine kleine, dunkelhaarige Frau das Zimmer betrat. Sie war etwas korpulent und sah nicht sehr gepflegt aus. Ihre Augen waren tief eingefallen und verrieten mir, dass sie schon einiges durchgemacht hatte. „Ah, Miss Travis! Schön, dass Sie es sich einrichten konnten." Detektiv Stabler, schüttelte ihr erfreut die Hand, bevor er sich an mich wandte. „Miss Miller, das ist Rose, das Vergewaltigungsopfer von Ryan

Tyler. Sie ist ebenfalls bereit auszusagen, wenn Sie es sind. Rose, das ist Isabella Miller, sein jüngstes Opfer."

Mein Gott, die Frau tat mir unendlich leid. Im Gegensatz zu mir war es ihr nicht gelungen, Ryan zu entkommen. Tränen schossen mir in die Augen, während ich mich erhob und ihr die Hand reichte. Sie schüttelte sie nur schwach und blickte mir dabei nur kurz in die Augen. „Wir schaffen das, Rose! Vertrauen Sie mir! Das Schwein wird dafür bezahlen!" Ich versuchte ihr Mut zu machen, doch ihr Blick haftete weiter am Boden. Plötzlich zückte Noah sein Handy aus der Hosentasche und verliess das Zimmer. „Bin gleich wieder da, mir ist da noch was eingefallen", entschuldigte er sich. Ich nickte ihm kurz zu und konzentrierte mich dann wieder auf Rose und die beiden Männer. Dr. Smith erklärte uns gerade seine Vorgehensweise, als Noah das Zimmer wenige Minuten später wieder betrat. Er strahlte bis über beide Backen und hielt sein Handy siegessicher in die Höhe. „Ich habe gerade mit Richter Bond gesprochen, er wird den Fall vorziehen. Ryan könnte bereits schon in ein paar Tagen verurteilt werden!" Wir starrten ihn alle mit offenem Mund an. Wie hatte er das geschafft? Detektiv Stabler sprach meinen

Gedanken schliesslich laut aus. „Mr. Montinari, wie ist Ihnen das gelungen?", fragte er verblüfft. „Ich habe Richter Bond das Leben gerettet, als er vor gut einem halben Jahr einen Herzinfarkt erlitten hatte. Damals hat er gesagt, dass er mir etwas schulde und ich mich jederzeit an ihn wenden könne, wenn ich jemals etwas brauchen würde. Diesen Gefallen habe ich nun eingefordert",erklärte er stolz. „Du bist einfach unglaublich, Noah!", sagte ich und sprang ihm begeistert um den Hals. Bei dem Gedanken Ryan gegenüberzutreten, wurde mir zwar augenblicklich schlecht, aber ich war auch froh darüber, dass sich die Sache nicht endlos in die Länge zog. Mit Noah und Rose an meiner Seite fühlte ich mich stark und war zuversichtlich, den Fall zu gewinnen.

Während Rose so lautlos verschwand, wie sie gekommen war, beschlossen Noah und ich noch ein wenig spazieren zu gehen. Hand in Hand liefen wir schweigend die Promenade entlang, bis ich schliesslich stehen blieb und ihn überschwänglich umarmte. „Danke, Noah!" Noah lächelte und küsste mich zärtlich auf meine Lippen. „Nun bist du also doch froh darüber, dass auch ein Rettungssanitäter in mir steckt." Ich erinnerte mich wieder an meine Worte während unseres Streites zurück und augenblicklich packte mich wieder das schlechte Gewissen. „Das war ich doch immer, Noah, aber nach dem Erlebnis war ich so verzweifelt und ich hatte unglaublich Angst. Du hast einfach nicht damit aufgehört, mich zu belehren und ...“ Er hielt mir seinen Zeigefinger auf meine Lippen und brachte mich damit zum Schweigen. „Süsse, ich verstehe das. Du musst dich keinesfalls rechtfertigen, hörst du? Auf gar keinen Fall! Du bist das Opfer und dein Verhalten war absolut berechtigt! Was ich allerdings nicht verstehe ist, weshalb du es vor mir verheimlichen wolltest.“ Ich blickte verlegen zu Boden. „Ich wollte dich schützen, Noah ..., und zwar vor dir selbst. Ich wusste genau, dass du wütend werden würdest und ich hatte einfach Angst, dass du ihn ...“ – „Dass ich ihn umbringen würde?“, fiel er mir ins Wort. „Nun ja, dieser Gedanke war allerdings völlig berechtigt, ich wüsste wirklich nicht, was ich getan hätte, wenn du mich nicht aufgehalten hättest“, gestand er mir kleinlaut. Ich versank mal wieder in seinen tiefgründigen Augen, als plötzlich meine Tasche vibrierte. Ich befreite mich aus Noahs Umarmung und kramte ungeduldig nach meinem Handy, bevor ich den Anruf schliesslich fröhlich entgegennahm. „Hallo

Jane, was gibt's?" – „Isabella, ich weiss, du machst gerade eine schwere Zeit durch, der Verlust deines Babys … Laura hat mir alles erzählt. Es tut mir so leid!", sagte sie traurig. „Jane, ich danke dir für deine Worte, ich habe mich gut erholt."

Nach einer kurzen Pause brach Jane plötzlich in Tränen aus und schluchzte in den Hörer. „Isabella. Emily … Emily ist im Krankenhaus!" Ich erstarrte und liess vor Schreck meine Tasche fallen. Noah runzelte die Stirn und betrachtete mich mit fragendem Blick. „Jane, was ist passiert, was ist mit ihr?", schrie ich in den Hörer. Blanke Angst und Panik stiegen in mir hoch und ich konnte mich kaum mehr auf den Füssen halten. „Sie hatte so hohes Fieber, wir konnten es nicht senken. Offenbar ein hartnäckiger Virus, der sich in den Lungen ausbreitet. Isabella, ich würde gerne bei ihr bleiben, aber ich kann die anderen Kinder nicht alleine lassen. Bitte, hilf mir!" Sie klang verzweifelt und hilflos und ich wusste genau, wie sie sich fühlte, denn mir ging es gerade genauso. „Jane, wir sind unterwegs! Mach dir keine Sorgen, wir kümmern uns um sie!", entgegnete ich zitternd und drückte gleich darauf auf den Hörer, um den Anruf zu beenden. „Noah…! Emily! Sie ist im Hopefull Grace …"

Meine Augen füllten sich augenblicklich mit Tränen und ich betrachtete ihn hilflos. „Los, komm!" Noah nahm mich an der Hand und wir rannten gemeinsam zu seinem Wagen. Auf der Fahrt forderte er mich auf, Janes Worte zu wiederholen. „Das ist bestimmt der RS-Virus", flüsterte er zu sich selbst. Schockiert starrte ich ihn an. „Noah, was ist das? Bitte sag mir, dass sie wieder gesund wird!", flehte ich. „Isabella, lass mich zuerst mit dem Arzt sprechen, okay? Ich erkläre dir danach alles", sagte er knapp, während er beruhigend mein Knie tätschelte.

Als wir endlich ans Ziel kamen, ging alles ganz schnell: Wir stiegen aus dem Auto aus und eilten in das Krankenhaus. Jane hatte uns bereits angekündigt und die nötigen Unterlagen, um die Ärzte von der Schweigepflicht zu entbinden, an das Krankenhaus gefaxt. Während Noah versuchte, an Informationen über ihren Zustand zu kommen, hielt ich es nicht mehr aus. Ich rannte durch das Krankenhaus und wollte gerade in Emilys Zimmer stürmen, doch Noah, der mir gefolgt war und nun vor mir stand, versperrte mir energisch den Weg. „Isabella, geh da noch nicht rein, ich muss dich zuerst auf ihren Anblick vorbereiten. Hör zu, sie wird beatmet, sie hat bestimmt eine Infusion erhalten und vermutlich hat man sie auch an die Monitore angeschlossen, aber …" Ich hörte seine Worte, aber ich konnte sie nicht verarbeiten. Ich zwängte mich an ihm vorbei und stürmte ungehalten in das Zimmer. Sofort vernahm ich die rhythmischen Geräusche der Monitore und das unheimliche Blubbern des Sauerstoffgerätes. Schliesslich entdeckte ich die Kleine in einem eisernen Gitterbettchen vor uns. Noah hatte recht, ihr Anblick war zu viel für mich. Zitternd schlug ich mir die Hand vor meinen Mund und rannte auf sie zu. „Mein Gott, Emily!" Sie trug nur eine Windel und da waren überall Schläuche auf und in ihrem kleinen Körper. Sie war ganz bleich, atmete oberflächlich und schnell. Ihre braunen Kulleraugen schienen noch grösser als sonst in ihrem winzigen Gesichtchen. Ihr Anblick versetzte mir einen schmerzenden Stich mitten in mein Herz, der mir augenblicklich die Tränen in die Augen trieb. Als sie mich hörte, drehte sie ihr Köpfchen zur Seite und betrachtete mich ängstlich. „Emily, Süsse! Ich bin da, ich bin jetzt da. Jetzt wird alles wieder gut", schluchzte ich und streichelte ihr sanft über ihre goldenen Löckchen. Ohne an die Folgen zu denken, nahm ich sie vorsichtig aus ihrem Bettchen und wiegte sie sanft in meinen Armen. Sofort schlug der Monitor Alarm, doch Noah drückte ein paar Knöpfe und brachte den schrillen Ton damit augenblicklich zum Schweigen. „Noah", verzweifelt drehte ich mich zu ihm, „was soll ich nur tun, was soll ich nur tun?" Er kam sofort näher und legte tröstend seine Hand auf meine Schulter. „Sie leidet an dem RS-Virus, Süsse. Sie wird wieder gesund, aber wir können nicht mehr tun, als sie zu beatmen und ihr fiebersenkende Mittel zu verabreichen." Ich starrte ihn immer noch verwirrt an, als sich die Zimmertür öffnete und ein junger Mann in weissem Kittel eintrat. Noah erkannte ihn sofort und schüttelte ihm lächelnd die Hand. „Isabella, das ist Dr. Grey, der behandelnde Kinderarzt." Er schüttelte mir ebenfalls mitfühlend die Hand. „Miss Miller, Emilys Zustand ist nicht mehr kritisch. Sie hat sich mit dem RS-Virus infiziert. Leider können wir nichts dagegen tun, ausser sie mit fiebersenkenden Mitteln zu versorgen, ihr die Atmung durch Sauerstoffzugabe zu erleichtern und abzuwarten, doch das hat Ihnen Noah bestimmt schon erklärt." Ich nickte erleichtert und war unendlich dankbar über seine positiven Worte.

Während Emily in meinen Armen schlief, ging Noah aus dem Zimmer und organisierte uns zwei

Betten, in denen wir neben Emily schlafen konnten. Er kümmerte sich unglaublich rührend um sie. Auch nachts stand er immer wieder auf und vergewisserte sich, dass sich ihr Zustand nicht verschlechterte. Wenn sie wach war, gab er ihr zu trinken und versuchte sie mit Grimassen aufzumuntern. „Du bist ein Schatz. Noah, du bist einfach ein Engel!", flüsterte ich, nachdem er abermals vor ihrem Bettchen Wache gehalten hatte. Ich war unheimlich erschöpft und war schon im Halbschlaf, als ich Noahs Antwort zu hören glaubte. „Es ist selbstverständlich, dass ich mich um unsere Tochter kümmere, Süsse."

20

„Isabella! Wach auf, Principessa", flüsterte Noah und küsste mich zärtlich auf meine Lippen. Noch mit geschlossenen Augen streckte ich meine Arme nach ihm aus und zog ihn zu mir hinunter. „Süsse, hör zu, ich geh jetzt nach unten und mach mich einsatzbereit. Solange ich nicht ausrücken muss, kann ich mich hier im Krankenhaus frei bewegen und komme sofort wieder zu euch zurück. Die kleine schläft noch tief und fest." – „Noah, was würde ich nur ohne dich tun? Wie kann ich das je wiedergutmachen?", seufzte ich verliebt. Ich spürte seinen Atem dicht an meinem Ohr. „Werde meine Frau", antwortete er, küsste mich flüchtig und verliess das Zimmer dann, noch bevor seine Worte richtig bei mir angekommen waren.

Nun öffnete ich meine Augen ruckartig. Ich stieg hastig aus dem Bett, schaute kurz nach, ob Emily wirklich noch schlief und rannte danach aufgeregt aus dem Zimmer. Ich blickte mich kurz nach ihm um und entdeckte ihn dann, wie er gerade den Flur entlangging. Ich rannte los. Er hörte meine Schritte und drehte sich um, kurz bevor ich bei ihm ankam. Ich stürzte mich überschwänglich in seine Arme und küsste ihn auf die Lippen. „Ja! Ja! Ja!" Als wir vor ein paar Wochen darüber geredet hatten, fühlte ich mich überrumpelt und war mir nicht sicher, ob er mich nur des Kindes wegen heiraten wollte. Heute wusste ich, dass es ihm wirklich um mich ging, deswegen zweifelte ich keine Sekunde lang an meiner Antwort. Noah hob mich hoch und drehte mich übermütig im Kreis. „Du brauchst keine Bedenkzeit?", fragte er mich misstrauisch. „Keine einzige Sekunde, Noah!" Überglücklich versanken wir in einen innigen Kuss, bis uns eine übelgelaunte Krankenschwester vorschlug, uns ein Hotelzimmer zu nehmen.

Nachdem ich kurz darauf wieder in Emilys Zimmer zurückkehrte, sass sie in ihrem Gitterbettchen und weinte bitterlich. Ich nahm sie vorsichtig in meine Arme und tröstete sie. „Alles gut, Schätzchen. Ich bin ja da, Süsse." Ich strich zärtlich über ihre Wangen, bis ihre Tränen endlich verstummten. Auch Noah kam wenig später in voller Arbeitsmontur zurück. Ich konnte mich gar nicht an ihm sattsehen. In seiner Arbeitskleidung strahlte er eine Autorität aus, die mich demütig werden liess und das war ihm, seit meinem Überfall in dem Umkleideraum, natürlich auch bewusst. Ich bemerkte sofort, dass er sich absichtlich in Pose stellte, während er mir Emily abnahm und ihre Werte checkte. Ich konnte mir ein Grinsen nicht verkneifen und liess mich kopfschüttelnd auf mein Bett zurücksinken. „Es wird wirklich höchste Zeit, dass ein verdammter Ehering deinen Finger ziert und den netten Damen da draussen signalisiert, dass du vergeben bist." Nun war Noah es, der bis über beide Backen grinste. „Dasselbe gilt für dich, Süsse. Ich freue mich jetzt schon auf Dereks Gesichtsausdruck, wenn er von unserer Verlobung erfährt", lachte er. „Noah!" Ich betrachtete ihn immer noch schockiert, während es an der Tür klopfte und Jane ins Zimmer trat. Ein Lächeln huschte über ihr Gesicht, als sie Noah und Emily zusammen sah. „Hallo Schatz. Na, wie geht es meinem Mädchen?", begrüsste sie die Kleine liebevoll, nachdem sie mich kurz umarmt und sich nochmals dafür bedankt hatte, dass wir uns so rührend um Emily kümmerten. Emily lächelte sie kurz an, kuschelte sich dann aber gleich wieder an Noahs Brust. Das konnte ich sehr gut nachvollziehen, denn Noahs Herzschlag hatte auch auf mich stets eine beruhigende Wirkung.

Nachdem wir Jane genauestens über ihren Zustand informiert hatten, erhob sich Noah plötzlich von seinem Stuhl. „Jane, könnte ich Sie kurz unter vier Augen sprechen?", fragte er sie nervös. Jane und ich betrachteten uns überrascht, ehe sie ihm antwortete. „Natürlich, kommen Sie", erwiderte sie höflich und deutete ihm an, ihr nach draussen zu folgen. Noah übergab mir Emily, bevor er schliesslich gemeinsam mit Jane das Zimmer verliess. „Na, was brüten denn die beiden da aus?", fragte ich die Kleine verwirrt.

„Ich werde mich darum kümmern und nochmals meinen herzlichen Glückwunsch!", hörte ich Jane sagen, als sich die Tür kurze Zeit später wieder öffnete und die beiden wieder in das Zimmer traten. Jane streckte die Arme aus, umarmte mich und küsste mich herzlich auf beide Backen. „Isabella, Noah hat mir von eurer Verlobung erzählt, ich freue mich ja so für dich!" Ich war etwas überrascht darüber, dass Noah ihr alles erzählt und sie deswegen extra aus dem Zimmer gelotst hatte. Diese Neuigkeit hätte er ihr ja auch in meiner Anwesenheit erzählen können, zumal es ja schliesslich auch um mich ging. „Danke Jane. Wir freuen uns auch sehr", sagte ich verwirrt.

Im selben Moment, in dem Jane sich verabschiedet und das Zimmer verlassen hatte, ging Noahs Pager los und ich hatte leider keine Möglichkeit mehr, ihn danach zu fragen, was er denn nun so Geheimnisvolles mit Jane zu besprechen hatte. „Bis dann, meine Mädchen, ich liebe euch", rief er uns noch hinterher, bevor er die Tür hinter sich schloss und mich mit offenen Fragen zurückliess.

Emily war in meinen Armen eingeschlafen. Es ging ihr schon viel besser, aber sie war immer noch sehr erschöpft und schlief daher mehr oder weniger die ganze Zeit. Ich legte sie vorsichtig in ihr Bettchen zurück und erhob mich leise von meinem Stuhl. Ich musste mir ein wenig die Beine vertreten, ausserdem hatte ich heute noch keinen Kaffee getrunken und nun forderte mein Körper nach dem Koffein, welches er benötigte, um den Tag zu überstehen. Auf dem Weg zum Kaffeeautomaten klingelte mein Handy. Der schrille Ton hallte unangenehm in dem kahlen Krankenhausflur wider, deswegen nahm ich den Anruf rasch entgegen. „Miss Miller? Hier spricht Detektiv Stabler, wie geht es Ihnen?", fragte er gutgelaunt. „Detektiv! Danke gut und wie geht es Ihnen? Gibt es etwas Neues?", fragte ich ihn leise, weil ich keine Aufmerksamkeit erregen wollte. „Danke, bestens. Miss Miller, wir haben nun den Gerichtstermin erhalten, es ist der kommende Donnerstag, morgens um zehn Uhr. Ich hoffe sehr, dass Sie es sich einrichten können." Nächste Woche würde ich zwar wieder arbeiten müssen, aber ich war mir sicher, dass ich Laura auch noch ein paar weitere Stunden ohne mich zumuten konnte und so bestätigte ich den Termin, ehe ich den Anruf mit gemischten Gefühlen wieder beendete.

Mit einem grossen Becher voller Koffein schlenderte ich wieder zurück in unser Zimmer. Emily schlief immer noch friedlich und ich stellte zufrieden fest, dass sich ihre Atmung wieder normalisiert hatte. Auch Dr. Grey war bei der Visite sehr zufrieden mit ihrer Genesung. „Es sieht sehr gut aus, Miss Miller. Wir werden sie bereits heute Abend von den Geräten befreien. Sofern sie die Nacht dann ohne Zwischenfälle übersteht, kann ich sie morgen guten Gewissens entlassen." Darüber war ich natürlich froh, doch ich vermisste sie jetzt schon und das stimmte mich traurig.

Ich schlürfte gerade nachdenklich meinen Kaffee, als es wieder an der Tür klopfte. Diesmal war es Laura, die den Kopf zur Tür hinein streckte. Ich legte meinen Zeigefinger auf die Lippen und deutete ihr an, sich still zu verhalten, da Emily noch immer schlief. Langsam und ruhig setzte sie sich auf den Stuhl neben mich und betrachtete mich traurig. „Wie geht es dir, Süsse?", fragte sie mich schliesslich vorsichtig und legte ihre Hand tröstend auf meinen Schenkel. „Es tut mir so leid, Isabella! Ich habe mich so gefreut, als du mir von der Schwangerschaft erzählt hast." Sie senkte ihren Blick und eine Träne kullerte über ihre Wange. Ich drückte ihre Hand und antwortete mit einem Lächeln. „Laura, es geht mir gut, wirklich! Wir wussten von Anfang an, dass es Probleme geben könnte und Noah unterstützt mich, wo er nur kann." Sie lächelte zaghaft und nickte, ehe sie sich an Emily wandte. „Wie geht es der Kleinen?" – „Besser. Wenn alles gut geht, kann sie morgen wieder ins Waisenhaus zurückkehren." Laura nickte, doch ihr trauriger Gesichtsausdruck veränderte sich nicht. Da stimmte etwas nicht … Laura war sonst die Fröhlichkeit in Person und nun sass sie vor mir wie ein Häufchen Elend … „Laura, was ist los?", fragte ich sie besorgt. Sie drehte den Kopf zur Seite, als suche sie einen Fluchtweg aus dieser Situation. Nach wenigen Sekunden blickte sie mir endlich in die Augen. „Isabella, der Antrag, den wir an das Schulamt geschickt haben, du weisst schon, für eine Vertretung während deiner Schwangerschaft …" – „Oh Laura, sag mir jetzt bitte nicht, dass du allen von der Fehlgeburt erzählt hast, nur nicht unseren Vorgesetzten … Ich habe mich darauf verlassen, dass du den Antrag zurückziehst", fiel ich ihr aufgebracht ins Wort. „Nein, das habe ich nicht gemacht, Izzy. Ich möchte dich wirklich nicht verletzen, aber früher oder später würdest du es sowieso erfahren …" Sie wollte einfach nicht mit der Sprache herausrücken und das machte mich allmählich wütend. „Laura, was ist denn? Jetzt sag schon, muss ich mir einen neuen Job suchen?" – „Ich bin schwanger, Isabella. Andy und ich bekommen ein Kind. Ich habe den Antrag nicht annulliert, weil wir demnächst eine Vertretung für MICH benötigen." Sie sah zuerst zu Boden und dann wieder zu mir, als ob sie meine Reaktion vorsichtig zu deuten versuchte.

Das war es also, was sie so bedrückte. Sie war schwanger und hatte Angst davor, es mir zu erzählen, weil ich mein Kind erst kürzlich verloren hatte. Ich hätte mir selbst etwas vorgemacht, wenn ich den Stich, den ich in meinem Herzen spürte, ignoriert hätte, doch das war kein Grund für mich, mich nicht für sie zu

278

freuen. Ich erhob mich von meinem Stuhl und umarmte sie herzlich. „Süsse, ich freu mich so sehr für dich!", versicherte ich ihr aufrichtig. Augenblicklich erhellte sich ihre Miene und sie lächelte wieder. „Meinst du das wirklich ernst? Ich hatte solche Angst davor, es dir zu erzählen. Als du mir von deiner Schwangerschaft erzählt hast, war ich so glücklich und fiel in einen richtigen Babyrausch. Ich erzählte Andy davon und er sagte: „Dann lass uns ein Baby machen." Ich war überglücklich und zwei Wochen später war der Test bereits positiv." Verlegen sah sie zu Boden. „Laura, das ist toll, wirklich!" Ich lächelte sie so warmherzig an, wie es mir nur möglich war, um sie davon zu überzeugen, dass ich mich ernsthaft mit ihr freute. Laura war kurz davor, in Tränen der Erleichterung auszubrechen, als Emily schliesslich herzzerreissend wimmerte und die Aufmerksamkeit augenblicklich auf sich lenkte. Insgeheim war ich sehr froh darüber, denn wenn Laura jetzt losgeheult hätte, hätte auch ich meine Tränen nicht mehr zurückhalten können und dann hätte sie mir möglicherweise nicht mehr geglaubt, dass ich mich ernsthaft für sie freute. Emily lächelte, als sie Laura entdeckte und als diese dann auch noch ihr Lieblingsbuch aus ihrer Tasche hervorkramte, leuchteten ihre

Augen so hell wie die Sterne und sie klatschte aufgeregt in ihre kleinen Hände.

Nachdem wir ihr abwechselnd daraus vorgelesen hatten und die Kleine allmählich wieder müde wurde, machte sich auch Laura wieder auf den Weg nach Hause. „Laura, sag mal, könntest du nächsten Donnerstag nochmals alleine auf die Kinder aufpassen? Ich habe einen wichtigen Kontrolluntersuch." Es war mir unangenehm, sie zu belügen, besonders nachdem sie mich liebevoll umarmt und zugestimmt hatte, aber ich wollte ihr nichts von den neusten Ereignissen erzählen.

21

Noah kam erst abends wieder zu uns ins Zimmer
zurück. In seiner Hand hielt er einen Stoffbeutel
mit frischen Anziehsachen und meinen nötigsten
Toilettenartikeln. „Ich war noch kurz in der
Wohnung, ich dachte, du willst bestimmt
duschen und dich umziehen." Ich lächelte
gerührt. „Danke, du bist meine Rettung." Ich
fühlte mich wirklich nicht mehr wohl in meiner
Haut und verschwand nur allzu gern unter der
Dusche. Ich beeilte mich, denn mir war nicht
entfallen, dass Noah sehr erschöpft war und ich
wollte ihn unbedingt noch fragen, was er mit
Jane besprochen hatte, bevor er einschlief. „Sag
mal, hast du eigentlich schon etwas gegessen?",
fragte ich ihn schliesslich, während ich meine
Haare mit einem Handtuch trocknete, aber ich
bekam keine Antwort. „Scheisse, er ist bestimmt
eingeschlafen", flüsterte ich zu mir selbst,
während ich mit gesenktem Blick in das Zimmer
trat, doch als ich meinen Blick hob, verschlug es
mir die Sprache. Im ganzen Raum flackerten
Kerzen und ein riesiger Rosenstrauss zierte das
kleine Tischchen in der Ecke. Emily, die nun nicht
mehr an die Geräte angeschlossen war, tapste

fröhlich auf mich zu und drückte mir eine weitere rote Rose in meine Hand, bevor sie dann wieder in Noahs Arme zurückstürmte. „Oh mein Gott, was hast du getan?", schrie ich überwältigt. Noah lächelte verschmitzt und legte Emily in ihr Bettchen zurück, bevor er näher kam und mich eindringlich und ernst betrachtete. Er griff nach meiner Hand und kniete sich unerwartet vor mir nieder, während er in seiner Hosentasche kramte und schliesslich ein schwarzes Kästchen hervorholte. Er öffnete es behutsam und verschaffte mir einen Blick auf den wunderbarsten Ring, den ich je gesehen hatte. Er war golden, schlicht und mit zwei wunderbaren, dunkelgrünen Saphiren bestückt, die mich sofort an Noahs Augen erinnerten. „Principessa. Du hast viele schreckliche Dinge in diesem Krankenhaus erlebt, Dinge, die uns schlussendlich aber auch zusammengebracht und unsere Liebe gestärkt haben. Nun wird es höchste Zeit, dass wir die Vergangenheit hinter uns lassen und eine Erinnerung schaffen, die uns auch in fünfzig Jahren noch ein Lächeln auf die Lippen zaubern wird. „Isabella Joeline Miller, du bist die Liebe meines Lebens und ich möchte nie wieder ohne dich sein. Willst du meine Frau werden?" Ich war so überrascht und gerührt, dass ich ihm nicht antworten konnte. Stattdessen liess ich mich nickend auf den Boden sinken und küsste ihn überschwänglich. Noahs Gesicht war ganz nass von meinen Tränen, als er mir den Ring schliesslich an meinen Finger steckte. „Oh Noah, dieser Aufwand wäre doch nicht nötig gewesen, ich habe dir doch schon heute Morgen gesagt, dass ich dich heiraten werde", sagte ich schliesslich mit einem schlechten Gewissen, nachdem ich meine Augen endlich wieder von dem wunderbaren Schmuckstück abwenden konnte. „Ich weiss, Süsse, aber ich stehe auf Traditionen und da gehört ein anständiger Antrag mit einem Verlobungsring nun mal dazu." Emily klatschte aufgeregt in ihre Händchen und versuchte verzweifelt aus ihrem Bettchen zu klettern. Glücklich eilte ich ihr zur Hilfe, nahm sie in meine Arme und wirbelte sie durch die Lüfte. „Und du, mein kleines Mäuschen, wann war denn Dr. Grey hier und hat dich von den Geräten befreit?" Noah trat hinter uns und umklammerte zärtlich meine Hüften. „Das war nicht Dr. Grey. Ich habe ihn vorhin auf dem Flur getroffen und er hat mir die Erlaubnis erteilt, sie zu befreien. Ich wollte es selbst machen, um sicherzugehen, dass sie keine Angst bekommt." – „Oh Noah, du bist einfach der Beste", sagte ich gerührt, während ich ihn erneut küsste.

Die Nacht verlief gut und somit hielt Dr. Grey sein Versprechen und entliess Emily aus dem Krankenhaus. Noah war dann für den Nachtdienst eingeteilt und musste seinen Dienst daher erst abends antreten. Während ich die Entlassungspapiere unterschrieb, packte Noah alles zusammen und verfrachtete Emily danach ins Auto. Ich verliess das Krankenhaus mit gemischten Gefühlen und stieg nur sehr widerwillig in den Wagen ein. Noah entfiel mein reserviertes Verhalten nicht. Tröstend legte er seine Hand auf mein Knie und tätschelte es liebevoll. „Noah, bitte nimm den längeren Weg", bat ich ihn mit Tränen in den Augen. Noah nickte und erfüllte mir meinen Wunsch, doch schlussendlich konnten wir das Unvermeidliche nicht mehr hinausschieben.

Emily wehrte sich mit Händen und Füssen und weinte bitterlich, als Noah sie Jane übergab und ich, ich versuchte stark zu bleiben und mir vor ihr nicht anmerken zu lassen, dass es mich innerlich schier zerfetzte. Schliesslich schafften wir es, sie zu beruhigen, doch ich konnte meine Gefühle nicht mehr länger verbergen. Ich drückte ihr kurz einen Kuss auf ihre Stirn und stürmte danach aus dem Haus. Erst bei Noahs Wagen blieb ich stehen und weinte mir die Augen aus. Noah folgte mir und nahm mich tröstend in seinen Arm. „Principessa, es geht ihr gut. Jane kümmert sich gut um sie." Wütend vor Kummer stiess ich ihn weg. „Das weiss ich, Noah! Ich weiss, dass Jane ihr Bestes gibt, doch Emily gehört hier nicht hin! Sie gehört zu mir … zu uns! Es ist einfach so unfair! Wir haben unser Baby verloren, das tut weh … aber wir haben immer noch uns! Emily hat niemanden mehr, verstehst du! Ich würde ihr so gerne ein richtiges Zuhause geben, so wie sie es verdient hat", schluchzte ich. Noah lächelte und ich verstand nicht, was daran so lustig war. „Du findest das lustig?", schrie ich empört. Noah schüttelte wild seinen Kopf. „Isabella! Ich habe Jane gestern von unserer Verlobung erzählt, weil ich sie bitten wollte, Emilys Adoption in die Wege zu leiten. Ich wollte dich eigentlich damit überraschen, doch ich kann dich unmöglich länger leiden lassen. Wir werden Emily adoptieren, verstehst du? Wir werden sie lieben und ihr ein richtiges Zuhause bieten, doch du musst dich noch etwas gedulden, Süsse. Jane tut was sie kann, um die Sache zu beschleunigen und in der Zwischenzeit werden wir heiraten." Er griff nach meiner Hand und streichelte liebevoll meinen Finger, an dem sein Ring steckte. Das war es also, was er mit Jane besprochen hatte. Nach dem Heiratsantrag hatte ich gar nicht mehr daran gedacht, ihn danach zu fragen. Überwältigt, erleichtert und unheimlich dankbar fiel ich ihm um den Hals. „Ich liebe dich so sehr, Noah", sagte ich. „Ich liebe dich auch, Principessa! Aber jetzt komm, du musst deine Kräfte schonen, du brauchst sie für den Prozess am Donnerstag." Ich betrachtete ihn mit hochgezogenen Brauen. „Ich habe dir noch nicht erzählt, dass der Prozess nächsten Donnerstag stattfindet …" Noah senkte verlegen seinen Blick. „Ich war mir nicht sicher, ob du es mir überhaupt erzählen wirst, deswegen habe ich Detektiv Stabler gebeten, mich ebenfalls anzurufen, wenn der Termin feststeht." Ich strich ihm zärtlich über seine Wangen. „Natürlich hätte ich es dir erzählt, Noah. Ich habe es in dem ganzen Chaos einfach vergessen, es tut mir leid." – „Schon gut, Süsse. Komm jetzt, wir fahren nach Hause."

In dieser Nacht wälzte ich mich unruhig hin und her. Mein Körper zitterte und ich hatte das Gefühl, als würde ich erfrieren. Selbst eine zusätzliche Decke und meine hässlichen, alten Bettsocken konnten dieses fürchterliche Gefühl nicht lindern. Als Noah am nächsten Morgen von seiner Nachtschicht nach Hause kam, fand er mich völlig ausgelaugt vor. „Isabella, du glühst ja", stellte er besorgt fest, „hast du Schmerzen?" – „Etwas Halsschmerzen, aber das geht schon. Ich friere fürchterlich", krächzte ich. Noah mass meine Temperatur und besorgte mir kurz darauf entsprechende Medikamente, um das Fieber zu senken. Er kochte mir Tee und füllte mir eine Bettflasche mit heissem Wasser, an der ich mich zusätzlich wärmen konnte. „War wohl alles zu viel für dich, hmm?", stellte er mitfühlend fest, während er mir sanft über meine Haare strich. Ich senkte meinen Blick und nickte resigniert. Die Fehlgeburt, Ryan und nicht zuletzt Emilys Krankenhausaufenthalt gingen mir wirklich an die Nieren. Noah legte sich neben mich und zog mich dicht an seinen warmen Körper. „Das wird schon wieder, Principessa", tröstete er mich liebevoll.

Noah kümmerte sich wirklich rührend um mich. Ich hatte ein schlechtes Gewissen, weil er sein freies Wochenende für meine Pflege aufopferte. „Noah, du kannst mich wirklich auch mal alleine lassen. Geh an die frische Luft, das tut dir gut. Du kannst nicht dein ganzes Wochenende in meinem Bett verbringen." Noah zögerte und es dauerte eine Weile, bis er sich schliesslich dazu überreden liess, das Haus zu verlassen. „Ich jogge nur eine Runde um den Block, danach komme ich sofort wieder zurück", versprach er mir. Ich lächelte und rollte dabei mit den Augen. „Noah, geh! Mach dir keine Sorgen! Ich werde jetzt sowieso noch eine Runde schlafen."

Doch an Schlaf war leider nicht zu denken. Meine Gedanken an den bevorstehenden Prozess wühlten mich auf, also stieg ich schliesslich aus dem Bett und machte mich im Badezimmer etwas frisch. Ich putze mir die Zähne und spülte gerade meinen Mund aus, als ich plötzlich spürte, wie mein Magen rebellierte. Ich drehte mich zur Seite und schaffte es gerade noch, mich in die Toilettenschüssel zu übergeben. „Du bist jetzt aber nicht wieder schwanger, oder?", fragte Noah, der sein Training zwischenzeitlich beendet hatte und nun plötzlich hinter mir stand. Er hielt mir die Haare aus dem Gesicht, während er mir liebevoll über den Rücken strich. Ich schüttelte energisch den Kopf. „Nein. Aber weisst du, Noah, darüber müssen wir wirklich sprechen. Du weisst, dass ich die Pille immer noch nicht nehme. Wenn du möchtest, lass ich sie mir verschreiben." Er zog mich hoch und reichte mir einen nassen Lappen, damit ich mich säubern konnte. „Isabella, ich denke, wir sollten Gott entscheiden lassen, ob wir ein Kind bekommen, oder nicht." Ich starrte ihn leicht verwirrt und überrascht an. „Keine Pille?" – „Keine Pille!", bestätigte er, während er mich auf seine starken Arme hob und mich wieder zurück ins Bett trug.

Dank Noahs fürsorglicher Pflege erholte ich mich rasch. Am Sonntag hütete ich das Bett nur noch selten. Draussen regnete es in Strömen und so machten wir es uns auf der Couch gemütlich. Wir bestellten Pizza und entschieden uns für einen albernen Film, in dem Jim Carrey die Hauptrolle spielte. „Laura ist schwanger", erzählte ich ihm während einer Werbepause. Augenblicklich zog er mich näher zu sich. „Macht es dir etwas aus?", fragte er besorgt. „Nein. Ich freue mich für sie. Natürlich hat es mich ein wenig verletzt, aber was wäre ich denn für ein Mensch, wenn ich ihnen ihr Glück nicht gönnen würde, nur weil es mir vergönnt ist, eigene Kinder zu haben", sagte ich traurig. „Isabella, Süsse, wir werden unser Kind bekommen, du wirst sehen! Und Emily wird eine tolle grosse Schwester werden." Er lächelte so süss, als ob er die Bilder unserer Zukunft bereits klar und deutlich vor sich sehen konnte. Ich liess mich von seiner Euphorie anstecken und betrachtete verliebt den Ring an meinem Finger.

„Er ist so wunderschön, Noah. Ich hoffe, er hat dich nicht ein Vermögen gekostet." Noah küsste mich zärtlich. „Er hat meiner Grossmutter gehört. Sie hat ihn mir nach ihrem Tod vermacht. Die beiden Saphire symbolisieren die grünen Augen, die meine Grossmutter an meine Mutter und meine Mutter an mich weitergegeben hat. Deswegen habe auch ich diesen Ring bekommen, denn mein Bruder hat dunkle Augen, wie mein Vater. Mein Grossvater war Goldschmied und hat ihn damals speziell für meine Grossmutter angefertigt. Er hat ihre grünen Augen geliebt und wollte sie sozusagen verewigen." Ich nickte verständnisvoll. „Ich kann deinen Grossvater wirklich sehr gut verstehen und ich bin unglaublich stolz, dass ich diesen kostbaren Ring tragen darf. Ich werde ihn stets in Ehren halten", sagte ich überglücklich. „Ich möchte dir damit symbolisch zeigen, dass meine Augen nur auf dich gerichtet sind und auch, dass ich dich beschütze und bei dir bin, selbst wenn du mich nicht sehen kannst." Ich konnte nicht verhindern, dass ich, angesichts seiner rührenden Worte, in Tränen ausbrach. Er wiegte mich liebevoll in seinen Armen, während ich mich abermals fragte, wie ich diesen wunderbaren Mann verdient hatte.

Ich war sehr erleichtert, als ich meine Arbeit am Montag wieder aufnehmen konnte. Nicht zuletzt, weil die Kinder mich von dem bevorstehenden Prozess ablenkten. Je näher der Gerichtstermin kam, desto nervöser wurde ich, doch ich war nach wie vor fest entschlossen, gegen Ryan auszusagen. Die Nervosität raubte mir den Schlaf und so versuchte ich am Donnerstagmorgen vergebens meine dunklen Augenringe zu überschminken. „Scheisse!", fluchte ich. „Was ist denn?", fragte Noah, der gerade sein Hemd zuknöpfte. In seinem schwarzen Anzug sah er ebenso scharf aus wie in seiner Dienstuniform. „Ach, ich sehe einfach zum Kotzen aus, verdammt!" Noah umarmte mich von hinten und küsste mich liebevoll auf meinen Hals. „Was redest du denn da? Du siehst atemberaubend schön aus." Ich lächelte verlegen und küsste ihn ebenfalls flüchtig, während ich meine Haare straff nach hinten kämmte und sie mir danach ordentlich hochsteckte. Ich schlüpfte in meinen schwarzen Hosenanzug und meine schwarzen Pumps, bevor ich Noah kurz darauf aufgeregt nach draussen folgte.

Im Gericht wurden wir bereits erwartet. Schon während ich Detektiv Stabler begrüsste, spürte ich, dass ihm etwas Sorgen bereitete. „Miss

Miller, wir haben ein Problem. Rose steht uns als Zeugin nicht mehr zur Verfügung. Wie es scheint, hat sie doch nicht die Kraft aufbringen können, gegen Ryan Tyler auszusagen", bedauerte er. „Was bedeutet das?", fragte Noah barsch. „Das bedeutet, dass wir Ryan nicht hinter Gitter bringen können, wenn Miss Miller es nicht schafft, die Jury davon zu überzeugen, was für ein Schwein er ist", beantwortete Mr. Smith seine Frage. Mir wurde schwindlig und ich musste mich umgehend an der Wand festhalten. Noah kam sofort zu mir und zog mich in seine Arme. Nun lag also alles in meinen Händen. „Ich weiss nicht, ob ich das schaffe. Ich habe so sehr mit ihrer Unterstützung gerechnet", flüsterte ich ängstlich. „Süsse, du schaffst das, hab keine Angst!"

Schliesslich nahm ich all meinen Mut zusammen und nickte entschlossen. Ryan musste dafür büssen, was er mir und den anderen Frauen angetan hatte; ich wollte zumindest versuchen, die Jury von seiner Schuld zu überzeugen.

Ich atmete nochmals tief durch, bevor ich, erhobenen Hauptes, den Gerichtssaal betrat. Dicht gefolgt von Noah, Detektiv Stabler, Dr. Burns und Mr. Smith. Ich nahm neben meinem

Rechtsanwalt Platz, während die anderen Männer sich in die erste Reihe hinter uns setzten. Kurz darauf wurde Ryan in Handschellen in den Saal geführt und setzte sich auf die Seite der Gegenpartei. Er würdigte mich keines Blickes, was mir nur recht war. Richter Bond betrat den Saal ebenfalls und eröffnete die Verhandlung wenige Minuten später. Zuerst wurde Ryan in den Zeugenstand gerufen. Wie mich Mr. Smith bereits vorgewarnt hatte, stritt er natürlich alles ab. Unter Eid sagte er aus, dass ich ihn verführt und dazu aufgefordert hätte, mir in die Dusche zu folgen. Wut stieg in mir hoch und ich musste mich zusammenreissen, um nicht aufzustehen und ihn als Lügner zu beschimpfen.

Nun trat Mr. Smith nach vorne und löcherte Ryan mit weiteren Fragen. „Mr. Tyler, wenn das wirklich so gewesen wäre, wie Sie es hier behaupten, hätte meine Mandantin sich wohl kaum gewehrt, oder wie erklären Sie sich sonst, dass Sie Ihnen in den Finger gebissen und in die Hoden getreten hat?", fragte er ihn abschätzig. „Sie hat es sich wohl kurzfristig anders überlegt und Panik gekriegt", antwortete er trocken und zuckte dabei gelangweilt mit den Schultern. „Vielleicht hat sie auch plötzlich ein schlechtes

Gewissen wegen ihrem Freund bekommen, was weiss ich."

Dieses verdammte Arschloch! Wie konnte er es nur wagen, Noah da mithineinzuziehen und mich hier wie die letzte Schlampe hinzustellen. Ich kochte vor Wut. „Ganz ruhig, lass dich nicht provozieren", flüsterte Noah mir zu, der meinen Zustand stets mit Argusaugen beobachtete.

Mr. Smith hatte vorerst keine weiteren Fragen mehr an Ryan und so wurde ich kurz darauf von der Gegenpartei in den Zeugenstand gerufen. Während ich mich von meinem Platz erhob, zitterten meine Beine und ich setzte mich, mit einem mulmigen Gefühl im Bauch, in den Zeugenstand. Nachdem ich vereidigt wurde, begann Mr. Fox, Ryans Anwalt, sogleich damit, mich auseinanderzunehmen. „Miss Miller, erzählen Sie uns bitte nochmals genau, was an jenem Nachmittag angeblich passiert sein soll", forderte er mich auf. Mit zittriger Stimme schilderte ich abermals jedes Detail dieses schlimmen Erlebnisses. Ich blickte zuerst zu Boden, doch dann nahm ich all meinen Mut zusammen und sah Ryan direkt in seine stählernen Augen. Ich wollte, dass er meinen Hass gegen ihn, in jeder Faser seines Körpers, spüren konnte. „Nun Miss Miller, entspricht es nicht der Tatsache, dass Sie und Ihr Freund, Noah Montinari, sich kurz vor dem angeblichen Vorfall auf einer Hochzeit heftig miteinander gestritten hatten? Wenn ich richtig informiert wurde, waren Sie eifersüchtig auf eine Ex-Freundin Ihres Freundes?" – „Wie bitte? Was hat das denn bitte hiermit zu tun?", antwortete ich ihm irritiert. Hilfesuchend blickte ich zu Noah und stellte fest, dass auch er fassungslos erstarrt war. „Beantworten Sie die Frage, Miss Miller!", forderte mich der Richter auf. „Ja, das ist richtig, aber ..." Mr. Fox liess mich nicht ausreden: „Wäre es dann nicht möglich, dass Sie sich an Ihrem Freund dafür rächen und meinen Mandanten hierfür nötigen wollten?"

Wie bitte? Was zum Teufel passierte hier gerade? Wer hatte den Spiess, ohne dass ich es bemerkte hatte, umgedreht? Nun war plötzlich Ryan das Opfer und ich der Täter? In meinem Kopf drehte sich alles und ich spürte, wie mir die Galle hochkam. Noah erhob sich ruckartig, wandte sich mit sorgenvoller Miene an meinen Rechtsanwalt und sagte etwas zu ihm, was ich nicht verstehen konnte. Sofort bat Dr. Smith den Richter um eine kurze Unterbrechung. Nachdem er diese genehmigt hatte, eilte Noah zu mir und begleitete mich aus dem Zeugenstand. Er musste mich stützen, da mich meine Beine nicht mehr tragen wollten. Als ich meinen Kopf hob, blickte ich direkt in Ryans dreckig grinsende Visage.

22

Wir begaben uns ins Anwaltszimmer, um das weitere Vorgehen zu besprechen. Ich war immer noch völlig schockiert über den unvorhergesehenen Wandel, der sich da eben im Gerichtssaal abgespielt hatte. Noah ging dauernd auf und ab und machte mich noch nervöser. „Machen Sie etwas, Smith!", brüllte er immer wieder, „ich will das Schwein im Knast sehen! Koste es, was es wolle!" Mr. Smith lehnte sich mit den Händen über die Tischplatte und seufzte tief. „Ich möchte ehrlich zu Ihnen sein, Miss Miller. Es sieht nicht gut aus. Natürlich war mir klar, dass Fox versuchen würde, den Spiess umzudrehen, aber mit der Auseinandersetzung zwischen Ihnen beiden auf dieser Hochzeit hat er ein Ass ausgespielt, mit dem ich unmöglich hätte rechnen können." Noah ging wütend auf ihn zu und drohte ihm mit ausgestrecktem Finger. „Das hat überhaupt nichts mit der ganzen Sache zu tun, sorgen Sie gefälligst dafür, dass die Jury das auch so sieht!" In seinem Blick spiegelten sich Hass und Verzweiflung wider.

Nachdem ich mich langsam wieder beruhigt hatte, schöpfte ich neuen Mut. Ich erhob mich selbstbewusst von meinem Stuhl und wandte mich an die Herren. „Es reicht! Wir werden jetzt da rein gehen und die Sache beenden. Ich werde versuchen, den Richter und die Jury davon zu überzeugen, dass ICH das Opfer bin und nicht er! Sollte es uns nicht gelingen, werden wir das Urteil widerrufen. Wir müssen nochmals mit all den anderen Frauen sprechen und sie davon überzeugen, gegen ihn auszusagen! Aber jetzt, meine Herren, gehen wir wieder da rein! Ich will, dass er spürt, dass ich keine Angst vor ihm habe und mich nicht einschüchtern lasse." Noah starrte mich verblüfft an. Er betrachtete mich stets als die sanfte, zerbrechliche Isabella. Mit so viel Selbstbewusstsein hatte er nicht gerechnet und ich konnte in seinen Augen erkennen, dass er stolz auf mich war. Er zog mich in seine Arme und küsste mich zärtlich, bevor wir wieder in den Gerichtssaal zurückkehrten.

Unverzüglich wurde ich zurück in den Zeugenstand gerufen, wo mich Mr. Fox weiter mit Fragen attackierte.

Ich schilderte die ganze Geschichte nochmals haargenau. Ich erklärte der Jury, wie es zu dem

Streit auf der Hochzeit gekommen war, ich erzählte von der Fehlgeburt und versuchte sie mit aller Kraft davon zu überzeugen, dass wir uns kurz nach dem Streit bereits wieder versöhnt hatten. Ich versicherte ihnen, dass wir seither unzertrennlich waren und uns dieses schlimme Ereignis sogar noch mehr zusammengeschweisst hatte, dass es nie einen Grund gegeben hatte, mich in irgendeiner Art an Noah zu rächen. Während ich aussagte, blickte ich immer wieder zu Noah, der jedes einzelne Wort mit einem warmherzigen Lächeln bestätigte.

Nachdem ich alles gesagt hatte, was ich zu sagen hatte, öffnete sich plötzlich die Tür und zu meiner grossen Überraschung trat Jonah in den Gerichtssaal ein. Er hielt sein Handy in die Luft und schrie durch den grossen Saal. „Bitte hören sie mich an! Ich kann beweisen, dass dieses Schwein", er deutete mit dem Kinn abschätzig auf Ryan, „Isabella vergewaltigen wollte." Augenblicklich drehten sich alle im Saal um und starrten ihn ungläubig an. Ein lautes Gemurmel durchdrang den Gerichtssaal, ehe der Richter die Menge zur Ruhe aufforderte. Noah erhob sich ungeduldig von seinem Platz und ich spürte, wie er sich bei Jonahs Anblick sofort versteifte.

Detektiv Stabler erhob sich ebenfalls und ermahnte ihn, sich wieder zu setzen.

Schliesslich winkte der Richter Jonah zu sich nach vorn. „Wer sind Sie und wie wollen Sie das Verbrechen beweisen?", fragte er ihn überrascht. Jonahs Stimme klang leise und unsicher. Er kratzte sich verlegen am Hinterkopf. Kurz sah er mich an, liess den Blick aber sofort wieder sinken. „Mein Name ist Jonah Walsh und ich habe das Verbrechen auf Video aufgenommen", sagte er kleinlaut, während er dem Richter sein Handy übergab. Ich schlug die Hände vor mein Gesicht und starrte ihn schockiert an. Er hatte mich und Ryan aufgenommen? Aber, er war doch gar nicht dabei … Ich verstand die Welt nicht mehr … Der Richter sah sich das Video mit gerunzelter Stirn an und entliess mich anschliessend umgehend aus dem Zeugenstand. Ich ging zurück zu meinem Platz und zuckte ahnungslos mit den Schultern, als Noah und mein Blick sich trafen. Auch er war erstaunt und schockiert zugleich. Nun nahm Jonah meinen Platz ein und wurde vereidigt, bevor der Richter ihn dazu aufforderte, auszusagen. Seine Lippen bebten und kalter Schweiss trat auf seine Stirn, bevor er endlich erzählte, was er wusste. „Isabella war einmal meine Freundin und es hat da ein paar … Differenzen … vor einiger Zeit gegeben. Ich hatte ein Drogenproblem und habe daraufhin einen Entzug in einer anerkannten Klinik begonnen. Das Therapiekonzept ist so aufgebaut, dass man verschiedene Schritte bewältigen muss, um an sein Ziel zu gelangen und einer davon ist, die Menschen, welche man am meisten verletzt hat, um Verzeihung zu bitten. In meinem Fall war das Isabella. Doch als ich mich ihr genähert habe, um mich bei ihr zu entschuldigen, hat mich ihr neuer Freund zu Boden geschlagen, weil er sie beschützen wollte. Danach hatte ich nicht mehr den Mut, mich ihr erneut zu nähern. Ich wollte eigentlich schon wieder zurück nach Portland fahren, doch es liess mir einfach keine Ruhe. Ich hatte ihr so weh getan und dabei –", er stockte und rang mit den Tränen, „… dabei war sie das Beste, was mir je passiert war. Ich habe sie also weiter verfolgt, weil ich einen Zeitpunkt erwischen wollte, sie alleine und ungestört anzutreffen. Zu ihrer Wohnung bin ich ihr nicht gefolgt, denn ich wusste, dass sie mir die Tür vor der Nase zugeschlagen hätte und ich wollte ihr auch keine Angst einjagen, also wartete ich darauf, sie auf neutralem Boden und vor allem alleine zu erwischen. An jenem Nachmittag bin ich ihr also ins Fitnessstudio gefolgt. Ich habe mich in den Umkleideraum geschlichen und mich dort versteckt, weil ich auf sie warten wollte. Wenige Minuten später stürmte sie völlig ungehalten in den Raum. Sie war ganz blass und wirkte verstört. Ich spürte, dass ihr irgendetwas Angst eingejagt hatte. Ich hätte sie am liebsten getröstet, doch ich wusste nicht, wie sie in ihrem verwirrten Zustand auf mich reagiert hätte und ich wollte kein Risiko eingehen, deswegen hielt ich mich weiter versteckt. Nachdem sie dann unter der Dusche verschwunden war, wollte ich mich hinausschleichen, doch da ist plötzlich dieser Mistkerl aufgetaucht und hat sich nackt ausgezogen, um ihr dann unverfroren in die Dusche zu folgen. Ich schäme mich wirklich sehr dafür, aber ich muss gestehen, dass ich zuerst an eine Affäre gedacht habe – obwohl mich das ziemlich überrascht hätte, denn sowas ist nicht Isabellas Art! Trotzdem habe ich eine Chance gewittert, um sie sozusagen … zu erpressen, sie dazu zu bringen, mir zuzuhören und mir anschliessend zu verzeihen, also habe ich, ohne nachzudenken, nach meinem Handy gegriffen und die eigenartige Situation gefilmt. Kurz darauf hat sie jedoch geschrien und mir war sofort klar, dass da etwas nicht stimmen konnte. Danach geschah alles ganz schnell, er schrie ebenfalls und sank zu Boden, Isabella stürmte aus der Dusche und hat ihre Sachen in Rekordzeit zusammengepackt. Sie war noch nackt, triefend nass und derart in Panik, dass sie mich nicht mal bemerkt hat. Ich war zu feige, um mich Ryan in den Weg zu stellen, also verschwand ich so leise, wie ich gekommen war." Jonah weinte bitterlich und betrachtete mich reuevoll. „Glaub mir, Isabella! Ich hätte bestimmt nicht zugelassen, dass er dich vergewaltigt hätte, aber was da genau passiert war, wurde mir erst bewusst, nachdem ich mir das Video zu Hause genau angesehen hatte. Bitte verzeih mir!"

Ich konnte mich nicht bewegen. Tränen brannten in meinen Augen. In meinem Bauch spürte ich Wut, Mitleid und Erleichterung. Die Gefühle tobten in mir und brachten mich schlussendlich dazu, bitterlich zu weinen. Ich legte meinen Kopf auf das hölzerne Pult und schluchzte. Noah trat sofort hinter mich und legte seine Hände schützend auf meine Schultern. Der Richter hatte genug gesehen und gehört und auch für die Jury war der Beweis eindeutig. „Ryan Tyler! Ich verurteile sie im Namen des Gesetzes zu einer zehnjährigen Freiheitstrafe ohne Bewährung!" Mit seinem Hammer bekräftigte der Richter das

Urteil und wies den Wachmann kurz darauf an, Ryan, der nun aschfahl und wie ein Häufchen Elend auf seinem Stuhl kauerte, abzuführen.

Detektiv Stabler und Mr. Smith schüttelten sich zufrieden die Hände, während Jonah den Zeugenstand verliess und sich anschliessend vorsichtig in unsere Richtung bewegte. Ängstlich blickte ich zuerst zu Noah, denn ich wollte seine Reaktion abschätzen, um ihn allenfalls davon abzuhalten, ihn erneut niederzuschlagen. Er versteifte sich zwar, sein Blick war auch kühl und reserviert, doch zu meiner Überraschung schüttelte er ihm kurz darauf die Hand. „Ich werde dir niemals verzeihen, was du meinem Mädchen angetan hast, aber heute hast du sie gerettet. Danke!", sagte er knapp. Jonah nickte und wandte sich dann an mich. Seine Augen waren gerötet und erst jetzt fiel mir auf, wie schlecht er aussah. Sein Gesicht war blass und seine Wangenknochen traten hervor. „Danke, Jonah", sagte ich leise und erhob mich zitternd von meinem Platz. Ich ging um den Tisch herum und küsste ihn sanft auf die Wange, „heute hast du viel wiedergutgemacht", lächelte ich. Er griff nach meiner Hand und küsste sie zärtlich. „Pass auf sie auf, Mann! Sie ist die Beste", sagte er zu

Noah, bevor er sich umdrehte und den Saal, ohne ein weiteres Wort, verliess.

23

Nachdem wir uns zufrieden und erleichtert
bedankt und verabschiedet hatten, legte Noah
seine Arme um meine Taille, hob mich hoch und
drehte mich überschwänglich im Kreis. „Ich bin
so stolz auf dich, Principessa", flüsterte er mir
leise ins Ohr. Ich küsste ihn sanft auf seine
warmen Lippen. Seine dunkelgrünen Augen
strahlten Wärme und innige Liebe aus, von der
ich nicht genug kriegen konnte. Mein Herz
pochte immer noch wie wild, wenn ich ihm in
seine Augen blickte und mich in ihnen verlor.
„Eigentlich haben wir das alles Jonah zu
verdanken", sagte ich glücklich. „Ja, da hast du
wohl recht, heute hat der Scheisskerl endlich mal
das Richtige getan. Komm, das müssen wir
feiern." Er zog mich in Richtung Innenstadt, doch
ich fühlte mich plötzlich nicht mehr wohl und
wollte nur noch nach Hause. „Noah, lass uns
bitte nach Hause fahren. Ich fühle mich nicht
sehr gut." Er betrachtete mich besorgt. „Was
hast du denn, Süsse?" Er kam näher und strich
zärtlich über meine blassen Wangen. „Ich weiss
nicht, mir ist schwindlig und ich fühle mich nicht
besonders gut. Vermutlich sind das noch

Nachwirkungen von der Grippe und der ganzen Anspannung." Noah nickte verständnisvoll, bevor er mich schliesslich zu seinem Wagen führte und wir endlich nach Hause fahren konnten.

In meiner Wohnung liess ich mich erschöpft auf das Sofa sinken. Noah holte uns aus der Küche etwas zu trinken und summte glücklich vor sich hin. Ich lächelte hinter vorgehaltener Hand, denn seine Töne klangen ziemlich schief. Schliesslich wurden sie von meiner Handymelodie übertönt. „Savannah, Süsse", empfing ich den Anruf meiner Schwester fröhlich. „Isabella, hör zu! Ich bin auf dem Weg zu dir in die Wohnung, bist du da?" Sie klang erschöpft und aufgebracht. Ich war total verblüfft über diese Neuigkeit und erhob mich irritiert von meinem Platz. „Ja, ich bin zu Hause, aber … was machst du hier? … Ist etwas passiert?", plötzlich stieg Furcht in mir auf, „ sind Mom und Dad okay?" – „Unseren Eltern geht es gut, Isabella. Es geht um deinen Freund! Ich bin in zehn Minuten bei dir und erkläre dir alles, ja? Bis gleich." Savannah wartete meine Antwort nicht ab und beendete den mysteriösen Anruf ohne ein weiteres Wort. Noah stellte die Gläser und den Schampus auf den Tisch und betrachtete mich sorgenvoll. Er schlang seine starken Arme um meine Taille und küsste mich auf den Scheitel. „Was ist los, Principessa? Wer war das?" – „Meine Schwester. Sie ist auf dem Weg hierher. Sie sagte, sie müsse dringend mit mir sprechen ... über dich ..." Ich drehte mich um und blickte direkt in sein blasses Gesicht. Er liess mich augenblicklich los und trat einen Schritt zurück. Ich begriff sofort, dass etwas nicht stimmte und stellte ihn zur Rede. „Was ist los, Noah? Was will mir meine Schwester sagen?" Meine Stimme bebte vor Hilflosigkeit und Tränen stiegen mir in die Augen, denn ich spürte, dass es nichts Gutes war, was mich nun erwarten würde. Noah hatte noch nicht die Möglichkeit gehabt, mir zu antworten, da klingelte es auch schon an der Tür. Ich liess ihn nicht aus den Augen, lief zur Tür und liess meine Schwester eintreten. Sie hatte mich noch nicht mal begrüsst, als sie Noah in meinem Wohnzimmer entdeckte, ihren Koffer in den Flur stellte und wütend auf ihn zuschritt. „Wie konntest du ihr das nur antun, du elender Drecksack! Was bildet ihr euch eigentlich ein? Wie tief seid ihr gesunken, dass ihr es nötig habt, mit den Gefühlen meiner Schwester zu spielen?" Sie bäumte sich vor ihm auf und schlug mit den Händen auf seinen Brustkorb ein. Zuerst liess er es zu, doch dann packte er schliesslich ihre Handgelenke und blickte ihr zornig in ihre Augen.

„Savannah, hör auf! Ich habe da nie mitgemacht, klar? Es war Alessios Idee und ich habe ihm von Anfang an gesagt, dass ich bei seinen Spielchen nicht mitspiele!"

Ich stand da wie angewurzelt und sah immer noch ungläubig zu, wie sich meine Schwester und Noah, die sich doch eigentlich gar nicht kannten, gegenseitig beschimpften. Nachdem ich meine Fassung endlich wieder erlangt hatte, ergriff ich das Wort. „Was ist hier los?", schrie ich, „würdet ihr mir bitte mal erklären, von wo ihr euch kennt und was das hier eigentlich alles zu bedeuten hat? Ich versteh die Welt nicht mehr!" Noahs Blick wurde sofort weich, er machte einen Schritt auf mich zu, doch Savannah versperrte ihm den Weg. „Isabella, erkennst du ihn denn nicht? Ich kann es einfach nicht glauben, dass du dich nicht an ihn erinnerst! Spätestens nachdem er dir seinen Nachnamen genannt hat, hättest du stutzig werden müssen." Savannah war völlig ausser sich vor Wut, doch ich begriff einfach nicht, was sie meinte. Ich starrte sie weiter ahnungslos an, bis sie schliesslich tief seufzte. Ihre Stimme beruhigte sich etwas und ihr Blick wurde mitfühlend. „Du hast wirklich keine Ahnung, oder?" Ich schüttelte den Kopf und senkte hilflos meinen Blick. „Isabella, das ist

Noah Montinari, der älteste Sohn von Giorgina und Michelangelo Montinari. Er ist der Erbe des Weingutes der Montinaris. Unsere grösste Konkurrenz!" Ich versuchte krampfhaft ihre Worte in meinem Kopf zu verarbeiten, bevor der Groschen endlich fiel. Plötzlich war alles wieder da. Ich erinnerte mich wieder und mir wurde augenblicklich schlecht. Unsere Eltern besassen beide ein Weingut. Montinari AG und Miller Industries produzierten einen ähnlichen Wein und konkurrierten schon seit Ewigkeiten in Europa. Nachdem mein Vater den Montinaris vor vielen Jahren einen Auftrag, quasi vor der Nase, weggeschnappt hatte, hatte Noahs Vater ihm ewige Feindschaft geschworen.

Wie in Trance setzte ich mich auf den Sessel und starrte fassungslos an die Wand. „Du bist der Junge, der mir früher auf den Weinmessen immer damit gedroht hat, mich zu verhauen?" Noah konnte sich ein Lächeln nicht verkneifen, doch er kam nicht dazu, mir zu antworten. „Nein, das war sein dämlicher Bruder! Noah war derjenige, der dich immer vor ihm beschützt hat! Damals war er ganz nett, doch sein skrupelloser Bruder hat anscheinend auf ihn abgefärbt", sagte Savannah zornig. Noah ignorierte ihre Worte und zwängte sich an ihr vorbei, kniete sich neben mich und griff nach meiner Hand. „Principessa, ich mochte dich schon damals sehr und heute liebe ich dich mehr als mein eigenes Leben! Es ist mir völlig egal, wer wir sind und aus welchen Elternhäusern wir stammen!" Ich wollte ihm gerade antworten, als Savannah mir erneut ins Wort fiel. „Liebe? Im Ernst? Du hast dich an sie rangemacht, um Informationen über unsere Familie herauszufinden, um deiner Familie Vorteile zu verschaffen! Das nennst du Liebe? Verpiss dich bloss, du Dreckskerl, und lass die Finger von meiner Schwester!", Schrie sie ihn wütend an.

Tränen rannen über meine Wangen, als ich endlich begriff, was Noah getan hatte. Er hatte sich nach dem Unfall also nicht meinetwegen um mich gekümmert und seine Fürsorge hatte auch nichts mit Rosalies Tod zu tun, es ging einzig und allein nur darum, Informationen über meine Familie zu gewinnen. Meine Welt brach zusammen. Meine Tränen verschleierten meinen Blick und ich fühlte mich völlig ausgelaugt. Der Mann, den ich über alles liebte, den ich heiraten wollte und mit dem ich eine Familie plante, hatte mich ausgenutzt und verraten. Ich entzog ihm meine Hand und wandte mein schmerzverzerrtes Gesicht von ihm ab. „Geh, Noah! Geh und lass dich hier nie wieder blicken", flüsterte ich traurig. „Isabella, bitte! Principessa, ich liebe dich! Ich wollte dich nie hintergehen, glaube mir! Denk doch mal nach, Süsse. Hab ich dich jemals über deine Familie ausgefragt?", fragte er panisch. „Nein", flüsterte ich. „Weil sie mich gar nicht interessiert, Principessa! Mich interessierst nur du!" Ich wusste nicht mehr, was ich glauben sollte. Mein Kopf drohte zu explodieren und mein Magen rebellierte schon wieder. „Noah, ich brauche Zeit, um das alles zu verarbeiten. Bitte, geh!", wiederholte ich leise. Widerwillig stand er schliesslich auf und wandte sich wütend an Savannah, die immer noch mit verschränkten Armen vor uns stand und das Geschehen wortlos verfolgte. „Du hast ja keine Ahnung, Savannah!", sagte er abschätzig und verliess kurz darauf wütend mein Apartment. Kaum war die Tür ins Schloss gefallen, brach ich endgültig zusammen. Ich zog meine Füsse hoch, schlang meine Arme um meine Knie, vergrub meinen Kopf in meinem Schoss und begann, haltlos zu weinen. Savannah eilte sofort zu mir und nahm mich in die Arme. „Süsse, es tut mir so leid, es tut mir so unendlich leid!", flüsterte sie immer wieder, während sie mich sanft in ihren Armen wiegte. „Ich liebe ihn,

Savannah, ich liebe ihn so sehr!", schluchzte ich. „Ich weiss, Liebes, ich weiss …"

Nachdem meine Tränen dann endlich verstummten, holte Savannah mir ein Glas Wasser aus der Küche. Dankend nahm ich es ihr ab und trank die Hälfte in einem Zug leer. „Wie hast du es herausgefunden?", fragte ich sie schliesslich aufgewühlt. „Ich habe vorgestern die internationale Weinmesse in London besucht und Alessio Monitari, Noahs Bruder, war natürlich auch dort. Ich habe mir gerade einige Weinfässer angesehen, als ich zufällig gehört habe, wie sich Alessio mit einem seiner Mitarbeiter unterhalten hat. Er konnte mich nicht sehen und auch sonst stand niemand in seiner Reichweite, also hat er sich wohl in Sicherheit gefühlt. Ich wollte bestimmt nicht lauschen, aber … naja, ich tat es schliesslich doch und hellhörig wurde ich erst recht, als ich plötzlich deinen Namen hörte. Ich bekam also mit, wie Alessio seinem Mitarbeiter erzählt hat, dass Noah sich an dich rangemacht hat, um Informationen über den grossen Paris-Deal herauszufinden, der uns in wenigen Wochen bevorsteht. Ich habe eins und eins zusammengezählt, doch um wirklich sicher zu sein, habe ich kurz darauf heimlich etwas recherchiert und herausgefunden, dass Noah in Seattle als Rettungssanitäter arbeitet. Es hat also alles zusammengepasst und es gab keinen Zweifel mehr daran, dass es sich um ein und dieselbe Person handelte. Ich habe natürlich sofort meine Sachen gepackt und mir ein Ticket besorgt. Hör zu, Süsse. Ich wollte es dir persönlich sagen, doch ich kann nicht lange bleiben. Mom und Dad wissen nichts von meinem Besuch und der ganzen Sache und ich werde es ihnen auch nicht erzählen; das würde sie zu sehr aufregen. Dennoch wollte ich sichergehen, dass du die schlechte Nachricht verkraftest." Sie betrachtete mich besorgt und ich spürte, dass sie mit mir litt. „Ich komme schon klar, Savannah. Mach dir keine Sorgen. Flieg wieder zurück nach Irland, ich schaffe das", versicherte ich ihr. Wenn sie gewusst hätte, was ich in den letzten paar Monaten durchgemacht hatte, hätte sie auch gewusst, dass ich die Wahrheit sagte. Allerdings hatte Noah mein Leben um ein Vielfaches verbessert und erleichtert. Er war es auch, der meine innere Stärke zum Leben erweckt hatte. Wie es nun ohne ihn sein würde, wagte ich nicht zu erahnen. „Hör zu, Isabella! Warum kommst du nicht wieder zurück nach Irland? Was hält dich denn

314

hier noch? Wir vermissen dich alle so sehr!" Ich sah die Tränen, die ihr bei diesen Worten unverzüglich in ihre grossen, blauen Augen stiegen. Meine kleine Schwester war viel taffer, als ich es jemals sein würde, doch auch sie war in der Tiefe ihres Herzens sehr sensibel und nahe am Wasser gebaut. Ich erhob mich von meinem Sessel und schloss sie in meine Arme. „Savannah, ich vermisse euch doch auch unheimlich und ich vermisse auch Irland, aber ... mein Job, die Kinder ... EMILY ... ich kann sie nicht alleine zurücklassen, sie braucht mich! Noah und ich wollten heiraten und sie adoptieren, weisst du ..." Savannah befreite sich abrupt aus meiner Umarmung und starrte mich ungläubig an. „Ihr wolltet heiraten?" Ich nickte und dabei huschte ein Lächeln über mein Gesicht, während ich liebevoll über den Ring an meinem Finger strich. „Savannah, ich glaube, er liebt mich wirklich", sagte ich. „Aber Isabella, er ist ein Montinari, wie stellst du dir das denn vor?", seufzte sie verzweifelt. „Er hat nie ein Wort über unsere Eltern und deren Tätigkeit verloren, er ist hier und arbeitet als Rettungssanitäter, denkst du nicht, dass es ihm womöglich so geht wie mir? Dass er sich einfach nicht für das Familienunternehmen interessiert?" Savannah

315

wandte ihren Blick ab und verschränkte die Arme vor ihrer Brust, während sie aus dem Fenster ins Leere starrte. „Isabella, ich würde dir wirklich nichts mehr wünschen, als dass du glücklich wirst, aber ich habe nun mal gehört, was ich gehört habe, und es fällt mir einfach sehr schwer, das Gegenteil zu glauben." Ich packte meine Schwester an den Armen und blickte ihr tief in die Augen. „Du hast recht, aber du kennst Noah nicht! Ich kann mir einfach nicht vorstellen, dass er zu so etwas fähig wäre. Seine Augen, ich habe in seine Seele geblickt, Savannah. Seine Gefühle waren echt." Sie lachte und umarmte mich schliesslich liebevoll. „Ach, Schwesterchen, wenn jeder Mensch auch nur einen Zehntel von deinem Optimismus besässe, dann würde es Blumen regnen", scherzte sie, bevor sie schliesslich tief seufzte, „versprich mir einfach eines, Isabella, bevor du ihm vergibst, komm ein paar Tage nach Hause und nimm dir die Zeit, alles zu überdenken. Wie wäre es über Thanksgiving? Das verlängerte Wochenende wäre doch eine gute Gelegenheit! Mom würde ausflippen vor Freude, wenn du uns besuchen würdest." Savannahs Augen leuchteten, sodass ich ihr ihren Wunsch unmöglich abschlagen konnte. Womöglich hatte sie recht, es würde mir wirklich gut tun, etwas Abstand zu gewinnen und ein paar wenige Tage würde auch Emily mich entbehren können. „Einverstanden! Ich werde einen Flug buchen", sicherte ich ihr schliesslich zu. „Oh, Isabella, das ist wunderbar! Ich freue mich so sehr!" Sie fiel mir ausgelassen um den Hals und drückte mich fest an sich. „Lass uns jetzt schlafen, Süsse! Ich werde dich fest in meinen Armen halten", sagte sie. Ich lächelte und strich zärtlich über ihre langen, dunkelblonden Haare. „Geh du schon mal vor, ich brauche noch etwas Zeit für mich." Sie betrachtete mich skeptisch, nickte dann aber resigniert und überliess mich schliesslich meinen Gedanken. Ich kuschelte mich in den Sessel und liess meinen Tag nochmals Revue passieren. Der Prozess hatte mich unglaublich erschöpft und ausgelaugt, doch das, was Noah anscheinend getan hatte, riss mir den Boden unter den Füssen weg. Tief in meinem Innern sträubte ich mich dagegen zu glauben, dass er wirklich zu so etwas fähig war. In der kurzen Zeit, in der wir zusammen waren, hatten wir so viel gemeinsam durchgestanden und Noah hatte stets zu mir gehalten und mich unterstützt. Nein, er hatte es gewiss nicht verdient, dass ich ihm jetzt nicht vertraute. Allerdings würde ich niemals die

Glaubwürdigkeit meiner eigenen Schwester in Frage stellen. Ausserdem war da ja auch immer noch das Grundproblem ... Noah war ein Montinari und ich eine Miller. Selbst wenn wir wieder zueinander finden würden, so würden unsere Eltern unsere Verbindung niemals tolerieren. Ich müsste wählen, zwischen meiner grossen Liebe und meiner Familie. Allein dieser eine Gedanke brachte mich schier um den Verstand. Ich war noch viel zu aufgewühlt, um zu schlafen, doch die Erschöpfung machte sich in meinem Körper breit. Meine Lider wurden schwer wie Blei und schliesslich übermannte mich der Schlaf dann doch.

„Isabella, Liebes, wach auf ..." Ich brauchte einen kurzen Moment, um zu begreifen, dass ich nicht träumte und Savannah tatsächlich vor mir stand. Augenblicklich fiel mir alles wieder ein und auch die Beklommenheit in meinem Herzen machte sich sofort wieder bemerkbar. „Liebes, ich muss los! Mein Rückflug geht in einer Stunde. Ich habe mir bereits ein Taxi gerufen. Wir sehen uns dann also nächste Woche in Irland, ja?" Ich nickte und drückte sie zum Abschied. „Danke, Savannah. Für alles!", rief ich ihr noch schlaftrunken hinterher, doch da hatte sie meine Wohnung bereits verlassen. Ich streckte und erhob mich aus meinem Sessel. Sofort wurde mir schrecklich übel. Ich rannte ins Badezimmer und übergab mich mehrmals heftig. Ich erschrak, als ich mein Spiegelbild kurze Zeit später im Spiegel betrachtete. Ich war blass, meine Augen waren rot, verquollen und meine langen, dunkeln Haare waren völlig zerzaust. Ich versuchte sie zu bändigen und band sie schliesslich, nach mehreren gescheiterten Versuchen, zu einem schlichten Dutt hoch. Ich duschte lange und ausgiebig und zog mir dann eine schlichte Jeans und einen schwarzen Pullover über, der mir bis knapp über den Bauchnabel reichte und einen Teil nackte Haut freigab. Plötzlich blieb mein Blick an meinem Verlobungsring haften und augenblicklich spürte ich wieder diesen Schmerz, der sich mittlerweile in jedem einzelnen Millimeter meines Körpers eingenistet hatte. Ich versuchte den Ring abzustreifen, doch es gelang mir nicht. Selbst mit Seife liess er sich keinen Zentimeter verschieben, also liess ich es schliesslich sein und schlenderte stattdessen erschöpft in die Küche. Mein Magen rebellierte nur schon bei dem Gedanken an Essen, also brühte ich mir lediglich frischen Kaffee auf. Ich beschloss, meinen Arbeitsweg heute zu Fuss zurückzulegen. „Die frische Luft wird mir gut tun und meinen Kopf etwas klären", flüsterte ich zu mir selbst. Ich zog meinen Wollmantel über und verliess meine Wohnung wenige Minuten später. Die kalte Luft biss sich durch meinen Mantel hindurch, mitten in meine Haut und ich stand kurz davor, meine Entscheidung nochmals zu überdenken und doch das Auto zu nehmen. Ich blieb stehen und rang noch mit mir selbst, als Noahs Wagen direkt neben mir parkte. Ich wandte meinen Blick ab und lief los, ich war verletzt und wollte ihm jetzt nicht gegenübertreten, doch ich hörte die Wagentür und kurz darauf seine Stimme. „Isabella, jetzt warte doch!", schrie er mir hinterher. Ich beschleunigte meine Schritte, doch es dauerte nur wenige Sekunden, bis er mich eingeholt hatte. Nun lief er schweigend neben mir her. „Was willst du, Noah?", fragte ich schliesslich. „Ich möchte mit dir sprechen, Isabella! Ich habe nichts Unrechtes getan, warum glaubst du mir denn nicht?" Ich blieb stehen und drehte mich zu ihm. „Ich glaube dir ja, Noah! Aber das alles ist einfach zu kompliziert …" Ich seufzte und vergrub mein Gesicht in meinen Händen. Ich zitterte am ganzen Leib. Es war eiskalt und ich spürte bereits erste Tropfen auf meinem Kopf. „Du zitterst ja, Süsse! Du wirst dir den Tod holen. Lass uns in den Coffee Shop um die Ecke gehen und einen Kaffee trinken. Du hast noch genügend Zeit, bevor deine Arbeit beginnt." Ich zögerte, doch ich konnte Noahs flehendem und hilflosem Blick einfach nicht widerstehen, also willigte ich schliesslich ein.

Ich bestellte keinen Kaffee, sondern einen Tee. Mein Magen hatte sich immer noch nicht beruhigt und ich wollte kein Risiko eingehen. Noah bemerkte mein Unbehagen sofort. „Du fühlst dich nicht gut?" Er kniff seine Augen zusammen und musterte mich eindringlich. Erst jetzt bemerkte ich die dunkeln Schatten, die sich unter seinen Augen abzeichneten. „Ich glaube, ich habe mich noch nicht ganz von dieser Grippe erholt, aber das ist nicht der Punkt, Noah. Lass uns darüber sprechen, was passiert ist!", forderte ich ihn auf. Er schwieg zuerst eine Minute und nippte nervös an seinem Kaffee, ehe er endlich zu sprechen begann. „Isabella, ich hatte niemals vor, irgendwelche Informationen aus dir herauszuquetschen, bitte glaube mir", flehte er. „Aber du wusstest, wer ich bin und hast mir nichts gesagt." Er senkte seinen Blick und umklammerte seine Tasse so fest, dass seine Knöchel weiss hervortraten. „Ich habe in deiner Krankenakte den Namen deiner Eltern gelesen und erst da habe ich dich erkannt. Ich habe dir nichts gesagt, weil es für mich nicht wichtig war, wer du bist, oder wer ich bin. Du hast mir schon früher viel bedeutet. Ich wollte einfach mit dir zusammen sein und dich besser kennenlernen." – „Aber du hast es deinem Bruder erzählt!" Plötzlich dämmerte es mir und ich rutschte nervös auf meinem Stuhl hin und her: „Grosser Gott, weiss es etwa deine ganze Familie?", fragte ich panisch. „Oh Gott, nein! Mein Vater hätte einen Herzinfarkt erlitten!", er lachte kurz auf, „ich habe es nur meinem Bruder erzählt. Das war gerade zu dem Zeitpunkt, als der Paris-Deal festgelegt wurde und dein Vater die Nase vorne hatte. Das hat Alessio sehr nervös gemacht und deshalb hat er mich gefragt, ob ich die Situation nicht etwas … naja … ausnutzen könnte", er machte eine Pause und nippte erneut an seinem Becher, „aber ich schwör dir, Isabella! Ich habe mich niemals darauf eingelassen. Ja, ich wollte Informationen herausbekommen, aber über dich, Principessa! Nicht über deine Familie und deren Unternehmen. Jedes einzelne Wort, meine Gefühle, die ich dir offenbart habe, all das ist wirklich wahr! Ich weiss nicht, von wo Savannah diese Information hat, aber glaube mir, es ist niemals dazu gekommen. Ich habe dich niemals nach deiner Familie gefragt, das weisst du!" Ich nickte. „Ja, das stimmt, aber du wusstest, wer ich bin, und hast mich über deine Herkunft im Dunkeln tappen lassen. Gott, du wolltest mich heiraten! Wir wollten eine Familie gründen! Hast du nie an die Konsequenzen gedacht, oder daran, was das unseren Familien antun könnte? Weisst du eigentlich, wie naiv und dämlich ich mir gestern vorgekommen bin, nachdem mich meine eigene Schwester über deine Herkunft aufgeklärt hat, und wie verletzend das alles für mich war?" Wieder spürte ich einen dicken Kloss in meinem Hals. „Ich weiss, Isabella! Und für das möchte ich mich aufrichtig bei dir entschuldigen. Es war ein Fehler, über den ich nicht richtig nachgedacht habe. Für mich gab es nur noch dich! Dich und Emily und alles andere war und ist mir total egal!" Er griff nach meiner Hand und betrachtete mich verliebt. „Weisst du denn nicht mehr, wie viel Spass wir schon früher miteinander hatten? Kannst du dich nicht mehr daran erinnern, wie wir Savannah und Alessio ausgetrickst und uns gegen den Willen unserer Eltern davongeschlichen haben? Wir sind dann zur Themse gelaufen und haben dort flache Steine gesammelt und sie dann auf dem glitzernden Fluss tanzen lassen. Ich habe dir gezeigt, wie das geht." Ich konnte mich genau daran erinnern, an jede einzelne Sekunde, die wir miteinander verbracht hatten und auch daran, wie verliebt ich bereits schon früher in ihn war. Ich konnte es auch jetzt kaum glauben, dass ich ihn bisher nicht erkannt hatte, doch nun wusste ich zumindest, weswegen ich mich in seiner Gegenwart immer so wohl und geborgen gefühlt hatte, als ob wir uns schon ewig gekannt hätten, denn so war es ja auch. „Nein, ich erinnere mich nicht daran, Noah! Tut mir leid", log ich und bemerkte im selben Moment, wie verletzt er darüber war.

Plötzlich fiel mein Blick auf meine Uhr. Es war höchste Zeit aufzubrechen. Um den Weg zu Fuss zurückzulegen, war es nun zu spät. Ich erhob mich von meinem Stuhl und krallte mir meinen Mantel. „Isabella, bitte verlass mich nicht ..." Seine Stimme war nur noch ein leises Flüstern. „Es gibt keine Zukunft für uns Noah, selbst wenn ich es wollte." Meine eigenen Worte zerrissen mir das Herz, ich stürmte hinaus in die eisige Kälte, ohne mich auch nur ein einziges Mal umzudrehen. Ich wusste, hätte ich es getan, wäre ich zurückgekehrt und hätte mich ihm in die Arme geworfen. Ich rannte auf mein Auto zu, doch ich spürte, dass mich meine Beine nicht mehr tragen wollten. Ich war unheimlich erschöpft und zitterte wie Espenlaub. Galle stieg in meine Kehle und ich musste mich noch auf dem Bürgersteig übergeben. Noah hatte mich eingeholt und stützte mich. „Mein Gott, Isabella. Du bist krank, bitte lass dir von mir helfen." Seine Stimme brach vor lauter Sorge. Sobald sich mein Magen wieder beruhigt hatte, schüttelte ich seine Hände ab. „Lass mich in Ruhe, Noah! Geh!" Ich drehte mich um und ging weiter die Strasse entlang. Noah blieb resigniert zurück und obwohl es mich schier zerfetzte, war ich froh darüber.

24

Es kostete mich viel Kraft, mir im Kindergarten nichts anmerken zu lassen. Mein Magen hatte sich zwar wieder beruhigt, doch ich fühlte mich immer noch unheimlich müde und erschöpft. Laura beklagte sich den ganzen Tag lang über ihre spannenden Brüste, die sie während der Schwangerschaft plagten, sodass es ihr gar nicht auffiel, wie schlecht es mir ging. Darüber war ich sehr froh, denn ich hätte jetzt unmöglich noch die Kraft dazu aufbringen können, ihr alles zu erzählen.

Nach der Arbeit fuhr ich ins Reisebüro und liess mir ein Flugticket ausstellen. Als ich es schliesslich in meinen Händen hielt, huschte ein Lächeln über mein Gesicht. Ich freute mich riesig darauf, meine Familie wiederzusehen und natürlich auch auf die Landschaft, die wunderbare Landluft und die Klippen. Dieser Ort hatte schon früher eine beruhigende Wirkung auf mich gehabt. Savannah machte sich noch heute darüber lustig, doch für mich war dieser Ort einfach nur magisch. Egal wie verworren alles war, immer wenn ich bei den Klippen sass und auf das Meer hinausblickte, sah ich augenblicklich wieder klar. Und genau das brauchte ich jetzt. Einen klaren Kopf, um weitere Entscheidungen zu treffen, aber vor allem, ein klares Herz.

Das Wochenende kam und mit ihm die Einsamkeit. Ständig ertappte ich mich dabei, wie ich mein Handy nach einer Nachricht von Noah absuchte. Dabei war das absolut lächerlich, denn ich war ja diejenige, die ihm den Laufpass gegeben hatte. Savannah hingegen, rief mich mehrmals täglich an, um sich davon zu überzeugen, dass ich mir nicht das ganze Wochenende die Augen ausheulte. Schliesslich beschloss ich, in die Stadt zu fahren, um meiner Familie ein paar Mitbringsel zu besorgen.

Ich flanierte durch diverse Geschäfte und verfiel wenig später einem richtigen Kaufrausch. Ich besorgte meiner Mutter ihr Lieblingsparfum und meinem Vater Zigarren, die man nur hier in den Staaten bekommen konnte. Savannah kaufte ich Schuhe, das war eine alte Tradition. Wir hatten beide einen Schuhtick und so ergab es sich, dass sie mir stets Schuhe aus Irland mitbrachte, wenn sie mich besuchte, und ich ihr Schuhe aus den USA, wenn ich nach Irland flog. Wir hatten dieselbe Grösse und auch dieselbe Form des Fusses, so konnten wir immerzu sichergehen, dass die Schuhe auch ohne direkte Anprobe perfekt passten. Diesmal kaufte ich ihr aber nicht nur Schuhe, sondern gleich auch die passende Tasche dazu. Beladen mit mehreren Einkaufstüten blieb ich schliesslich vor einem Drugstore stehen. Ich wusste nicht recht, ob ich es wirklich tun sollte. Ich war verunsichert und kam mir dämlich vor, es überhaupt nur in Erwägung zu ziehen, doch es war nun mal eine Tatsache, dass ich mich heute Morgen schon wieder übergeben musste und langsam aber sicher kam mir das recht spanisch vor. Ich nahm also meinen ganzen Mut zusammen und trat schliesslich in das Geschäft ein. Hinter der Theke erwartete mich ein grosser, dünner Mann mit Glatze und Schnurrbart, der mich nun freundlich anlächelte. „Wie kann ich Ihnen helfen, Lady?", fragte er freundlich. Ich räusperte mich und blickte ihm dann selbstbewusst in die Augen, um meine innerliche Unsicherheit zu verbergen. „Ich hätte gerne einen Schwangerschaftstest …!" – „Da hätten wir mehrere im Angebot. Sind Sie denn schon überfällig?", fragte er, als ob es das normalste der Welt wäre, mich nach meinem Zyklus zu fragen. „Ähm … ja … seit ein paar

Tagen." Ich senkte meinen Blick und betete zu Gott, dass der Mann nicht bemerkte, wie peinlich mir die Situation war. Er nickte wissend und kramte kurz darauf in einer Schublade hinter der Theke. „Dann empfehle ich Ihnen diesen Test hier." Er streckte mir eine Packung entgegen und ich liess sie umgehend in einer meiner zahlreichen Einkaufstaschen verschwinden. Ich bezahlte den Test und verliess das Geschäft danach eilig. Draussen angekommen, lehnte ich mich an die kalte Häuserwand, schloss meine Augen und atmete tief durch. „Manchmal benimmst du dich wirklich wie ein Kind! Man könnte meinen, du wärst ein verstörter Teenager nach dem ersten Mal", flüsterte ich empört zu mir selbst. „Isabella, bist du es?" Ich öffnete die Augen und erblickte Noah. Ich war sehr überrascht, freute mich insgeheim aber sehr darüber, ihn zu sehen. Doch die Tatsache, dass ich mir gerade einen Schwangerschaftstest besorgt hatte, der mir unter Umständen aufzeigen würde, dass ich SEIN Kind unter meinem Herzen trug, dass ich erneut von ihm schwanger war, machte mich verlegen und wütend zu gleich. Warum nur, musste er ausgerechnet hier auftauchen. Oder war das etwa gar kein Zufall? Verfolgte er mich? „Hallo

Noah." Ich versuchte freundlich zu klingen und meine Nervosität zu überspielen. Einen kurzen Moment lang standen wir uns wortlos gegenüber, doch dann unterbrach er die Stille. „Möchtest du etwas trinken? Ich lade dich ein." Ich schüttelte traurig meinen Kopf. „Ich denke, das ist keine gute Idee, Noah! Es ... es fällt mir schwer genug ..." Ich zog meine Einkaufstüten dicht an meinen Körper und wollte gerade weitergehen, doch Noah packte mich an meinem Arm und hinderte mich daran zu gehen. „Bitte, Isabella! Komm mit mir, nur als Freunde ...", flehte er mich an. Mir war wirklich sehr kalt und vor allem verspürte ich plötzlich einen Bärenhunger. Da ich mein Frühstück heute Morgen wieder gänzlich ausgekotzt hatte, knurrte mir nun der Magen. „Können wir auch etwas essen gehen? Ich bin am verhungern", fragte ich verlegen. Noah lachte und ich spürte, wie erleichtert er darüber war, dass ich nun doch einwilligte. „Natürlich! Komm, gib mir deine Taschen!" Lachend nahm er mir meine Einkäufe ab und legte seinen Arm freundschaftlich um meine Schultern.

Wir ergatterten einen ungestörten Platz in einem kleinen, gutbürgerlichen Restaurant um die Ecke. Noah bestellte sich ein Steak und Bratkartoffeln, während ich mich für das Tagesgericht, den flambierten Fisch mit Salat, entschied. Es fühlte sich sehr eigenartig an, Noah nur als Freund gegenüberzusitzen. Ich konnte nicht leugnen, dass mir seine Gesellschaft nach wie vor einen gewissen Seelenfrieden vermittelte. Ich liebte ihn noch immer sehr und zu diesem Zeitpunkt schien es mir unmöglich, daran zu glauben, dass meine Liebe zu ihm jemals erlöschen würde. „Wie geht es dir?", fragte er schliesslich. Ich zuckte mit den Schultern und blickte ihm aufrichtig in die Augen. Ich wollte ihn nicht anlügen. „Ich vermisse dich sehr", sagte ich kleinlaut, „doch ich bin dabei, darüber hinwegzukommen", log ich. Er senkte seinen Blick ebenfalls und berührte meine Hand vorsichtig mit seinen langen Fingern. „Du trägst den Ring noch?", stellte er überrascht fest. „Er geht nicht mehr ab, tut mir leid! Ich werde es weiter versuchen und ihn dir bei Gelegenheit wieder zurückgeben." Nun durchbohrte er mich regelrecht mit seinem Blick. „Isabella! Ich werde dich immer lieben, ich werde niemals über dich hinwegkommen und ich will es auch gar nicht. Es ist kein Zufall, dass wir uns begegnet sind. Ich bin dir gefolgt, weil ich einfach nicht ohne dich sein kann." Sein Geständnis überwältigte mich,

Tränen schossen mir in die Augen und ich entzog ihm ruckartig meine Hand. „Noah, lass es gut sein! Es geht nicht. Unsere Verbindung würde zu viele Menschen verletzen", sagte ich traurig. „Das ist mir egal, Isabella! Ich hasse mich dafür, dass es mir nicht wichtig ist, was meine Familie darüber denkt, aber es ist die Wahrheit! Ich liebe dich mehr als alles andere! Wir sind füreinander bestimmt und das weisst du! Warum sollten wir auf unser Glück verzichten, nur weil unsere Familien das Gefühl haben, sich unnötig bekriegen zu müssen."

Er hatte recht! Und ich hasste es, wenn er recht hatte. Ich liebte ihn von ganzem Herzen, aber ich war einfach nicht bereit, meine Familie für diese Liebe zu opfern. Der Kellner brachte uns unsere Bestellungen, doch der Appetit war mir gründlich vergangen. Ich sah auf den Fisch hinunter, atmete seinen Duft ein und spürte augenblicklich, wie mein Magen rebellierte. Ich sprang von meinem Stuhl und stiess dabei die Tüten um, die Noah unter dem Tisch deponiert hatte, ich entschuldigte mich kurz kleinlaut und verschwand kurz darauf eilig in dem Toilettenraum. Ich trank einen Schluck Wasser, in der Hoffnung, dass sich mein Magen wieder beruhigen würde, doch kaum sickerte die kühle

Flüssigkeit meine Kehle hinunter, stiess sie mein Magen postwendend wieder hinauf und ich musste mich doch noch übergeben. Nachdem ich mich danach kurz frisch gemacht hatte, machte ich mich wieder auf den Weg zurück zu unserem Tisch. Noahs Blick durchbohrte mich förmlich, er war undefinierbar, ich konnte ihn nicht deuten, aber ich spürte, dass er aufgebracht war. Als ich mich wieder setzte, erstarrte ich, nachdem ich die Packung mit dem Schwangerschaftstest neben meinem Teller entdeckt hatte. „Der ist dir aus einer deiner Taschen gefallen, die du umgestossen hast. Du denkst also, dass du schwanger bist?" Seine Stimme war kühl. Ich antwortete nicht und senkte stattdessen meinen Blick. Noah wurde wütend. „Wolltest du es mir überhaupt sagen?" – „Ich weiss nicht, ob ich schwanger bin, Noah! Ich bin überfällig und muss mich seit einigen Tagen regelmässig übergeben. Ich wollte einfach sicher sein, das bedeutet aber nicht, dass ich es wirklich bin", rechtfertigte ich mich. „Hattest du vor, es mir zu sagen?", fragte er mich erneut scharf. Ich war nicht fähig, ihm zu antworten, denn ich wusste selbst keine Antwort auf seine Frage. Ich hatte noch nicht darüber nachgedacht, was ich machen würde, wenn der Test wirklich positiv ausfallen würde …

Schliesslich waren wir nicht mehr zusammen und unter den ganzen verworrenen Umständen, war ich mir nicht mal sicher, ob ich das Kind überhaupt behalten würde. „Antworte mir, Isabella!", befahl er mir barsch, „hattest du vor, mir von MEINEM Kind zu erzählen?" – „Ich weiss es nicht", flüsterte ich leise. Noah erschrak sichtlich. Mit dieser Antwort hatte er offenbar nicht gerechnet. Wütend erhob er sich und funkelte mich böse an. Bei diesem Anblick gefror mir das Blut in den Adern. „Mach den Test, Isabella! Und wage es ja nicht, mir das Resultat vorzuenthalten! Das ist auch mein Kind und es wird Mutter UND Vater haben!" Nun stand ich ebenfalls auf und verteidigte mich zornig. „Ach ja? Und wie wird das dann aussehen, Noah? Wird das Kind dann Thanksgiving bei meiner Familie verbringen, damit es dein Bruder dann an Weihnachten über meine Familie ausquetschen kann, um sich danach wieder irgendwelche verfluchten Vorteile für euer Geschäft zu verschaffen? Eher würde ich es abtreiben, als mein Kind unter solchen Umständen aufwachsen zu lassen!" Ich bemühte mich, nicht zu schreien, doch es gelang mir nicht ganz. Die Leute drehten sich bereits nach uns um. Noah starrte mich entsetzt an. „Du denkst ernsthaft darüber nach, es abzutreiben? Nach allem was wir durchgemacht haben?", fragte er schockiert. Tränen rannen meine Wangen hinunter und verschleierten meinen Blick. „Ich weiss doch noch nicht mal, ob ich überhaupt schwanger bin, du Idiot!", beschimpfte ich ihn. Ich packte meine Taschen und verliess das Restaurant heulend.

Ich nahm mir ein Taxi und fuhr völlig aufgelöst nach Hause. Ich schmiss die Taschen in eine Ecke und legte mich in mein Bett. Mein Handy klingelte nun schon zum zehnten Mal und ich wusste, dass Noah versuchte mich zu erreichen. Wütend griff ich danach und warf es mit voller Wucht gegen die Wand, wo es sofort in zig Teile zerschmetterte. Im selben Moment hörte ich das Schloss der Tür und plötzlich fiel mir ein, dass Noah ja noch immer einen Schlüssel hatte. Augenblicklich war mir klar, dass er in wenigen Sekunden neben mir stehen würde und ich ihm nicht mehr entkommen konnte, also schloss ich instinktiv meine Augen und zog meine Decke bis zum Kinn hoch. Wenige Sekunden später hörte ich seine Schritte und spürte kurz darauf, wie die Matratze neben mir nachgab. Zärtlich legte er seine warme Hand auf meinen kalten Körper. „Isabella, ich möchte dich nicht unter Druck setzen und ich werde auch gleich wieder verschwinden, nicht weil ich es will, sondern weil ich weiss, dass du jetzt Zeit für dich brauchst und das respektiere ich. Aber ich bitte dich inständig, Isabella. Sollte dieser Test positiv ausfallen, dann bitte, unternimm nichts, was du später bereuen würdest. Ich verspreche dir, wir werden eine Lösung finden, aber lass das Kind nicht für etwas büssen, was ich verbockt habe. Ich werde dich jetzt ein paar Tage in Ruhe lassen, damit du wieder zu dir selbst finden kannst, aber glaube nicht, dass ich aufhören werde, um dich zu kämpfen. Ich liebe dich! Das hat sich nicht geändert und das wird sich auch nie ändern. Und ich weiss, dass du mich auch liebst! Ich werde nicht eher ruhen, bis du meine Frau bist und wir endlich das bekommen, was uns verdammt nochmal zusteht! Ich habe mir meine Herkunft genauso wenig ausgesucht wie du, und ich werde bestimmt nicht zulassen, dass sie mir mein Glück zerstört. Ich wünschte wirklich, dass du das auch so sehen könntest." Ich lauschte aufmerksam seinen Worten und war so krampfhaft damit beschäftigt, meine Tränen zurückzuhalten, dass ich ihm nicht antworten konnte. Er verliess kurz darauf die Wohnung und ich konnte mich endlich in den Schlaf weinen.

In den nächsten Tagen hörte ich nichts mehr von Noah. Ich besorgte mir ein neues Handy und war damit beschäftigt, alles für meinen Kurzurlaub vorzubereiten. Den Schwangerschaftstest packte ich in meine Handtasche und ich beschloss, ihn erst zu einem späteren Zeitpunkt durchzuführen. Ich fürchtete mich immer mehr vor dem Resultat und den damit verbundenen Konsequenzen, sodass ich die Stunde der Wahrheit noch ein paar weitere Tage hinauszögern wollte.

Die Stunden bis zu meiner Abreise schienen nicht vergehen zu wollen. Mit einem grossen Koffer sass ich auf der Boarding Terrasse und wartete ungeduldig darauf, bis endlich mein Flug aufgerufen wurde. Nach einer gefühlten Ewigkeit sass ich schliesslich auf meinem Platz im Flugzeug und nickte ein, noch bevor die Maschine startete. Der Flug verlief ruhig und ohne Turbulenzen.

Mom, Dad und Savannah warteten bereits ungeduldig und nahmen mich nach der Landung herzlich in Empfang. Savannah stürmte aufgeregt auf mich zu und umarmte mich übermütig. Meine Mutter freute sich so sehr, dass sie herzzerreissend weinte und mein Vater nahm mir sofort den Koffer ab. „Oh Darling, ich bin ja so froh, dass du endlich wieder da bist", sagte meine Mutter immer wieder, „du bist so blass und du bist dünn geworden", stellte sie besorgt fest, „isst du denn auch richtig, Kind?" – „Irin! Lass die Kleine erst mal ankommen, bevor du ihr schon wieder Vorträge hältst!", tadelte mein Vater sie. Savannah legte ihren Arm um meine Schultern und küsste mich stürmisch auf die Wange. „Hey Schwesterchen, ich hoffe doch, du hast mir tolle Schuhe mitgebracht?", fragte sie erwartungsvoll. „Natürlich", versicherte ich ihr stolz, „und dazu sogar noch die passende Tasche!" Sie freute sich riesig und hüpfte in ihren pinken High Heels aufgeregt auf und ab. „Du bist wirklich die beste Schwester auf der ganzen Welt!"

Mein Zimmer war immer noch genau so, wie ich es damals verlassen hatte. Nun ja, es war immer noch ein Teenager-Zimmer. An den Wänden hingen Poster von diversen Musicals und Idolen aus meiner Kindheit. Auf meinem Bett lag immer noch der türkisgrüne Bettüberwurf, den mir Tante Hedy damals gestrickt hatte und darauf waren alle meine Stofftiere verteilt. Müde und erschöpft liess ich mich auf mein Bett fallen und starrte an die Decke. In Irland war es bereits früher Nachmittag. Meine Mutter war schon eifrig dabei, das Festmahl für heute Abend vorzubereiten. Die Iren feiern kein traditionelles Thanksgiving, doch Savannah und ich hatten diesen Feiertag in den Staaten so sehr geliebt, dass meine Mutter beschlossen hatte, die Tradition auch in Irland weiterzuführen. Schon als wir unser altes Backstein-Cottage betraten, roch ich den herrlichen Truthahn im Ofen. Zu meiner grossen Freude war mir nicht einmal schlecht geworden. Vielleicht plagte mich also doch nur eine harmlose Grippe und ich machte mich umsonst verrückt. Allerdings war da immer noch das Ausbleiben meiner Periode und das hatte wohl kaum etwas mit einer Grippe zu tun. Ich seufzte tief und setzte mich im Schneidersitz auf mein Bett, bevor ich den Schwangerschaftstest aus meiner Tasche kramte. Ich betrachtete ihn und studierte die Gebrauchsanleitung auf der Packung. Es klopfte an der Tür und ich schaffte es gerade noch, den Test unter meinem Kopfkissen zu verstecken, bevor mein Vater auch schon seinen Kopf zur Türe hinein streckte. „Na, wie fühlt es sich an, wieder im alten Zimmer zu schlafen?" Er kam näher und setzte sich auf meinen Bettrand. „Es ist toll, Dad", versicherte ich ihm fröhlich. Er runzelte die Stirn und musterte mich eindringlich. „Kleine, ist wirklich alles in Ordnung mit dir? Du weisst, ich gebe deiner Mutter nur sehr ungern recht, aber es stimmt, du siehst wirklich nicht sehr gut aus. Du weisst, du kannst mir alles sagen." Ich umarmte ihn stürmisch und legte meinen Kopf auf seine Schulter. „Ach Dad, es ist alles in Ordnung. Ich habe einfach nur eine sehr strenge Zeit hinter mir und der Jetlag macht mir etwas zu schaffen", log ich. „Kleine, jetzt da du nicht mehr mit Jonah zusammen bist, könntest du dir denn nicht vielleicht doch vorstellen wieder zurückzukommen? Du weisst, wir vermissen dich sehr und vor allem Mom leidet sehr darunter, dass du nicht mehr hier bist und sie ihr kleines Baby nicht mehr beschützen kann. Du könntest in das Geschäft einsteigen und gutes Geld verdienen." – „Ach Dad, ihr fehlt mir doch auch schrecklich, aber du weisst doch … Emily … ich kann sie nicht einfach verlassen, es ist mir schon schwer genug gefallen, sie nur schon über die Feiertage alleine zurückzulassen. Und was den Weinhandel betrifft … Dad …", ich hob meine Augenbrauen und blickte amüsiert in seine strahlend blauen Augen, „du weisst, dass ich keinen Wein mag und was wäre ich denn für eine lausige Weinhändlerin, wenn ich den potentiellen Käufern sagen müsste, dass unser

Wein bitter und eklig schmeckt …" Mein Vater lachte laut auf und legte seinen Arm liebevoll um meine Schultern. „Ach Kleine, du hast wirklich keine Ahnung von Wein! Ich weiss wirklich nicht, was ich in deiner Erziehung falsch gemacht habe!" Er schüttelte gespielt theatralisch den Kopf, küsste mich dann sanft auf meinen Scheitel und erhob sich schliesslich wieder. „Schlaf ein bisschen, Kleine. Das Essen ist noch lange nicht fertig." Ich hörte sein Lachen auch noch, nachdem er die Tür hinter sich bereits geschlossen hatte. Ich legte mich wieder hin und schloss meine Lider. Sofort erschien Noah vor meinem inneren Auge und begleitete mich in den Schlaf.

Der Duft des Truthahns wurde immer intensiver und liess mir das Wasser im Mund zusammenlaufen, noch bevor ich die Augen öffnete. Ich stieg aus dem Bett und machte mich auf den Weg nach unten in unsere Küche. Meine Mutter holte den Vogel gerade aus dem Ofen und deckte ihn mit Folie ab, damit er bis zum Verzehr nicht austrocknete. Während ich sie beobachtete wurde mir warm um mein Herz. Sie hatte ihre dunklen, schulterlangen Locken wie immer zu einem fein säuberlichen Dutt zusammengebunden. Ihre grossen, honigbraunen Augen erinnerten mich an meine eigenen. Meine Mutter war wirklich eine bildhübsche Frau und obwohl sie ein paar Kilo zu viel auf den Hüften hatte, konnte sie es durchaus mit den Schönsten der Schönen aufnehmen. Ich trat näher, schlang meine Arme von hinten um ihre Taille und drückte meinen Kopf an ihren Rücken. „Na, hast du dich ausgeschlafen?" Ich nickte und atmete den Rosenduft ihres Haarshampoos ein. Wie ich diesen Duft doch vermisst hatte, wie ich SIE doch vermisst hatte. Wieder schlich der Gedanke in meinen Kopf, dass ich mich vielleicht doch bald zwischen ihnen und meinem eigenen Glück entscheiden musste. Doch noch bevor ich Gefahr lief, den Gedanken zuzulassen und in Tränen auszubrechen, verdrängte ich ihn wieder. „Das riecht einfach köstlich, Mom", lobte ich sie. „Danke, Liebes. Ich bin so glücklich, dass du hier bist! Jetzt geh und hilf deiner Schwester, den Tisch zu decken."

Savannah war gerade dabei, das silberne Besteck auf Hochglanz zu polieren. Als sie mich entdeckte, schloss sie sofort die Tür, welche die Küche mit dem Esszimmer verband, damit wir unter uns waren. „Süsse, wie geht es dir? Alles in Ordnung? Hast du noch was von ihm gehört?" Sie löcherte mich geradezu mit Fragen und konnte meine Antworten kaum abwarten. „Wir … wir sind nur noch Freunde", entgegnete ich knapp und gab ihr damit zu verstehen, dass ich nicht weiter darüber sprechen wollte. Was hätte ich ihr denn auch sagen sollen? So etwas wie: „Ach, weisst du, er ist mein Seelenverwandter und wir haben in den letzten Monaten mehr miteinander durchgestanden, als andere in ihrem ganzen Leben. Ich war schwanger, habe unser Kind jedoch verloren, aber hey, keine Panik, vielleicht bin ich ja bereits wieder schwanger und muss mich bald zwischen euch und ihm sowie unserem Baby entscheiden …" Ich drehte mich weg und machte mich daran, die Gläser zu polieren, bedacht darauf, dass sie die Tränen nicht sehen konnte, die mir meine eigenen Gedanken in die Augen getrieben hatten.

Das Essen schmeckte köstlich und meine Mutter freute sich wie ein kleines Kind, dass ich ordentlich zugriff. Ich hatte auch einen Bärenhunger. Letzte Woche hatte ich mich praktisch nur von Tee und Crackern ernährt, weil sonst alles von meinem Magen postwendend wieder nach oben befördert wurde. Ich hatte Nachholbedarf und liess es mir so richtig schmecken. „Savannah, hast du Isabella schon

gefragt?", fragte mein Vater meine Schwester
schliesslich, als wir bei dem Dessert
angekommen waren. Nun wandte sich Savannah
an mich, „Süsse, morgen findet doch das
alljährliche Bankett zugunsten der Waisenkinder
statt. Du weisst, wir sind grosszügige Spender
und sind somit als Ehrengäste geladen. Dad und
ich müssen auf jeden Fall hingehen, aber wir
fänden es sehr schön, wenn du und Mom uns
begleiten würdet …" Eigentlich wollte ich in
meiner alten Stammkneipe vorbeischauen, doch
die Idee, wieder einmal mit meiner Familie einen
offiziellen Anlass zu besuchen, gefiel mir gar
nicht schlecht, also willigte ich schliesslich ein
und bereitete meiner Familie damit ebenfalls
eine riesige Freude.

25

NOAH

Ich betrat den grossen Saal neben meinem Bruder Alessio nur sehr widerwillig. Nachdem ich in Italien bei meiner Familie angekommen war, hatte er so lange auf mich eingeredet, bis ich schliesslich eingewilligt hatte, ihn zu diesem langweiligen Bankett in Irland zu begleiten. Mein Vater und meine Mutter mussten sich um andere geschäftliche Angelegenheiten kümmern und konnten das Land unmöglich verlassen, also machten Alessio und ich uns schliesslich auf den Weg nach Irland, um sie zu vertreten. Zu wissen, dass ich in das Heimatland meiner geliebten Isabella flog, machte die Sache nicht gerade einfacher, doch ich war auch neugierig. Isabella hatte mir schon sehr viel von der grünen Insel erzählt und ich freute mich darauf, sie endlich einmal mit eigenen Augen zu sehen. Auch wenn wir keine Zeit haben würden, um Ausflüge zu machen, so erhoffte ich mir doch, mich ihr dadurch etwas näher zu fühlen. Unser Streit lag nun schon fast eine Woche zurück und ich musste immer wieder daran denken, dass sie vielleicht mein Kind in ihr trug. Vielleicht hatte ja dieses Kind das Privileg zu leben, nachdem es unser erstes Baby leider nicht geschafft hatte. Es war schon damals ein Wunder gewesen, dass Isabella, trotz ihrer Vorgeschichte, überhaupt schwanger geworden war, wenn sie jetzt, nach so kurzer Zeit, wieder schwanger wäre, dann wäre das doch ein weiterer Beweis dafür, dass wir füreinander bestimmt waren, dass wir zusammen gehörten und es sich lohnte, für unsere Liebe zu kämpfen. Es fiel mir sehr schwer, sie nicht anzurufen, ihr keine Nachrichten zu schreiben und am meisten, sie nicht sehen zu können, doch ich kannte sie mittlerweile gut und ich wusste, dass ich nur eine Chance hatte sie zurückzugewinnen, wenn ich ihr die Zeit gab, die sie benötigte, um wieder zu sich selbst zu finden. Meine Gedanken kreisten nur um sie und ich fragte mich ständig, ob sie den Test wohl schon gemacht hatte und wo sie jetzt gerade war. Wie hatte sie Thanksgiving verbracht? War sie vielleicht sogar bei diesem Schwachkopf Derek gewesen? Der Gedanke daran brachte mich zur Weissglut. Er war geradezu unerträglich für mich und ich beschloss, ihn unverzüglich in Alkohol zu ertränken. „Scheiss auf die grüne Insel, ich will gar nichts davon sehen, ohne Isabella ist das alles sowieso sinnlos", sagte ich zu mir selbst.

Alessio erkannte bereits ein paar Geschäftsleute und unterhielt sich angeregt mit ihnen. Ich steuerte direkt auf die kleine Bar in der Ecke zu und setzte mich auf einen leeren Stuhl. „Whiskey on the rocks, bitte!", rief ich dem Barkeeper zu. Nachdem er mir das Glas mit der bernsteinfarbenen Flüssigkeit hingestellt hatte, leerte ich es auf ex und bestellte mir gleich darauf einen weiteren Drink. Ich drehte mich um und beobachtete gelangweilt die vielen Menschen in dem Saal, als mein Blick plötzlich an einer jungen Frau hängen blieb. „Aber … das ist doch … habe ich zu viel getrunken? Nein, ich bin mir sicher, das ist Isabella! Meine Isabella!" Ich musste zweimal hinschauen, doch es bestand kein Zweifel daran, sie war es tatsächlich. Sie trug ein atemberaubendes, bodenlanges, knallrotes Abendkleid. Ihre rabenschwarzen Haare waren gelockt und fielen ihr verspielt über ihren entzückenden, nackten Rücken. Sie war dünner geworden, doch das beeinträchtigte ihre vollkommene Schönheit in keinster Weise. Am liebsten wäre ich zu ihr gerannt und hätte sie in meine Arme geschlossen, doch sie war nicht alleine hier. Ihre Eltern und auch ihre giftige Schwester standen dicht neben ihr und ich wollte nicht, dass Savannah mir hier, vor allen Leuten,

wieder eine Szene machte wie damals in
Isabellas Apartment. Ich musste also einen
passenden Moment abwarten, um sie alleine zu
erwischen. Ich bestellte nochmals einen Whiskey
und liess sie nicht aus den Augen. Es gefiel mir
gar nicht, dass einige Herren sich mit ihr
unterhielten. Einer legte sogar völlig unverblümt
seinen Arm um ihre Taille. Es war alles andere als
einfach für mich, sitzen zu bleiben und den Mann
nicht zu Brei zu schlagen. Ich war heilfroh, als sie
sich schliesslich aus seiner Umarmung befreite
und einen anderen Weg einschlug. Sie lief auf die
Terrasse zu, das war mein Moment. Ich erhob
mich von meinem Barhocker und marschierte ihr
unauffällig hinterher. Auf der Terrasse konnte ich
sie jedoch nicht finden. Es waren auch noch
andere Leute anwesend, die sich angeregt
miteinander unterhielten, doch von Isabella war
keine Spur zu sehen. Ich lehnte mich seufzend an
das Geländer und befürchtete schon, dass ich
mir das alles nur eingebildet hatte, als ich sie
plötzlich im Garten entdeckte. Sie stand vor dem
riesigen Teich und schmetterte flache Steine
hinein, die daraufhin auf der glitzernden
Oberfläche im Mondschein tanzten. Genau so,
wie ich es ihr früher gezeigt hatte. Mein Herz
machte einen riesigen Sprung, während ich mich

ihr langsam näherte. Ich stand nun so dicht hinter ihr, dass ich kaum wagte, weiter zu atmen. „Du erinnerst dich also doch …", flüsterte ich. Sie erschrak fürchterlich und drehte sich ruckartig um. Sie trat einen unbedachten Schritt zurück, verlor das Gleichgewicht und fiel direkt in meine Arme. Ich zog sie dicht an meinen Körper, sie krallte ihre Finger in meine Oberarme und ich hörte ihren schnellen Atem in meinem Ohr. Nachdem sie mich erkannt hatte, standen ihr sämtliche Fragen auf die Stirn geschrieben, doch was mir sofort auffiel war, dass sie lächelte. Sie freute sich also darüber, mich zu sehen, und das erleichterte mich sehr. „Ich wusste, dass du es nicht vergessen hast", raunte ich in ihr Ohr. Isabella blickte mir tief in die Augen. „Ich erinnere mich an jede einzelne Sekunde, Noah." Erleichtert und überwältigt beugte ich mich zu ihr hinunter und küsste sie auf ihre weichen Lippen. Sie erwiderte meinen Kuss, doch ich bemerkte auch die Tränen, die ihr zeitgleich über ihre Wangen liefen. Ich griff nach ihrer Hand und zog sie weiter in den Garten hinein, damit wir uns unbeobachtet unterhalten konnten. „Du bist hier … in Irland … aber … wieso …?", fragte sie mich schliesslich irritiert. „Ich begleite meinen Bruder, was tust du hier?" – „Savannah …Bei ihrem letzten Besuch hat sie mich gebeten, über Thanksgiving nach Hause zu kommen und … nach allem was passiert ist, schien mir das keine schlechte Idee zu sein." Wir blieben stehen und starrten uns immer noch ungläubig an. Ich spürte wieder dieses Band zwischen uns, die Funken, die stets sprühten, wenn wir uns so nahe waren. Ich konnte nicht anders, als zärtlich über ihren Bauch zu streicheln, dabei sah ich sie fragend an und sie verstand sofort. Sie senkte ihren Blick und schüttelte wild ihren bildhübschen Kopf. „Ich habe den Test noch nicht gemacht, Noah." Ich legte meinen Daumen und meinen Zeigefinger an ihr Kinn und zwang sie, mir in die Augen zu blicken. „Isabella, ich liebe dich so sehr! Es tut mir so leid, dass wir uns gestritten haben. Bitte, Isabella, du darfst unsere Liebe nicht einfach aufgeben, kämpfe für sie", flehte ich. „Aber unsere Eltern … Noah, ich weiss einfach nicht mehr weiter", flüsterte sie verzweifelt. „Wenn uns unsere Eltern so lieben, wie wir sie lieben, dann werden sie akzeptieren, dass wir zusammen gehören. Isabella! Denk auch an Emily!" Ihr Gesicht war schmerzverzerrt, doch sie schmiegte ihre Wange in meine Hand und schloss ihre Augen. „Noah. Ich liebe dich auch! Ich habe niemals aufgehört, dich zu lieben."

Mein Herz drohte zu zerspringen, einerseits aus Freude über ihre Worte, andererseits weil ich es nicht ertragen konnte, sie so leiden zu sehen. Behutsam küsste ich sie erneut auf ihre vollen Lippen, um ihre letzten Zweifel auszuschalten. Ihre Liebe war wie eine Droge für mich und erst jetzt wurde mir bewusst, wie sehr ich ohne sie gelitten hatte.

„Na sieh mal einer an, der Montinari-Schönling ist auch hier. Habe ich dir nicht gesagt, du sollst die Finger von meiner Schwester lassen?" Savannah stand mit verschränkten Armen vor uns und funkelte mich zornig an. „Ich werde meine Finger nie wieder von deiner Schwester lassen, Savannah! Ich liebe sie und das werdet ihr akzeptieren müssen, ob es euch nun passt oder nicht!", entgegnete ich wütend. Ich hatte endgültig die Nase voll von dieser kratzbürstigen Diva! „Wenn du denkst, dass ich zulasse, dass du ihr noch weiter weh tust, dann hast du dich getäuscht, mein Lieber. Aber ganz gewaltig!", schrie sie. „Savannah, es reicht jetzt!" Isabella trat vor mich und wies ihre Schwester barsch zurecht. „Ich weiss, dass du mich nur beschützen willst, aber ich kann selbst auf mich aufpassen und vor allem vertraue ich auf meinen Instinkt! Noah und ich haben uns schon längst ausgesprochen. Er hat mich niemals ausgenutzt, Savannah. Wir lieben uns!" Savannah rollte abschätzig mit den Augen. „Oh Gott, Isabella, du bist so naiv!" – „Ich bin verliebt, Savannah! Und ich bin verdammt nochmal glücklich! Du hast keine Ahnung, was ich im letzten Jahr alles durchgemacht habe, also wage ja nicht, über mich zu urteilen, hörst du?" Ich spürte, dass Isabella dabei war, ihre Fassung zu verlieren. Ihr Körper zitterte und dicke Tränen rannen über ihr Gesicht. Ich schlang meine Arme um sie und versuchte, sie zu beruhigen, „Süsse, beruhige dich! Ich bin bei dir." Savannah starrte sie mit grossen Augen an und das erste Mal, seit ihrem Auftritt, fand sie keine Worte. Sichtlich beschämt senkte sie ihren Blick, doch sie schaffte es nicht, ihre Tränen vor uns zu verbergen. „Wie soll ich dich denn auch verstehen, Isabella? Du redest ja nicht mehr mit mir! Denkst du etwa, dass mir nicht aufgefallen ist, wie du dich nach der Trennung von Jonah zurückgezogen und verändert hast? Ich weiss doch, dass du mir etwas verheimlichst! Ich bin deine Schwester, verdammt nochmal, ich spüre deinen Schmerz, aber du gibst mir ja nicht die Gelegenheit, dir zu helfen! Es macht mich verrückt, dass du ihm, einem Montinari, dein Vertrauen schenkst, aber ich, deine eigene Schwester, weiss absolut gar nichts!" Sie schlug ihre Hände vor ihr Gesicht und schluchzte haltlos. Isabella löste sich aus meiner Umarmung und stürmte auf sie zu. „Süsse, ich wollte dich doch nur beschützen! Ich wollte nicht, dass du dir Sorgen um mich machst!", sagte sie leise, während sie ihre Schwester in ihre Arme schloss. „Ich werde mich immer um dich sorgen, Isabella! Das ist doch mein Job!", schluchzte sie. „Ach Savannah, es tut mir so leid. Ich wusste nicht, wie sehr du darunter leidest. Bitte verzeih mir. Ich verspreche dir, ich werde dir bei Gelegenheit alles erzählen! Du bist mir so wichtig und ich liebe dich über alles. Aber so empfinde ich eben auch für Noah und ich würde mir wirklich wünschen, dass du ihm eine Chance gibst", flehte sie. „Aber muss es denn unbedingt ein Montinari sein? Verdammt, Isabella!" Noch bevor ich mich verteidigen konnte, nahm Isabella Savannahs Gesicht zwischen ihre Hände und blickte ihr ernst in ihre Augen. „Ich könnte natürlich auch zu Jonah zurückkehren. Nur müsste ich dann leider jederzeit damit rechnen, dass er einen Rückfall erleidet und mich nochmals schwängert, nur um mich dann abermals zusammenzuschlagen und die Treppe hinunterzustossen, um mich dann mit totem

Kind im Bauch und schweren inneren Verletzungen meinem Schicksal zu überlassen. Und das, Savannah, ist nur die Kurzfassung einer sehr langen und traurigen Geschichte. Glaub mir, Noah ist das Beste, was mir je passieren konnte." Savannahs Augen weiteten sich und sie trat erschrocken zurück. „Das ist nicht wahr", stotterte sie, „ich bring das Schwein um!" Isabella schüttelte ihren Kopf. „Noah hat ihm bereits gezeigt, wo der Hammer hängt und ausserdem hat er es zwischenzeitlich wieder gutgemacht. Savannah, ich werde dir alles erzählen, aber jetzt ist nicht der richtige Zeitpunkt dafür." Savannahs Gesicht war tränenüberströmt und man konnte sehen, dass ihr der Schock noch tief in den Knochen sass, doch sie gab sich schliesslich geschlagen und nickte resigniert. Ich hielt ihr ein Papiertaschentuch hin, während Isabella sie weiterhin liebevoll tröstete. Sie nahm es dankend an, trocknete ihre Tränen und nickte mir kurz freundlich zu. „Lasst uns jetzt reingehen, das Essen wird gleich serviert", sagte sie schliesslich so gefasst, als ob nichts gewesen wäre.

26

Savannah und ich setzten uns an den Tisch, der uns und unseren Eltern zugewiesen wurde. Noah und sein Bruder wurden auf der anderen Seite platziert, sodass ich ihn von unserem Tisch aus leider nicht sehen konnte. Es dauerte keine weitere Minute, bis der erste Gang serviert wurde. Als der Kellner den geräucherten Fisch vor mir abstellte, verkrampfte sich mein Magen sofort. Ich entschuldigte mich und hastete unauffällig auf die Toilette, um mich zu übergeben. Ich zitterte am ganzen Leib, während ich meinen Mund danach mit Wasser ausspülte. „Das war der Fisch, was?" Noah musste mir gefolgt sein und stand nun dicht hinter mir. Ich nickte stumm, während ich versuchte, mich zu beruhigen. „Ich ertrage den Geruch einfach nicht mehr, ich kann nichts dagegen tun." Er berührte zärtlich meine blassen Wangen und küsste mich sanft auf meine Kopfhaut. „Süsse, ich möchte dich wirklich nicht unter Druck setzen, die Indizien sind ja eigentlich ziemlich eindeutig, aber ich würde schon gerne genau wissen, ob wir Eltern werden", sagte er. „Es tut mir leid, Noah. Ich werde den Test gleich morgen früh mit

meinem Morgenurin durchführen, versprochen."
Plötzlich kam es mir total dämlich vor, dass ich so
lange gewartet hatte. Noah nickte erleichtert.
„Tu das. Es ist auch für dich besser, wenn du
Klarheit hast." Ich nickte und griff nach seiner
Hand. „Noah, könntest du mich vielleicht nach
Hause bringen? Ich fühle mich wirklich nicht sehr
gut." – „Natürlich, Principessa. Ich gehe und sage
es meinem Bruder, sagst du es deiner Familie?" –
„Ich werde ihnen sagen, dass ich mir ein Taxi
nehmen werde. Es ist noch zu früh, um meinen
Eltern von uns zu erzählen." Noah nickte
verständnisvoll. „Wir treffen uns draussen. Ich
bestelle das Taxi und warte auf dich."

Es dauerte eine Weile, bis ich meine Eltern
endlich davon überzeugt hatte, dass ich mich
auch ohne sie auf den Heimweg machen konnte.
Savannah nickte mir verschwörerisch zu. Ihr war
natürlich klar, dass ich die Feier nicht ohne Noah
verlassen würde. Meine Mutter war sehr besorgt
und sie liess sich nicht so einfach überzeugen,
doch ich versicherte ihr immer wieder, dass mir
nichts fehlte. „Mom, ich bin einfach nur
unheimlich müde, die Reise und die
Zeitumstellung, das macht mir einfach sehr zu
schaffen." Schliesslich liessen sie mich ziehen
und ich eilte nach draussen, wo Noah und das

Taxi bereits ungeduldig auf mich warteten. „Geht es dir besser?", fragte er mich besorgt, nachdem ich dem Taxifahrer meine Adresse genannt hatte und wir endlich losfahren konnten. Ich nickte und schloss meine Augen, doch kaum waren wir angekommen und ausgestiegen, wurde mir erneut schwindlig und Noah musste mich stützen. Er bezahlte das Taxi, hob mich auf seine Arme und trug mich unsere Einfahrt hinauf. Nachdem er mich wieder auf den Boden gestellt hatte, öffnete ich die Haustür und trat schliesslich ein. Noah zögerte, doch ich griff nach seiner Hand und zog ihn mit mir in mein altes Zimmer. „Keine Angst, das ist nicht das Haus der Capulets, Noah", besänftigte ich ihn lächelnd. Er kratzte sich nervös am Hinterkopf, während er die Poster an meinen Wänden betrachtete. „Nein, wobei wir uns nicht wirklich von Romeo und Julia unterscheiden." Ich nickte traurig, während ich ihm deutete, den Reissverschluss meines Kleides zu öffnen. Kaum war der samtene Stoff zu Boden geglitten, hatte ich Noah auch schon in meinen Bann gezogen. Er küsste mich leidenschaftlich, zuerst verwöhnte er meinen gierigen Mund, er liebkoste meinen empfindlichen Hals und dann … zog er mir ohne Vorwarnung das Nachthemd meiner Mutter über meinen Kopf, welches zuvor auf meinem Bett gelegen hatte. Ich stand da wie ein begossener Pudel und betrachtete ihn mit hochgezogenen Brauen, doch er grinste nur breit. „Tut mir leid, Süsse. Ich würde mir gerade wirklich nichts mehr wünschen, als mit dir zu schlafen, aber wenn dein Vater davon erfährt, dass ich hier, in seinem Haus, über dich hergefallen bin, dann bringt er mich um und ich hätte meine Chancen auf ein glückliches Schwiegersohn-Schwiegervater-Verhältnis für immer verspielt." Ich wusste im ersten Moment nicht, ob er mich verarschen wollte, doch es schien ihm wirklich ernst damit zu sein, also schlenderte ich schliesslich kopfschüttelnd ins Badezimmer und putzte mir die Zähne, ehe ich mich anschliessend erschöpft auf mein Bett fallen liess. Noah legte sich neben mich und zog mich dicht an seinen Körper, er schlang seine Arme um mich und streichelte zärtlich meinen Bauch. „Ich habe dich so vermisst, Principessa", flüsterte er mir ins Ohr. „Ich habe dich auch vermisst, Noah. Ich kann es immer noch nicht glauben, dass du hier bist." Er seufzte tief. „Süsse, du weisst, ich muss wieder zurück. Ich kann Alessio nicht so lange alleine lassen und ich möchte auch nicht riskieren, deine Eltern hier anzutreffen." Er fühlte sich sichtlich unwohl in meinem Zuhause und das konnte ich auch verstehen, denn es handelte sich ja sozusagen um das Haus seiner Feinde. Ich drehte mich zu ihm und streichelte seine Wangen. „Natürlich, Noah. Entschuldige bitte, ich wollte dich nicht aufhalten. Vielen Dank, dass du mich nach Hause gebracht hast." Er küsste mich sanft auf meine Lippen, doch dann liess er plötzlich von mir ab und betrachtete mich ernst. „Spielst du wirklich mit dem Gedanken, unser Kind abzutreiben?" Sein Blick war wehmütig, traurig und ängstlich zugleich. „Nein. Natürlich nicht!", versicherte ich ihm. „Das würde ich niemals tun, glaube mir! Ich war einfach verunsichert und verletzt und ich … ich hatte Angst. Ich … ich habe immer noch Angst", gestand ich ihm leise. „Aber wieso denn, Principessa? Wieso hast du solche Angst?" Ich sah direkt in seine Augen und antwortete ihm ehrlich. „Noah, aus demselben Grund, weshalb du dich hier nicht wohl fühlst. Ich verstehe, dass du gehen willst, denn genauso würde auch ich fühlen, wenn wir jetzt in Italien, bei deinen Eltern, wären. Unsere Familien sind verfeindet und ich möchte einfach nicht, dass unser Kind in zwei Familien hineingeboren wird, die sich gegenseitig hassen. Ich möchte, dass mich deine Familie liebt, und ich möchte, dass meine Familie dich liebt, und ich wünsche mir aus tiefstem Herzen, dass alle unser Kind lieben, doch das wird nicht möglich sein und das macht mir Angst. Ich weiss nicht, ob ich stark genug bin, um unser Kind von diesem abgrundtiefen Hass und den negativen Einflüssen fernzuhalten." Ich vergrub mein Gesicht in Noahs Brust und weinte bitterlich. „Principessa ...", er wiegte mich liebevoll in seinen Armen und streichelte zärtlich meinen Rücken, „unser Kind wird mit Liebe nur so überhäuft werden, glaube mir!", versicherte er mir. „Und wenn nicht?", fragte ich besorgt. „Na, dann werden sich unsere Familien hier in Europa weiter hassen, während wir in den Staaten unsere Zeit damit verbringen werden, uns zu lieben und zu ehren, bis der Tod uns scheidet", sagte er, als ob die Lösung total einfach wäre. „Schlaf jetzt, Süsse! Ich bleibe bei dir, bis du eingeschlafen bist. Und morgen machst du diesen verdammten Test, damit wir endlich Klarheit haben!" Ich nickte schluchzend und schloss meine Augen. Ich war wirklich unheimlich erschöpft, die Müdigkeit übermannte mich sofort und beförderte mich, eingehüllt in Noahs Wärme, direkt ins Land der Träume.

Als ich aufwachte, fröstelte ich am ganzen Körper und ich wusste sofort, dass Noah nicht mehr hier war. Stattdessen sass meine Mutter am Bettrand und streichelte mir zärtlich über die Haare. „Liebes, wie fühlst du dich?", flüsterte sie leise. „Es ist alles in Ordnung, Mom. Geh schlafen, ja?" Sie betrachtete mich stirnrunzelnd. „Isabella, wenn da irgendetwas ist …" – ich fiel ihr sofort ins Wort: „Mom, es geht mir gut, wirklich." Schliesslich nickte sie resigniert und küsste mich sanft auf die Stirn. „Ich liebe dich, Isabella. Ich wünschte, du würdest hier bleiben." Wie gern hätte ich mich in ihre Arme geworfen und ihr alles erzählt, aber ich konnte nicht … noch nicht. „Ich liebe dich auch, Mom", versicherte ich ihr, während ich sie in meine Arme schloss.

Es war erst ein Uhr nachts, als meine Mutter mein Zimmer wieder verlassen hatte. Ich versuchte wieder einzuschlafen, doch stattdessen wälzte ich mich eine volle Stunde hin und her. Schlussendlich gab ich auf und stand auf. Ich kramte den Schwangerschaftstest unter meinem Kopfkissen hervor und begab mich leise und auf Zehenspitzen ins Badezimmer. Ich bereitete alles so vor, dass ich wenige Minuten später über das lange Stäbchen pinkeln konnte, wie es die Gebrauchsanweisung verlangte. Ich war unheimlich nervös und die lächerlichen drei Minuten kamen mir vor wie eine Ewigkeit. Meine

Gedanken kreisten immer wieder um Noah, um unsere Familien und unsere gemeinsame Zukunft. Die Stoppuhr auf meinem Handy signalisierte mir schliesslich, dass die Wartezeit abgelaufen war. Mein Herz pochte laut in meiner Brust, während ich nach dem Test griff und das Ergebnis ablas. Tränen strömten über meine Wangen. Ich war unheimlich aufgewühlt und hatte augenblicklich das Gefühl, als hätte man mir die Kehle zugeschnürt. Hastig zog ich mir meine helle Jeans und meinen schwarzen Pulli über, zog Socken an und eilte die Treppe hinunter ins Wohnzimmer. Ich hinterliess meinen Eltern eine kurze Notiz, schlüpfte in meine Stiefel und meinen Mantel, bevor ich mich hinaus in die sternenklare Nacht begab. Ich atmete mehrmals tief durch, bis ich mir sicher war, dass ich wieder normal atmen konnte und machte mich dann auf den Weg zu den Klippen.

Die Klippen befanden sich einen Kilometer von unserem Haus entfernt. Der Weg dorthin führte durch das Dorf, welches unterhalb des Hügels lag, auf dem sich unser Cottage befand. Ich lief sehr zügig und erreichte das Dorf ziemlich schnell. Ich verlangsamte meine Schritte erst, als ich die Hauptstrasse erreichte. In dieser Strasse lag ein Pub neben dem anderen und in jedem einzelnen brannte noch Licht. Ich blieb kurz stehen und tauchte in meine Erinnerungen ein. Ich erinnerte mich daran, wie ich hier früher mit meinen Freunden und meiner Schwester die Nächte verbracht hatte. Wir hatten stets unheimlich viel Spass zusammen gehabt. Damals war die Welt noch in Ordnung und die Probleme drehten sich ausschliesslich um Pickel oder Jungs. Nun ja, ein Liebesproblem hatte ich heute gewissermassen ja noch immer, das hatte sich zwischenzeitlich also nicht geändert. Ich fröstelte und beschloss deshalb spontan, mich kurz in einem der Pubs aufzuwärmen, ehe ich meinen Weg fortsetzte.

Als ich die Tür unseres alten Stammlokals schliesslich öffnete, strömte mir die angenehme Wärme sofort entgegen. Ich steuerte direkt auf die Bar zu und setzte mich schliesslich auf einen der vielen freien Stühle. Bis auf ein verliebtes Pärchen und zwei Jungs, die gerade Billard spielten, war die Kneipe leer. Darüber war ich sehr froh, denn nach Gesellschaft war mir sowieso nicht zumute. „Was darf ich dir bringen, Süsse?", fragte der Barkeeper freundlich. „Gin Tonic, bitte", antwortete ich leise.

27

NOAH

Nachdem Isabella in meinen Armen eingeschlafen war, machte ich mich wieder auf den Weg zurück auf das Bankett zu meinem Bruder. Wie gerne wäre ich bei ihr geblieben und hätte sie bis in die frühen Morgenstunden in meinen Armen gehalten. Es machte mich schier wahnsinnig, dass sie den verdammten Test noch nicht gemacht hatte, doch ich wusste, dass das alles nicht einfach für sie war und dafür hatte ich Verständnis. Grundsätzlich hatte sie ja recht, die ganze Situation war wirklich alles andere als einfach, doch meine Liebe zu ihr war so stark, dass kein Hindernis zu gross war, um es zu überwinden.

Das Taxi hielt vor dem grossen Kongresshaus und riss mich schliesslich aus meinen Gedanken. Ich bezahlte den Fahrer und machte mich auf die Suche nach meinem Bruder. Das Essen war bereits zu Ende und nun tanzten alle ausgelassen miteinander. Isabellas Eltern fielen mir sofort ins Auge. Ihre Mutter hatte dieselben Haare und dieselben Augen wie meine Isabella. Ihr Vater hatte blaue Augen und helles Haar, welches ihm aber zum grössten Teil bereits schon ausgefallen war. Savannah kam offensichtlich ganz nach ihm, denn auch sie hatte blaue Augen und leicht gewellte, dunkelblonde Haare. Wäre sie nicht so unglaublich stur und eigensinnig, wäre sie durchaus eine bildhübsche, junge Frau, genau wie ihre grosse Schwester.

Ich entdeckte Alessio schliesslich an der Bar. „Hey Mann! Hast du sie gut nach Hause gebracht? Tut mir echt leid, dass ihr wegen mir Trouble hattet. Ich war echt ein Arschloch!" Alessio war ein guter Kerl, der einfach manchmal nur das Geschäft im Kopf hatte, doch das konnte ich ihm nicht übel nehmen, ich wusste, dass er unter starkem Druck stand. Er war sehr ehrgeizig und achtete stets darauf, es unserem Vater immer recht zu machen. Insgeheim war ich ihm äusserst dankbar dafür, dass er in den Familienbetrieb eingestiegen war, denn eigentlich wäre das meine Pflicht gewesen. Ich erinnerte mich nur sehr ungern an den Streit zwischen mir und meinem Vater zurück, nachdem ich ihm damals eröffnet hatte, dass ich Rettungssanitäter und kein Weinhändler werden wollte. Meine Mutter war es, die ihn schliesslich besänftigen konnte und erst nachdem Alessio, der nur ein Jahr jünger war als ich, definitiv in das Geschäft eingestiegen war, hatte er mir widerwillig seinen Segen gegeben. Ich hatte meinem Bruder also mehr zu verdanken, als ihm eigentlich bewusst war. „Sag das nicht mir, Alessio. Ich weiss, dass du zu den Guten gehörst, sag es ihr …" Ich deutete mit dem Kinn auf Savannah, die sich gerade den Weg durch die tanzende Menschenmenge zu uns an die Bar bahnte. Ich musste schmunzeln, während ich sie dabei beobachtete, wie sie leise vor sich hin fluchte. Sie war so anders als meine Principessa. Isabella war anmutig und verletzlich, wie eine Prinzessin eben, das war eine Eigenschaft an ihr, die den Beschützer in mir weckte. Ich genoss es immer, wenn sie sich an mich kuschelte und ihr Gesicht in meiner Brust vergrub. In solchen Momenten liess sie los, etwas, das sie nur sehr schwer konnte. Zu spüren, wie leicht es ihr in meinen Armen fiel, war Balsam für meine Seele. Savannah hingegen strotzte nur so vor Selbstbewusstsein. Sie wirkte auf mich wie eine taffe Geschäftsfrau, die nichts und niemand erschüttern konnte.

Als sie endlich vor mir stand, glättete sie nervös ihr dunkelblaues Kleid. Meinen Bruder würdigte sie keines Blickes. „Hast du sie gut nach Hause gebracht? Wie geht es ihr? Ich glaube, sie hat sich nicht sehr wohl gefühlt." Eines musste man ihr lassen, obwohl sie von aussen her recht kühl wirkte, konnte man deutlich spüren, wie viel ihre Schwester ihr bedeutete. „Ich bin bei ihr geblieben, bis sie eingeschlafen ist. Sie schläft jetzt, mach dir keine Sorgen", sagte ich. Sie räusperte sich und starrte verlegen zu Boden. „Gut … dann, danke …" Sie wollte wieder gehen, schien es sich dann aber doch anders zu überlegen. Sie drehte sich nochmals um und betrachtete mich ernst. „Du liebst sie wirklich, nicht wahr?" – „Mehr als mein Leben, Savannah! Und daran wird niemand etwas ändern können." Sie nickte zufrieden. „Es tut mir leid, was ich zu dir und über dich gesagt habe. Ich wollte einfach nicht, dass sie verletzt wird." Sie drehte den Kopf zur Seite, wie es Isabella immer machte, wenn sie versuchte, die Tränen zurückzuhalten. „Komm her!", sagte ich, noch bevor ich darüber nachgedacht hatte und zog sie in meine Arme. „Savannah, wir wollen beide nur das Beste für Isabella! Lass uns zusammen arbeiten und nicht gegeneinander." Sie liess zu, dass ich sie umarmte und für einen kurzen Moment spürte ich, wie sich die Anspannung in ihrem Körper löste und ihre Muskeln sich entspannten, allerdings dauerte es keine halbe Minute, bis sie sich schliesslich wieder befreite. Es war unglaublich, wie schnell sie ihre Fassung wiedererlangt hatte. Sie blickte mir selbstsicher in die Augen, als hätte sie nicht gerade noch mit den Tränen gerungen. „Nun, meine Eltern sind vor ein paar Minuten aufgebrochen, sie wird also nicht mehr lange alleine sein. Ich wünsche dir noch einen schönen Abend." Sie drehte sich um und überlegte sich, welchen Weg sie einschlagen wollte. „Savannah, warte!", hielt Alessio sie zurück. Sie drehte sich abrupt um und starrte ihn finster an. „Was willst du? Nur weil unsere Geschwister zusammen sind, muss ich noch lange nicht mit dir sprechen! Ich werde dir nie verzeihen, was du uns antun wolltest!", sagte sie leise. Alle Achtung, diese Frau hatte sich wirklich im Griff! Obwohl jede einzelne Pore ihres Körpers Wut und Hass gegen meinen Bruder ausstrahlte, verhielt sie sich ruhig und zivilisiert. Alessio erhob sich von seinem Stuhl und bäumte sich vor ihr auf. Er überragte sie um gute zehn Zentimeter und sie machte gerade die Hälfte seiner Muskelmasse aus, dennoch liess sie sich nicht von ihm einschüchtern und wich keinen Millimeter zurück, stattdessen verschränkte sie ihre Arme vor ihren kleinen Brüsten und betrachtete ihn feindselig. Alessios Kiefer mahlten und in seinen dunkelbraunen Augen erkannte ich ein Funkeln, welches mir verriet, dass sie den Jagdtrieb in ihm geweckt hatte. Er stand auf die Sorte Frau, wie Savannah es war, sowohl vom Aussehen als auch vom Charakter her. Ich musste grinsen, weil ich mir insgeheim bereits schon ausmalte, wohin das führen könnte. „Hör zu, Savannah", sagte er reumütig, „es tut mir leid! Was ich getan habe, oder … was ich tun wollte. Es war falsch und es gibt keine Entschuldigung, die mein Verhalten rechtfertigen würde. Dennoch wage ich es, dich und deine Schwester um Verständnis und um Vergebung zu bitten! Gerade du solltest wissen, wie gross der Druck in unserer Branche ist! Ich bin wirklich nicht stolz darauf, aber ich hatte Panik! Als ich von diesem Millionendeal erfahren habe, sind mir die Sicherungen durchgebrannt. Kannst du das denn nicht ein bisschen verstehen?" Savannahs Augen wurden gross und liessen sich nicht deuten. Schliesslich senkte sie ihren Blick und schien sich etwas zu entspannen. „Doch das tue ich. Manchmal wünschte ich mir, ich könnte alles hinter mir lassen und zu Isabella in die Staaten verschwinden." Sie hielt ihren Blick immer noch gesenkt und sprach mehr mit sich selbst als mit uns. Alessio legte seine Hand auf ihre Schulter. „Lass mich dich auf einen Drink einladen, um auf das gemeinsame Glück unserer Geschwister anzustossen." Sie zögerte erst, doch dann huschte plötzlich ein Lächeln über ihr Gesicht. „Na gut, aber bei einem Drink wird es nicht bleiben, heute wirst du tiefer in die Tasche greifen müssen, Montinari!" Alessio lachte erleichtert und bestellte ihr einen Drink. Kurz darauf unterhielten sie sich über die Geschäfte und ich stellte zufrieden fest, dass sich die beiden wirklich gut zu verstehen schienen. So wie es aussah, hatten sie mehr gemeinsam, als sie ursprünglich gedacht hatten. Ich bestellte mir auch nochmals einen Whiskey, doch kaum hielt ich das Glas in meiner Hand, begannen meine Gedanken wieder in meinem Kopf zu kreisen. Ich konnte es kaum erwarten, Vater zu werden. Bei dem Gedanken wurde mir ganz warm um mein Herz. Für mich gab es keine schönere Vorstellung, als mit Isabella eine Familie zu gründen, mit ihr und der kleinen Emily. Die süsse Maus konnte ich mir ebenfalls nicht mehr aus meinem Leben denken und es war mir egal, dass wir nicht ihre leiblichen Eltern waren. Ich liebte sie wie mein eigenes Kind.

Savannah und Alessio begaben sich, zu meiner Überraschung, kurze Zeit später auf die

Tanzfläche und tanzten eng umschlungen zu der Melodie des Orchesters. Ich selbst drehte noch ein paar Runden, sprach mit ein paar Leuten, die ich nicht kannte und war äusserst dankbar, als Alessio mir schliesslich auf die Schultern tippte und endlich vorschlug, die Feier zu verlassen. In seinen Armen hielt er Savannah, die offensichtlich total beschwipst war und leicht schwankend vor sich hin kicherte. „Hast du was dagegen, wenn wir die Kleine hier noch bei ihr zu Hause absetzen?", fragte er amüsiert. „Natürlich nicht", lachte ich, während ich mein Handy zückte, um erneut ein Taxi zu rufen.

Vor dem kleinen Backsteinhaus wurde ich wehmütig. Ich blickte zu Isabellas Zimmer hoch und wünschte mir, jetzt bei ihr sein zu können. „Savannah, bitte geh kurz hoch zu Isabella und versichere dich, dass es ihr gut geht. Ich muss wissen, ob alles in Ordnung ist", bat ich sie schliesslich. Savannah salutierte vor mir: „Yes, Sir! Herr Schwager, ich mache mich gleich auf den Weg und führe ihren Befehl aus." Sie kicherte, während sie schwankend in dem Haus verschwand. Wir warteten einige Minuten und ich dachte schon, dass sie uns in ihrem Zustand vergessen hatte, doch als sie dann schliesslich doch noch auftauchte und ihr die Angst im

Gesicht geschrieben stand, gefror mir das Blut in den Adern. Ich wusste sofort, dass etwas nicht stimmte. Sie hielt einen Zettel und eine Packung in die Luft, die ich erst erkannte, als sie näher kam. Es war die Verpackung des Schwangerschaftstest, was bedeuten musste, dass Isabella den Test gemacht hatte. Savannah hastete auf uns zu, ihre Augen waren völlig durchnässt und sie zitterte. „Sie ist bei den Klippen und das habe ich auf ihrem Bett gefunden. Was hat das zu bedeuten?" Sie war völlig aufgelöst und hielt mir die Packung ängstlich vor die Nase. Ich reagierte sofort. „Savannah, wo sind diese Klippen?" – „Die liegen einen Kilometer nördlich von uns …" Alessio trat näher und legte tröstend seinen Arm um ihre Schultern. „Los, steigt ein, wir müssen zu diesen Klippen! Savannah, erklär dem Fahrer, wo das ist!", drängte ich sie. Augenblicklich machte sich ein mulmiges Gefühl in mir breit und ich befürchtete das Schlimmste. Isabella hatte den Test gemacht und war danach verschwunden, dies konnte also nur eines bedeuten, der Test war positiv ausgefallen und sie hatte das Haus danach in ihrer Verzweiflung verlassen. Panik stieg in mir auf und ich befahl dem Fahrer barsch, sich zu beeilen. Savannah weinte bitterlich und schmiegte ihren Kopf an Alessios Schulter. „Was ist denn nur passiert, Noah? Was hat dieser Test zu bedeuten? Ich meine, ich weiss natürlich, was das für ein Test ist, aber wieso ist sie mitten in der Nacht verschwunden?", fragte sie verzweifelt. Ich wusste, dass sie keine Ruhe geben würde, ehe ich ihr nicht alles erzählt hatte. „Sie hat ihre Periode nicht bekommen und sie muss sich ständig übergeben. Sie wollte den Test heute durchführen, damit wir Klarheit haben. Isabella hat Angst. Sie denkt, dass sie sich zwischen mir, dem Baby und euch entscheiden muss. Ich dachte, ich hätte es geschafft, sie davon zu überzeugen, dass das nicht passieren wird, doch anscheinend hatte ich keinen Erfolg." Alessio und Savannah starrten mich fassungslos an, doch noch bevor einer von beiden etwas darauf erwidern konnte, hielt das Taxi an und ich sprang hastig aus dem Wagen. Ich drehte mich im Kreis, um mir einen Überblick zu verschaffen. „Noah, sie sitzt immer am gleichen Platz, du musst da lang. Ich kann mit meinen Schuhen nicht so schnell rennen, also los! Geh!", sagte Savannah und deutete mir den Weg. Ich nickte und rannte daraufhin auf die Klippen zu, die sich vor mir in gewaltiger Länge erstreckten. Ich fühlte die eisige Kälte auf meiner Haut. Nicht auszudenken, was ihr alles zugestossen sein konnte.

Plötzlich entdeckte ich sie. Sie sass auf einem grossen Stein und starrte in die Dämmerung. „Isabella!", rief ich ihr zu, während ich meine Schritte beschleunigte. Ich war unheimlich erleichtert, als sie sich umdrehte und sich sofort erhob. Sie war am Leben und das war alles, was zählte. Nachdem ich endlich bei ihr angekommen war, umarmte ich sie so stürmisch, dass sie fast zu Boden fiel. Ihr Körper war eiskalt. Sofort zog ich meinen Mantel aus und legte ihn ihr um. „Noah, was tust du hier? Woher wusstest du, wo ich bin?", fragte sie mit zittriger Stimme. „Du machst mich wahnsinnig, Isabella! Was hast du dir nur dabei gedacht?", schrie ich, ohne ihre Fragen zu beantworten. Ich wollte eigentlich gar nicht mit ihr schimpfen, aber die Angst, die Erleichterung, die Liebe, die ich für sie empfand, all diese Gefühle prasselten jetzt auf mich hinunter und ich fand keinen anderen Weg, um mich zu entladen. „Ich habe dir doch gesagt, dass alles gut wird, warum vertraust du mir denn nicht?" Sie betrachtete mich traurig. Jetzt, wo sie so dünn geworden war, schienen ihre honigbraunen Augen noch grösser und verloren in ihrem zierlichen Gesicht. Ich sah die Tränen, die sich darin sammelten und auf dem Weg über ihre schneeweisse Haut und von der Kälte geröteten Wangen gefroren. „Noah, hör zu …" Savannah und Alessio hatten mich nun eingeholt und Isabella – sichtlich überrascht – verstummte sofort, als die beiden schliesslich Hand in Hand vor uns standen. Ich trat einen Schritt zur Seite, damit Savannah die Möglichkeit hatte, ihre Schwester ebenfalls zu umarmen. „Isabella, Liebes! Ich schwöre dir, ich werde euer Kind lieben und ich werde für euch da sein, bis ans Ende meiner Tage. Du wirst dich niemals zwischen uns entscheiden müssen!" Isabella betrachtete mich irritiert, dann wanderte ihr Blick zu meinem Bruder. Es verwunderte mich nicht, dass sie ihn sofort freundlich anlächelte. So war sie eben, sie war die Güte in Person und ich wusste, dass sie das Gute in ihm sah und ihm bereits schon vergeben hatte. Alessio erwiderte ihr Lächeln und machte einen Schritt auf sie zu. „Isabella, es ist schon eine ganze Weile her, ich weiss nicht, ob du dich noch an mich erinnerst." Isabella lächelte. „Ich hatte früher höllische Angst vor dir. Ich erinnere mich sehr gut an dich. Schön, dich wiederzusehen, Alessio." Alessio senkte seinen Blick beschämt. „Hör zu, ich weiss, ich habe mich wie ein Arschloch verhalten, sowohl damals, als auch heute und ich möchte mich dafür aufrichtig bei dir entschuldigen. Ich hoffe wirklich sehr, dass du mir trotz allem gestattest, am Leben eures Kindes teilzunehmen,. Ich wäre nämlich der beste Onkel der Welt. Glaub mir, euer Kind würde mich vergöttern." Alessio war ein elender Charmeur und Süssholzraspler, doch mit seinen Worten zauberte er Isabella ein Lächeln auf ihr Gesicht und dafür dankte ich ihm im Stillen von ganzem Herzen. Isabella wollte ihm gerade antworten, doch Savannah kam ihr zuvor. „Naja, Montinari. Jetzt übertreib mal nicht und verkaufe dich nicht über deinem Wert", neckte sie ihn. „Warum musst du eigentlich immer deinen Senf dazu geben?", schimpfte Alessio, packte sie fest um ihre Taille und drückte sie herrisch an sich. „Das muss ich gar nicht!", zischte sie, löste sich zu meiner Überraschung aber nicht aus seinen Armen. Diese Worte reichten aus, um den Funken endlich überspringen zu lassen. „Halt die Klappe, Savannah!", entgegnete Alessio barsch, bevor er sie stürmisch küsste und Savannah seinen Kuss leidenschaftlich erwiderte. Isabella und ich verfolgten die Situation mit hochgezogenen Brauen. „Es scheint, als hätte Savannah ihre Abneigung gegen die Montinari-

Sprösslinge überwunden", scherzte Isabella. Ich nickte überrascht. „Die stehlen uns die Show. Vielleicht sollten wir sie unseren Eltern zum Frass vorwerfen … wenn DIE ZWEI zusammenkommen, dann interessiert sich definitiv keiner mehr für uns, Süsse." Ich drehte mich zu ihr und zog sie in meine Arme. „Und jetzt zu dir, Principessa. Weisst du eigentlich, wie viele Sorgen ich mir um dich und das Kind gemacht habe? Tu sowas nie wieder, hörst du? Und warum riechst du eigentlich nach Tabak und Alkohol?" Erst jetzt fiel mir auf, dass Isabella nach Kneipe roch.

Plötzlich brach sie in Tränen aus. „Es wird kein Kind geben, Noah", schluchzte sie. „Isabella! Bitte sag das nicht! Wir haben doch bereits darüber gesprochen, ich möchte, dass wir das Kind bekommen!" Isabella stiess mich weg und starrte mich wütend an. „Noah, du verstehst nicht. Es wird kein Kind geben, weil ich kein Baby in meinem Bauch habe!" Sie kramte ein kleines Stäbchen aus ihrer Manteltasche und hielt es mir zitternd entgegen. „Der Test war negativ, Noah! Ich bin nicht schwanger!" Sie war völlig aufgelöst und langsam begann ich zu verstehen, weshalb sie wirklich so traurig war. Ihre Worte trafen mich mitten in mein Herz, denn insgeheim hatte ich bereits mit einem positiven Ergebnis gerechnet. Auch Savannah und Alessio lösten sich sofort aus ihrer Zweisamkeit und beobachteten uns mitfühlend. „Du bist nicht schwanger?", fragte ich leise. Ich konnte meine Enttäuschung nicht verbergen und hasste mich gleichzeitig dafür, denn ich sah augenblicklich, wie die letzten Funken in Isabellas Augen erloschen. Offensichtlich war sie ebenso enttäuscht wie ich und meine Reaktion machte es ihr nur noch schwerer. Sie schüttelte den Kopf und vergrub ihr Gesicht in ihren Händen. Sofort zog ich sie in meine Arme zurück und wiegte sie sanft darin. „Süsse, ich hatte ja keine Ahnung, dass dich das so traurig macht. Ich dachte, du wärst erleichtert, wenn der Test negativ ausfällt." Sie blickte mir hilflos in die Augen und dieser Anblick zerriss mich innerlich. „Das dachte ich eigentlich auch, aber jetzt fühle ich mich, als ob man mir mein Herz aus der Brust gerissen hätte. Ich glaube, ich hatte einfach zu grosse Angst vor den Konsequenzen, um mir meine wahren Gefühle einzugestehen. Oh Noah, reicht es denn nicht, dass wir unser erstes Kind verloren haben? Warum muss alles so verdammt kompliziert sein!?", schluchzte sie. „Was meinst du damit, Isabella? Du warst schon einmal schwanger von Noah?" Savannah kam vorsichtig näher und betrachtete uns schockiert, doch noch bevor Isabella antworten konnte, ergriff ich das Wort. „Lasst uns gemeinsam frühstücken gehen. Ich denke, ihr habt das Recht darauf, einiges über uns zu erfahren." – „Nein!", schrie Isabella plötzlich. Sie befreite sich abrupt aus meiner Umarmung und zeigte in den Himmel. „Die Sonne geht gleich auf! Bitte, wir dürfen diesen magischen Moment nicht verpassen!", bettelte sie förmlich. Ich tauschte kurz Blicke mit Alessio und Savannah aus, ehe wir alle gleichzeitig nickten. Ich umarmte Isabella von hinten und zog ihren Rücken dicht an meine Brust. Mir wäre wohler gewesen, wenn wir uns gleich auf den Weg in ein warmes Restaurant gemacht hätten, um uns aufzuwärmen, doch ich konnte ihr den Wunsch, den Sonnenaufgang anzusehen, nicht abschlagen. Und als die Sonne endlich am Horizont erschien, war ich auch sehr froh darüber. Der Anblick war einfach atemberaubend: Es war ein unglaubliches Schauspiel, wie die Sonne die sanften Wellen und die Klippen in weiches rosa- und türkisfarbenes Licht tauchte. Nun verstand ich, weshalb Isabella diesen Ort stets als magisch bezeichnete. Ich küsste sie sanft auf ihren Scheitel. Die Liebe, die ich für sie empfand, war in diesem Moment sogar noch stärker und noch intensiver als ich sie sowieso schon verspürte. Ich legte meine Hände vorsichtig auf ihren Bauch, schloss meine Augen und bat Gott im Stillen darum, dass er uns eines Tages ein eigenes Kind schenken möge. Eine Tochter oder einen Sohn, ein Geschwisterchen für Emily, das war es, was uns zu unserem vollkommenen Glück noch fehlte.

28

Meine Hände schmerzten, als ich meine heisse Tasse mit Tee umklammerte. Das Kribbeln in meinen tauben Gliedmassen war unangenehm. Es war, als ob mein Körper geschlafen hätte und nun dabei war, wieder zu erwachen. Noah sass neben mir, hatte seine Hand auf meinen Schenkel gelegt und streichelte ihn zärtlich. Savannah und Alessio sassen uns gegenüber. Sogar ein Blinder hätte sehen können, dass die beiden dabei waren, sich ineinander zu verlieben. Alessio war genau Savannahs Typ. Er war genauso gross und muskulös wie Noah, doch seine Augen waren tiefbraun und seine dunkelbraunen Haare etwas länger, als die von seinem älteren Bruder. Er strahlte Macht und Autorität aus, was mich insgeheim etwas einschüchterte, doch für Savannah war das perfekt! Sie brauchte jemanden an ihrer Seite, der ihr die Stirn bieten konnte und diesen Job würde Alessio bestimmt erfüllen.

„Liebes, möchtest du uns erzählen, was passiert ist?" Savannah fragte sehr behutsam, was ich ihr hoch anrechnete, denn ich wusste genau, dass sie regelrecht darauf brannte, alles zu erfahren. Ich rutschte nervös auf meinem Stuhl hin und her und zögerte, doch als Noah mir schliesslich seinen Arm um meine Schultern legte und mir Mut zusprach, öffnete ich mich schliesslich: Angefangen bei Jonahs Absturz in den Drogensumpf und dem schweren Unfall, von der Fehlgeburt bis hin zu Ryan, der es fast geschafft hatte, mich zu vergewaltigen, erzählte ich ihnen alles. Savannah und Alessio hörten mir aufmerksam zu. Hin und wieder lief meiner Schwester eine Träne über ihre Wange und ihre Knöchel traten weiss hervor, als sie ihre Hände zu Fäusten ballte. Der Schmerz und die Hilflosigkeit in ihren Augen, die Wut und die Entrüstung waren wie ein Faustschlag in meine Magengrube, deshalb war ich unendlich dankbar, als Alessio sie in seine Arme nahm und sie liebevoll tröstete. Allein für diese kleine Geste schloss ich ihn bereits jetzt schon in mein Herz. Ich wusste, er würde gut zu ihr sein und das löste in mir ein grosses Gefühl der Zufriedenheit und der Glückseligkeit aus. Auch ihn liess meine Geschichte nicht kalt, das spürte ich deutlich.

Nachdem ich nichts mehr zu sagen hatte, hob Savannah ihren Kopf und betrachtete Noah ernst. „Wir haben dir wirklich sehr viel zu verdanken, Noah! Es tut mir leid, ich habe dir Unrecht getan. Du hast ihre Liebe verdient", sagte sie demütig und griff nach seiner Hand. Er erwiderte den Druck und lächelte ihr freundlich zu. „Pass du nur gut auf meinen Bruder auf, dann sind wir quitt", scherzte er. Alessio warf seine Serviette nach ihm und Savannah errötete. „Es tut mir wirklich sehr leid, Isabella. Ich bin sehr froh, dass Noah sich um dich gekümmert hat und ich hoffe, er hat diese Typen gehörig verdroschen; wenn nicht, würde ich das sehr gerne nachholen", sagte Alessio aufgebracht. Ich musste lächeln, seine Reaktion rührte mich sehr. „Danke Alessio, Noah hat so einige Typen verdroschen, seit wir zusammen sind, leider nicht nur immer die bösen Jungs", lächelte ich zerknirscht und dachte dabei an Derek. Noah verstand sofort und rollte mit den Augen. „Oh doch! In meinen Augen hatten sie es ALLE verdient." Nachdem wir alle einen Moment lang geschwiegen und vor uns hin gelächelt hatten, ergriff Alessio schliesslich das Wort. „Hört zu, ihr beiden, Savannah und ich haben euch auch etwas mitzuteilen", sagte er und blickte dabei verschwörerisch zu meiner Schwester. „Alter, ich will dich nicht enttäuschen, aber … es ist unübersehbar …" Noah deutete zuerst zu

Savannah und dann zu ihm. Er scherzte. „Halt die Klappe Mann, und hör zu!", entgegnete Alessio verlegen. „Savannah und ich haben uns gestern Abend lange über unsere Geschäfte und euch unterhalten. Und das Szenario von heute früh hat mir umso deutlicher gemacht, wie wichtig es ist, dass unsere Familien das Kriegsbeil endlich begraben. Ihr wollt zusammen sein, ihr wollt heiraten und eine Familie gründen, ohne dass unsere Familien zwischen euch stehen und wir werden euch dabei helfen, dieses Ziel zu erreichen. Vertraut ihr uns?" Noah und ich betrachteten uns verwirrt, ehe wir schliesslich einstimmig nickten. „Was habt ihr vor?", fragte ich neugierig. Nun ergriff Savannah das Wort. „Wir werden versuchen, zu fusionieren", ergänzte sie Alessios Worte und lächelte ihm zuversichtlich zu. „Ihr wollt fusionieren? Denkt ihr nicht, das ist eine Nummer zu gross für euch?", fragte Noah verblüfft. „Wir haben da eine Idee, aber ihr müsst uns vertrauen und unbedingt darüber schweigen. Savannah wird noch heute mit mir nach Italien fliegen. Wenn es dir recht ist, wird sie deinen Flug übernehmen, da ich davon ausgehe, dass du sowieso mit Isabella zurückfliegen möchtest?" Noah nickte schnell. „Ja, natürlich, das hatte ich vor ..." –

„Nun gut! Also, wir werden uns gemeinsam ein paar Sachen ansehen und dann entscheiden, ob es das Risiko wert ist, aber wir sind sehr zuversichtlich. Wenn wir unseren Geschäftssinn und unsere Kontakte miteinander verbinden, könnte das unser Durchbruch werden." Alessios Augen strahlten, es schien, als wäre er ganz in seinem Element. „Und du bist damit einverstanden?", fragte ich Savannah überrascht. „Isabella. Um nichts in der Welt möchte ich, dass du dir das nächste Mal, wenn du glaubst schwanger zu sein, Gedanken darüber machen musst, ob das Kind geliebt wird oder nicht ..." Sie betrachtete mich mitfühlend und mit gerunzelter Stirn. „Ausserdem liebe ich Herausforderungen und das ist wohl die grösste in der Geschichte des Weinhandels. Und ... du weisst ja, dass ich mich jedes Jahr für einen guten Zweck engagiere und dieses Jahr besteht meine Aufgabe eben darin, dem armen, hilflosen Montinari-Sprössling Nachhilfe in Sachen Geschäfte zu geben." Savannah grinste bis über beide Backen. Sie liebte es, Alessio zu provozieren, und dieser liess sich nur zu gerne auf dieses Spielchen ein. Seine Augen glühten vor Verlangen und ich befürchtete einen kurzen Moment lang, dass er meine Schwester gleich auf dem Tisch vernaschen würde. „Treib es nicht zu weit, Savannah!", drohte er ihr auf liebevolle und doch geheimnisvolle Weise. Noah und ich dachten wohl dasselbe, denn wir konnten es uns beide nicht verkneifen, dämlich vor uns hin zu grinsen und die beiden damit sichtlich in Verlegenheit zu bringen.

„Nun, da wäre noch etwas, das ihr tun müsstet", fuhr Alessio schliesslich fort, nachdem er seinen Blick endlich von meiner Schwester abwenden konnte, „in gut einem Monat ist Weihnachten und wir haben uns Folgendes überlegt: Ihr werdet unsere Familien zu euch einladen, um das Fest bei euch zu feiern. Natürlich dürfen sie nichts voneinander wissen – das versteht sich von selbst. Ihr sagt einfach, dass ihr unmöglich nach Hause kommen könnt. Die beiden Familien werden aufeinander treffen und Savannah und ich werden dafür sorgen, dass es nicht im Desaster endet." Ich war unendlich gerührt. Unsere Geschwister hatten sich offensichtlich ein Bein ausgerissen, um uns zu helfen. „Danke!", sagte ich leise. „Ihr seid wirklich die Besten!", ergänzte Noah anerkennend.

Ich entschuldigte mich kurz, um die Toilette aufzusuchen. Nun machten sich der mangelnde

Schlaf und die Wärme, die auf die Kälte gefolgt war, langsam bemerkbar. Erschöpft betrachtete ich mich im Spiegel, doch, obwohl ich furchtbar aussah, musste ich lächeln. Wenn Savannah und Alessio es geschafft hatten, zueinander zu finden, dann konnten das unsere Eltern auch, davon war ich überzeugt. Voller Hoffnung und überglücklich kehrte ich zu unserem Platz zurück, doch als ich erkannte, wer nun neben meiner Schwester stand, verschlechterte sich meine Stimmung sofort. Wütend schritt ich auf ihn zu und bäumte mich mit verschränkten Armen vor ihm auf. „Dan Morris!", stellte ich hasserfüllt fest. Nachdem er mich bemerkt hatte, trat er einen Schritt zurück. „Isabella? Mann, es ist echt lange her …", flüsterte er zerknirscht. „Nicht lange genug! Was willst du?" Er kratzte sich nervös am Hinterkopf und trat aufgeregt von einem Fuss auf den anderen. „Was? Ich wollte Savannah nur begrüssen, das ist alles." Aus den Augenwinkeln konnte ich erkennen, dass Alessio und Noah mich beide völlig schockiert betrachteten und Savannah ihren Blick nervös senkte. Ich packte ihn am Kragen und funkelte ihn böse an. „Verschwinde! Sofort! Sonst wirst du es bitter bereuen!" Er hob schlichtend seine Hände und verdrückte sich wortlos und beschämt in die hinterste Ecke des Restaurants. Nachdem ich mich wieder hingesetzt hatte, starrten die beiden Männer mich immer noch fassungslos an. „Was?", fragte ich mit hochgezogenen Brauen. „Principessa, ich dachte, du würdest dem Kerl jeden Moment eine runterhauen! Wer war das?", fragte Noah überrascht. „Ich bin echt beeindruckt! Hätte ich schon damals gewusst, wie taff du bist, hätte ich den Mund nicht so voll genommen und dir nicht mit Schlägen gedroht. Das hätte im Ernstfall echt übel für mich ausgehen können", scherzte Alessio. Im Gegensatz zu Noah schien er sich köstlich über meinen Auftritt zu amüsieren. Ich betrachtete Savannah, die verzweifelt versuchte, ihre Verlegenheit zu zügeln. „Das ist Savannahs Geschichte", erwiderte ich knapp. „Ja, aber für heute haben wir genug Geschichten gehört, wollen wir?", krächzte sie schliesslich und noch bevor einer von uns etwas darauf erwidern konnte, hatte sie sich bereits schon erhoben und marschierte hastig auf die Tür zu.

Der Abschied von meinen Eltern fiel mir unheimlich schwer. Wie wir es besprochen hatten, belog ich sie und schlug ihnen vor, Weihnachten bei mir in den Staaten zu feiern. Meine Mutter war zuerst gar nicht begeistert und sie verlangte nach einer ausführlichen Erklärung. „Mom, Laura ist schwanger und wir müssen in den Ferien noch so viele Sachen erledigen. Das kann sie unmöglich alleine schaffen. Ich kann sie nicht alleine lassen", log ich. Ich hatte zwar ein schlechtes Gewissen, doch ich hielt mir immer wieder vor Augen, dass ich für einen guten Zweck log. „Irin, lass uns zu ihr fliegen. Mir ist es egal, wo wir feiern, doch mir ist es unglaublich wichtig, dass wir alle zusammen sind", sagte mein Vater und schaffte es schliesslich damit, sie zu überreden.

Noah und ich trafen uns nachmittags am Flughafen. Nachdem wir endlich im Flugzeug sassen, überkam mich wieder die Übelkeit, von der ich nun schon seit über einer Woche geplagt wurde. Ich schaffte es gerade noch rechtzeitig in die Bordkabine, um mich dort zu übergeben. Noah musterte mich mit besorgter Miene, als ich zu meinem Platz zurückkehrte. „Süsse, du weisst, dass wir direkt nach unserer Ankunft ins Krankenhaus fahren werden, um dich gründlich untersuchen zu lassen. Jetzt wo wir wissen, dass nicht eine Schwangerschaft der Grund für deine Übelkeit ist, müssen wir abklären lassen, was mit dir nicht stimmt", sagte er. „Noah, lass mich in Ruhe! Das ist eine harmlose Grippe, weiter nichts!", erwiderte ich gereizt. „Zwei Tage, Isabella! Ich gebe dir noch zwei Tage, danach schleife ich dich eigenhändig zum Arzt, hast du verstanden?" Ich wusste, in dieser Hinsicht duldete er keine Widerrede. Ich antwortete nicht, drehte mich stattdessen um und kuschelte mich mit dem Rücken zu ihm in meinen Sitz. Meine Lider fühlten sich schwer an. Ich spürte noch, wie Noah mich zudeckte, da schlief ich auch schon ein.

Die Stewardess weckte mich, indem sie mich sanft rüttelte. „Miss, Sie haben noch nichts gegessen, soll ich Ihnen die Mahlzeit aufwärmen?" Bei dem Gedanken an das Essen, zog sich mein Magen sofort wieder zusammen und ich lehnte dankend ab. Nun war ich hellwach und drehte mich zu Noah. Er hatte seine Kopfhörer in den Ohren und schlief tief. Ich liebte es, ihm beim Schlafen zuzusehen. Wenn er schlief, war er immer so verletzlich, seine Gesichtszüge wirkten stets weich und entspannt. Ich konnte nicht anders, als ihm zärtlich über die Wangen zu streicheln. Ich wollte ihn nicht aufwecken, aber er reagierte auf meine Berührungen und öffnete die Augen. „Was ist los? Ist dir wieder übel?" Ich schüttelte energisch den Kopf und küsste ihn auf seine weichen

Lippen. „Ich liebe dich, Noah!" Er lächelte zufrieden. „Ich liebe dich auch, Principessa!", erwiderte er. „Sag mal, denkst du, er wird ihr den Hintern versohlen?", fragte ich ihn neugierig. Noah starrte mich verwirrt an. „Wie bitte? Von wem sprichst du?" – „Ich meine Alessio. Denkst du, er wird Savannah den Hintern versohlen und sie muss ihn dabei Sir nennen? Ich weiss nicht … Er hat etwas Dominantes an sich … Steht er auf sowas?" Ich grinste bis über beide Backen, während ich mir vorstellte, wie es die beiden hemmungslos miteinander trieben. „Du spinnst, Isabella!", lachte er vergnügt, „pass bloss auf, dass ich dir DEINEN süssen Hintern nicht versohle." Er schüttelte seinen Kopf, als ob er den Gedanken an seinen Bruder und an meine Schwester abschütteln wollte. „Ich finde es klasse, dass die beiden zueinander gefunden haben, sie passen prima zusammen", erwiderte ich. „Mir gefällt das auch, Isabella – aber ehrlich, du solltest dir keine Gedanken über ihr Sexleben machen, Süsse! Mich würde mehr interessieren, wer der Typ im Restaurant war. So wütend habe ich dich echt noch nie erlebt." Ich senkte meinen Blick und verzog meine Lippen zu einem zerknirschten Lächeln. „Er ist ein Arschloch! Das ist alles, was du über ihn wissen musst", sagte ich und steckte mir rasch meine Ohrstöpsel ins Ohr, damit er mich nicht weiter löchern konnte.

29

Nach der Landung rief Noah als erstes seine Eltern an. Er erledigte seinen Teil der Abmachung und bat seine Eltern, Weihnachten mit ihm zusammen in den Staaten zu feiern. Angeblich, weil er den Feiertagsdienst übernehmen musste. Sein Lächeln zeigte mir, dass auch er erfolgreich war. Überglücklich fielen wir uns in die Arme, nachdem er den Anruf schliesslich beendet hatte. „Das wäre geschafft! Jetzt haben wir fast einen ganzen Monat Zeit, um unseren Eltern ein unvergessliches Weihnachtsfest zu bescheren", sagte er.

Nachdem wir unsere Koffer in der Wohnung abgeladen hatten, beschlossen wir noch etwas zu essen und danach auszugehen, damit wir uns wieder an die Ortszeit gewöhnen konnten. Wir verabredeten uns mit Missy und Marco im Club. Auch sie waren noch nicht lange aus den Flitterwochen zurück und ich freute mich wirklich sehr darauf, die beiden endlich widerzusehen. Sie sahen unheimlich erholt und glücklich aus. Missy erzählte mir alle Details über ihren Aufenthalt in Europa, während Marco sich angeregt mit Noah unterhielt. Ich gab mir wirklich grosse Mühe ihr zuzuhören, doch ich war so unendlich müde, dass es mir unheimlich schwerfiel, und ich bestellte einen Drink nach dem anderen, nur um das alles etwas erträglicher für mich zu machen. Noah ging es ähnlich, das erkannte ich deutlich an seiner gelangweilten Körperhaltung, doch da er fahren musste, trank er nur Cola und Kaffee. Er beobachtete mich mit Argusaugen, er wollte sich wohl vergewissern, dass ich mich nicht volllaufen liess, doch es war zu spät. Als ich mich von meinem Barhocker erhoben hatte, um die Toilette aufzusuchen, schwankte ich dermassen, dass ich fast umgekippt wäre. Noah sprang auf und konnte mich gerade noch davor bewahren, kopfvoran auf den Boden zu knallen. Ich schmiegte meinen Kopf an seine starke Brust und schloss meine Augen. „Noah, ich muss ins Bett, ich kann nicht mehr", flüsterte ich benommen. Noch in derselben Minute entschuldigte er uns bei unseren Freunden und brachte mich schliesslich zum Auto.

Kaum sassen wir im Wagen, packte mich das schlechte Gewissen. „Tut mir leid, Schatz", lallte ich, als wir endlich losfuhren, „weisst du, ich liebe Missy, aber sie hat einfach nicht aufgehört

zu reden und ich bin doch so unheimlich müde."
Noah legte seine Hand auf meinen Schenkel und
streichelte ihn sanft. „Ich weiss, Süsse! Glaub
mir, hätte ich nicht noch fahren müssen, hätte
ich mich ebenfalls betrunken", sagte er
mitfühlend. Ich lächelte erleichtert, doch auf
einmal überfiel mich ein Gefühl der tiefen
Traurigkeit und plötzlich weinte ich bitterlich.
Noah drehte sich überrascht zu mir und musterte
mich besorgt. „Süsse, was ist denn los?" –
„Weisst du, Noah, ich hätte wirklich gerne ein
Baby. Ich würde es lieben und beschützen, bis
ans Ende meiner Tage und ich weiss, du würdest
dasselbe tun. Doch ich werde dir niemals ein
eigenes Baby schenken können, Noah, hörst du?
Niemals! Ist dir das eigentlich klar? Bist du sicher,
dass du so eine Frau bis ans Ende deiner Tage
lieben kannst?" Meine Tränen liefen mir wie
reissende Flüsse über meine Wangen, ich
schluchzte und konnte mich nicht mehr
beruhigen. Noah fuhr den Wagen zur Seite. Er
stieg aus, riss die Beifahrertür auf, löste meinen
Gurt und beförderte mich grob aus dem Wagen.
Er drückte mich so fest an sich, dass ich kaum
mehr Luft bekam. Erst als meine Tränen
verstummten, lockerte er seinen Griff. Er hob
mein Kinn an und durchbohrte mich mit einem

eisernen Blick. „ICH – LIEBE – DICH! ICH – LIEBE –
DICH! Wir werden ein gemeinsames Kind haben
… Emily! Und wenn Gott will, wird sie noch einen
Bruder oder eine Schwester bekommen, aber
wenn nicht, Isabella, dann werde ich dich nicht
weniger lieben! Ich weiss, du bist traurig und der
Alkohol verstärkt dieses Gefühl, aber ich dulde es
nicht, dass du dich selbst quälst, hörst du? Das
lasse ich nicht zu!" Himmel, er war wirklich
stocksauer. Ich nickte und wollte wieder
einsteigen, doch mein Magen rebellierte
plötzlich und ich musste mich wieder einmal an
Ort und Stelle übergeben. Noah stützte mich und
hielt mir die Haare zurück. Sanft strich er über
meinen Rücken und murmelte mir beruhigende
Worte zu, die ich allerdings nicht verstand.

Während der restlichen Fahrt schwiegen wir
beide und ich war heilfroh, als Noah den Wagen
wenige Minuten später endlich vor unserem
Häuserblock parkte. Ich war vollkommen
erschöpft. Noah trug mich die Treppen hinauf in
unsere Wohnung und legte mich in unser Bett.
Ich schlief ein, noch bevor er mich fertig
zugedeckt hatte.

30

Am Sonntag wurde ich von starken
Kopfschmerzen geweckt. Vorsichtig tastete ich
nach dem Wecker und stellte kurz darauf fest,
dass es erst sieben Uhr morgens war. Noah
schlief friedlich neben mir. Seine Haut war sogar
in der kalten Jahreszeit sommerlich gebräunt und
bildete einen starken Kontrast zu meiner weissen
Bettwäsche. Während ich ihn verliebt
betrachtete, erinnerte ich mich an den gestrigen
Abend zurück und schämte mich sofort für
meinen Gefühlsausbruch. Ich hatte seine Liebe in
Frage gestellt und ihn damit verärgert, das tat
mir wahnsinnig leid. Leise wankte ich ins
Badezimmer und entledigte mich meiner Kleider,
die ich gestern gar nicht erst ausgezogen hatte.
Sofort stieg mir der Geruch des Alkohols und des
Tabaks, der noch an ihnen haftete, in die Nase
und ich befürchtete schon, mich wieder
übergeben zu müssen. Mein Hals brannte bereits
wie Feuer. Die Magensäure, die immer wieder
mit hochkam, wenn ich mich übergeben musste,
hatte meine Speiseröhre verätzt und das
bereitete mir höllische Schmerzen. Ich trank
einen Schluck Wasser, in der Hoffnung, einer

weiteren Brechattacke ausweichen zu können. Als ich das Glas wieder abstellen wollte, fiel es mir zu Boden und zersplitterte in tausend Teile. „Verdammte Scheisse!", schrie ich wütend, während ich die grösseren Scherben aufsammelte. Ich war übermüdet und gereizt, mein Kopf brummte, als ob ihn jemand mit einem Presslufthammer bearbeitet hätte. Als ich mich dann auch noch mit einer Scherbe in den Finger schnitt und hilflos beobachten musste, wie das Blut auf den Boden tropfte, schossen mir die Tränen in die Augen, die sich sogleich ihren Weg über meine Wangen bahnten. Dies war der Beginn einer mir völlig unerklärlichen Heulattacke. Mir wurde schlecht und ich weinte mir die Augen aus, als wäre gerade jemand gestorben.

Plötzlich stand Noah in der Tür. Sein Haar war total zerzaust, seine Augen immer noch schlaftrunken. Er erschrak, als er das Blut entdeckte, welches meinen Finger rot färbte. „Was ist denn passiert?", fragte er besorgt. „Das siehst du doch, Herrgott nochmal!", zischte ich gereizt. Sofort schämte ich mich dafür, doch ich konnte nicht anders reagieren. Ich verstand selbst nicht, welcher Teufel mich da gerade ritt. Noah seufzte. Er griff nach einem Pflaster in der

Kommode und brachte es an meinem Finger an. Dann wandte er sich ab und verliess das Badezimmer. Ich kochte vor Wut, weil er mich einfach alleine zurückliess, doch noch bevor ich ihn anschreien konnte, kehrte er auch schon mit einem Besen zurück. Wortlos hob er mich auf seine Arme und brachte mich zurück in mein Bett. Sekunden später hörte ich das Klirren im Badezimmer und ging davon aus, dass er das Chaos nun beseitigte. Ich verabscheute mich selbst und suchte vergebens nach einer Erklärung, weshalb mich dieser lächerliche Vorfall dermassen aus der Fassung gebracht hatte. Ich weinte immer noch bitterlich und verachtete mich dafür, dass ich meinen Körper nicht besser unter Kontrolle hatte.

Noah legte sich zu mir ins Bett. Ich wollte ihn nicht ansehen, also drehte ich mich auf die Seite, doch er liess sich nicht abwimmeln, streichelte stattdessen zärtlich meine Haare und küsste mich immer wieder auf meine Schultern. „Süsse? Du bist dir ganz sicher, dass du nicht doch schwanger bist?", fragte er plötzlich ernst. „Was soll das heissen, Noah? Ich habe dir den Test doch gezeigt, oder hast du etwa einen zweiten Strich auf dem verdammten Stäbchen gesehen?", schrie ich beleidigt. Dachte er etwa, dass ich zu blöd dazu war, einen Test richtig durchzuführen? „Elender Vollidiot!", schoss es mir durch den Kopf. „Ich dachte doch nur ... Ich meine, solche käuflichen Tests liefern manchmal auch ein falsches Ergebnis ab. Lass mich dir Blut entnehmen, ich werde es zu meinem Kumpel ins Labor bringen, dann wissen wir es genau ..." Ich seufzte tief und hielt meine Hände vor mein angespanntes Gesicht. „Zumindest wäre es eine Erklärung für mein Verhalten, nicht wahr?", sagte ich schliesslich resigniert und schaffte es sogar zu lächeln. „Noah, glaube mir, ich kann mich im Moment selbst nicht leiden, aber diese Übelkeit macht mich wahnsinnig und ich fühle mich so erschöpft, als ob ich schon einen Monat lang nicht mehr geschlafen hätte. Es tut mir so leid ..." Noah lächelte, offensichtlich war er froh darüber, dass ich seinen Vorschlag nicht umgehend abgelehnt hatte. „Principessa, du siehst auch wirklich nicht gut aus. Es wäre mir einfach wohler, wenn wir endlich wüssten, was genau mit dir los ist." Er klang wirklich sehr beunruhigt. „Ich nehme an, du möchtest heute noch zu Emily ins Waisenhaus gehen. Lass uns davor kurz im Krankenhaus vorbeischauen, ja?" Ich rollte mit den Augen. „Aber ich will nicht, dass Missy und Marco davon erfahren. Ich mag sie sehr, aber wenn das Ergebnis wieder negativ ausfällt, dann will ich kein Mitleid! Ich ertrage das einfach nicht mehr!" Noah tröstete mich liebevoll. „Principessa, die beiden arbeiten diese Woche noch nicht, ausserdem schlafen die bestimmt noch", versicherte er mir.

Während Noah mit meinem Blut ins Labor lief, schlenderte ich zu seinem Wagen zurück und liess meine Gedanken schweifen. Ich hatte damit gerechnet, nicht schwanger zu sein und nun bestand doch noch Hoffnung, doch das verunsicherte mich im Moment mehr, als dass ich mich darüber freuen konnte. „Isabella!", Noah griff nach meiner Hand und riss mich aus meinen Gedanken. „Hey... Ich habe zweimal nach dir gerufen", lachte er. „Tut mir leid, Noah, ich war in Gedanken", erklärte ich ihm traurig. „Principessa. Es kommt so, wie es kommen muss. Wir werden bald wissen, woran wir sind. Hab Geduld ..." Ich nickte, doch leider beruhigten mich seine Worte nicht. „Lass uns losfahren, Emily wartet bestimmt schon. Sie wird uns ablenken", sagte ich, während ich zärtlich über seine Wange strich.

Ich konnte es kaum erwarten, bis Noah den Wagen geparkt hatte und ich endlich auf das

Waisenhaus zulaufen konnte. Schon der Gedanke an Emily zauberte mir ein Lächeln auf mein Gesicht und als sie uns schliesslich entdeckte, stürmte sie sofort auf uns zu. Nachdem ich sie ausreichend geknuddelt hatte, begrüsste Noah sie ebenfalls herzlich. „Hallo, kleines Monster, na komm, ich setz dich auf meine Schultern." Emily lächelte und machte es sich sofort auf seinen breiten Schultern bequem. Sie deutete aufgeregt auf die Tür, hinter der das Spielzimmer lag und wir erfüllten ihr ihren stummen Wunsch natürlich sofort. Während ich ihr aus ihrem Lieblingsbuch vorlas, versuchte Noah vergebens einen grossen Turm mit Bausteinen zu bauen. Das Gebilde flog immer wieder in sich zusammen und Emily kicherte vergnügt vor sich hin. Noah sorgte natürlich absichtlich dafür, dass der Turm immer wieder umkippte, um Emily zu erheitern und es gelang ihm hervorragend. Wir hatten eine Menge Spass zusammen und die beiden schafften es tatsächlich, mich von meinen düsteren Gedanken abzubringen.

Schliesslich war die Kleine so müde, dass sich ihr Nachmittagsschlaf nicht mehr hinauszögern liess. Mir brach es fast das Herz. Wie sie da lag, in ihrem kleinen, metallenen Gitterbettchen, inmitten eines grossen, kahlen Zimmers, indem auch noch Betten für die grösseren Kinder standen. Das war für mich kaum erträglich. Jane gab sich wirklich grosse Mühe, den Kindern ein schönes Zuhause zu bieten, doch die finanziellen Mittel waren knapp und sie musste das Geld gut einteilen, sodass praktisch nichts mehr übrig blieb, um die Zimmer etwas schöner zu gestalten. In jener Sekunde beschloss ich, dies zu ändern: Ich wollte für ein schöneres Ambiente sorgen. Ich war kreativ genug, um das zu schaffen. „Bye, Süsse. Wir sehen uns im Kindergarten", flüsterte ich der Kleinen zu, nachdem sie schliesslich eingeschlafen war.

Ich war überrascht, als Noah nicht unseren üblichen Heimweg einschlug. Anstatt in unsere Wohnung zu fahren, fuhr er in die Stadt. „Wohin fahren wir?", fragte ich ihn leicht genervt, denn ich war schon wieder unheimlich müde und wäre lieber nach Hause gefahren, um mich hinzulegen. Ausserdem wollte ich endlich wieder einmal mit Noah schlafen. Ich sehnte mich nach seinen Berührungen und wollte ihn endlich wieder in mir spüren. „Ich möchte dir etwas zeigen, Isabella! Lass dich überraschen …", sagte er geheimnisvoll.

31

NOAH

Die Idee, Isabella an diesen Ort zu bringen, war
mir spontan gekommen, während ich sie dabei
beobachtet hatte, wie sie Emily aus dem
Weihnachtsbuch vorgelesen hatte. Sie ging stets
so liebevoll mit ihr um, dass ich mir umso mehr
wünschte, dass unser Kind in ihrem Bauch
heranwuchs. Als ich Theo Isabellas Blut für den
Untersuch übergeben hatte, hatte er mich
darüber informiert, dass es etwas länger dauern
könnte, da er viel zu tun hatte, doch jetzt waren
bereits mehrere Stunden vergangen und es fiel
mir immer schwerer, meine Nervosität vor
Isabella zu verbergen. Sie war selbst schon
unglaublich nervös und ich wollte das nicht noch
verschlimmern, deshalb hatte ich mich bisher
gelassen gegeben, doch allmählich wurde das
Warten unerträglich. Nun brauchte auch ich
einen Ort, der mich beruhigte.

Isabellas Laune sank in den Keller. Sie war
unheimlich müde. Dunkle Schatten unterstrichen
ihre wunderbaren Augen. Sie war blass und ihre
Wangenknochen stachen immer mehr heraus,
sodass ich meine spontane Aktion schon fast

bereute, doch als sie schliesslich die grosse Kirche vor uns erblickte, begannen ihre Augen augenblicklich zu leuchten. Die Holy Saint Church war die grösste und prunkvollste Kirche in der Umgebung und auch die einzige, die in der Weihnachtszeit wunderschön, ja fast schon übertrieben, geschmückt und beleuchtet wurde. Ich hatte sie vor drei Jahren zufällig entdeckt. Diese Kirche hatte etwas Geheimnisvolles an sich und faszinierte mich immer wieder aufs Neue, wenn ich sie aufsuchte. Nach Rosalies Tod hatten mich starke Schuldgefühle geplagt und ich hatte in dieser Kirche oft still um Vergebung gebeten. Die Ruhe, von der man stets umgeben wurde, wenn man dort sass, war für mich wie ein Ausgleich zu meiner stressigen Arbeit, eine Art Zufluchtsort. Ab heute wollte ich diesen Ort mit der Liebe meines Lebens teilen.

Isabella strahlte wie ein Stern und bewunderte fasziniert die grosse Krippe vor dem Eingang sowie den riesigen, geschmückten Tannenbaum daneben. „Oh Noah, es ist alles so wunderschön", sagte sie lächelnd und umarmte mich dabei stürmisch. Ich liebte es, wenn sie so glücklich und ausgelassen war. Wenn sie sich so fühlte, dann ging es auch mir gut. Ich nahm ihre Hand und zog sie in die gigantische Kirche hinein.

Sie beugte ihren Kopf soweit nach hinten, um die künstlerischen Engelswerke an der Decke zu betrachten, dass sie fast nach hinten gekippt wäre. Immer wieder stiess sie begeistert Laute der Bewunderung aus und ich musste sie mehrmals daran erinnern, dass man sich in einer Kirche still verhalten sollte, doch das schien sie nicht weiter zu interessieren. Aufgeregt stieg sie die Treppe zur Galerie empor, von wo ich kurz darauf ihre engelhafte Stimme vernehmen konnte. Ich setzte mich und lauschte dem wunderbaren Lied, welches sie sang. Die reinen Töne hallten in der Kirche wider und bescherten mir eine Gänsehaut. Anfangs war ich froh darüber, dass niemand sonst hier war, doch nun bedauerte ich es sehr, dass nur ich in den Genuss ihrer himmlischen Stimme kam. „Hast du gehört, wie das geklungen hat?", schrie sie mir überschwänglich zu und lehnte sich dabei so weit über das Geländer, dass mir schier mein Herz stehen blieb. „Ja, Süsse! Deine Stimme ist einzigartig! Aber bitte, komm jetzt wieder runter! Bitte!", bettelte ich besorgt und atmete erleichtert auf, als sie wenige Sekunden später wieder grinsend vor mir auftauchte. „Tut mir leid, das wollte ich immer schon mal machen. Verzeih mir, ich wollte dich nicht in Verlegenheit bringen", sagte sie zerknirscht. Ich zog sie in meine Arme und küsste sie zärtlich. „Das hast du nicht, Principessa. Ich liebe es, dir zuzuhören. Ich hatte nur Angst, dass du herunterfällst. Komm, ich möchte noch etwas mit dir machen." Noch während sie mich erwartungsvoll betrachtete, führte ich sie zu dem grossen Altar, auf dem mehrere Kerzen brannten. Ich nahm eine Kerze aus dem goldenen Spender und zündete sie mit ihr gemeinsam an. „Auf dass Gott unseren Wunsch erfüllt", flüsterte ich hoffnungsvoll. Isabellas Augen glänzten im flackernden Licht der Kerzen und plötzlich war sie den Tränen nahe. Ich schloss sie sofort in meine Arme und wiegte sie sanft darin. „Möchtest du gehen?" Sie nickte. „Ja, aber ich danke dir für diesen wunderbaren Ausflug. Das hat echt gut getan." Ihr Lächeln war Balsam für meine Seele und ich konnte nicht anders, als sie erneut zu küssen.

Während wir in der Kirche waren, hatte es draussen angefangen zu schneien. Isabella klatschte vergnügt in ihre Hände und hüpfte aufgeregt von einem Fuss auf den anderen. Sie drehte sich im Kreis, bis sie vollständig mit Schnee bedeckt war und aussah, als wäre sie in einen Kessel mit Puderzucker gefallen. Gerade wurde mir abermals bewusst, wie sehr ich mich in diese atemberaubende Frau verliebt hatte und wie froh und dankbar ich darüber war, dass wir uns wieder versöhnt hatten, als plötzlich mein Handy klingelte. Ich ging sofort ran und hörte meinem Freund aufgeregt zu. Isabella war so sehr damit beschäftigt Schneeflocken zu fangen, dass sie gar nicht bemerkte, wie ich telefonierte.

Nachdem Theo mir das Resultat mitgeteilt hatte, ging ich langsam auf sie zu. Jetzt erst schien sie zu bemerken, dass sich meine Stimmung verändert hatte. „Nein! Noah, bitte nicht …" Mit zittrigen Händen berührte sie meine Wange und wischte die Träne weg, die mir hinunterlief. Das Leuchten in ihren Augen erlosch augenblicklich und sie senkte traurig ihren Blick, als sie zu begreifen schien, dass ich das lang ersehnte Telefonat erhalten hatte. Ich nahm ihr Kinn in meine Hand und hob ihren Kopf so an, dass sie mich ansehen musste. Ich wollte ihr unbedingt in ihre Augen sehen, wenn ich es ihr sagte. „Principessa. Wir bekommen ein Kind." Isabella trat einen Schritt zurück und schlug fassungslos ihre Hände vor ihren Mund, wie auf Knopfdruck füllten sich ihre Augen mit Tränen. „Ich bin schwanger?", flüsterte sie, als ob sie befürchtete sich verhört zu haben. Ich nickte lächelnd, schlang meine Arme um ihre Taille, hob sie hoch und drehte sie so lange im Kreis, bis ich die Orientierung verlor. „Wir bekommen ein Baby!", schrie ich aufgeregt in die Welt hinaus. Das Gefühl, welches ich verspürte, war unglaublich und undefinierbar. Es war eine Mischung aus Freude, Liebe, Stolz und unendlicher Dankbarkeit. Isabella hingegen war ganz still und erwiderte meine Umarmung nur schwach. Sie lächelte nicht und ich konnte ihre Angst fühlen. „Süsse, hab keine Angst! Dieses Mal geht alles gut, ich spüre es!" Ich versuchte sie zu beruhigen, doch es schien mir nicht zu gelingen. Sie lächelte zaghaft, senkte ihren Blick danach aber gleich wieder. „Mir ist kalt, lass uns gehen", sagte sie schliesslich leise und zog mich ohne ein weiteres Wort zu meinem Wagen.

Auch auf dem Heimweg schwieg sie. Sie lehnte sich zurück und schloss ihre Augen, als ob sie krampfhaft versuchen würde, ihre Gedanken zu ordnen und in eine andere Welt abzutauchen. Sie gab mir im Stillen zu verstehen, dass sie nicht reden wollte, also liess ich sie in Ruhe. Zu Hause schloss sie sich ins Badezimmer ein und kurz darauf hörte ich, wie das Wasser in die Badewanne floss. Der süssliche Duft ihres Badezusatzes verströmte sich in der ganzen Wohnung und verbreitete gute Laune. Ich hoffte insgeheim, dass das Bad auch Isabellas Stimmung etwas heben würde. Aus irgendeinem Grund war sie traurig und diesen Gedanken ertrug ich nur sehr schwer. Ich brühte mir eine Tasse Kaffee auf und setzte mich an den kleinen Küchentisch. Ich konnte unser Glück kaum fassen. Ich freute mich so sehr auf unser Baby und auf Emily, darauf, endlich eine eigene, kleine Familie zu gründen. Dieser Gedanke zauberte mir ein Lächeln auf mein Gesicht und ich verspürte die Vorfreude in meinem Herzen.

Es dauerte lange, bis sich die Badezimmertür wieder öffnete. Während Isabella sich im Schlafzimmer anzog, brühte ich ihren Lieblingstee auf, doch ich wartete vergebens darauf, dass sie sich danach zu mir in die Küche setzte. Als ich schliesslich nach ihr sah, entdeckte ich, dass sie sich bereits ins Bett gelegt hatte und tief schlief. In ihrem weissen Nachthemd, eingehüllt in die weissen Bettlacken und ihren dunklen, langen Haaren, die sich wild und ungezähmt auf ihrem Kissen verteilten, sah sie aus wie ein Engel. Ich war enttäuscht darüber, dass sie sich nicht mehr zu mir gesellt hatte, doch ich wusste, dass sie müde war und in Anbetracht der freudigen Neuigkeiten hatte ich vollstes Verständnis dafür, dass sie sich jetzt ausruhen musste. Ich begab mich kurz unter die Dusche und legte mich dann zu ihr ins Bett. Ich beobachtete ihre regelmässige Atmung und unterdrückte den Drang, sie in meine Arme zu schliessen, auszuziehen, sie zu verführen und anschliessend in sie einzudringen. Sie brauchte jetzt Schlaf und den würde ich ihr nicht rauben. Stattdessen küsste ich sie nochmals sanft in den Nacken, drehte mich dann um und schlief sofort glücklich und zufrieden ein.

Ich erschrak fürchterlich, als mich mein Wecker morgens um sieben Uhr weckte. Normalerweise war Isabella um diese Zeit bereits schon fertig angezogen und weckte mich, indem sie mich sanft wach küsste, sodass ich den Weckruf entschärfen konnte, noch bevor er abging. Heute jedoch lag sie immer noch neben mir im Bett und rührte sich nicht. „Süsse, es ist Zeit, aufzustehen", flüsterte ich in ihr Ohr. Sie klimperte mit den Wimpern, bis ihre Lider sich schliesslich öffneten und ihre honigbraunen Augen zum Vorschein kamen. „Wie spät ist es?", fragte sie mich verschlafen. Nachdem ich ihr geantwortet hatte, schlug sie aufgeregt die Decke zur Seite und sprang übereilt aus dem Bett. Ich sah ihr an, dass ihr kurz schwarz vor Augen wurde, denn sie schloss ihre Augen und musste sich an der Wand festhalten. Ich eilte zu ihr und stützte sie, doch sie wehrte mich genervt ab. „Lass mich, Noah. Es geht schon!" – „Süsse, du musst vorsichtig sein. Du darfst nicht so schnell aus dem Bett steigen, du könntest stürzen", sagte ich besorgt. Isabella öffnete ihre grossen Augen und betrachtete mich zornig. „Ich bin kein kleines Kind, Noah! Ich pass schon auf, du musst mich nicht bemuttern!" – „Principessa, ich wollte … es tut mir leid, ich denke doch nur an das Baby, ich sorge mich eben …" Ihre Reaktion überraschte und kränkte mich zugleich. „Kannst du vielleicht damit aufhören, immerzu von diesem Baby zu sprechen? Weisst du, Noah, es geht nicht immer nur um das Kind, verstehst du?" Wow … Ich wusste, dass es ihr nicht gut ging und es war auch allgemein bekannt, dass Frauen in der Schwangerschaft unter Hormonschwankungen litten, was sich negativ auf die Laune auswirken konnte. Dies traf bei Isabella definitiv und zu einhundert Prozent zu, deswegen wusste ich auch, dass sie im Grunde genommen nichts dafür konnte, weswegen ich wirklich versuchte Verständnis aufzubringen, doch diese Antwort brachte das Fass zum überlaufen. „Sag mal, spinnst du? Natürlich geht es im Moment nur um das Kind! Es ist schliesslich mein eigen Fleisch und Blut und ich freue mich sehr darauf, was man von dir allerdings nicht behaupten kann. Es kommt mir fast so vor, als wolltest du es gar nicht!" Ich hatte die Worte etwas kühler ausgesprochen, als ich es eigentlich beabsichtigt hatte, aber ich kochte innerlich vor Wut. Isabella starrte mich völlig niedergeschlagen an und ihre Augen füllten sich sofort mit Tränen. Sie drehte sich um und schloss sich schluchzend im Badezimmer ein. Ich lehnte meinen überhitzten Kopf an die kalte Wand und seufzte tief. Nachdem ich mich wieder beruhigt hatte, packte mich das schlechte Gewissen und ich fühlte mich wie ein mieses Arschloch. Isabellas Tränen schienen einfach nicht verstummen zu wollen, zudem hörte ich, wie sie sich immer wieder übergeben musste. Es ging ihr wirklich sehr schlecht und als sie schliesslich wieder aus dem Badezimmer kam, traf mich fast der Schlag. Sie war kreidebleich und ihre Augen waren blutunterlaufen. Wortlos zwängte sie sich an mir vorbei und legte sich wieder ins Bett. „Soll ich Laura anrufen?", fragte ich besorgt. „Ich habe ihr bereits eine Nachricht geschrieben, während ich im Badezimmer war", gab sie leise zur Antwort und zog ihre Decke soweit nach oben, dass man kaum mehr etwas von ihr sehen

konnte. „Süsse, brauchst du noch irgendetwas?"
Ich hatte ein furchtbar schlechtes Gewissen und
hoffte, ihr ihren Zustand irgendwie erleichtern zu
können. „Ja, meine Ruhe!", antwortete sie
trotzig.

Ohne ein weiteres Wort zu wechseln, machte ich
mich fertig und verliess schliesslich angepisst die
Wohnung. Einerseits tat es mir schrecklich leid,
dass sie so leiden musste, anderseits war ich
wütend, weil ich nicht verstehen konnte, dass sie
sich offenbar gar nicht auf das Kind freute. Dabei
wollte sie es doch auch. Ich verstand die Welt
nicht mehr und auf einen Gedanken folgte der
nächste.

Während der Arbeit war ich sehr unkonzentriert.
Ich dankte Gott im Stillen dafür, dass der Dienst
ruhig verlief und wir nicht ausrücken mussten.
Nachdem ich nun schon den dritten Anlauf
startete, um die Akten einzuordnen, die sich auf
dem Tisch vor mir stapelten, sprach mich Marco,
dem meine Verwirrtheit offenbar aufgefallen
war, schliesslich an. „Was ist los, Bro? Du bist ja
heute total von der Rolle", bemerkte er besorgt.

Marco war mein bester Freund, ich vertraute
ihm und ehrlich gesagt, wünschte ich mir im

Moment nichts mehr, als mit ihm über die neusten Ereignisse zu sprechen, also erzählte ich ihm schliesslich alles. „Isabella ist wieder schwanger", sagte ich kleinlaut, während ich mich erschöpft an den Aktenschrank lehnte. „Was? Herzlichen Glückwunsch, Mann! Das ist toll!" Er freute sich unheimlich und schlug mit seiner Hand freundschaftlich auf meine Schulter. „Ja, das dachte ich eigentlich auch, aber Isabella scheint es nicht so zu sehen!", erwiderte ich gekränkt. „Was redest du denn da? Ich dachte, ihr wart euch nach der Fehlgeburt einig, es weiter zu versuchen?" Er runzelte die Stirn und wartete gespannt auf meine Antwort. „Ja, das war auch so, aber in der Zwischenzeit ist viel passiert … Marco, du musst wissen, dass Isabella die Tochter von Miller Industries ist, der grössten Konkurrenz meiner Familie. Ich habe das von Anfang an gewusst und habe ihr nichts davon erzählt – aus Angst, sie zu verlieren. Erst kürzlich ist ihre Schwester dahintergekommen und den Rest kannst du dir denken. Zu dem Zeitpunkt, als Isabella das Gefühl hatte wieder schwanger zu sein, waren wir getrennt und die Situation war für sie unheimlich schwer. Sie hat sogar an eine Abtreibung gedacht, weil sie das Baby vor unseren Familien schützen wollte. Kurz darauf haben wir uns glücklicherweise aber wieder versöhnt und sogar ihre Schwester liess sich schlussendlich davon überzeugen, dass ich Isabella wirklich liebe. Als sie den Urin-Test aus der Apotheke gemacht hat, waren wir also bereits wieder zusammen, doch der war negativ und Isabella war am Boden zerstört. Unsere Geschwister haben es dann aber geschafft, sie wieder aufzumuntern. Sie haben uns versprochen, gemeinsam dafür zu sorgen, dass sich unsere Familien versöhnen werden. Isabella war so glücklich darüber und voller Hoffnung. Gestern habe ich sie dann zu einer Blutanalyse überredet, weil sich ihr schlechter Zustand verschlimmert hat und ich auf Nummer sicher gehen wollte. Nun, mein Verdacht hat sich bestätigt, der Bluttest ist eindeutig positiv ausgefallen und ich war ausser mir vor Freude. Doch Isabella ... Es schien, als wäre sie traurig darüber und das hat sich bis jetzt nicht geändert. Ich verstehe es wirklich nicht, Bro! Ich dachte, zwischen uns wäre alles wieder in Ordnung, doch offensichtlich ist das nicht der Fall!"

Marco sagte einen Moment lang nichts, doch seine gerunzelte Stirn verriet mir, dass er nachdachte und meine Geschichte verarbeitete. Schliesslich setzte er sich und seufzte tief. „Alter, dich kann man wirklich nicht alleine lassen, ohne dass dein Leben geradezu im Chaos versinkt", scherzte er, doch schon wenige Sekunden später betrachtete er mich ernst. „Hör zu, Bro. Ich glaube nicht, dass Isabellas fragwürdiges Verhalten etwas mit deiner Familie zu tun hat … Während Isabella damals im Krankenhaus war, damals als sie notfallmässig eingeliefert wurde, und ihr dann von der Schwangerschaft erfahren habt und du –" er hielt kurz inne und senkte seinen Blick. „– … einfach abgehauen bin … " ergänzte ich den Satz leise und schämte mich im gleichen Moment fürchterlich, als ich mich wieder daran erinnerte. „Nun ja, wie auch immer, danach war sie ziemlich fertig. Es ist ihr wirklich sehr schlecht gegangen und sie hat sich furchtbare Vorwürfe gemacht. Noah, ich habe immer verstanden, dass du damals Zeit gebraucht hast, um die Neuigkeit zu verarbeiten, aber das ändert nichts an der Tatsache, dass sie die ersten Tage auf sich alleine gestellt war. Doch anstatt dich zu verfluchen, weil du sie alleine gelassen hast, hat sie sich selbst die Schuld an allem gegeben. Sie hat geglaubt, sie hätte dein Leben zerstört und dieser Gedanke war für sie unerträglich. Dann, als sich alles zum Guten gewendet hat, hat sie das Kind verloren, ausgerechnet an dem Tag, an dem ihr euch wegen den Mädels gestritten habt. Ich habe dir das nie erzählt, Mann, weil ich es nicht für wichtig gehalten habe, aber Missy und ich haben sie nach unserer Hochzeit im Krankenhaus besucht. Du warst nicht im Zimmer und Isabella hat geschlafen, aber sehr unruhig und sie hat im Schlaf gesprochen. Wir haben nicht alles verstanden, aber genug um mitzubekommen, dass sie von schweren Schuldgefühlen geplagt wurde. Missy und ich haben das Zimmer gleich darauf wieder verlassen, weil wir es nicht für richtig gehalten haben, sie in dieser intimen Situation zu beobachten. Verstehst du, Noah? Ich bin zwar kein Psychologe, aber das muss ich auch nicht sein, um zu begreifen, dass die Kleine bestimmt eine scheiss Angst hat. Du musst bedenken, dass – sollte dieses Mal wieder etwas schieflaufen – es bereits ihre dritte Fehlgeburt innerhalb kürzester Zeit wäre … Die meisten Frauen verkraften nicht einmal eine …" Traurig sah er zu Boden und mir war sofort klar, dass er an Rosi dachte.

Marco schaffte es tatsächlich, dass ich mich noch mieser fühlte als zuvor. Natürlich war mir klar, dass wir auch dieses Kind wieder verlieren könnten, aber daran wollte ich von Anfang an gar nicht erst denken und dadurch, dass ich meine Angst verdrängt hatte, steigerte ich Isabellas Angst umso mehr, weil sie befürchtete, mich wieder zu enttäuschen. „Danke Mann, das habe ich jetzt echt gebraucht!", sagte ich lächelnd. „Kein Problem, Bro! Und noch etwas ... Ich werde Patenonkel, das ist ja wohl klar!", lachte er. „Wenn du dich traust, dich mit Alessio und Savannah anzulegen, gerne!", scherzte ich. Marco verstand nicht ganz, was ich damit meinte, und ich hatte keine Zeit, um es ihm zu erklären. Es war siebzehn Uhr, mein Dienst endete und ich wollte nur noch zu Isabella, um mich bei ihr zu entschuldigen.

Nachdem ich das Krankenhaus verlassen hatte, blies bereits ein heftiger Wind und zu allem Übel begann es auch noch zu schneien. Es sah so aus, als ob ein heftiger Sturm aufziehen würde. Ich beeilte mich, kaufte auf dem Weg nach Hause noch ein Dutzend rote Rosen und war heilfroh, als ich endlich in unserer Wohnung ankam. Doch als ich eintrat, bemerkte ich sofort, dass Isabellas Mantel und ihre Schuhe nicht dort waren, wo sie sonst immer lagen. Ich stürmte ins Schlafzimmer, aber auch das Bett war leer. Vom Schlafzimmer eilte ich zum Küchenfenster und suchte den Parkplatz nach ihrem Auto ab, aber es war ebenfalls weg. Verdammt, wo war sie bloss!? Draussen tobte es bereits und ich wollte mir gar nicht vorstellen, dass sie alleine da draussen war. Ich musste sie suchen.

Ich fuhr in den Kindergarten und in das Waisenhaus, doch sie war weder am einen noch am anderen Ort. Von Jane erhielt ich die Adresse von Laura, doch auch die wusste nichts über den Verbleib von Isabella. Ich fuhr verzweifelt durch die Strassen, meine Scheibenwischer liefen auf Hochtouren, konnten aber fast nichts mehr gegen die Naturgewalt ausrichten, also beschloss ich schliesslich, an den Strassenrand zu fahren und abzuwarten, bis der Sturm sich gelegt hatte. Immer wieder versuchte ich Isabella auf ihrem Handy zu erreichen, doch die Verbindung brach ständig ab. Ich fühlte mich furchtbar, als hätte ich sie erneut im Stich gelassen und betete zu Gott, dass es ihr und dem Kind gut ging und ihnen nichts passiert war. Ich zählte die Sekunden und endlich, nach einer halben Ewigkeit, liess der Sturm etwas nach. Ich startete gerade den Motor, als mein Handy klingelte. Die Nummer war mir nicht bekannt und ich befürchtete bereits das Schlimmste, als ich den Anruf entgegennahm. „Montinari ...", gab ich mich ängstlich zu erkennen. „Mr. Montinari, wie schön, dass ich Sie endlich erreiche. Hier spricht Referent Lincoln von der Holy Saint Church. Ich möchte Ihnen gerne mitteilen, dass Ihre Freundin hier ist. Ich habe sie aufgrund des Unwetters dazu überredet hier zu bleiben. Nun, sie ist ziemlich durcheinander; wäre es Ihnen möglich sie abzuholen?" Ich war unglaublich erleichtert und dankte Gott im Stillen mehrmals für diesen Anruf. „Referent, ich bin bereits unterwegs und in wenigen Minuten bei Ihnen", sagte ich knapp und wendete den Wagen sofort. Isabella war in der Kirche, die mir so viel bedeutete, aber warum? Was hatte sie dazu bewegt, dorthin zu gehen?

Ich parkte den Wagen und eilte in die Kirche. Ich suchte nach ihr, doch ich konnte sie nirgends entdecken. Ich wollte gerade die Treppe zur Galerie hochsteigen, da erkannte ich den Pastor, der geradewegs auf mich zukam. „Mr. Montinari? Ich bin froh, dass Sie hier sind. Isabella ist in der Sakristei, ich habe ihr angeboten sich dort hinzulegen, weil sie sich nicht wohlgefühlt hat und auf der Kirchenbank eingeschlafen ist." Allein diese Vorstellung versetzte mir einen Stich in mein Herz. „Referent, bitte bringen Sie mich zu ihr", flehte ich ihn an. „Natürlich, aber dürfte ich Sie zuerst auf ein Wort bitten?", fragte er freundlich und deutete mit seiner Hand auf die hinterste Reihe der Kirchenbänke. Ich nickte und setzte mich. Er tat es mir gleich und betrachtete mich schliesslich ernst. „Hören Sie, Mr. Montinari. Ihre Freundin ist völlig verwirrt und aufgelöst hier angekommen. Ich habe ihr mein Ohr angeboten und sie hat mir schliesslich alles erzählt. Sie sollten also wissen, dass ich über Ihre Vorgeschichte Bescheid weiss und auch darüber, dass sie gegenwärtig wieder schwanger ist. Sie leidet unter unvorstellbarer Verlustangst. Sie befürchtet, zuerst das Baby und anschliessend auch Sie zu verlieren", erklärte er mir. „Referent, ich würde sie niemals, unter keinen Umständen, verlassen. Ich liebe sie mehr als mein Leben! Bitte, glauben Sie mir!" Der Referent nickte und lächelte, ehe er weiterfuhr. „Nun, das habe ich mir schon gedacht, jedoch ist die Angst zu versagen in Isabella so stark verankert, dass es sehr schwer werden wird, sie vom Gegenteil zu überzeugen. Sie ist traumatisiert und es benötigt sehr viel Geduld und Feingefühl, um dies aufzuarbeiten; allerdings denke ich, dass nur Sie beide zusammen es schaffen können, diese Hürde zu überwinden." Ich hörte ihm immer noch aufmerksam zu, als wir unterbrochen wurden. „Noah?" Isabella stand vorne am Altar. Kaum hatte sie mich erkannt, rannte sie auf mich zu. Ich sprang sofort auf und rannte ihr ebenfalls entgegen. Ich schloss sie fest in meine Arme und wiegte sie sanft darin. „Mein Gott, Isabella! Ich hatte solche Angst um dich!", flüsterte ich leise. „Ich habe versucht dich zu erreichen, aber die Leitungen waren tot und die Verbindung konnte nicht aufrecht erhalten werden", sagte sie entschuldigend. „Süsse, es ist nicht deine Schuld. Was machst du denn hier?", fragte ich sie erleichtert. „Naja, du hast gesagt, dass du hier immer deine innere Ruhe wiederfindest. Ich kenne dieses Gefühl von den Klippen, doch die sind ja in Irland, also wollte ich es hier versuchen", erklärte sie mir zerknirscht. „Es tut mir leid, Noah. Ich weiss, dass ich im Moment ein Ekelpaket bin. Ich kann mich selbst nicht leiden, aber ich kann auch nichts dagegen tun, ich ... ich kenn mich selbst nicht mehr ... und das macht mich fertig." Sie vergrub ihr Gesicht in meiner Brust und begann, hemmungslos zu schluchzen. „Süsse, entschuldige dich nicht. Dein Verhalten ist völlig normal in Anbetracht dessen, was du im letzten Jahr alles durchgemacht hast. Nur war ich zu dämlich, um das zu erkennen und darauf einzugehen. Ich muss mich bei DIR entschuldigen und nicht umgekehrt." – „Ich habe Angst, Noah! Ich habe solche Angst." Sie klang so verzweifelt und hilflos, dass mein Herz zu brechen drohte. „Principessa, ich habe doch auch Angst, aber ganz egal was passieren wird, wir werden das gemeinsam durchstehen. Ich lass dich nicht alleine, ich versprech es dir!" – „Aber Noah, ich habe Alkohol getrunken in Irland und dann an dem Abend unserer Rückkehr im Club, verstehst du? Ich war die ganze Zeit schwanger und habe unserem Kind Gift zugeführt. Vielleicht lebt dieses Baby bereits schon jetzt nicht mehr und das ist allein meine Schuld! Womöglich habe ich wirklich einen Fehler bei der Durchführung des Tests gemacht. Wie soll ich denn eine gute Mutter werden, wenn ich unser Kind bereits schon im Mutterleib gefährde?" Ich spürte ihre Tränen auf meiner Brust und drückte sie so fest an mich, dass ich ihren Herzschlag spüren konnte. „Principessa. Hör auf dich zu quälen! Diese käuflichen Tests liefern nicht immer ein eindeutiges Ergebnis ab und das wusste ich. Ich hätte gar nicht erst zulassen dürfen, dass du ihn machst. Ich habe keine Sekunde daran geglaubt, dass du bei der Durchführung einen Fehler gemacht haben könntest. Und wenn schon? Und hey, wir sind die Erben zweier Imperien! Wir haben gute Gene, was den Alkohol betrifft, Süsse! Unser Baby hat das bestimmt locker weggesteckt. Ausserdem hast du ja sowieso alles wieder erbrochen." Natürlich war mir klar, was für einen Schwachsinn ich da von mir gab, aber immerhin schaffte ich es so, Isabella ein Lächeln zu entlocken. „Wenn du möchtest, begleite ich dich morgen zu Dr. Wicker, damit er einen Ultraschall machen kann, nur damit du beruhigt bist", schlug ich vorsichtig vor, doch Isabella zuckte augenblicklich in meinen Armen zusammen. „Und was, wenn wir erfahren, dass es wieder tot ist? Ich verkrafte das nicht mehr, Noah, ich kann einfach nicht mehr", schluchzte sie. Ich nahm ihren Kopf zwischen meine Hände und betrachtete sie mitfühlend. „Süsse, wir müssen der Tatsache jetzt ins Auge sehen – ob wir wollen oder nicht. Ich weiss, es ist schwer für dich, aber du wirst nicht alleine sein, Isabella! Hörst du? Im Notfall werde ich unbezahlten Urlaub nehmen und mit dir so lange verreisen, bis du wieder auf den Beinen bist. Von mir aus können wir auch ein Zelt kaufen und so lange bei den Klippen campen, bis es uns wieder besser geht, aber daran möchte ich gar nicht erst denken. Jedenfalls verspreche ich dir bei meinem

Leben: Egal was kommt, du musst da nicht alleine durch!"

Endlich schien sie sich zu entspannen. Ihre Tränen verstummten und ich atmete erleichtert auf. Erst jetzt bemerkte ich, dass sich der Referent längst wieder zurückgezogen hatte, damit wir ungestört reden konnten. Ich hätte mich gerne noch bei ihm bedankt, doch ich konnte ihn nirgends finden, also beschloss ich, dies bei Gelegenheit nachzuholen. Ich wickelte Isabella in meinen Mantel ein und brachte sie nach Hause. Sie freute sich sehr über die roten Rosen, die ich ihr mitgebracht hatte und fast noch mehr über das warme Bad, welches ich ihr kurz darauf einliess, damit sie sich aufwärmen konnte. Ich kochte uns heisse Schokolade und wir machten es uns seit Langem wieder einmal auf dem Sofa gemütlich. Wir kuschelten uns eng aneinander und ich genoss Isabellas Wärme in meinen Armen. „Noah?", fragte sie mich schliesslich. „Hmm?" – „Es gibt da etwas, was mir am Herzen liegt und was ich gern tun würde, aber jetzt, wo ich schwanger bin, brauche ich deine Hilfe …" Ich wartete gespannt darauf, was sie zu sagen hatte. „Alles was du willst, Süsse, schiess los." – „Das Waisenhaus … Ich habe in den letzten Jahren etwas Geld auf die Seite gelegt und das möchte ich nun gerne in die Verschönerung des Waisenhauses investieren. Als erstes möchte ich gerne Farbe kaufen und die Wände bunt streichen." Sie betrachtete mich unsicher und wartete gespannt auf meine Antwort. „Principessa, das ist eine tolle Idee! Natürlich helfe ich dir und Marco wird bestimmt auch mithelfen", sagte ich begeistert. Isabellas Augen leuchteten und sie umarmte mich stürmisch. „Oh, das wäre grossartig! Danke!"

32

Ich war unbeschreiblich nervös, während wir im Krankenhaus auf Dr. Wicker warteten. Noah hatte einen Termin arrangiert und nun sass ich auf diesem angsteinflössenden Stuhl und wartete ungeduldig darauf, dass man uns gute oder schlechte Nachrichten überbrachte. Noah drückte meine Hand und streichelte sie sanft, er versuchte mich zu beruhigen, doch es gelang ihm nicht.

Es dauerte eine halbe Stunde, bis Dr. Wicker schliesslich gutgelaunt in das Zimmer trat. Ich erzählte ihm, wie lange ich nun schon überfällig war und wie es mir ging. „Nun ja, ich muss mich hin und wieder übergeben und ich denke, ich bin etwas … launisch, aber ansonsten geht es mir ausgezeichnet." Noah betrachtete mich mit hochgezogenen Brauen und wandte sich dann besorgt an den Arzt. „Sie übergibt sich mehrmals täglich, Arthur! Sie hat ständig Angst und ihre Gefühlswelt spielt komplett verrückt. Sieh sie dir bitte genau an, es geht ihr wirklich nicht gut", sagte er besorgt. Dr. Wicker nickte zustimmend. Nachdem er mir nochmals Blut entnommen und mein Gewicht gemessen hatte, bereitete er schliesslich alles für den langersehnten Ultraschall vor. Er tätschelte mitfühlend mein Knie, denn ich zitterte so stark, dass er die Sonde zuerst nicht einführen konnte. „Isabella, beruhige dich, wir werden gleich mehr wissen", sagte er freundlich. Ich atmete nochmals tief durch, damit sich meine Bauchmuskeln entspannten und es ihm endlich gelang, den Ultraschall durchzuführen. Ich schloss meine Augen, denn ich wollte seinen Gesichtsausdruck gar nicht erst sehen, doch plötzlich hörte ich, wie er laut lachte. „Nun, die beiden haben sich da wirklich Logenplätze ausgesucht!", stellte er zufrieden fest. „DIE BEIDEN?" Noah und ich waren geschockt und konnten gar nicht fassen, was er uns da gerade gesagt hatte. „Ja genau! Herzlichen Glückwunsch, ihr erwartet Zwillinge. Du befindest dich etwa in der 7. Schwangerschaftswoche, die Herzchen schlagen regelmässig und auch das Narbengewebe ist völlig unauffällig und scheinbar endgültig verheilt. Fürs Erste kann ich euch also beruhigen." Noah und ich waren immer noch völlig perplex über diese Neuigkeit und starrten immer noch ungläubig auf den Monitor.

Tatsächlich! Darauf konnte man ganz klar zwei schlagende, bohnenförmige Punkte erkennen.

Selbst nachdem ich mich wieder angezogen hatte und Noah und ich alleine in Dr. Wickers Büro auf die Blutergebnisse warteten, konnte ich keinen klaren Gedanken fassen. Immer wieder starrte ich auf das Ultraschallbild, welches ich verkrampft in meiner Hand hielt. „Mann, das haut mich echt um, Süsse! Wir bekommen Zwillinge!", sagte Noah fröhlich. Ich freute mich natürlich auch sehr darüber, aber es fiel mir auch sehr schwer, meine Ängste und Zweifel zu verbergen. „Ja, das ist wirklich unglaublich. Hoffentlich schaffe ich das", flüsterte ich ängstlich. Noah reagierte sofort, packte meine Hand und betrachtete mich eindringlich und ernst. „Natürlich werden wir das schaffen, Principessa. Du wirst eine ganz wunderbare Mutter sein!" Ich wollte gerade etwas darauf erwidern, doch Dr. Wicker betrat das Zimmer und unterbrach uns. „Nun, Isabella, es ist so. Es sieht gut aus. Die Embryos haben sich an einer fabelhaften Stelle eingenistet und wie ich bereits sagte, ist auch das Narbengewebe gut verheilt, sodass wir bei dieser Schwangerschaft sicher nicht mehr so viel Angst haben müssen wie das letzte Mal. Trotzdem stufe ich dich als

Risikoschwangere ein und ich muss dir leider mitteilen, dass deine Blutresultate nicht zufriedenstellend sind. Die Mehrlingsschwangerschaft ist der Grund dafür, weshalb du unter heftiger Übelkeit leidest und dich dauernd übergeben musst. Das wiederum führt dazu, dass dir nun wichtige Nährstoffe fehlen, die sowohl du als auch die Kinder benötigen. Ich möchte dich also gerne ein paar Tage hierbehalten, damit wir dir Infusionen verabreichen können, die dich wieder etwas auf die Beine bringen. Ausserdem möchte ich auf Nummer sicher gehen und schreibe dich die nächsten zwei Monate krank. Danach sehen wir weiter. Ich möchte, dass du jede körperliche und seelische Anstrengung vermeidest und dich regelmässig von mir untersuchen lässt. Hast du noch Fragen?"

Wow. Das musste ich zuerst einmal verdauen. Meine Gefühle überschlugen sich, doch mir war klar, dass ich Dr. Wickers Anordnungen befolgen musste, wenn ich meine Kinder nicht gefährden wollte, also nickte ich schliesslich und stimmte resigniert zu. Noah atmete erleichtert auf und lächelte mich liebevoll an. Er hatte wohl nicht damit gerechnet, dass ich ohne Widerspruch einwilligen würde. „Eine Frage habe ich noch!", platzte es plötzlich aus mir heraus, ohne dass ich zuerst darüber nachgedacht hatte, „Sex ... ich meine, dürfen wir Sex haben?" Noah fiel fast vom Hocker, doch auch er wartete gespannt auf Dr. Wickers Antwort. „Grundsätzlich spricht nichts dagegen, aber ich möchte kein Risiko eingehen, also empfehle ich euch, während des ersten Trimesters darauf zu verzichten." Ich war enttäuscht und Noah ebenso, das konnte ich spüren, aber es ging ja schliesslich um unsere Babys, deswegen war völlig logisch und klar, dass die schönste Nebensache der Welt warten musste.

Die Schwester brachte mich auf mein Zimmer und legte mir sofort einen venösen Zugang für die Infusion, während Noah nach Hause fuhr, um die Sachen zu holen, die ich während meines Aufenthaltes im Krankenhaus benötigte. Es war unglaublich, wie rasch sich mein Allgemeinzustand verbesserte, während die durchsichtige Flüssigkeit durch meine Adern strömte. Meine Laune stieg stetig, mir war nicht mehr übel und somit musste ich mich auch nicht mehr übergeben. Nach zwei weiteren Tagen waren meine Lebensgeister wieder vollständig zurückgekehrt und ich fühlte mich lebendiger denn je. Noahs Ferien hätten in zwei Wochen sowieso begonnen und da er so viele Überstunden hatte, konnte er seinen Chef kurzfristig davon überzeugen, ihn jetzt schon in die Ferien zu entlassen. Auch ich hatte mich kurz nach der Untersuchung mit Laura und dem Schulamt in Verbindung gesetzt. Meine Vertretung konnte sofort für mich einspringen und Laura, die war ausser sich vor Freude, nachdem ich ihr mitgeteilt hatte, dass ich wieder schwanger war und dann sogar noch mit Zwillingen. Sie kam sofort zu mir ins Krankenhaus und heulte den halben Nachmittag lang, weil sie so glücklich darüber war. „Oh Isabella, ich freue mich so! Stell dir nur mal vor, was wir alles zusammen machen können, wenn die Kinder da sind. Ich stelle mir das total aufregend vor." Ich nickte und lächelte ebenfalls. „Ja, das wäre schon toll … ich hoffe nur, dass alles gut geht. Laura! Du musst mir hoch und heilig versprechen, dass du vorerst niemandem davon erzählst! Ich möchte es zuerst unseren Familien sagen." Laura schüttelte wild ihren Kopf. „Izzy, ich verspreche dir den Mund zu halten! Und hab keine Angst, es geht bestimmt alles gut." Sie tätschelte zuversichtlich mein Knie und plante gleich darauf weiter euphorisch unsere Zukunft als Mütter. Es war mir wirklich sehr wichtig, dass unsere Eltern nicht zuletzt davon erfuhren und ich konnte es kaum erwarten, Savannah und Alessio persönlich von der Schwangerschaft zu erzählen. Seit unserem Treffen in Irland hatten sie jede freie Minute miteinander verbracht, um an der Fusionierung zu arbeiten, und es blieb uns nicht verborgen, dass sie mittlerweile mehr füreinander empfanden, als ihnen vermutlich lieb war. Weihnachten rückte immer näher und langsam mussten Noah und ich uns überlegen, wie wir die Sache angehen wollten, um unseren Teil der Abmachung einzuhalten.

Nach vier Tagen und einem weiteren, zufriedenstellendem Kontrolluntersuch bei Dr. Wicker wurde ich endlich entlassen. Ich fühlte mich sehr gut und ich genoss es, Noah die ganze Zeit um mich zu haben. Er umgarnte und verwöhnte mich nach Strich und Faden und sorgte dafür, dass es mir an nichts fehlte. Er bemerkte es sofort, wenn ich wieder in einen Angstzustand zu verfallen drohte und lenkte mich ab, indem er mich zum Essen ausführte oder wir sonst etwas miteinander unternahmen. Auch Marco und Missy besuchten uns hin und wieder in unserer Wohnung. Sie brachten Spiele mit und obwohl ich keine leidenschaftliche Spielerin war, schafften sie es, mich dafür zu begeistern. Ich stellte fest, dass Noah ein sehr schlechter Verlierer war und amüsierte mich köstlich darüber. Wir hatten unheimlich viel Spass zusammen, das lenkte mich von meinen Sorgen ab und tat mir sehr gut. Ausserdem begannen wir mit der Renovierung des Waisenhauses. Noah und Marco schafften es, noch weitere Mitarbeiter ins Boot zu holen und so gelang es uns, die Zimmer im Waisenhaus in Windeseile zu verschönern. Da mich Noah nicht mal in die Nähe einer Leiter liess, kramte ich meine alte Nähmaschine hervor und nutzte die Zeit, um ein paar bunte Kissen und Decken für die Schlafräume zu nähen. Das Endprodukt war gigantisch. Die Kinder strahlten wie Maienkäfer und Jane war so gerührt, dass sie uns allen schluchzend in die Arme fiel und sich gefühlte eintausend Mal bedankte. Auch Emily war begeistert von ihrer neu gestalteten Schlafecke, obwohl ich insgeheim natürlich hoffte, dass sie hier nicht mehr lange wohnen musste. Eigentlich hätte ich sie an heilig Abend gerne zu uns geholt, doch ich wollte nicht, dass sie in die Schusslinie unserer Familien geriet, deshalb versprach ich ihr, sie einen Tag später abzuholen, um mit ihr zusammen nachzusehen, ob Santa Claus etwas für sie hinterlegt hatte. Sie klatschte zufrieden in ihre kleinen Händchen, während sie meinen Worten lauschte. Ich liebte die kleine Maus so sehr und ich betete abermals dafür, dass sie bald offiziell ihren Platz in unserer Familie einnehmen konnte. Ein Leben zusammen mit ihr, Noah und den Babys wäre mein Himmel auf Erden.

Der grosse Tag der Familienzusammenführung kam immer näher. Alessio und Savannah meldeten sich für den 23. Dezember an, sodass wir vor dem grossen Zusammentreffen noch ein wenig Zeit hatten, um alles bis ins letzte Detail vorzubereiten und abzusprechen. Die beiden hatten ein fantastisches Konzept ausgearbeitet, welches sie unseren Familien vorstellen wollten. Sie waren bestens vorbereitet und schienen sich keine Sorgen darüber zu machen, dass irgendetwas schiefgehen könnte.

Während ich zunehmend nervöser wurde, schien Noah gelassener denn je. Ich befürchtete jedoch, dass er lediglich eine Maske aufsetzte, weil er mich nicht zusätzlich verunsichern wollte. Eines Abends brachte Noah einen riesigen Weihnachtsbaum nach Hause, den ich dann liebevoll schmückte. Ich bestellte einen Truthahn beim Metzger um die Ecke, denn ich wollte ein perfektes Weihnachtsessen zaubern, nicht zuletzt, um Noahs Familie zu imponieren, denn zugegeben, es war mir wichtig, was sie von mir hielten. Ich wollte, dass sie spürten, wie sehr ich ihren Sohn liebte, und wollte sie davon überzeugen, dass ich meiner Rolle als Ehefrau und Mutter gewachsen war. Ich kaufte auch für jeden ein kleines Geschenk, weil ich nach wie vor auf ein normales und fröhliches Weihnachtsfest hoffte und dazu gehörten auch Geschenke. Mit Noahs Hilfe erwarb ich ein wunderbares Seidentuch für seine Mutter und Zigarren für unsere Väter. „Wenigstens eine Leidenschaft, die unsere Väter – abgesehen vom Wein – teilen", sagte ich hoffnungsvoll. In einem kleinen Schmuckladen entdeckte ich eine antike Herzbrosche, die ich schliesslich für meine Mutter kaufte. Für Alessio und Savannah liess ich mir etwas ganz Besonderes einfallen. In einem Babygeschäft fand ich zwei paar Baby Schuhe, auf die ich in einer Textildruckerei „Willst du mein Pate sein?" drucken liess. Ausserdem kaufte ich lederne Winterstiefel für Savannah und goldene Manschettenknöpfe für Alessio. Noahs Geschenk hatte ich bereits vor einiger Zeit besorgt, es lag gut versteckt in meiner Wohnung. Nach unserer Trennung hatte ich kurz darüber nachgedacht, es wegzuwerfen, doch ich hatte es damals nicht übers Herz gebracht. Darüber war ich heute sehr froh, denn das Geschenk war ein wertvolles Unikat und es wäre unmöglich gewesen, einen Ersatz dafür zu finden. „Süsse, lass uns nach Hause gehen, meine Füsse bringen mich um!", flehte mich Noah an, nachdem ich nach geschlagenen zwei Stunden immer noch nicht genug hatte und wahrlich drohte, einem Kaufrausch zu verfallen. Noah betrachtete mich so hilflos, dass ich laut lachen musste und unsere Shoppingtour schliesslich beendete.

Zu Hause liessen wir uns ein Bad ein. Noah sass hinter mir und ich lehnte meinen Rücken an seinen muskulösen Körper. Ich genoss das warme Wasser, welches er immer wieder über meinen Körper schöpfte. Er begann damit, mich einzuseifen und zu waschen. Zuerst liess er den weichen Schwamm über meine Arme gleiten, bevor er schliesslich zärtlich meine Brüste verwöhnte. Sofort spürte ich ein wohliges Ziehen in meinem Unterleib. Meine Nippel waren durch die Schwangerschaft noch viel empfindlicher geworden, sie reckten sich ihm entgegen, als könnten sie es kaum erwarten von seinem Mund liebkost zu werden. „Noah", stöhnte ich erregt, „hör auf damit, wir dürfen nicht miteinander schlafen." – „Ich darf dich nicht penetrieren,

Süsse. Dr. Wicker hat nichts davon gesagt, dass ich dich nicht verführen darf." Er grinste schelmisch, als er mit seinen Zähnen sanft an meinem Hals knabberte. Allein dieses Gefühl brachte mich fast zum Höhepunkt. Er führte eine Hand in meinen Schritt, während er mit der anderen immer noch meine Brüste stimulierte. Als er meine Lippen teilte und sanft meine Klitoris streichelte, wand ich mich wie ein Fisch am Hacken. Jede seiner Berührungen empfand ich viel intensiver als jemals zuvor, ich musste mich regelrecht konzentrieren, um nicht sofort in tausend Stücke zu zerbersten. Ich drehte mich zu ihm und massierte seine beachtliche Erektion mit meinen Händen. Noah stöhnte lustvoll auf, schloss seine Augen und lehnte seinen Kopf entspannt zurück. Er schrie überrascht auf, als ich seine glänzende Eichel an meine Lippen führte und ihn mit meinem Mund verwöhnte. Noah genoss jede einzelne Sekunde und hörte dabei nicht auf mich zu streicheln, bis wir schliesslich auf einen gewaltigen Orgasmus zusteuerten und wenige Sekunden später gemeinsam explodierten.

„Ich dachte schon, ich müsste nun für lange Zeit darauf verzichten", sagte ich atemlos und mit laut pochendem Herzen. Noah küsste mich zärtlich. „Keine Sorge, Principessa, das werden wir bald wiederholen", sagte er und grinste dabei geheimnisvoll.

33

NOAH

Während Isabella immer noch vergebens nach unseren Geschwistern Ausschau hielt, konnte ich meinen Bruder Alessio und Savannah bereits schon von Weitem erkennen. Sie standen neben der Gepäcksausgabe und man konnte deutlich erkennen, dass sie sich stritten. Offensichtlich passte es Savannah überhaupt nicht, dass Alessio, Gentleman wie er war, Savannah ihre Koffer abnehmen wollte. Ich packte Isabella sachte an ihren Schultern und drehte sie in die Richtung der beiden Turteltäubchen. „Ein Herz und eine Seele – wie immer", schmunzelte sie, nachdem auch sie die Situation amüsiert beobachtet hatte und wir beide in lautes Gelächter ausbrachen.

Schliesslich gab Savannah auf und überliess Alessio widerwillig ihren Koffer, ihr Gesicht war grimmig, doch als ihr Blick auf Isabella und mich fiel, entspannten sich ihre Gesichtszüge augenblicklich und sie strahlte bis über beide Backen. Sie rannte auf uns zu und ich war mir einen kurzen Moment lang nicht sicher, ob ich Isabella und die Babys vor ihr schützen sollte.

Schliesslich fing ich sie instinktiv ab, bevor sie Isabella erreichte und drehte sie wie wild im Kreis. „Hallo Savannah! Schön, dich zu sehen!" Savannah betrachtete mich erstaunt, blickte dann kurz zu Isabella, die ihren Blick grinsend erwiderte und runzelte dann ihre Stirn, ehe sie mich mit ihrem stählernen Blick durchbohrte und sich aus meiner Umarmung befreite. „Ja … äh, ich freue mich auch sehr dich wiederzusehen, Noah", sagte sie, während sie einen Schritt zurücktrat und ihren kurzen blauen Rock und die passende Bluse glättete, „ist es mir denn nun gestattet, MEINE SCHWESTER zu begrüssen?", fragte sie mich sarkastisch. Offensichtlich hatte sie verstanden, dass ich versucht hatte sie abzuwehren. Ich nickte grinsend und liess sie passieren, während ich mich Alessio zuwandte und ihn brüderlich umarmte. „Hey, Mann! Ich freu mich echt, dass ihr hier seid! Wie läuft's denn mit der Kratzbürste?", fragte ich provozierend. Alessio bedachte mich mit einem vernichtenden Blick, senkte ihn aber augenblicklich verlegen. In seinen Augen loderte ein Feuer, welches ich noch nie zuvor bei ihm gesehen hatte, was mir aber verriet, dass er mehr für Isabellas Schwester empfand, als mir wohl bewusst war.

Nachdem wir das ganze Gepäck endlich im Wagen verstaut hatten, fuhren wir zuerst in die Stadt, um dort etwas zu essen. Savannah und Isabella redeten die ganze Zeit über Schuhe, während Alessio und ich uns in unserer Muttersprache über das morgige Abendessen unterhielten. „Würdet ihr bitte so sprechen, dass ich euch auch verstehe?", fuhr Savannah uns barsch an. „Sie sprechen über morgen, Savannah", erklärte Isabella ihr gelassen, „sie machen sich Sorgen, vor allem auf die Reaktion ihres Vaters sind sie sehr gespannt", sagte sie beiläufig, während sie sich einen weiteren Happen ihrer Pizza in den Mund schob. Mir kippte die Kinnlade herunter und ich starrte sie mit offenem Mund an. „Süsse, du sprichst Italienisch?" Savannah betrachtete mich verdutzt, als ob ich gerade den grössten Mist der Welt von mir gegeben hätte. „Natürlich spricht sie Italienisch, wusstest du das nicht?" Sie blickte überrascht zu Isabella, die errötete und verlegen ihre Pizza anstarrte, als ob sie noch nie zuvor eine gesehen hätte. „Jetzt weiss er es …", sagte sie zerknirscht. „Du hast es ihm nicht erzählt? Hallo? Vögelt ihr nur oder redet ihr zwischendurch auch mal miteinander?", fragte Savannah. Diese Frau nahm wirklich kein Blatt vor den Mund. Isabella liess grinsend ihre Gabel sinken und beäugte Savannah mit funkelnden Augen. Ihr Blick verriet mir, dass ihr endlich die Gelegenheit geboten wurde, die sie schon längst herbei gesehnt hatte. „Naja, meistens vögeln wir uns dermassen die Seele aus dem Leib, dass wir danach zu müde sind, um noch miteinander zu sprechen … und was ist mit euch? Vögelt ihr nur oder versohlt er dir zwischendurch auch mal deinen süssen Hintern?" Im ersten Moment dachte ich, ich hätte mich verhört und auch Alessio verschluckte sich an seinem Bier. „Isabella! Ich hasse dich! Wann wirst du das endlich vergessen?", entgegnete Savannah empört, während ihr die Röte in die Wangen stieg. Alessio und ich betrachteten uns gegenseitig mit hochgezogenen Brauen und versuchten zu begreifen, von was die beiden Schwestern da eigentlich gerade sprachen. „Das werde ich niemals vergessen können, Savannah! Selbst schuld, wenn du deine Tür nicht absperrst!", grinste Isabella schelmisch. „Ein normaler Mensch klopft auch zuerst an, ehe er einfach ungehalten ins Zimmer der Schwester stürmt, während sie Besuch hat", konterte Savannah wütend. „Du hast dir den Hintern versohlen lassen?", fragte Alessio schliesslich überrascht und ich musste feststellen, dass mich seine Gelassenheit durchaus überraschte. „Nein!", stiess Savannah schockiert hervor. „Oh, doch!", sagte Isabella grinsend. Savannah wusste nicht wie ihr geschah und wurde immer nervöser. „Er wollte es nur ausprobieren, es war ein einziges Mal und wir haben es nie wiederholt", rechtfertigte Savannah sich vor Alessio, während dieser sie mit einem leidenschaftlichen Blick durchbohrte. Obwohl ich die Situation zuerst ziemlich lustig gefunden hatte, tat mir Savannah allmählich leid und ich warf Isabella einen tadelnden Blick zu. Diese Hormone machten sie echt verrückt! „Schluss jetzt, Isabella! Es reicht, lass sie in Ruhe." Savannah drehte sich zu mir und schenkte mir ein dankbares Lächeln. „Was? Ich möchte doch nur wissen, ob die beiden jetzt zusammen sind! Denn, nur damit ihr es wisst, ich fände das total klasse!" Isabella klatschte hingerissen in die Hände und strahlte wie ein Honigkuchenpferd. Mein Gott, diese Frau war wunderschön und wenn sie so strahlte, konnte die Sonne echt einpacken. Es war wirklich unmöglich, ihr lange böse zu sein.

Alessio und Savannah schmunzelten einen kurzen Moment lang still vor sich hin. Erst nachdem Isabella nicht locker liess und ihre Schwester und Alessio eindringlich musterte, rückten sie schliesslich mit der Sprache heraus. „Herrgott nochmal, du verdammte Nervensäge!", schoss es aus Savannah heraus, „ja, wir sind ein Paar. Allerdings wollten wir es eigentlich noch geheim halten und zuerst einmal beobachten, wie unsere Eltern auf EUCH reagieren." Alessio grinste breit und nun konnte er die Leidenschaft und die Liebe, die er für Savannah hegte und die seine dunklen Augen widerspiegelten, nicht mehr vor uns verbergen. „Verdammtes Plappermaul!", tadelte er sie sanft. Sie zuckte entschuldigend mit den Schultern. „Du kennst meine Schwester nicht, Montinari; die hätte keine Ruhe gegeben. Wahrscheinlich hat sie es schon die ganze Zeit gewusst", entschuldigte Savannah sich. „Ja, das hat sie", bestätigte ich Savannahs Aussage. Isabella freute sich wie ein kleines Kind und auch ich musste gestehen, dass die beiden wirklich gut zusammen passten, wenn auch auf eine Art, die ich nicht so ganz verstand, die ich mir aber auch nicht weiter vorstellen wollte.

Schliesslich wechselte ich das Thema. „Nun, lasst uns nochmals über Weihnachten sprechen" ich zog das Blatt Papier, auf dem ich die Flugdaten unserer Eltern notiert hatte, aus meiner Hosentasche und legte es vor uns auf den Tisch, „laut Flugplan werden unsere Eltern zuerst ankommen. Ich schlage vor, dass Alessio und ich sie vom Flughafen abholen und sie dann in unsere Wohnung bringen werden. Dasselbe macht ihr dann, eine Stunde später, mit euren Eltern. Ist das okay?" – „Ja, Alter, alles klar", entgegnete Alessio und auch unsere Mädchen nickten.

Da Savannah und Alessio ziemlich müde waren, beschlossen wir auf das Dessert zu verzichten und uns direkt auf den Heimweg zu machen. Alessio und Savannah übernachteten in unserem Gästezimmer und verabschiedeten sich, kurz nachdem wir in der Wohnung angekommen waren. „Denkst du, sie treiben es in unserem Gästebett?", fragte Isabella mich plötzlich leise, während ich sie in meinen Armen hielt. Ich lachte und schlug meine Hand vor mein Gesicht, während ich tief seufzte. „Weisst du, Süsse, ich denke wir sollten uns besser Gedanken darüber machen, was WIR noch anstellen könnten", flüsterte ich in ihr Ohr und begann damit, an ihrem Ohrläppchen zu knabbern. Isabella stöhnte und ich spürte, wie ihre Brustwarzen sich unter meinen Händen versteiften. Ich senkte meinen

Kopf und nahm die eine zwischen meine Zähne, knabberte und sog sanft daran, während ich die andere zwischen meinen Fingern massierte. Isabellas Körper bäumte sich mir entgegen, ich spürte, wie erregt sie war und dass sie es kaum mehr erwarten konnte, bis ich ihre Klitoris berühren würde. Vorsichtig streichelte ich ihren nackten Schenkel, fuhr mit meiner Hand zärtlich nach oben, bis ich an ihrer Scham angekommen war. Als ich ihre Lippen sanft berührte und kurz darauf behutsam meine Finger in sie hineinschob, stellte ich zufrieden fest, dass sie bereits feucht war. Ich liess meinen Daumen über ihre Liebesperle kreisen, während ich sie mit meinem Zeigefinger penetrierte. Isabella wand sich unter mir und stöhnte in mein Ohr; dieses Geräusch erregte mich dermassen, dass ich mich nach Erlösung sehnte. Isabella musste meine Gedanken erraten haben: Sie griff nach meinem Penis und schob meine Vorhaut vorsichtig vor und zurück. Ich spürte wie ich in ihrer zarten Hand immer härter wurde, das Blut pulsierte in meinen Ohren, während sie das Tempo steigerte. Ich verstärkte den Druck auf ihre Klitoris, massierte sie zärtlich, bis ich mir sicher war, dass auch Isabella kurz davor war. Als ihr Atem immer schneller wurde und mir ihre

Nässe ungehindert entgegen strömte, liess ich los und wir explodierten gemeinsam. Mein Samen spritzte gewaltig aus mir heraus und sammelte sich auf Isabellas nacktem Bauch. Atemlos liessen wir uns in unsere Kissen sinken und warteten, bis wir wieder normal atmen konnten. Nachdem wir uns endlich wieder beruhigt hatten, zückte ich ein Taschentuch aus meiner Schublade und säuberte damit Isabellas Bauch. Sie kicherte vergnügt und wie ein kleines Schulmädchen, während ich sie mit sanften Bewegungen von meinem Liebessaft befreite.

„Bist du nervös?", fragte sie mich nach einiger Zeit nachdenklich. „Nein, denn für mich wird sich nichts ändern: Egal was morgen passieren wird, ich habe meine Entscheidung längst getroffen. Aber ich wünsche mir natürlich sehr, dass ich mich mit meinen künftigen Schwiegereltern verstehen werde. Was ist mit dir?" Isabella schwieg einen Moment lang, ehe sie mir antwortete: „Nun ja, ich wünschte, ich könnte dir dasselbe sagen. Ich liebe dich über alles, das weisst du, mein Schatz, aber der Gedanke, zwischen dir und meiner Familie wählen zu müssen, quält mich immer noch sehr. Natürlich würde ich mich für dich und eine Zukunft mit dir und den Kindern entscheiden, aber richtig glücklich würde ich in diesem Falle vermutlich nicht werden. Verstehst du das?", fragte sie mich ängstlich. „Natürlich verstehe ich das, Principessa! Du wirst sehen, es wird sich alles zum Guten wenden!", versprach ich ihr und hoffte gleichzeitig, dass ich recht behalten würde. „Schlaf jetzt, Süsse!" Diese Worte hörte sie bereits nicht mehr, denn die Müdigkeit hatte sie schon übermannt.

Am nächsten Morgen wurde ich von klirrenden Pfannendeckeln aus dem Schlaf gerissen. Ein Blick auf meinen Wecker verriet mir, dass es erst fünf Uhr morgens war. Ich drehte mich auf die Seite und stellte überrascht fest, dass Isabella nicht mehr neben mir lag. Ich stieg aus dem Bett und folgte dem Licht im Flur in die Küche. Isabella stand vor dem Herd und schüttete gerade eine Flüssigkeit in einen Topf. „Süsse, was machst du denn da? Es ist fünf Uhr morgens …" Isabella drehte sich erschrocken um. Sie lächelte zerknirscht. „Oh nein. Schatz, es tut mir leid … war ich zu laut?", fragte sie schuldbewusst. „Principessa, komm wieder ins Bett zurück, das kannst du doch später machen, meine Eltern kommen erst um sechzehn Uhr an, du wirst genügend Zeit haben, um alles vorzubereiten!" „Ich … Noah, es soll doch alles perfekt werden und …", sie stockte und blickte verlegen zu Boden, „… wenn ich nervös bin, geht meistens etwas schief und sollte das heute passieren, muss ich noch genug Zeit haben, um den Fehler zu beheben. Ich möchte nicht, dass deine Eltern glauben, ich könne nicht kochen …"

Nun musste ich lächeln. Isabella stand völlig hilflos vor mir. In ihrem langen, rosafarbenen Nachthemd, welches ihr bis fast zum Boden reichte, sah sie richtig unschuldig aus. Ihre wilden Wellen hatte sie sich zu einem Pferdeschwanz zusammengebunden, ihr Blick war ängstlich und für die Tatsache, dass es ihr wichtig war, was meine Eltern von ihr hielten, liebte ich sie umso mehr. Ich ging auf sie zu, hob sie auf meine Arme und trug sie zurück ins Bett. „Principessa, meine Eltern sind nicht dumm … und wären sie das nicht, wenn sie dich nicht bedingungslos lieben würden? Du wirst sie verzaubern, Süsse, genauso wie du mich verzaubert hast", flüsterte ich ihr ins Ohr, während ich sie hinlegte und sie zudeckte. Ihr Lächeln war aufrichtig, voller Liebe und ich war heilfroh, dass sie auf meine Worte vertraute.

Isabella und Savannah waren den ganzen Tag lang in der Küche beschäftigt. Alessio und ich kümmerten uns um den Rest und amüsierten uns köstlich über die Wortgefechte zwischen den beiden Schwestern. Isabella war Savannah klar überlegen, was mich insgeheim sehr stolz machte, denn Savannah war eine sehr schlagfertige Frau und es war bei Gott nicht einfach ihr die Stirn zu bieten. Isabella schaffte dies problemlos, was ich sehr bewunderte. Allerdings hatte sie ja auch ihr halbes Leben lang Gelegenheit gehabt, zu üben.

Savannah versuchte gerade ihre Schwester mit allen Mitteln davon zu überzeugen, dass die Sauce noch nicht die richtige Farbe hatte, doch Isabella liess sich nicht aus der Ruhe bringen und ignorierte sie gelassen. Alessio seufzte tief und verdrehte die Augen, während er zu mir in unserer Muttersprache sprach. „Sie weiss es einfach immer besser." Während ich vor mich hin grinste, rief Isabella, die unser Gespräch mitangehört hatte, aus der Küche. „Was bekomme ich, wenn ich ihr nicht verrate, was du eben gesagt hast, Alessio?", lachte sie. „Was? Was hat er gesagt?", fragte Savannah und betrachtete uns hilflos. „Verdammt, Mann! Hättest du dir nicht eine Freundin suchen können, die NICHT unsere Sprache spricht?", fragte Alessio zerknirscht. „Tut mir leid, Bro! Ich weiss es selbst erst seit gestern, sie hat es mir nie erzählt", antwortete ich lachend. „Du hast mich nie gefragt …", säuselte Isabella, die sich zwischenzeitlich zu uns ins Wohnzimmer begeben hatte und mich nun liebevoll von hinten umarmte, „ich habe gehofft, dass du mich eines Tages nach Italien entführen würdest, um mich deinen Eltern vorzustellen, so wie Marco es mit Missy gemacht hat und ich wollte dich dann dort damit überraschen", erklärte sie mir beschämt. Ich drehte mich zu ihr um und küsste sie sanft. „Kennenlernen wirst du meine Eltern heute und nach der Geburt werde ich dich selbstverständlich liebend gerne nach Italien entführen, Principessa", flüsterte ich leise in ihr Ohr, damit Savannah und Alessio uns nicht hören konnten. „Was hat er gesagt, Isabella?" Savannah liess einfach nicht locker, sie wollte unbedingt wissen, was Alessio zuvor gesagt hatte. „Dass er froh ist, dich kennengelernt zu haben und sich unsterblich in dich verliebt hat", beantwortete Alessio ihre Frage schliesslich. Savannah wusste natürlich, dass er zuvor etwas anderes gesagt hatte, aber angesichts seiner Worte war sie so gerührt, dass sie sich schliesslich mit seiner Antwort zufrieden gab und ihn zärtlich küsste. Isabella strahlte, während sie die Situation beobachtete. Ich spürte, wie glücklich sie in der Gegenwart ihrer Schwester war und mir wurde klar, wie viel ihr ihre Familie bedeutete. Ich hoffte inständig, dass sich das in ein paar Stunden nicht plötzlich ändern würde, wenn der Rest ihrer Familie dazu stiess.

Nach dem Mittagessen legte Isabella die zwei kleinen Päckchen, die wir letzte Woche besorgt hatten, auf die Teller unserer Geschwister. Savannah und Alessio betrachteten uns irritiert. „Was denn, jetzt schon Bescherung?", fragte Alessio verblüfft. „Nun, das sind nicht die richtigen Geschenke, ihr bekommt später noch andere, aber diese hier müsst ihr jetzt schon öffnen", erklärte Isabella ihnen aufgeregt. Die beiden öffneten die kleinen Schachteln erwartungsvoll und als die Babyschuhe zum Vorschein kamen, schienen sie im ersten Moment nicht zu begreifen, bis sie den Schriftzug darauf entdeckten. Savannah sprang von ihrem Stuhl und schlug sich die Hände vor den Mund. Auch Alessio erhob sich strahlend und umarmte mich herzlich. „Du bist schwanger, Isabella? Oh, das ist so toll! Ich freue mich so für euch", sagte Savannah unter Tränen. Isabella und ich nickten glücklich. „Zwillinge! Wir erwarten Zwillinge!", verkündete ich ihnen stolz. Alessio legte seinen

Kopf in den Nacken und kam aus dem Staunen nicht mehr heraus. „Wenn schon, denn schon, was Bruderherz?", neckte er mich und schlug mir brüderlich auf die Schulter. Savannah verschlug es im ersten Moment die Sprache. Sie war sichtlich überrascht, aber man konnte ihre Freude trotzdem spüren. „Das ist echt toll, Liebes! Das heisst, du warst also doch schwanger?", fragte sie schliesslich überrascht. „Ja, es sieht so aus, als hätte der Urin-Test versagt", erwiderte Isabella und strahlte dabei über das ganze Gesicht. „Puh, na dann hoffen wir mal, dass unsere Eltern diesen Abend überleben werden", scherzte Savannah.

Nun war es endlich soweit. Die dicke Schiebetür öffnete sich und meine Mutter und mein Vater traten hinaus in die kahle Halle des Flughafens. Gebührend nahmen wir sie in Empfang. Mein Vater, kühl wie immer, schüttelte uns kurz die Hand, während meine Mutter uns stürmisch und liebevoll umarmte.

„Warum fahren wir nicht in deine Wohnung, Noah?", fragte mich meine Mutter, nachdem sie bemerkt hatte, dass wir nicht die gewohnte Richtung einschlugen. „Mama, ich wohne jetzt mit meiner Freundin zusammen", erklärte ich meinen Eltern. „Du hast eine Freundin? Das ist wunderbar, mein Sohn, ich freue mich bereits darauf, sie kennenzulernen", sagte mein Vater euphorisch. Alessio senkte seinen Blick und unterdrückte ein Lachen. Wütend stiess ich ihn in die Seite und brachte ihn damit augenblicklich zum Schweigen, ehe er entschuldigend grinste.

Als wir in der Wohnung eintrafen, leuchteten die Augen meiner Mutter. „Oh Noah, was für eine liebevoll eingerichtete Wohnung und wie herrlich es hier duftet, ich kann es kaum erwarten, die passende Frau hierzu kennenzulernen, wo ist sie?" – „Sie wird jeden Moment eintreffen, bitte setzt euch!" Ich wies meinen Eltern die Plätze zu, die Isabella für sie vorgesehen hatte und brachte ihnen Getränke. Meine Gedanken waren bei Isabella. Ich erinnerte mich daran, wie nervös sie gewesen war, als wir uns voneinander verabschiedet hatten, um unsere Eltern getrennt vom Flughafen abzuholen. Sie hatte sich sogar seit langem wieder einmal übergeben müssen. Ich machte mir Sorgen und wünschte mir, dass das Treffen bereits schon vorüber wäre.

34

Mein Herz pochte laut in meiner Brust. Meine
Mutter taxierte mich schon seit wir in das Taxi
eingestiegen waren mit einem besorgten Blick.
Es war, als wüsste sie, dass etwas nicht stimmte.
„Liebes, ist alles in Ordnung? Du scheinst mir
heute sehr nervös zu sein", fragte sie mich mit
gerunzelter Stirn. „Es ist alles in Ordnung, Mom.
Ich hoffe nur, dass der Truthahn gelungen ist",
log ich und im selben Moment meldete sich mein
schlechtes Gewissen. „Ach Liebes, er schmeckt
bestimmt wunderbar", beruhigte mich meine
Mutter liebevoll. Savannah war, im Gegensatz zu
mir, völlig gelassen, sie tätschelte mein Knie und
lächelte mir zuversichtlich zu.

Als wir die Treppen zu meiner Wohnung
emporstiegen, begann ich plötzlich am ganzen
Leib zu zittern und ich befürchtete, keine Luft
mehr zu bekommen. „Es wird alles gut, Isabella,
beruhige dich!", flüsterte Savannah mir tröstend
zu. Schliesslich öffneten wir die Tür zu meiner
Wohnung und hörten sofort die Stimmen, die
aus unserem Wohnzimmer drangen. „Du hast
Besuch?", fragte mein Vater irritiert. Ich nickte

und nahm meinen Eltern ihre Mäntel ab, ehe ich sie ins Wohnzimmer dirigierte.

Noah erwartete uns bereits und trat sofort an meine Seite. Ich klammerte mich an seinen Arm und hätte mich am liebsten darin vergraben. Als unsere Eltern sich erkannten und schockiert feststellten, was hier gerade ablief, konnte man den Hass zwischen ihnen regelrecht spüren. Noahs Eltern erhoben sich sofort von ihren Stühlen. Sein Vater war sehr gross und kräftig. Er hatte schwarzes Haar, welches bereits mit grauen Strähnen durchzogen war und einen attraktiven Kontrast zu seinem dunklen Teint und seinen schwarzen Augen bildete. Ich erkannte sofort, dass Alessio nach ihm kam. Noah hingegen kam offensichtlich ganz nach seiner Mutter. Ihre Schönheit faszinierte mich sehr. Sie war sehr zierlich, hatte langes, leicht gewelltes, dunkelbraunes Haar und einen frechen Pony, hinter dem sich dieselben smaragdgrünen Augen versteckten, wie sie mein Noah besass. Im Gegensatz zu seinem Vater, vor dem ich mich immer mehr fürchtete, strahlte sie Liebe und Gutmütigkeit aus. „Was soll das, Noah?", fragte sein Vater schliesslich barsch, ohne seinen Blick von meinen Eltern abzuwenden. „Das würde ich auch gerne wissen!", stimmte mein Vater kühl zu. Ich spürte, wie Noah tief einatmete und seinen Druck um meine Taille verstärkte. „Mutter … Vater … ich möchte euch gerne meine zukünftige Frau vorstellen. Isabella Miller!" Noahs Vater trat einen Schritt nach hinten und knallte dabei mit dem Rücken an den Esstisch. Meinem Vater fiel die Kinnlade herunter und er wurde augenblicklich blass wie eine Leiche. Es war sein Vater, der als Erster die Worte wiederfand. „Niemals! Das werde ich niemals zulassen, hörst du? Eine Miller wird niemals eine Montinari werden, nur über meine Leiche!", schrie er Noah an. „Ich habe dich nicht um Erlaubnis gebeten, Vater! Ich werde Isabella heiraten, ob es dir nun gefällt oder nicht!", entgegnete er ruhig, aber bestimmt. Michelangelos Augen wurden immer dunkler, seine Gesichtszüge verhärteten sich und er schien vor Wut zu kochen. „Du elender Bastard! Ich werde dich enterben!", schrie er weiter. Noah schäumte ebenfalls vor Wut, doch als er gerade etwas darauf erwidern wollte, kam ihm mein Vater zuvor. „Das wird nicht nötig sein, Michelangelo! Isabella wird die Staaten noch diesen Monat verlassen und zurück nach Irland kommen, dafür werde ich sorgen!", sagte er scharf. „Was? Nein, Dad! Das werde ich

459

bestimmt nicht, ich bin erwachsen, du kannst mich nicht zwingen!" Ich wurde völlig hysterisch bei dem Gedanken daran, Noah verlassen zu müssen. „Oh doch, Isabella! Ich kann und ich werde! Ich bin immer noch dein Vater und wenn du deinen Platz in dieser Familie nicht verlieren willst, dann tust du, was ich dir sage!", schrie er zornig. Seine Worte verletzten mich zutiefst. Noch niemals zuvor in meinem Leben hatte mein Vater mir so etwas an den Kopf geknallt und mir das Gefühl gegeben, dass er mich nicht bedingungslos liebte. Mir wurde schwindlig und ich hatte das Gefühl, den Boden unter den Füssen zu verlieren. Doch gleichzeitig spürte ich die Wut, die sich in mir ausbreitete. Noah strich mir beruhigend über den Rücken, doch ich konnte, nein, ich WOLLTE mich nicht mehr beruhigen! Ich stellte mich vor meinen Vater und funkelte ihn böse an. „Wenn du das tust, Dad! Wenn du mich wirklich aus unserer Familie verstösst, dann schwöre ich dir bei meinem Leben, ich werde gehen und NIE WIEDER zurückkehren. Ich werde mit dir brechen und du wirst deine Enkelkinder nie zu Gesicht bekommen!" Tränen rannen über meine Wangen, doch es war mir egal, dass jeder in diesem Raum meinen Schmerz sehen konnte.

„Liebes, bist du schwanger?", fragte meine Mutter schliesslich behutsam und machte einen Schritt auf mich zu. Ich nickte und wischte meine Tränen weg. „Ja, Mom, wir erwarten Zwillinge", schluchzte ich. Noah schloss mich sofort in seine Arme und wiegte mich sanft darin. „Du schwängerst eine Miller? Sag mal, bist du noch ganz bei Trost?", schrie sein Vater Noah an, während mein Vater meine Mutter beschimpfte. „Das ist nur deine Schuld, Irin! Du hättest sie besser aufklären müssen!" Diese Worte brachte meine Gefühlswelt endgültig zum Einsturz. Ich befreite mich aus Noahs Umarmung und bäumte mich vor unseren Eltern auf. Mein schlimmster Albtraum war wahr geworden, unsere Eltern freuten sich nicht auf die Kinder und ich wusste, sie würden sie niemals lieben können, also hatte ich jetzt sowieso nichts mehr zu verlieren. „Hört sofort auf damit! Wir wollten diese Kinder und wir freuen uns auf sie! Wir lieben uns! Warum wollt ihr das denn nicht begreifen?", schrie ich aufgebracht in die Runde. Noah zog mich zurück in seine Arme und betrachtete mich besorgt. „Beruhige dich, Principessa, denk an die Babys!", flüsterte er mir ins Ohr. „Sag mal, wie redest du denn mit uns?", fragte sein Vater mich wütend. „Genau so, wie du es verdient hast, Vater! Ihr solltet euch wirklich schämen. Isabella trägt meine Kinder, EURE ENKELKINDER, unter ihrem Herzen. Darüber solltet ihr euch freuen, doch stattdessen beschimpft ihr uns und unsere Liebe zueinander! Ich schäme mich für euch!", sagte er laut und abschätzig. Noahs Vater wollte gerade etwas darauf erwidern, doch nun ergriff Alessio das Wort. „Vater! Mr. Miller … Es ist an der Zeit euch mitzuteilen, aus welchem Grund wir uns heute noch versammelt haben. Savannah und ich haben uns zusammengesetzt und ein Konzept entwickelt, welches wir euch gerne vorstellen möchten", sagte er so ruhig und gelassen, als ob hier nicht gerade ein Krieg auszubrechen drohte. „Du hast was?", fragte mein Vater schockiert und betrachtete Savannah mit einem vernichtenden Blick. Noahs Eltern starrten ebenfalls fassungslos in die Runde. Nun trat Savannah, die sich bisher zurückgehalten hatte, in den Vordergrund und gesellte sich an Alessios Seite. „Alessio und ich haben unsere Kontakte miteinander verglichen und herausgefunden, dass wir mehr Erfolg hätten, wenn unsere Geschäfte fusionieren würden." – „NIEMALS!", schrien unsere Väter gleichzeitig. „Was bildet ihr euch eigentlich ein, uns so zu hintergehen. Denkst du eigentlich, ich lasse mir von einer Miller etwas sagen?", sagte

Michelangelo zu seinem Sohn. Nun verschwand auch Alessios Gelassenheit aus seinem Körper und seine Augen funkelten vor Zorn. „Vater! Savannah ist eine ausgesprochen kluge Frau, mit mehr Geschäftssinn, als wir beide es zusammen jemals haben werden. Ich habe im letzten Monat viel von ihr gelernt und ich wäre äusserst stolz und glücklich darüber, wenn ich künftig mit ihr zusammenarbeiten dürfte." – „Ja, meine Tochter hat aussergewöhnliche Fähigkeiten, die sie aber bestimmt nicht dazu nutzen wird, EUCH zu helfen!", schrie mein Vater wütend. „Dad!", nun wurde auch Savannah etwas lauter, „Alessio ist genauso talentiert! Zusammen könnten wir es wirklich weit bringen!", versicherte sie ihnen, doch keiner der beiden wollte etwas davon hören.

„Vielleicht sollten wir erst einmal etwas essen", schlug ich vor, während nun alle einen Moment lang schwiegen. Ich wollte mich in die Küche begeben, doch Michelangelos Worte hielten mich schliesslich davon ab. „Wir werden hier bestimmt nichts essen, mach dir keine Mühe!", sagte er abschätzig.

Nun wurde es mir definitiv zu viel. Unser Plan war gescheitert und ich befürchtete, dass ich die bösen Worte, die heute hier gefallen waren, niemals vergessen würde. Ich spürte, wie sich erneut ein Kloss in meiner Kehle bildete und wie die letzte Kraft aus meinem Körper verschwand. In meinem Kopf drehte sich alles, mir wurde übel und ich spürte ein Ziehen in meinem Bauch. „Entschuldigt mich bitte", sagte ich leise und wollte mich ins Schlafzimmer zurückziehen, um mich dort etwas hinzulegen, doch Noah hielt mich zurück. „Du gehst nirgends hin, Isabella! IHR GEHT …", sagte er mit zusammengekniffenen Augen zu unseren Eltern. Mir wurde ganz schummrig und mein Blick verschwamm vor meinen Augen. „Noah …", flüsterte ich. „Nein, Isabella! Ich werde nicht zulassen, dass sie dich noch mehr verletzen!", sagte er kühl, ohne seinen Blick von unseren Eltern abzuwenden. „Noah …!", hörte ich mich noch selbst, doch dann sah ich nur noch schwarz.

35

NOAH

Ich drehte mich um und konnte gerade noch
verhindern, dass Isabella zu Boden fiel. Sie hatte
das Bewusstsein verloren, was mich angesichts
der Tatsache, wie sehr man sie in den letzten
Minuten verletzt hatte, nicht überraschte. Ich
legte sie vorsichtig auf den Boden, wies Alessio
an ihre Beine hochzuheben und flehte sie an,
zurückzukommen. Ihre Mutter stiess einen
Schrei aus und liess sich neben uns auf den
Boden sinken. Sie begann, hemmungslos zu
schluchzen und schlug ihre Hände vor ihr
schockiertes Gesicht. Ich versuchte sie zu
beruhigen, doch schliesslich war es meine
Mutter, die sie in den Arm nahm und tröstete.
Wutentbrannt schrie sie nun meinen Vater und
Mr. Miller an. „Seht nur, wohin euch euer Hass
aufeinander getrieben hat! Was ist nur aus euch
geworden, dass ihr euren Beruf über das Glück
eurer Kinder stellt? Könnt ihr denn nicht
erkennen, wie sehr sie sich lieben? Dass sie
füreinander bestimmt sind? Noah hat recht, ihr
solltet euch schämen!" Die Augen meiner Mutter
funkelten vor Zorn. „Aber Giorgina …", stotterte
mein Vater empört. „Genug! Ich will nichts mehr

hören, Michelangelo!" Sie liess meinen Vater nicht zu Wort kommen und ich dankte ihr im Stillen dafür. „Irin und ich werden Noah und Isabella jetzt ins Krankenhaus begleiten und ihr beiden werdet hier bleiben und Savannah und Alessio zuhören, was sie zu sagen haben!" Isabellas Vater wollte gerade etwas dazu sagen, doch Isabellas Mutter liess es nicht zu. „Halt den Mund, Albert! Giorgina hat recht und ich werde nicht zulassen, dass meine Enkelkinder in zerstrittene Familien hineingeboren werden", sagte sie barsch.

Ich nahm Isabella auf meine Arme und trug sie in meinen Wagen, wo ich ihren Kopf sanft auf Irins Schoss bettete. Zwischenzeitlich war sie wieder zu sich gekommen, aber sie war noch immer sehr schwach und sie atmete viel zu oberflächlich. Meine Mutter nahm neben mir auf dem Beifahrersitz Platz, ihre Anwesenheit bedeutete mir unheimlich viel und schenkte mir die Ruhe, die ich benötigte, um uns heil an unser Ziel zu bringen. Plötzlich hörte ich Isabellas Stimme. „Mom … ich liebe ihn … ich liebe ihn so sehr", krächzte sie leise. Irin streichelte sanft über ihr Haar. „Ich weiss, Liebes, ich weiss. Es wird alles gut!", tröstete sie ihre Tochter liebevoll. Augenblicklich schossen mir die Tränen in die

Augen. Meine Mutter bemerkte sofort wie gerührt ich war und tätschelte sanft mein Knie.

Als wir in der Notaufnahme angekommen waren, trug ich mein Mädchen direkt in das Untersuchungszimmer. Irin und meine Mutter warteten auf dem Flur, während Dr. Wicker sie gründlich untersuchte. Mit den Babys war alles in Ordnung. Isabella hatte einen Schwächeanfall erlitten und Dr. Wicker hielt es für sinnvoll, ihr ein leichtes Beruhigungsmittel zu spritzen. Ausserdem versorgte er sie mit Sauerstoff, da sich ihre oberflächliche Atmung noch nicht verbessert hatte.

Ich war völlig fertig mit den Nerven, als ich schliesslich, nachdem Isabella eingeschlafen war, aus dem Zimmer trat. „Den Babys geht es gut. Sie schläft jetzt. Dr. Wicker möchte sie sicherheitshalber bis morgen hier behalten", sagte ich knapp. Ich setzte mich neben unsere Mütter, stütze meine Ellbogen auf meinen Knien ab und vergrub mein Gesicht schuldbewusst in meinen Händen. Meine Mutter strich sanft über meinen Rücken, eine Geste, die ich immer bei Isabella anwandte, wenn ich sie beruhigen wollte. „Es ist alles meine Schuld, Mutter", seufzte ich traurig, „ich hätte wissen müssen, dass das passiert, dass es ihr zu viel wird." Meine Schuldgefühle zerfrassen meine Seele. „Mein Sohn, sei nicht so streng zu dir. Was passiert ist, ist nicht deine Schuld", tröstete sie mich liebevoll. „Aber Mama … es ist meine Aufgabe, Isabella und die Babys zu beschützen. Ich hätte es nicht zulassen dürfen!", quälte ich mich weiter. Nun erhob sich Irin von ihrem Stuhl und kniete sich vor mir nieder. Ihre warmen, honigbraunen Augen erinnerten mich an jene meiner Isabella. „Noah … glaubst du denn ernsthaft, du hättest Isabella davon abhalten können, euren Plan durchzuziehen?", sagte sie leise und liebevoll, „meine Isabella? Dich trifft keine Schuld, an dem was passiert ist. Ihr habt um eurer Liebe und eurer Kinder Willen versucht, unsere Familien zu vereinen, dafür gebührt euch grössten Respekt. Ich bin wirklich sehr stolz auf euch", sagte sie aufrichtig. „Ich liebe Ihre Tochter wirklich sehr, Misses Miller", versicherte ich ihr. „Das weiss ich doch, Noah. Das habe ich schon in Irland gewusst und bitte nenn mich Irin", sagte sie und zwinkerte mir dabei geheimnisvoll zu. Ich betrachtete sie verständnislos. „Ich verstehe nicht … du hast es gewusst?", fragte ich verblüfft. Isabellas Mutter nickte und lächelte. „Mir ist aufgefallen, wie du sie den ganzen Abend lang beobachtet hast, wie wütend du geworden bist, wenn ein anderer Mann sie auch nur angesehen hat. Da ist mir klar geworden, dass da etwas zwischen euch ist. Als sie das Bankett dann plötzlich, Hals über Kopf, verlassen wollte und auch du nicht mehr auf deinem Platz warst, da habe ich gewusst, dass du sie begleitet hast und darüber bin ich froh gewesen, denn sie hat sich wirklich nicht wohl gefühlt und mittlerweile weiss ich ja auch weshalb." Sie lächelte verschmitzt und strich zärtlich über meine Wange. „Noah, als wir Isabella damals, auf ihren eigenen Wunsch hin, in den Staaten zurückgelassen haben, hatte ich stets ein ungutes Gefühl. Ich habe gespürt, dass Jonah sie nicht gut behandelt hat und auch wenn sie es nie zugegeben hat, habe ich genau gewusst, dass es ihr nicht gut gegangen ist. Ich habe verzweifelt versucht, sie dazu zu überreden, wieder zurück nach Irland zu kommen, doch ich hatte keine Chance und mir waren die Hände gebunden. Sie war erwachsen, hat ihre eigenen Entscheidungen getroffen und somit habe ich tatenlos mitansehen müssen, wie mein Mädchen unglücklich vor sich hin gelebt hat. Doch dann hat sich plötzlich alles geändert. Plötzlich war sie wieder fröhlich und ausgelassen, selbst am Telefon habe ich das deutlich gespürt. Ihre Lebensgeister waren zurückgekehrt und sie hatte wieder Spass am Leben. Der Grund dafür warst du, Noah! Du bist der Grund dafür, dass ich mein Mädchen wieder zurückbekommen habe und jetzt bekomme ich sogar noch Enkelkinder", sagte sie aufgeregt, während ihr dicke Tränen über ihre Wangen kullerten. „Verstehst du, Noah? Auch wenn du der Sohn des Teufels persönlich wärst, es wäre mir egal, solange du meine Tochter nur glücklich machst ... und das tust du und dafür danke ich dir von ganzem Herzen und aus tiefster Seele."

Wow ... Irins Worte rührten mich dermassen, dass ich gegen meine Tränen ankämpfen musste. Ich hatte keine Ahnung, dass sie bereits über uns Bescheid wusste und ich war unendlich erleichtert darüber, sie auf unserer Seite zu wissen. Nun meldete sich auch meine Mutter zu Wort. „Ich erinnere mich daran, wie ihr als Kinder in London auf der Preston Gala miteinander gespielt habt. Schon damals ist mir das kleine, schüchterne Mädchen mit den langen, dunklen Locken und den grossen, honigbraunen Augen aufgefallen. Wenn sie gelacht hat, hat sie einfach alle bezaubert und obwohl ich mit euch beiden Jungs überglücklich gewesen bin, habe ich mir stets eine Tochter wie sie gewünscht. Damals hätte ich jedoch nicht im Traum daran gedacht, dass sich dieser Wunsch eines Tages wirklich erfüllen würde. Ich bin wirklich sehr stolz darauf, Isabella in unserer Familie begrüssen zu dürfen. Du hast wirklich sehr gut gewählt, mein Sohn!", sagte sie lächelnd. „Ja, das habe ich. Sie ist einfach unglaublich. Ich wünschte nur, Vater würde das auch erkennen …"

Wie aufs Stichwort kamen plötzlich Mein Vater, Isabellas Dad, Savannah und Alessio auf uns zugerannt. „Wie geht es ihr?", fragte ihr Vater als erster. „Ihr und den Babys geht es soweit gut, aber sie muss sicherheitshalber über Nacht hier bleiben", erklärte ich ihm. Savannah stiess einen Seufzer der Erleichterung aus und kuschelte sich an Alessios Schulter. Er umarmte und küsste sie sanft auf ihre Stirn. „Das hingegen wusste ich nicht … ich dachte, die beiden sind wie Katz und Maus …", stellte Isabellas Mutter überrascht fest, während sie die Situation argwöhnisch beobachtete. Alessios Gesicht färbte sich tiefrot und wir mussten alle lachen. Sogar unsere Väter stimmten mit ein. „Unsere Kinder sind verrückt geworden, was will man dazu noch sagen?", sagte Isabellas Vater schliesslich. „Da gebe ich dir

recht, Albert, allerdings muss ich zugeben, dass deine Tochter echt Köpfchen hat. Sie passt also wunderbar in unsere Familie", sagte mein Vater zufrieden, während Isabellas Vater ihn mit einem gespielt abschätzigen Blick betrachtete.
„Natürlich hat sie das, sie kommt ja auch nach mir!" Er war sichtlich stolz auf seine Tochter.
„Dein Sohn ist aber auch ziemlich gut, in dem was er tut … er kommt offensichtlich ganz nach seiner Mutter", neckte er meinen Vater amüsiert, der ihm daraufhin einen leichten Seitenhieb verpasste.

Alessio und Savannah hatten es also tatsächlich geschafft, die beiden zu überzeugen. Ich konnte es kaum glauben und kaum erwarten, Isabella mitzuteilen, dass unser Plan nun doch noch funktioniert hatte. „Nun, da der geschäftliche Teil geklärt ist, möchte ich gerne alles über meine andere Brut erfahren, über denjenigen, der sich dazu erdreisst hat, mich demnächst zum Opa zu befördern", sagte mein Vater nun an mich gewandt. Er war fröhlich gestimmt und ich verstand, dass er sich mit seinen Worten, auf seine ganz spezielle Art, für sein vorhergehendes Verhalten entschuldigen wollte. Er legte seine Hand auf meine Schulter und signalisierte mir damit, dass er uns seinen Segen gab.

36

Ich öffnete meine Augen. Es dauerte ein paar Sekunden, bis mein Blick nicht mehr verschwommen war. Instinktiv wollte ich die Sauerstoffmaske von meinem Gesicht herunterreissen, doch Noah beugte sich sofort über mich und half mir. „Hey Süsse, wie geht es dir?", fragte er liebevoll. Hinter ihm erblickte ich unsere Familien, die mich alle besorgt anstarrten und ungeduldig auf meine Antwort warteten. „Sag du es mir. Ist … ist alles in Ordnung mit den Babys …?", fragte ich ängstlich. „Den beiden geht es nach wie vor gut, Principessa", sagte Noah und küsste mich dabei liebevoll. Ich atmete erleichtert auf und liess mich beruhigt zurück auf das Kissen sinken. Nun trat Noahs Vater hinter seinen Sohn und legte ihm seine Hand auf die Schulter. „Hör zu, Isabella. Es tut mir leid, dass ich dich beleidigt habe. Ich möchte, dass du weisst, dass ich dich und deine Schwester herzlich in meiner Familie willkommen heisse. Und ich freue mich natürlich auch sehr darüber, dass sich diese Familie bald vergrössern wird."

Wow, was war denn das? Was hatte ich denn da verpasst, oder träumte ich etwa? Verdutzt blickte ich zuerst zu ihm, zu Noah und dann zu der restlichen Familie. „Ich … äh … danke", erwiderte ich stotternd, weil ich immer noch nicht wusste, was während meiner Abwesenheit genau passiert war. „Liebes, du weisst, ich hätte niemals zugelassen, dass du unsere Familie verlassen hättest. Bitte glaube mir, Kind. Du und Savannah, ihr seid für mich das Wichtigste auf Erden und deine Kinder werden es auch sein", sagte mein Vater nun, als er sich zu mir hinunter beugte und mich sanft auf meine Stirn küsste. „Das weiss ich doch, Dad", lächelte ich. „Dann … habt ihr euch versöhnt? Ihr habt der Fusion also tatsächlich zugestimmt?", fragte ich perplex und blickte erwartungsvoll in die kleine Runde. Zuerst schwiegen alle, doch dann ergriff Noahs Vater das Wort. „Nun ja, wir hatten keine andere Wahl. Hätten wir es nicht getan, hätten sich diese zwei klugen Köpfe da drüben", er deutete mit dem Kinn auf Alessio und Savannah, die sich liebevoll umarmten, „gegen uns verschworen und bei deren Talent hätten wir da echt einpacken können!", scherzte er. „Nein, Spass beiseite, der Plan der beiden ist einfach genial und wird uns eine Menge neuer Deals einbringen", sagte er und rieb sich zufrieden die Hände. „Oh, das ist wundervoll!" Schoss es aus mir heraus und ich spürte, wie mir, vor lauter Freude, die Tränen die Wangen hinunterliefen. Noah trat sofort an meine Seite und schloss mich fest in seine Arme. „Ich habe dir ja gesagt, dass alles gut werden wird, " flüsterte er mir in mein Ohr.

Dr. Wicker entliess mich am nächsten Morgen guten Gewissens und da sich unsere Familien endlich versöhnt hatten, stand einem schönen Weihnachtsfest nichts mehr im Wege. Unsere Eltern erwarteten uns bereits, als wir in unserer Wohnung eintrafen. Meine Mutter hatte sich die Küche unter den Nagel gerissen und liess es nicht mehr zu, dass ich auch nur einen Finger krümmte. Mir war das ehrlich gesagt recht. Ich fühlte mich zwar wieder besser, doch so konnte ich mich um Emily kümmern, die wir auf dem Heimweg im Waisenhaus abgeholt hatten. Sie verzauberte alle auf Anhieb und auch sie fühlte sich sofort wohl. Sie spürte wohl, dass diese quirligen und lauten Menschen, die nun miteinander umgingen, als wären sie schon seit Ewigkeiten die besten Freunde gewesen, bald zu ihrem Leben gehören würden.

Nachdem wir alle ausreichend gespeist hatten, war es an der Zeit die Geschenke zu verteilen. Unsere Väter freuten sich sehr über die Zigarren und beschlossen sofort nach draussen zu gehen, um sie auszuprobieren. Noahs Mutter bedankte sich herzlich für das Seidentuch, indem sie mich fest in ihre Arme schloss und meine Mutter war zu Tränen gerührt, als sie die kleine Schatulle öffnete und darin die Brosche entdeckte. Auch Savannah und Alessio freuten sich über ihre Geschenke, jedoch hatten sie nur Augen füreinander, sodass die Manschettenknöpfe und die Schuhe nur noch Nebensache waren. Emily hatte ihr Geschenk unter dem Christbaum ebenfalls gefunden und spielte nun zufrieden mit ihrer neuen Puppe.

Nun war der grosse Moment gekommen. Ich stand vor Noah hin und zückte die Schachtel hinter meinem Rücken hervor, die ich wochenlang vor ihm versteckt hatte. „Süsse, was soll das? … Was hast du da? …" Er war sichtlich überrascht darüber, dass ich ihm etwas schenkte. „Mach es auf!", drängte ich und wartete gespannt auf seine Reaktion. Er riss das Papier herunter und öffnete kurz darauf aufgeregt die weisse Schachtel, in der sich ein Paar originale Boxhandschuhe von seinem Idol befanden. „Was? … Aber … Principessa … woher hast du die? Die müssen doch ein Vermögen gekostet haben!", stotterte er und betrachtete mich perplex. „Ja, das haben sie, aber für den Mann, den ich liebe, ist mir nichts zu teuer", säuselte ich glücklich. Noah packte die Handschuhe vorsichtig wieder in die Schachtel zurück und legte sie so behutsam zur Seite, als wären sie aus Glas. „Danke, Principessa! Vielen Dank!", sagte er immer wieder. „Jetzt ist es aber an der Zeit, dir mein Geschenk zu überreichen!" Er holte einen Umschlag aus seiner Jackentasche und reichte ihn mir. Ich nahm den Brief irritiert entgegen und öffnete ihn neugierig. Ich überflog die ersten Zeilen und las dann laut weiter. „ … Es freut uns also ihnen mitteilen zu dürfen, dass nach reiflicher Prüfung entschieden wurde, dass einer Adoption von Emily Katherine Watson nichts mehr im Wege steht …" Überwältigt und überrascht zugleich liess ich den Brief fallen und schlug meine Hände vor mein Gesicht. „Seit wann weisst du es?", fragte ich ihn verblüfft. Noah lächelte. „Seit zwei Tagen. Tut mir leid, Süsse, dass ich es dir nicht eher gesagt habe, aber ich wollte dich unbedingt heute damit überraschen." Ich nahm seinen Kopf zwischen meine Hände und verteilte haufenweise Küsse auf seinem Gesicht. „Du hast ihr also endlich den Brief gegeben?", fragte Alessio beiläufig und lächelte dabei verschmitzt. „Ihr habt davon gewusst?", fragte ich verblüfft. Alle lächelten und nickten gleichzeitig. „Noah hat es uns gestern Abend erzählt, während du geschlafen hast", klärte Giorgina mich auf. Tränen rannen über meine Wangen, ich stürmte auf Emily zu, packte sie und drehte sie solange im Kreis, bis mir schlecht wurde. „Emily!!! Emily!! Du darfst bei uns bleiben, ist das nicht toll?", fragte ich sie immer wieder. Sie kicherte und klatschte aufgeregt in ihre kleinen Händchen, wie sie es immer tat, wenn sie sich für etwas begeisterte.

Ich war überglücklich! Noch vierundzwanzig Stunden zuvor hätte ich mir nicht träumen lassen, dass sich alles zum Guten wenden würde und nun war es sogar noch besser geworden. „Weisst du was, Noah? Sarah hatte damals recht! Du bist wirklich ein Heart Catcher! Und unsere Herzen wirst du nie wieder verlieren", sagte ich, noch bevor ich ihn liebevoll küsste. Noah lächelte und in seinen wunderbaren, dunkelgrünen Augen konnte ich erkennen, dass er mich ebenfalls aufrichtig liebte.

Ein Jahr später…

Lautes Gelächter erhellte unser Wohnzimmer in unserem neuen Haus, das uns unsere Eltern zur Hochzeit geschenkt hatten. Noah und ich hatten den grossen Tisch liebevoll für unsere Familien und Freunde gedeckt und das gesamte Haus weihnachtlich geschmückt.

Michelangelo und mein Vater standen gerade auf dem Balkon und rauchten eine Zigarre. Sie unterhielten sich angeregt über den neuen Konkurrenten, der in Frankreich gerade Schlagzeilen machte. Michelangelo fuchtelte wild mit seinen Händen, während mein Vater sich gelassen in den Korbsessel lehnte und hin und wieder einmal etwas dazu sagte. Die Geschäfte liefen ausgesprochen gut und Alessio und Savannah ergänzten sich beruflich perfekt. Privat allerdings, schienen die beiden sich nicht immer einig zu sein, was für uns ja nichts Neues war, dachte ich schmunzelnd, aber mir war aufgefallen, dass Savannah sich wieder öfters an den Armen kratzte und das bedeutete nichts Gutes. Ich wollte unbedingt herausfinden, was der Grund dafür war.

Meine Mutter und Giorgina hatten die Küche in Beschlag genommen und bereiteten gerade das Festessen vor. Emily stand ihnen tatkräftig zur Seite und schleckte gerade genüsslich den Kuchenteig vom Teigschaber.

Noah und ich waren nun schon fast ein Jahr lang verheiratet und glücklicher denn je. Unsere Winterhochzeit in der Holy Saint Church war einfach traumhaft gewesen und ich erinnerte mich immer wieder gerne daran zurück, wie alle nach der Trauung ausgelassen und glücklich mitgefeiert hatten.

Auch Missy und Marco sassen heute mit uns am Tisch. Marco streichelte gerade Missys kugelrunden Bauch, während er sich angeregt mit Noah unterhielt. Missy war im siebten Monat schwanger und konnte es kaum erwarten, selbst Mutter zu werden. Nach der Adoption hatten wir Marco und Missy darum gebeten, das Patenamt für Emily zu übernehmen. Sie hatten sich sehr darüber gefreut und kümmerten sich stets rührend um die kleine Maus.

Laura kümmerte sich gerade um ihre kleine Tochter Samantha, die gerade zum dritten Mal den Brei ausgespuckt hatte, den Andy ihr geben wollte. Während Andy verzweifelt aufgab, nahm Derek die Kleine schliesslich auf seinen Schoss und flüsterte ihr etwas ins Ohr, von dem ich nur annehmen konnte, dass es etwas wie „diesen Scheiss würde ich auch nicht essen" war. Noah und er waren zwar nach wie vor keine Freunde, aber wir hatten es zumindest geschafft, dass die beiden einander tolerierten.

Plötzlich rissen mich quiekende Laute, die aus dem Babyphone ertönten, aus meinen Gedanken. „Babys …!", schrie Emily und hüpfte gleich darauf aufgeregt vom Küchentisch. Nachdem wir sie adoptiert hatten, hatte es nicht lange gedauert, bis sie ihre Entwicklungsdefizite in Windeseile aufgeholt und damit begonnen hatte, zu sprechen. Ich war unendlich dankbar dafür, sie bei uns zu haben und auch sie hatte sich schnell an uns und die neue Situation gewöhnt. „Na, sollen wir mal nachsehen, ob die beiden schon wach sind?", fragte Noah sie liebevoll. Emily nickte eifrig und streckte ihre Händchen nach ihm aus, damit er sie auf seine Schultern setzen konnte, wie er es immer tat. „Na dann mal los, halt dich gut fest, Süsse!", ermahnte er sie, ehe er sich mit ihr zusammen ins Kinderzimmer begab.

Ja, unsere Zwillinge waren mittlerweile zur Welt gekommen. Die Schwangerschaft war leider nicht so problemlos verlaufen, wie wir es uns gewünscht hätten. Im sechsten Monat hatte es Komplikationen gegeben und so war Dr. Wicker gezwungen, die Babys schliesslich notallmässig per Kaiserschnitt auf die Welt zu holen. Leo war der Stärkere gewesen und hatte sich verhältnismässig rasch erholt, doch um Elenas Leben mussten wir noch ein paar Wochen bangen. Nach der Geburt war sie so klein und zerbrechlich, dass wir anfangs nicht gewusst hatten, ob sie es schaffen würde. Es war eine sehr schwere Zeit für uns. Ich durfte das Krankenhaus nicht verlassen, weil ich sehr viel Blut verloren und mich selbst nur sehr langsam von der Geburt erholt hatte. Noah war bei mir, wann immer es ihm möglich war, doch ich hatte gespürt, dass ihm alles zu viel wurde. Unsere Eltern waren es schliesslich, die uns unterstützt hatten. Mom und Giorgina hatten sich sofort bereit erklärt, sich um Emily und den Haushalt zu kümmern, während unsere Väter mich im Krankenhaus unterstützten, wo sie nur konnten. Ich war wirklich sehr überrascht darüber, wie sanft und liebevoll Opa Michelangelo mit der zarten Elena umgehen konnte. Wenn sie weinte, nahm er sie behutsam aus dem Brutkasten und legte sie auf seinen Bauch, bis sie sich wieder beruhigt hatte. Mein Vater schnappte sich meistens Leo. Er war der Ruhigere von beiden und mein Vater hatte sich bereits ausgemalt, was er später mit ihm alles anstellen würde. Nachdem er selbst zwei Mädchen grossgezogen hatte, konnte er es kaum erwarten, ihm alles über Football und Baseball zu zeigen.

Noah kam gerade die Treppe hinunter, Emily sass immer noch auf seinen Schultern. Auf dem einen Arm trug er Leo und auf dem anderen Elena. Mir wurde ganz warm ums Herz, während ich ihn beobachtete. Er war ein unglaublich toller und liebevoller Vater und unterstützte mich, wo er nur konnte. „Principessa, deine Tochter hat Hunger", sagte er und legte mir Elena liebevoll in meine Arme. Sie hatte auch jetzt noch Nachholbedarf und musste daher öfters gestillt werden als ihr Bruder, der es sich auf Noahs Arm gemütlich gemacht hatte und damit beschäftigt war, fasziniert die Lichter auf dem Christbaum zu betrachten. „Ich liebe dich, Principessa!" Noah beugte sich über mich und küsste mich zärtlich. „Ich liebe dich auch, Noah", erwiderte ich glücklich.

Für Noah und Isabella

Es war Liebe, es ist Liebe und es wird immer Liebe sein.

Es war mir ein Vergnügen, euch zu erschaffen und einen Teil eures gemeinsamen Lebensweges niederzuschreiben.

Wir werden uns bald wiedersehen.

Herstellung und Verlag:
BoD-Books on Demand, Norderstedt
ISBN: 978-3-7357-7054-7